secession

secession

S

Emmanuelle Bayamack-Tam

SOMMERJUNGS

Roman

Aus dem Französischen
von Christian Ruzicska

Emmanuelle Bayamack-Tam

SOMMERJUNGS

Titel des französischen Originals: *Les Garçons de l'été*

Erste Auflage

Übersetzung: Christian Ruzicska
Lektorat: Vincent Först, Barbara Wahlster
Korrektorat: Peter Natter

www.secession-verlag.com

Gestaltung, Typographie, Satz und Litho:
Eva Mutter, Barcelona
Druck und buchbinderische Verarbeitung:
Friedrich Pustet, Regensburg
Papier Innenteil: 90 g/m² Werkdruck holzfrei gelblichweiß, 1,5-faches Volumen
Papier Überzug: Schabert f-color metallic micro 310 kristall
Papier Vor- und Nachsatz: Surbalin glatt
Gesetzt aus Cormorant Garmand und Gill Sans

Printed in Germany
ISBN 978-3-907336-17-5

I SEE THE BOYS OF SUMMER

I see the boys of summer in their ruin
Lay the gold tithings barren,
Setting no store by harvest, freeze the soils;
There in their heat the winter floods
Of frozen loves they fetch their girls,
And drown the cargoed apples in their tides.

These boys of light are curdlers in their folly,
Sour the boiling honey;
The jacks of frost the finger in the hives;
There in the sun the frigid threads
Of doubt and dark they feed their nerves;
The signal moon is zero in their voids. (...)

Dylan Thomas

THADÉE

Ich habe die Morgenröte des Sommers umarmt.

Besser, ich habe mich mit ihr vermählt, war eins mit ihr, war eins mit dem blaurosa Himmel, dem Licht, das noch zart war, aber heißes Wetter versprach, ich war eins mit dem Seegang, der Gischt, dem Wasser, das um mein Brett zischte.

Ich war in La Gravière, mit Abstand mein Lieblingsspot in Les Landes. Der September, gerade erst begonnen, hatte sämtliche Sommerurlauber von den Stränden gespült, hatte im Line-up nur Einheimische zurückgelassen, Einheimische wie mich. Und an diesem Morgen waren selbst die im Bett geblieben: Im Wasser waren wir zu sechst, sechs, die die Flut genießen wollten – und diese sechs, ich kannte sie alle.

Ich war gegen fünf Uhr am Strand angekommen, gemeinsam mit Swan. Der Seegang war sehr harsch, und wir hatten uns von allen Seiten Abreibungen eingefangen, von Wellen, die richtig seltsam waren, beinahe unberechenbar. Wir mussten zunächst 'ne ganze Menge Wipe-Outs einstecken. Und dann wurd's wundersamerweise clean, die Wellen begannen in Serien reinzurauschen, aufgetürmt, mächtig, extrem lang landeinwärts ziehend, wahre Startrampen. Es war für alle was dabei, und mir hatte es genauso Freude gemacht, über die Welle dahinzufliegen, wie den anderen beim Gelingen ihrer Aerials zuzusehen. An diesem Tag in La Gravière schwang der Kosmos mit uns im Gleichklang und wir alle waren von Gnade berührt.

Schließlich hatte mich das Weißwasser erwischt und mir einen so heftigen Schlag versetzt, dass ich mich entschied, eine Pause einzulegen. Ich setzte mich auf den Sand und wartete, dass auch Swan aus dem Wasser kommen würde. Der Landwind trug den Duft der nahen Pinien heran, es wurde Tag, das Salz trocknete bereits auf meinen Schultern, meine Erregung ebbte ab, ließ mich aber von einer rätselhaften und reinen Freude durchflutet zurück.

Ich habe die Morgenröte des Sommers umarmt, und ich glaubte, dieses Gefühl, dieser Einklang zwischen mir und den Elementen, diese

Harmonie zwischen meinem Körper und meinem Geist, sei mein Leben. Ich glaubte, dieses außergewöhnliche Gefühl von La Gravière würde sich wieder und wieder einstellen, Seite an Seite mit sämtlichen Variationen, die aus dem Surfen das Surfen machen, sprich, eine sich stets wandelnde Faszination – der Sommer endete, aber ich glaubte, er würde endlos sein.

MYLÈNE

Mir waren drei Tage Glück vergönnt. Drei Tage zwischen zwei Telefonaten, zwei Anrufen, die von einer tropischen Insel kamen, auf die zu reisen mir niemals in den Sinn gekommen wäre.

Inseln machen mir Angst. Vor allem die tropischen.

Dieser zweite Anruf und der erschrockene Ton, den ich in der Stimme meines jüngeren Sohnes wahrnahm, genügten, um mich mit dem erstbesten Flieger dorthin eilen zu lassen.

»Mi, ich bin's, Zach ...«

Aber vor jenem Anruf mitten in der Nacht, vor jener Panik in Zachées Stimme, hatte es drei Tage zuvor den von Thadée gegeben – glücklich und erregt:

»Mi, ich bin's: Weißt du was? Ich komme zurück!«

Sie haben mich immer Mi genannt, alle beide. Alle drei sogar, Ysé auch. Mi und nicht Maman, Mi für Mylène – ein Vorname, den ich nicht mag, warum also nicht »Mi«?

Er kam zurück, mein Erstgeborener. Sechs Monate früher als gedacht, er hatte sein Sabbatjahr für beendet erklärt, seine zwölf Monate Sea, Sun and Surf auf La Réunion. Ich war erstaunt, ja sicher, war es doch seine Idee gewesen und war doch er gegen unseren heftigen Widerspruch losgezogen, gegen unsere Drohung, ihm auch nicht einen Cent geben zu wollen, solange diese Marotte andauern sollte. Aber gut, er kam zurück: das Glück überwog jegliche Verwunderung.

Mit wenigen Sprüngen bin ich die Treppe hoch in die erste Etage, das Telefon gegen mein Herz gepresst. Ich klopfte nicht mal an Ysés Tür: Ich bin rein in ihr Zimmer und rief aus:

»Thadée kommt zurück! Er wird in zehn Tagen hier sein! Stell dir nur vor!«

Sich kaum von dem Papier lösend, das sie völlig versunken mal die Fein-, mal die Pinselspitze nutzend mit japanischen Filzstiften bemalte, schenkte mir meine zehnjährige Tochter ein gekünsteltes Lächeln und begann leise vor sich hin zu summen.

»Na hör mal, ist das alles, was dir dazu einfällt? Und ich dachte, ich verkünde hier eine Riesenneuigkeit ... Freust du dich denn gar nicht?«

»Doch. Ist klasse. Sag mal, findest du pudriges Orange besser oder normales?«

Sie hielt mir ein zartes, abstraktes Mosaik unter die Nase, das türkisfarbene Striche, rosa Spiralen und graue Flecken aneinanderfügte. Zeichnungen einer Psychopathin, wenn es nach ihren Brüdern ging, die das schweigsame Auftragen von Farbe, mit dem Ysé Block um Block ihre Canson-Blätter füllte, stets einstimmig verspottet haben:

»Zeichne doch mal etwas, das man auch erkennt! Keine Ahnung was, Gesichter, Tiere, Landschaften, was weiß ich!«

»Du liebst Mangas: warum machst du keine?«

Man muss es Ysé lassen, niemand bringt sie so leicht aus der Fassung. Für gewöhnlich schweigsam, hat sie stets eine Antwort parat, wenn es die Ehre ihrer Kunst zu verteidigen gilt.

»Mangas möchte ich lesen, aber nicht zeichnen, dazu habe ich keine Lust. Das überlasse ich den Japanern!«

»Aber willst du nicht mal was anderes ausprobieren? Du zeichnest immer dasselbe, irgendwelche Dingsda, die eng aneinandergedrückt sind und voller Farbe.«

»Ich zeichne überhaupt keine Dingsda, ich zeichne Prinzessinnen, Schiffe, Katzen ... also lass mich in Ruh!«

Thadée und Zachée, die beiden necken sie gern, aber im Grunde verstehen sich die drei recht gut, und ich dachte tatsächlich, Ysé würde Freudensprünge machen, als ich ihr die Rückkehr ihres Bruders verkündete:

»Und, Zachée, kommt der auch zurück?«

Weil Zachée auch hingeflogen ist. Er war los, um sich Thadée auf La Réunion anzuschließen – nur für zwei Wochen, aber immerhin –, und dort selbst ein wenig zu surfen. Zu den Festtagen am Jahresende sollte er wieder bei uns in Biarritz sein.

»Ja, beide kommen zurück. Thadée konnte noch im gleichen Flieger einen Platz ergattern. Na gut, dass Zach zurückkommt, war klar, das wusstest du, aber Thadée! Mensch, ist doch klasse, oder?«

Sie sah mich vorwurfsvoll an und hielt ihre unheimliche Zeichnung deutlich in die Luft, während sie mit näselnder Stimme, die sie nur Erwachsenen gegenüber annimmt, die Silben dehnte:

»Antwortest du mir bitte? Findest du nun pudriges Orange besser oder normales?«

Wenn sie an meiner Freude keinen Anteil nehmen wollte, machte ich besser kehrt, verließ ich besser das Zimmer, das sie weiß und nackt haben wollte, beinahe spartanisch: keinen Teppich auf dem Boden, keine Bilder an den Wänden, unergründlich und glatt – unergründlich und glatt wie sie selbst, meine Tochter, die ich so gut verstehe und so wenig liebe, falls es sich nicht genau umgekehrt verhält.

Nein, ich gehe zu hart mit mir ins Gericht, denn auf gewisse Weise liebe ich Ysé mehr als ihre Brüder. Bei ihnen zittre ich, bebe ich, befinde ich mich im Zustand der Vergötterung, mit solch einer Verehrung aber erweist man Kindern keinen Dienst. Bei Ysé setze ich den Fuß wieder auf die Erde, habe ich die Gefühle, wie sie zum Los einer normalen Mutterschaft gehören, sprich: Zärtlichkeit und Verzweiflung. Aber, dass man sich nicht täusche: Wenn es sein müsste, würde ich für Yse sterben. Kurz, sie ähnelt mir zu sehr, als dass sie in mir die leidenschaftliche Inbrunst erwecken könnte, die ihre Brüder mir ins Blut jagen und von der ich wünsche, sie würde sie eines Tages erleben.

Meine Söhne retten mich vor dem Banalen. Sie sind es, die aus mir eher die Ausnahme machen als die graue Maus, die ich bis zu Thadées Geburt vor zwanzig Jahren war.

Damit wir uns recht verstehen, ich bin einigermaßen hübsch und nicht ganz dumm. Ein noch junges Ding, trug ich meinen kleinen Sieg davon, und es fiel mir nicht besonders schwer, diesem armen Jérôme zu gefallen, der bis heute nicht begriffen hat, dass ich schon bei unserer ersten Begegnung an der pharmazeutischen Fakultät ein Auge auf ihn geworfen hatte. Zudem löste ich kaum Herzklopfen aus und war nie die Königin der Partynächte. Und ja, an Partynächten fehlte es Jérôme und mir in unserer Studienzeit wahrlich nicht. Aber gut, die Königin der Partynächte war stets eine andere: schöner, klar, aber auch selbstsicherer, strahlender, schlicht einzigartiger. Man nahm mich kaum wahr und ich beeindruckte niemanden.

Das war's, glaube ich, was Jérôme gefiel. Er hatte sich bereits an so mancher Schönheit des Jahrgangs die Zähne ausgebissen, so auch an einer blonden und wiehernden Mähre namens Maud. Ohnmächtige Zuschauerin, die ich war, sah ich zu, wie eifrig bemüht und ungeschickt Jérôme ihr den Hof machte. Dann verfolgte ich die Höhen und Tiefen ihrer stürmischen Idylle, in der sich Maud als vollkommen irre erwies und obendrein als verkappte Nymphomanin. Ich musste in der Folge nur noch die Einzelteile meines zukünftigen Ehemanns zusammenklauben. Eine Kleinigkeit: Ich war ebenso dunkelhaarig und zierlich wie Maud blond, groß und üppig. Ich war ebenso diskret und reserviert wie sie redselig und aufsehenerregend. Ich musste Jérôme wie die Antithese und das ideale Antidot zu seinem Liebeskummer vorgekommen sein.

Er heiratete mich ein Jahr nach seinem ohrenbetäubenden Bruch mit der blonden Mähre, die sich übrigens unter den von uns geladenen Gästen befand. Sie war, wie wir, im dritten Jahr Pharmazie, und aus ihrer Sicht hätte es keinerlei Grund gegeben, sich von einer Party ausgeschlossen zu sehen, die den gesamten Jahrgang umfasste. Ich habe noch den Ausdruck vor Augen, mit dem sie uns anstarrte, irgendetwas zwischen Rührung, trunkener Abgestumpftheit und leichtem Ressentiment, als hätte sich Jérôme für ihren Geschmack zu schnell getröstet und neu gebunden.

Am Ende dann, sie hatte sich am Champagner vergriffen, schlief sie auf einer Reihe zusammengerückter Hocker ein, verschwitzt und rot leuchtend, in einem zierlichen Kleid, das meines gern in den Schatten gestellt hätte. Zurück von der Toilette, wo ich vergeblich versucht hatte, mein diskretes Make-up aufzufrischen, erwischte ich Jérômes Blick auf den Schenkeln seiner Ex, die deren Kleid freigab. Ein Kleid in der Farbe von Sperma, tatsächlich. Als ob das Unbewusste dieser armen Maud auch wirklich jede Gelegenheit nutzte, um sich Ausdruck zu verschaffen.

Was las ich da oder glaubte ich an jenem Tag in Jérômes Blick gelesen zu haben, an dem wir triumphal unsere Vereinigung feierten? Begehren?

Bedauern? Seine Augen jedenfalls ruhten auf den üppigen Kurven der schönen Eingeschlafenen, auf den Brüsten, die der seidig glänzenden Bluse zu entschlüpfen drohten, auf den blonden Strähnen, die an ihrer Stirn klebten, auf den langen, gebräunten Beinen und den nackten Füßen, an denen noch die rötlichen Spuren des Zaumzeugs und der Riemchen ihrer Sandalen sichtbar waren.

In dem Moment, da ich meinen mir frisch anvertrauten Ehemann gerade aus seiner Versenkung reißen wollte, näherte sich Maud schwankenden Schrittes ein Cousin von Jérôme, ein fröhlicher Lebemann, von dessen nerviger Existenz ich eben erst erfahren hatte, und lehrte spaßeshalber den Inhalt seines Glases über dem einladenden Dekolletee der Schlummernden aus, die sich sofort mit spitzem Schrei aufrichtete. Ich sah deutlich, und wahrscheinlich war ich nicht die Einzige, wie sich Mauds Busen unter der Seide zusammenzog, während hilfsbereite Hände ihr hier eine Servierte, dort ein Kleenex, hier ein vollkommen überflüssiges Glas Champagner reichten. Man drängte sich um sie, man munterte sie auf, man beschimpfte den Schelm: Es war meine Hochzeit, aber Maud schaffte es, im Zentrum der Aufmerksamkeit zu stehen, und Jérôme war nicht der Letzte, der ihr die seine schenkte.

Heute ist Maud eine unserer Nachbarinnen, und wenn unsere Beziehungen zu ihr sich auch deutlich abgekühlt haben, so kommt es doch vor, dass wir sie zu unseren Sommerabenden einladen, sie, ihren Mann und ihren einzigen Sohn – der den unseren nicht das Wasser reichen kann.

Die Zeiten ändern sich. Maud ist noch immer schön, aber sie ist verwelkt, so wie Blondinen mit heller Haut eben verwelken. Was Léo betrifft, ihren Sohn, so muss er sein letztes Schuljahr wiederholen, während Thadée kurz vor der Aufnahme an der Centrale oder Polytechnique[1] steht und Zach sein erstes Studienjahr Medizin bereits hinter sich hat. Egal, ob ich farblos und gewöhnlich bin: ich brachte Titanen zur Welt, wo andere lediglich ihre Brut werfen.

Der Wald zog sich wieder über uns zusammen, schwarz, dicht, duftend, als könnte er uns so besser unter seinen Flüchen halten. Meine Hände umfassten Anouks Gurgel noch einmal fester, deren Halsschlagader ich in dumpfen, heftigen Schlägen pulsieren fühlte. Mein eigenes Herz pochte mir bis zum Anschlag, es peitschte mir das Blut bis in die Ohren und schnitt mich Momente lang von der Welt ab. Dann aber gewann mein Bewusstsein wieder eine solche Schärfe, dass mir jeder Atemzug, jedes Rascheln, jeder Duft das Hirn durchbohrte. Anouk kämpfte lautlos, ohne den Blick von mir abzuwenden, und ohne sichtbare Panik. Die Insekten gaben sich plötzlich einem irren Zirpen hin, als hätte sie der Wahnsinn gepackt oder meiner sie angesteckt.

Mein rechtes Knie bahnte sich den Weg zu ihrem Bauch, und ich habe wohl unwillentlich den Druck auf ihren Nacken gemildert, denn sie nutzte die Gelegenheit, um mir ins Gesicht zu beißen. Ihre kleinen spitzen Zähne rutschten an meiner Wange ab und fanden auf Höhe meines Kiefers wieder Halt. Trotz der Wut, die mich durchfuhr, leuchtete in mir flüchtig ein Hochgefühl der Anerkennung auf, als wären wir zwei wilde, todeswütig miteinander kämpfende Bestien, die sich die Mäuler mit ihren scharfen Fangzähnen zerbissen, sich gegenseitig zerfetzten und ihr Blut auf die unruhigen und dunklen Bäume dieses tropischen Waldes verspritzten. In genau diesem Augenblick wusste ich, dass mein Verlangen keineswegs darin bestand, Anouk zu ficken, sondern ihr den Schädel einzurammen und ihr die Brüste zu Brei zu schlagen, mit Faustschlägen, Steinen oder was auch immer mir in die Hände geraten sollte, um diesem quälenden Verlangen ein Ende zu setzen, das ich von Anfang an für sie empfand; um diesem unerträglichen Druck ein Ende zu setzen, den ich überall in meinem Körper verspürte, an den Schläfen, im Brustkorb, im Bauch. Sie blickte mich an, als läse sie mich, als entschlüsselte sie die Geheimnisse meiner Triebe und wäre darüber weder gerührt noch erschrocken.

Stattdessen war ich selbst gerührt. Mir stiegen Tränen in die Augen, verdiente sie doch einfach nicht, was ihr widerfahren sollte. Man könnte mir entgegenhalten, niemand verdiene, mit zwanzig Jahren in einem dunklen Wald zu sterben, unter der Gleichgültigkeit der Guajaven- und Tamarindenbäume. Das jedoch wäre eine alberne Erwiderung, da so gut wie alle Leute verdienen, was ihnen widerfährt, und da ist der Tod mitnichten das Schlimmste. Im Übrigen sorgen sie bereits zu Lebzeiten für ihren eigenen Tod. Ich dachte immer schon, die psychopathischen Mörder, von denen man uns die Ohren volljammert, seien die Wohltäter einer Menschheit, deren absurdes Leid und Leben sie verkürzen.

Ich dachte das immer schon, bin aber nie zur Tat geschritten. Und jetzt, da sich mir endlich die Gelegenheit bot, wurde ich beinahe rührselig. Nun gut, das sage ich heute, in Wirklichkeit aber hielt mein Mitleid drei Sekunden lang an, ausreichend Zeit, um von einer zweiten Welle übermannt zu werden, einem Schwall blutiger Gischt, der für nichts Raum ließ als für mörderische Rage. Nein, will ich wirklich ehrlich sein, muss ich sagen, dass auch mir die Zeit blieb, Selbstmitleid zu empfinden. Auch ich verdiente nicht, was sich ereignen sollte, und es hätte nur einer Kleinigkeit bedurft, damit sich alles geregelt und Anouk und ich diesen dunklen Wald gemeinsam verlassen hätten.

Ich wusste es. Ich wusste von Thadées Geburt an, dass ich gerettet und der Säugling, den ich an meine Brust drückte, von erhabener Art war. Hatte er mich nicht, gerade erst aus meinem Leib ausgestoßen und in groben Zügen von seiner Käseschmiere befreit, mit erstaunlich klarem und weisem Auge prüfend angeblickt? Und Zachée, ein Jahr darauf, erwies er sich nicht als größer und dicker als der Durchschnitt aller Neugeborenen? Und zwar so sehr, dass mein Geburtshelfer, ebenfalls ein Freund von Jérôme, seine Geburt mit einem enthusiastischen und perplexen »Donnerwetter!« begrüßte. Erwähnt sei, dass Jérôme und ich von bescheidenem Kaliber sind und nichts uns dazu prädestinierte, körperlich derartig beeindruckende Söhne zur Welt zu bringen.

Aber gegenwärtig sind diese beiden Söhne weit weg, und einer von ihnen ist in seinem Fleisch verletzt, möglicherweise sogar tödlich. Zachées Stimme in jener Dezembernacht, ich glaube, ich werde sie mein Leben lang nicht vergessen.

»Mi, ich bin's, Zach… Thadée …«

»Bist du's nun, Zach, oder du, Thadée?« Denn wenn's der eine ist, ist's nicht der andere.

»Mi, hörst du mich? Thadée …«

»Also gut, dann bist du's, Thadée: muss man ja wissen.«

Ich wollte noch länger so scherzhaft plaudern und ulkig sein mit diesem einen meiner Söhne, der mich des Nachts anrief, ich wollte den Augenblick verschieben, da es die Nachricht zu hören galt, die mich töten sollte. Aber aufgrund der Ruhe, die sich plötzlich zwischen ihm und mir breitmachte, aufgrund der besonderen Beschaffenheit dieser Ruhe, begriff ich, dass auch ich zu schweigen hatte.

»Thadée … er …«

»Zach? Was ist passiert?«

Meine Stimme wurde plötzlich schrill und ließ Jérôme ins Wohnzimmer stürmen. Ich spürte, wie sich sein warmer Körper an mich presste, wie sich seine Wange an meine schmiegte, während er vergeblich versuchte zu hören, was da neuntausend Kilometer weit entfernt von unserem Haus in Biarritz gesagt wurde.

»Ein Unfall. Thadée ...«

»Was? Was für ein Unfall?«

»Wir waren surfen ...«

Was für eine Idiotie, dieses Surfen! Wie konnte ich nur so dumm und eitel sein, meine Söhne überhaupt einen Fuß auf diese so unstabilen und zerbrechlichen Bretter aus Polystyrol setzen zu lassen? Wie häufig hatte ich nicht am Strand gezittert, ach, und ihnen zugesehen, wie sie sich von den Wellen zertrümmern ließen? Wie viele Male hatte ich mir nicht gesagt, dass sie Gefahr liefen, in den Untiefen zwischen Strand und Sandbänken zu ertrinken, oder sich an den Felsen von Lacanau Mehrfachbrüche zuzuziehen? Ja, ich hatte um sie gezittert, ja, aber ich war auch dümmlich stolz auf ihre grandiosen Leistungen, dümmlich stolz in meiner Bewunderung ihrer Meisterschaft über die Wellen. Mein mütterlicher Stolz hatte meine natürliche Vorsicht zum Schweigen gebracht.

»Wir waren surfen. Ich war schon aus dem Wasser, und Thadée, er wollte noch ein oder zwei Wellen reiten. Und dann, ich weiß auch nicht so genau, er wurde von einem Hai angegriffen. Ich hab's nicht mitbekommen, ich war zu weit weg, aber ...«

Die Haie. Die waren das Erste, was mir in den Sinn kam, als Thadée uns mitgeteilt hatte, dass er ein Jahr auf La Réunion verbringen wollte.

»Sag mal, spinnst Du! Das ist da voller Haie!«

Thadée, Zachée, beide lachten mich damals aus. Selbst Jérôme pflichtete ihnen bei:

»Nicht alles, was man im Fernsehen sieht, muss man auch glauben!«

»Haie, die Schwimmer oder Surfer angreifen, sind äußerst selten!«

So selten nun auch wieder nicht, wie's scheint. Ich reichte Jérôme das Telefon, unfähig, noch länger eine Unterhaltung zu führen, die das zarte Fleisch meines Erstgeborenen und die Zähne des Meeres einschloss, die spitzen, unzähligen, fleischfressenden Zähne des Meeres. Ich hörte seine trockene Stimme einsilbig auf die hektische Darstellung reagieren, die Zachée ihm wohl lieferte und von der ich nur ein unterbrochenes Gemurmel mitbekam:

»Was?«

»…«

»Bist du sicher?«

»…«

»Das kann nicht wahr sein!«

»…«

»Ja.«

»…«

»Ja, ja, gewiss.«

»…«

»Das haben die gesagt?«

»…«

»Ja, ich rufe dich wieder an. Ja, sage ich ihr.«

Jérôme legte das Telefon vorsichtig zurück auf seine Ladestation, drehte sich zu mir und packte mich an den Schultern. Sein Mund stand offen, seine Kiefer waren voneinander gelöst, und für einige Sekunden schien er unfähig, etwas anderes zu tun, als seinen Mund zu öffnen und wieder zu schließen. Dann, endlich:

»Thadée! Er wurde von einem Hai gebissen!«

Ich stieß ein wahnsinniges Lachen aus:

»Was erzählst du da? Was sollen diese Dummheiten. Ihr beide, du und Zachée, ihr erlaubt euch einen bösen Scherz mit mir, stimmt's?«

Jérôme ließ sich auf den erstbesten Sessel in Reichweite fallen, ein Sessel mit geflochtener Sitzfläche, den ich schon längst weggeworfen haben wollte. Ich begegnete meinem eigenen Blick im venezianischen Spiegel im Flur. Ich sah merkwürdig aus: verstört und schelmisch zugleich.

»Nein, Mylène, es stimmt, du musst mir glauben. Er wurde auf seinem Brett von einem Hai angegriffen.«

»Ist er tot?«

Er schien überrascht zu sein, dass ich ihm diese Frage stellte:

»Aber nein, also wirklich! Nein, er lebt. Ihm wurde das Bein abgebissen, aber er lebt!«

Der Schreck der Situation hat mich so brutal erwischt, dass mir nicht einmal Zeit blieb, mich erleichtert zu fühlen. Mein Sohn, mein schöner Junge, ihm fehlte ein Bein, das rechte, wie es schien. Das also war geschehen, Jérôme überhäufte mich mit Details, die Stunde des Unfalls, ein rechtzeitig angelegter Druckverband, der Name der Klinik, in die man Thadée gebracht hatte, sein Zustand, erst kritisch, jetzt stabil.

»Ich fliege hin!«

Jérôme blickte mich stumpf an:

»Ich habe Zachée gesagt, dass wir ihn zurückrufen. Wenn wir wissen, was wir tun.«

»Ich fliege hin. Ich nehme die erste Maschine: kommt nicht in Frage, dass mein Sohn da allein ist. Und wer weiß, ob er gut behandelt wird? La Réunion, das ist Dritte Welt!«

»La Réunion gehört zu Frankreich. Und anscheinend ist das Félix-Guyon sehr gut. Um Thadée hat man sich sofort gekümmert.«

»Hat Zachée das gesagt?«

»Wie du weißt, studiert er Medizin und kann entscheiden, wie kompetent eine Belegschaft ist.«

»Aber ich, ich will, dass Thadée nachhause kommt und hier behandelt wird. Ich will, dass Ribes ihn operiert. Ruf ihn sofort an!«

Jérôme lächelte müde:

»Mylène, sie versuchen, sein Bein zu retten, aber es ist ungewiss, ob es ihnen gelingt. Und im Augenblick ist er nicht transportfähig.«

Ich ließ ihn dort sitzen, bin ab in mein Zimmer, habe meinen Koffer gepackt, zack, zack, als würde jede Sekunde zählen. In der Zwischenzeit kümmerte sich Jérôme um mein Ticket. Abflug am nächsten Tag. Vollkommen sinnlos, dass ich mich so beeilt habe ... Um den Rückflug sollten wir uns später kümmern. Und eines war klar: er würde mit Thadée stattfinden oder gar nicht: niemals ohne meinen Sohn.

Was über die Stunden sagen, die folgten, all diese Tränenausbrüche und irren Vorschläge, die vielen Telefonate mit Zachée, meinen Eltern, denen, die Jérôme tätigte? Von jenem Anruf ganz zu schweigen, den ich, natürlich, mit Jasmine führen musste.

Jasmine, die Freundin von Thadée. Sie war gerade erst zurück von La Réunion, wo sie, wie es hieß, zehn traumhafte Tage zwischen Meer und Bergwelt verbracht hatte.

»Diese Insel, Mylène, ist einfach unglaublich! Man gelangt übergangslos vom Meer rauf zu den Vulkanhängen. Und glaub mir, das sind zwei vollkommen unterschiedliche Universen!«

Sie piepste damals regelrecht, was sie eigentlich immer tut, und verdrehte ihre schlanken, manikürten Finger in einer Weise, die ihre Angst verriet und die sie mir sympathisch gemacht hätte, würde sie einem nicht so unglaublich auf die Nerven gehen.

Jasmine, »die Prinzessin« – ein von Zachée letztes Jahr in die Welt gesetzter Spitzname, als Thadée uns diese französisch-iranische Schönheit mit ihrer unglaublich schlanken Figur, ihrem langen, glatten Haar, ihren grünen Augen, ihren vollen Lippen und tadellos gemachten Nägeln ins Haus schleppte.

Nicht genug, dass sie körperlich einfach überwältigend ist, brilliert Jasmine, laut Thadée, auch noch als Studentin. Tochter eines Arztes, folgt sie den Spuren ihres Vaters und besucht in Bordeaux dieselbe Uni wie Zachée.

Als die beiden sich zum ersten Mal begegneten, stand Ysé angesichts eines solchen Glanzes einfach nur offenen Mundes da. Auf diese Begegnung folgte eine ihrer Zwangsphasen, in der sie sich *Aladdin* von Disney ansah und gleich darauf nochmal ansah und dann noch einmal, um anschließend ihre Hefte mit Darstellungen orientalischer Prinzessinnen zu füllen, die mit Goldschmuck behangen und von hauchdünnen Schleiern bedeckt waren. In Jasmines Gegenwart blieb Ysé stumm, wie versteinert, kaum aber war diese fort, machte Ysé Thadée ganz verrückt mit ihren Fragen zur Lebensweise »der Prinzessin«, ihren Lieblingsfarben, ihrem Parfum ...

»Isst sie Fisch?«

»Ja, klar, warum sollte sie keinen essen?«

»Und Chicorée, mag sie den?«

»Aber ja, ich glaube schon. Na ja, keine Ahnung. Du machst mich mit deinen komischen Fragen ganz kirre.«

In Wirklichkeit ist Jasmine in puncto Ernährung unsagbar kompliziert und verzieht vor mehr oder weniger allem, was man ihr serviert, angeekelt das Gesicht. Ich glaube, dass das von der Vorstellung herrührt, die sie sich von ihrer eigenen Vornehmheit macht. Im Übrigen verdankt sie ihre luftige Schlankheit einer drastischen Diät. Vielleicht hat sie Angst, ihrer Mutter zu ähneln, Fériel, die tapfer gegen ihr Übergewicht ankämpft, begleitet von triumphalen Höhenflügen und ergreifenden Tiefschlägen, während derer sie, laut Jasmine, in Tränen aufgelöst und zurückgezogen vor sich hinlebt.

Wir haben die Thérons ein- oder zweimal getroffen, und Fériel wirkte da auf mich wie ein kleines, bedeutungsloses Etwas – recht hübsch, ja gewiss, aber in nichts vergleichbar mit der perfekten Schönheit ihrer einzigen Tochter. Jasmine hat zwei um einiges ältere Brüder, Sam und Cyrus, beide Börsenmakler in London, über die ich bislang aber nur reden hörte, ohne sie je gesehen zu haben. Und tja, es ist merkwürdig, aber jetzt, da ich mich darauf vorbereite, Jasmine an diesem ebenso eisigen wie konfusen Dezembermorgen anzurufen, und mich frage, wie ich ihr die furchtbare Neuigkeit mitteilen soll, kommt mir in den Sinn, dass Thadée Sam und Cyrus die Spitznamen »Hai Nr. 1« und »Hai Nr. 2« verpasst hat.

»Jasmine? Ich bin's, Mylène.«

Kaum über den Unfall informiert, brach sie in Tränen aus und heulte so herzzerreißend los, dass Fériel ihr das Telefon aus den Händen reißen musste, um zu verstehen, was passiert war. Jasmines Hysterie hatte mir gerade noch gefehlt, zu ihrer Mutter aber sagte ich im Wesentlichen:

»Sagen Sie ihr, sie solle sich beruhigen. Er lebt. Mein Sohn ist ein Löwe. Ich fliege morgen los, Madame Théron. Und ich bringe Thadée sobald wie möglich nachhause. Ich werde Jasmine auf dem Laufenden halten, natürlich. Und Zachée ist auch erreichbar. Sie soll sich aber beruhigen: Thadée wird heitere und positiv gestimmte Menschen um sich herum brauchen, sobald er zurück ist.«

Später dann rief Olivier Théron Jérôme höchstpersönlich an. Sie redeten unter Männern über Thadées Zustand. Jérôme sprach mal schreckliche, mal harmlose Worte aus, deren Sinn zu verstehen ich mich weigerte: Zerquetschung, kollabierte Arterie, Fleischfetzen, Gefäßneubildung, Muskelkissen, Polsterung ... Ich verging vor lauter Ungeduld, während ich die Stunden zählte, die mich vom Abflug und dem Augenblick trennten, da ich an meinem Platz sein würde, bei meinem Erstgeborenen, in diesem grausamen Moment.

Am Morgen der Abreise bekam ich keinen Bissen runter. Während Jérôme mich mit Ratschlägen aller Art überschüttete, kaute Ysé besorgt an ihren Nägeln. Auch ihr haben wir die Nachricht mitteilen müssen, mit genau gewählten Worten, aber sie schien von ihr nicht sonderlich bewegt zu sein. Zunächst, zumindest. Denn in der Nacht, kam sie zwischen uns gekrochen, die Haare schweißverklebt an der Stirn, das Herz schlagend bis zum Hals:

»Ich hatte einen Albtraum.«

»Was hast du denn geträumt, mein Herzchen?«

»Da war ein Hai.«

»Hier gibt's keine Haie. Schlaf jetzt wieder.«

Was sie dann auch tat, während ich mich von einer Seite auf die andere wälzte, unfähig, in den Schlaf zu finden, auch ich von Bildern von Tiefseegräben und riesigen Haien gejagt. Zum Zeitpunkt der Abreise dann, während ich mich anschickte, mein jüngstes Kind in die Arme zu schließen, hielt sie mir eine in der Mitte gefaltete Zeichnung hin:

»Hier, gib das Thadée. Von mir.«

»Ja. Gewiss.«

Und das hätte ich auch getan, ich hätte es Thadée gegeben, wäre ich nicht auf die sinnige Idee gekommen, das A4-Blatt auseinanderzufalten, während Jérôme mich zum Flughafen fuhr. Mit der ihr eigenen Genauigkeit hatte Ysé eine Unterwasserlandschaft gemalt: sandige Wogen, Algen und weitverzweigte Korallen, Fische, die ihre winzigen Luftblasen ausstießen, nichts fehlte. Aber in diesem idyllischen und vielfarbigen Rahmen zeichnete sich ein Hai mit drohender Rückenflosse und fleischfressendem Kiefer ab. Schlimmer noch, dieser Kiefer schloss sich gerade behutsam um ein rosafarbenes Bein, dessen Venen und Bänder Ysé mit der Sorgfalt eines schier unerträglichen Realismus dargestellt hatte, also warf ich die Zeichnung in den erstbesten Mülleimer.

Die Reise im Flieger scheint mir endlos zu sein. Unfähig zu schlafen oder zu lesen, lasse ich schweigend meine Tränen fließen, ohne dass mein Sitznachbar rechts von mir, ein in *Candy Crush* vertiefter Jugendlicher, auch nur einen Blick auf mich und meinen Kummer richten sollte.

Am Flughafen von Saint-Denis nehme ich mein Gepäck in Empfang und gehe Richtung Ausgang, während ich nach der schlaksigen Silhouette von Zachée Ausschau halte, nach seinen goldenen Locken, dem hübschen Lächeln, das er aufsetzen würde, um mich zu trösten. Statt meines strahlenden jüngeren Sohnes allerdings erwartet mich Cindy.

Cindy. Na die, die hatte ich ganz vergessen. Und doch wusste ich, dass auch sie auf La Réunion war. Es ist sogar ziemlich wahrscheinlich, dass Zachée während der vielen Telefonate, die wir innerhalb der letzten achtundvierzig Stunden geführt haben, auf ihre Gegenwart anspielte. Aber gut, Cindy ist niemand, der einem auffällt und an den man sich erinnert. Sie sticht einem nicht ins Auge. Es ist merkwürdig. Sie und Zachée sind seit der Schule zusammen, aber ich denke nur an sie, wenn ich sie auch vor mir sehe, und selbst da noch nicht mal wirklich. Zu meiner Entlastung muss gesagt werden, dass Cindy ebenso farblos ist wie Jasmine aufsehenerregend. Weder groß noch klein, eher pummelig, ja tatsächlich. Eine Frisur, die sich in aschblonden Zöpfchen auftürmt, sogenannte Dreads, wie Zachée sagt. Bei Surfern wohl sehr in Mode. Denn wie meine Söhne, surft Cindy auch. Zachée behauptet sogar, sie sei die Beste von ihnen, und ruft damit hämisches Gelächter und sarkastische Bemerkungen bei seinem Bruder hervor:

»Besser als du vielleicht! Was ja auch nicht weiter schwierig ist!«

»Sie hat einen schönen Stil, wer das Gegenteil behauptet, lügt!«

»Pfff, die möchte ich mal auf 'nem Gun-Board sehen, ja echt! Da würde sie sich weniger aufspielen.«

»Sie surft auch Gun. Und sie spielt sich nie auf, falls dir das entgangen sein sollte.«

Nachdem sie mich ungeschickt begrüßt hat, packt Cindy meinen Koffer und führt uns Richtung Ausgang. Der Himmel ist strahlend blau, aber die Hitze machte mir schon auf dem Rollfeld zu schaffen.

»Wollen Sie direkt ins Krankenhaus oder sollen wir vorher Ihre Sachen ins Lager bringen?«

»Krankenhaus.«

Typisch Cindy mit ihrem Einfühlungsvermögen einer Amphibie, dass sie ausgerechnet jetzt vorschlagen muss, wir könnten los und eine Fahrt »ins Lager« machen, wo doch mein ältester Sohn mich auf seinem Leidensbett erwartet. Dieses Lager, wenn ich es richtig verstanden habe, besteht aus ein paar Strohhütten und beherbergt ausschließlich Surfer. Thadée hat mir davon vorgeschwärmt, zumindest am Anfang:

»Stell dir vor, Mi, es gibt hier keinen Strom, kein fließendes Wasser, aber wir kriegen das einfach so hin. Und wir legen alles zusammen, das Essen, die Klamotten, das Equipment. Bis auf die Bretter, nichts gehört nur einem, alles gehört allen!«

Seine Beschreibung rief bei mir ekelgetränktes Mitleid hervor, für ihn, für sie alle, aber gut, wenn es ihnen so gefiel ... Zach schien es auch genial zu finden. Erwähnt sei, dass meine beiden Söhne ein ökologisches Gen besitzen und Mangel an Komfort, Schmutz oder Promiskuität sie anscheinend nie gestört haben.

Cindy weist mich wortlos auf einen alten Fiat hin. Unterhaltung ist nicht ihre Stärke. Anders als sie, redet Zach wie ein Wasserfall. Der Kontrast zwischen den beiden wäre ulkig, wäre er nicht so traurig. Denn dass Cindy nicht redet, liegt zweifelsohne daran, dass sie nichts zu sagen hat, ist doch ihr Intellekt ein Spiegelbild ihrer körperlichen Erscheinung: mittelmäßig. Nachdem sie mit Ach und Krach ihr naturwissenschaftliches Abi hingekriegt hat, wurde sie zur Ausbildung als Krankenschwester zugelassen, während Zach seine Aufnahme an die medizinische Fakultät mit Bravour gemeistert hat. Was er an ihr findet, was er überhaupt an ihr finden mag, das ist eine Frage, die mir keine Ruhe lässt und auf die mir die vergangenen fünf Jahre keine zufriedenstellende Antwort liefern konnten. Je häufiger ich Cindy sehe, desto besser lerne ich sie kennen, und desto weniger verstehe ich meinen Sohn.

Tja, tatsächlich, inzwischen sind es fünf Jahre. Ich gebe die Hoffnung nicht auf, dass mein Sohn doch noch wen findet, der besser zu ihm passt und schmeichelhafter für ihn wäre, aber ich muss doch anerkennen, dass ihre Beziehung hält, vorausgesetzt, dass man hier überhaupt von einer Beziehung reden kann.

Da Cindy schweigsam den Wagen lenkt und den Blick starr auf die Straße gerichtet hält, frage ich schließlich nach:

»Wo ist Zach?«

»Im Lager. Er ruht sich aus.«

»Ach, ja?«

»Jo. Seit dem Unfall hat er nicht geschlafen.«

»Warst du dabei?«

»Wie bitte?«

»Als Thadée vom … Du weißt schon …«

»Ja.«

Typisch sie. Sie könnte sich ja vorstellen, dass ich wissbegierig bin, dass ich mir ein Bild machen möchte, dass ich verstehen will, dass ich mir die Dinge vor Augen führen möchte, aber sie sagt nichts oder antwortet nur lakonisch auf meine verzweifelten Fragen:

»Aber warum seid ihr überhaupt surfen gegangen, wenn es dort Haie gibt?«

»Wir wussten es nicht.«

»Jeder weiß, dass es auf La Réunion Haie gibt und dass sie Surfer angreifen! Also wirklich!, selbst ich weiß das!«

Sie blickt mich scheel an, gibt aber keinen Mucks von sich. Nach einer Weile werfe ich das Handtuch und überlasse mich der Landschaft, der Straße, die dem Küstenstreifen folgt. Und dann sind wir auch schon da und haben die Klinik Félix-Guyon vor uns. Cindy, ich muss es anerkennen, erweist sich als äußerst kompetent, wie sie das Auto in einer einzigen Bewegung einparkt und mich anschließend durch den Dschungel der makellosen Gänge des Spitals führt. Am Ende dann löst sie sich in Luft auf, was mir sehr gelegen kommt, da ich nur eines will: Thadée ohne Zeugen sehen, nur er und nur ich, angesichts dieser furchtbaren Prüfung, von der ich nicht bezweifle, dass er, dieser Löwe, sie bestehen wird.

Merkwürdigerweise stellt sich mir kein einziges Hindernis in den Weg: kein eifrig bemühter Arzt, keine inquisitorische Krankenschwester und auch keine Verwaltungsformalität, als ob das hier aller Welt schnuppe wäre. Ich klopfe an die mir von Cindy angewiesene Tür und trete ein: so einfach ist das eben. Eingetaucht in einen von den Lammellenvorhängen erzeugten Halbschatten liegt das Zimmer ruhig da. Thadée reagiert bei meiner Ankunft nicht, hat aber die Augen geöffnet, hält den Kopf leicht abgewandt. Ich habe erwartet, ihn schwächer vorzufinden, blass, vom Leiden gezeichnet, aber die drei Sekunden, die verstreichen, bis er sich der Anwesenheit einer Person bewusst wird, genügen mir, um festzustellen, dass er sich in den letzten sieben Monaten kaum verändert hat. Sein Haar ist länger als vor seiner Abreise und seine Augen wirken bei der Farbe, die er seinem tropischen Aufenthalt zu verdanken hat, noch klarer – seine blaugrünen Augen, Jérômes Augen, ja, nur größer, und an den Schläfen spitzer zulaufend, vor allem aber eingerahmt von dunklen, äußerst edel anmutenden langen Wimpern.

Wie schön er doch ist, dieser von uns, die wir alles andere als hübsch sind, unerklärlicherweise zur Welt gebrachte Sohn. Nein, ich übertreibe, Jérôme ist hübsch und ich bin nicht hässlich: Thadée aber ist schlichtweg sensationell. Er war es immer schon, und der Jugendliche hat die kindlichen Versprechungen eingehalten: der goldene Bub mit Engelslocken und glasklaren Pupillen hat sich in einen katzenhaften jungen Mann mit feiner Muskulatur, dämonischem Lächeln und umwerfendem Blick verwandelt.

Er sieht mich, seine Mundwinkel sacken ab, seine Augen füllen sich mit Tränen:

»Maman!«

Ich eile, ich stürze zu ihm und umschlinge ihn so gut es geht, trotz der gespannten Bettdecke, trotz des Tabletts mit dem von ihm unberührten Essen, trotz des Infusionsschlauches, der seinen Arm an einen mit durchsichtigen Säcken schwer beladenen Metallständer fesselt.

»Mein Baby, mein Liebster!«

Ich weine, er weint auch und stößt mich schließlich von sich, beinahe brüllend:

»Schau mal, Maman, schau mal, was die mit mir gemacht haben!«

Seit wann nennt er mich »Maman«, und wer sind die, die das mit ihm »gemacht haben«? Das zu fragen, bleibt mir keine Zeit, denn schon lässt er die fusselige Decke entlang seines rechten Beines hinuntergleiten und enthüllt mir so seinen in Velpeau-Verbände eingewickelten Schenkel und diesen unerträglich leeren Platz, wo sich seine Wade, sein Knöchel, sein Fuß befinden sollten.

Grauen, Grauen, Grauen: Mein Baby, mein so schöner, so großer, so starker Erstgeborener, wer hat ihn mir verpfuscht? Wer hat sich das Recht angemaßt, ihm sein Bein zu nehmen? Ich bin kurz davor, der ganzen Welt die Schuld zu geben, und vor allem diesen so ungebildeten und inkompetenten Chirurgen auf La Réunion, die ernsthaft glaubten, auf ein komplexes Problem eine einfache Lösung anwenden zu können. Denn Lösungen, da bin ich mir sicher, hätte es andere gegeben als eine Amputation: verdammte Scheiße, man baut Brüste wieder auf, Nasen, ganze Kiefer, warum also nicht auch ein Bein?

Ich bemühe mich, ruhig zu wirken, fröhlich, der Situation angemessen, aber zum Grauen und der Wut mischt sich ein Ekelgefühl, auf das ich nicht vorbereitet war, ich, die ich immer mühelos die Wehwehchen und Krankheiten meiner Kinder aufgefangen habe, stets bereit, einen Augenbrauenbogen zu nähen, einen Abszess zu desinfizieren, Kotze, Rotze,

Kacke wegzuwischen. Bei ihnen hat mich nie was angewidert, niemals, warum also bin ich heute kaum in der Lage, die gelblich strahlenden Verbände zu sehen, die den Oberschenkelknochen meines Sohns umhüllen? Um die Stimmung zu heben, gebe ich beruhigende Geräusche von mir, absurde und beschwichtigende Sätze:

»Ich bin da. Alles ist gut. Ich werde dich heimbringen. Glaube mir.«

Sein Gesicht zieht sich zusammen, seine Lippen spannen sich an, seine Augen treten hervor, und ich begreife, dass er Zorn und Ekel mit mir teilt.

»Ich will nicht nachhause, verdammte Scheiße nochmal, ich will, ich will ...«

Er schäumt, die Worte dringen nur mühsam hervor, aber ich könnte sie statt seiner aussprechen: Er möchte sein Bein zurück, er möchte, dass alles wieder so ist wie vorher, er möchte wieder der Halbgott sein, der auf den Fluten ritt, er möchte surfen, laufen, klettern, sich problemlos niederknien, kein Mitleid hervorrufen, sondern Bewunderung einflößen, Begehren, mit all den Qualitäten, die ihm die Natur so großzügig zuteil werden ließ: Schönheit, Kraft, Anmut. Seines Beines beraubt, wird er zu einem Behinderten, einem Hinkenden, einem Schwachen, er, der er sie stets heimlich verachtet hat.

Ich ziehe die Decke zurück über seinen Stummel und bemühe mich, ihn abzulenken, seine Aufmerksamkeit von der unerträglichen Wirklichkeit abzulenken. Ich summe etwas, ich plaudere, ich erzähle ihm Neuigkeiten, von meiner Reise, aus Biarritz, von Papa, Ysé, Jasmine ... Bei letztgenanntem Vornamen versteift sich Thadée, sein Blick schweift zum Fenster, aber ich lese Bitterkeit in ihm, Frustration und, das auch, Angst:

»Was meinst du? Will ein Mädchen wie Jasmine mit einem Typen zusammenbleiben, der nur ein Bein hat?«

»Was erzählst du denn da? Ich habe gestern erst mit ihr telefoniert, aber du ja sicherlich auch: Du wirst doch mitbekommen haben, dass sie völlig gebrochen ist, dass es ihr leid tut für dich, dass sie aber auch keine Sekunde lang darüber nachdenkt, dich zu verlassen, also wirklich! Sie liebt dich!«

»Sie ist zerbrechlich, ich weiß nicht, ob sie ... ob sie das verkraften wird!«

Er weist trotzig auf sein rechtes, von der Decke wieder zum Verschwinden gebrachtes Bein.

»Nun ja, das ist ein guter Test, wenn sie es nicht ertragen sollte, dann, weil sie dich nicht wirklich liebt, und Mädchen, die dich mit oder ohne Bein lieben, glaube mir, an denen mangelt es nicht!«

»Ja, aber ich möchte Jasmine!«

»Thadée, Jasmine weint den ganzen Tag lang, sie wollte herkommen, mit mir zusammen. Ihr Vater hat sie davon abgehalten: Anscheinend erwarten sie über die Festtage die Familie, da musste Jaz vor Ort sein. Aber sie hat mir das Versprechen abgenommen, dich möglichst bald zurückzubringen, und genau das werde ich tun.«

Wir werden von einer eintretenden Krankenschwester unterbrochen, dann von einem Facharzt, dem gegenüber ich mich, immerhin die Ehefrau eines Apothekers, deutlich zwinge, einen schulmeisterlichen Ton anzunehmen, damit er definitiv kapiert, dass man Thadée nicht wie einen Ottonormalpatienten behandeln kann. Er aber strahlt nur so vor lauter Optimismus, Selbstzufriedenheit und einer abgrundtiefen Gleichgültigkeit gegenüber allem, was nicht ihn selbst betrifft. Es gelingt mir nicht, ihm auch nur eine präzise Information über Thadées Zustand und die Dauer seines Krankenhausaufenthaltes aus der Nase zu ziehen. Nach gut zehn Minuten hohler Plänkelei klopft es an der Tür. Es ist Cindy:

»Mylène? Salut, Thadée. Ich hab eben mit Zach telefoniert: er fragt, ob Sie nicht ins Lager kommen wollen. Ansonsten würde ich ihn abholen und herbringen.«

Thadée macht eine unruhige Handbewegung in unsere Richtung:

»Fahr hin, Mi. Ich werde hier eh behandelt. Die müssen den Verband neu anlegen, das dauert eine Ewigkeit und die wollen da niemanden im Zimmer haben. Und außerdem bin ich todmüde: ich muss ein wenig schlafen. Du kommst heute Abend mit Zach wieder her, o. k.?«

»Bist du sicher?«

»Ja. Und dann kannst du auch das Lager sehen. Komm da erst mal an. Du kannst meine Strohhütte nehmen.«

Ich gehe. Ich gehe, aber ich bin da, er kann auf mich zählen, auf den unerschütterlichen Eifer meiner Liebe. Ich gehe, aber ich werde wiederkommen.

Anders als ich dachte, liegt das Surf-Camp nicht in unmittelbarer Nähe zum Meer, sondern landeinwärts in den Hügeln. Die Straße, die dorthin führt, ist ebenso kurvig wie von Schlaglöchern durchzogen, und Cindys grobe Fahrweise macht es auch nicht besser, weshalb ich schließlich mit flauem Magen und schwerem Kopf im Margouillats ankomme. Ich rechnete zwar damit, dass es heiß sein würde, immerhin herrscht hier grade Sommer, aber die Temperatur erscheint mir ungewöhnlich hoch. Dazu befragt, zuckt Cindy kaum merkbar mit den Schultern:

»Jo, nö, das ist hier immer so.«

Ich mache einige Schritte durch den Staub, der von unserer Ankunft mit quietschenden Reifen aufgewirbelt wurde, meinen Koffer am gestreckten Arm. Ein gutes Dutzend Strohhütten liegt wahllos verstreut um einen Platz plattgeschlagener Erde. Surfbretter sind entlang eines Bretterzauns aufgereiht, hier und da getrocknete Wäsche, etwas scheint zu köcheln und grauen Qualm sowie einen Geruch abzusondern, der meine Übelkeit nur noch steigert. Ein Mann nähert sich uns raschen Schrittes. Cindy an meiner Seite erstarrt, findet aber keine Worte, uns einander vorzustellen, sodass er das übernimmt.

»Hallo. Ich bin Jérémie. Sie müssen Zachs Mutter sein?«

»Und die von Thadée, ja.«

»Willkommen.«

Er starrt mich an, ohne alle Liebenswürdigkeit. In gewisser Weise sieht er Thadée ähnlich: dieselben goldenen Locken, die er in einer Art hochgestecktem Knoten trägt, dieselben hellen Augen, dieselbe drahtige Muskulatur. Er sieht aus wie Thadée in zehn oder fünfzehn Jahren. Denn dieser Kerl ist nicht wirklich jung, auch wenn er sich gut gehalten hat. Er ist schön, aber etwas an seinem Kiefer und der Form seiner Nase wirkt animalisch. Er will, ich spüre es, auf dem Absatz kehrt machen, besinnt sich aber eines Besseren und fügt schließlich hinzu:

»Es tut uns allen leid. Was Ihrem Sohn passiert ist.«

»Und mir erst.«

Ich hätte ihm nicht mit dieser Aggressivität antworten sollen, aber es ist mir so rausgerutscht. Vielleicht, weil er sich in puncto menschlicher Wärme ans Minimum gesellschaftlicher Konvention gehalten hat, vielleicht auch, weil er diese kaum spürbar platte Nase hat, dieses leichte Schielen, diesen Kiefer eines Fleischfressers; oder aber weil ich schlicht erschöpft bin von den elf Stunden Flug, von meinem Besuch im Krankenhaus, und weil ich seit zwei Tagen so gut wie nichts gegessen habe. Jérémie lässt uns mit einem letzten unergründlichen Blick stehen, und Cindy macht mich auf eine der Strohhütten aufmerksam:

»Das ist unsere. Zach ist drinnen.«

Er ist drinnen. Er schläft in seinen Kleidern auf etwas, was die Bezeichnung Bett kaum verdient: ein auf einen Metallrahmen gespanntes Tuch. Auf dem Boden zwei schmutzige Matratzen. Kein Waschbecken, keine sanitären Anlagen in Sicht. Cindy rüttelt sanft an Zachs Schulter, hockt sich zu ihm hinunter und legt ihr Gesicht in seinen Nacken, als wäre ich gar nicht da:

»Zachée, wach auf: deine Mutter ist da.«

Langsam, mühsam, setzt er sich am Rand des Bettes auf, wühlt sich durch sein wirres Haar, reibt sich die Augen, lächelt mich schließlich an:

»Mi!«

Wir umarmen einander, tauschen erste Neuigkeiten aus, die Reise, das Krankenhaus ...

»Du hast ihn also gesehen ...«

»Ja.«

»Sie haben ihn operiert, während du im Flieger warst. Das Bein war zu zerstört.«

»Hör zu, bei allem, was er eben erst durchgemacht hat, fand ich ihn doch ... recht stabil.«

Nein, das stimmt nicht. Ich fand ihn furchtbar. Unverändert und doch zugleich anders. Der Blick verstört. Die Stimme weinerlich. Aber ich hatte keine Lust, Zach diesen schmerzlichen Eindruck zu vermitteln. Zumal er mir selbst eine Erklärung lieferte:

»Die füllen ihn mit ganz schön viel Zeugs ab, weißt du. Und auch mit reichlich Morphium. Er pennt die Hälfte der Zeit. Und manchmal stürzt er einfach so ab, rastet aus. Aber dass du jetzt da bist, wird ihm guttun. Willst du was trinken? Wir haben für dich eine eigene Ecke eingerichtet. Es gibt eine freie Strohhütte, zeigen wir dir dann.«

Allein der Gedanke, wie sie direkt auf dem Boden zu schlafen, im Wald zu pinkeln und von dem zu essen, was noch immer die Atmosphäre verpestet – Wild, das bereits einen Stich hat?, ein nicht mehr ganz frischer Fisch? – lässt mich frösteln.

»Nein, Zach, nein. Kommt gar nicht in Frage. Du wirst mich zurück nach Saint-Denis bringen, wir werden da ein Hotel suchen. Wenn ich nicht sogar bei Thadée im Zimmer schlafen kann, was meinst du?«

»Aber Mimi, wir haben für dich extra eine Hütte hergerichtet, für dich ganz allein. Und Jéré meint, du müsstest auch nichts bezahlen! Cindy hat schön sauber gemacht, sie hat dir Blumen hingestellt, das ist echt dufte! Du kannst doch wenigstens diese Nacht bleiben!«

Es ist schon ziemlich dunkel und die angesammelte Müdigkeit der Reise und der letzten Tage bricht ebenso plötzlich über mich herein wie diese tropische Nacht.

»Und was ist mit Thadée? Ich habe ihm versprochen, dass ich noch einmal vorbeischauen würde ...«

»Ruf im Krankenhaus an, die werden dir sagen, dass er bereits schläft: Er kriegt überhaupt nicht mit, ob du da bist oder nicht. Wir gehen morgen ganz früh hin, wenn du willst, fahre ich dich.«

Ich widerspreche erst kraftlos und gebe schließlich ganz auf, denn ich bin erschöpft, ich fühle mich außerstande, diese grauenvolle Straße jetzt gleich noch einmal zu nehmen, mit Cindy, die rasend schnell, oder Zach, der miserabel fährt. Ich lasse sie mich zu einer Hütte führen, die genauso grob ist wie die ihre, aber tatsächlich sauberer. Und wirklich hat Cindy auf die umgedrehte Obstkiste, die mir als Nachttisch dient, Blumen gestellt. Ich bedanke mich bei ihr der Form halber, hege aber nicht die Absicht, neben dieser aggressiv rot glänzenden Flamingoblume zu schlafen, die ihre obszöne Zunge nach mir ausstreckt.

»Wenn du duschen willst, dann draußen. Und wir werden bald schon essen.«

Duschen, nein danke. Aber etwas essen ... Nachdem ich ein paar Kleidungsstücke ausgepackt habe, schleppe ich mich bis zum Feuer, um das herum Zachée, Cindy, Jérémie und sechs oder sieben andere bereits Platz genommen haben. Zachée stellt uns einander mit überstürzter Hektik vor. Ich merke mir jeden zweiten Namen und gerate bei den Nationalitäten durcheinander: Sandro ist Belgier, Ali aber Italiener, während Paul und Julia Deutsche sind. Eine brünette, üppige junge Frau sitzt an Jérémies Seite. Seine Freundin, wenn ich die Aufmerksamkeit richtig deute, die sie sich gegenseitig schenken. Und soweit ich verstehe, sind die beiden die einzigen, die von der Insel sind – »Petits Blancs de Hauts[2]«, lehrt mich Zachée, ohne dass ich wirklich verstehe, auf was er anspielt. Man reicht mir eine braune, glibberige Masse in einer Tonschale, die so wenig verlockend wirkt wie ihr Inhalt.

»Hase«, klärt mich Jérémie wortkarg auf.

»Ach ja, ihr esst Fleisch?«

Ich habe keine Ahnung, warum ich diese Frage stelle. Wahrscheinlich nur, so nehme ich an, um Konversation zu betreiben. Viele Surfer sind Vegetarier, und ich hatte mir vorgestellt, dass man auf La Réunion, mehr noch als woanders, von Mangos und Maniok lebt. Aber nein, ich irre auf ganzer Linie. Jérémie und seine Komplizen sind Jäger. Für gewöhnlich gibt's im Lager Hase und Gürteltier, begleitet, ja wirklich, von Reis, Bohnen und verschiedenen Blattgemüsen, die man hier Brèdes nennt. Auch Fisch, den Jérémie mit der Harpune fängt. Ich esse den Reis und lasse die Hasenstücke in ihrer braunen Sauce schwimmen. Die rühre ich nie und nimmer an. Im Übrigen ziehe ich mich sobald wie möglich zurück und lasse die anderen mit ihrem unverständlichen Gerede zurück, mit ihren Geschichten über Pads, Shortboards, Fins, Carving ... Ich müsste inzwischen was davon verstehen, ehrlich gesagt aber schaltete ich immer sofort ab, wenn meine Söhne mit ihren Freunden anfingen, übers Surfen zu reden. Und Gott weiß, dass sie es stundenlang konnten – ohne Ende irgendwelche Äußerungen über dieses oder jenes Manöver, diese oder jene Welle, diese oder jene Session, diesen oder jenen Spot ...

Einmal in meiner Strohhütte, rolle ich mich zusammen und schlafe auf der Stelle ein, trotz der brütenden Hitze. Leidenschaftliche Raungeräusche reißen mich wenig später aus dem Schlaf. Zunächst fügen sie sich in die unzusammenhängenden Bilder meines Traums, Thadée, der mir eine feierliche Ansprache hält, damit ich ein Schwertfischsteak esse, Jérôme, der mir einen Strauß Flamingoblumen schenkt, bevor er in Tränen ausbricht ... Etwas später tauche ich schließlich auf, mit schwerem Kopf und bitterem Geschmack im Mund. Auf meiner Uhr ist es bereits drei in der Früh, aber von der anderen Seite der irdenen Mauer dringen Stimmfetzen an mein Ohr, darunter die von Jérémie, wir mir scheint. Ich verstehe nicht, was sie sagen, aber der Wortwechsel ist heftig. Da zu schlafen nicht mehr in Frage kommt, gehe ich raus, einige Schritte machen, und hoffe so der Schwüle meines Zimmers zu entkommen. Ein sarkastisches Lachen dringt aus einem dichten Farnmassiv zu mir, dem ich mich mechanisch nähere, angewidert von diesen haarigen irgendwie Bischofsstäben gleichenden Blättern, die sich wie fette Raupen ausstülpen und einem bei Berührung ihr Gift entgegenschwitzen, wovor ich mich hüte. Zwischen den Palmen von wahnsinnigem Überschwang sehe ich tatsächlich Jérémie, der an der Zwischenwand eines Blechunterschlupfs lehnt, neben ihm Zach und Cindy. Das Lachen, das ich vernommen habe und noch immer vernehme, da es sich unaufhörlich wiederholt, stammt von Cindy. Wenn ich genauer darüber nachdenke, so glaube ich, dass ich sie zum ersten Mal lachen sehe, aber es ist ein freudloses Lachen, ein ungutes Lachen, ebenso Unheil bringend und giftig wie die baumartigen Farne, deren Blattenden mich berühren. Den Kopf nach hinten geworfen, mit zitternden Schultern, lacht Cindy in die Inselnacht, während Jérémie die Hand zur Faust ballt und Zachée die Szene unruhig beäugt. Das Lachen hört plötzlich auf, und Cindy geht einen Schritt auf Jérémie zu:

»Jetzt mal Schnauze, o. k.? Jetzt hältst du mal deine beschissene Petits-Blancs-de-Haut-Fresse!«

»Weil du dich für eine Cafre[3] hältst?«

»Du bist hier der, der sich für einen Cafre hält, du Trottel! Aber das ist ja gar nicht das Problem, das Problem ist, dass du dein Maul zu weit aufreißt!«

»Ist es etwa mein Fehler, dass dein Schwager ein Vollidiot ist?«

»Mein Schwager, wie du sagst, wurde gerade von einem Hai gebissen, weil du der Vollidiot bist! Hättest du dich nicht wie ein Vollidiot verhalten, läge Thadée jetzt nicht im Krankenhaus, und das wissen hier alle!«

Jérémie schäumt, ihm treten die Augen aus den Höhlen, und jetzt ist er es, der auf bedrohliche Weise einen Schritt auf Cindy zugeht:

»Beruhig mal deine Muschi, ja! Zachée, komm, sag deiner Süßen hier, sie sollte mal besser ihre Muschi ruhigstellen!«

Zachée wirkt perplex aufgrund der Gewalt des Wortwechsels, legt aber beruhigend seine Hand auf die Schulter seiner ›Süßen‹.

»Ich glaube nicht, dass sie irgendwen oder -was beruhigen muss. Eher solltest du dich beruhigen.«

Jérémie stößt ein unverständliches Gemurmel aus, zuckt mit den Schultern und lässt die beiden allein. Zach und Cindy bleiben einen Augenblick wie angewurzelt stehen, flüstern kurz miteinander und betreten dann gemeinsam den ausgetretenen Pfad, der hinunter zum Meer führt. Ohne zu wissen warum, hefte ich mich an ihre Fersen, und so mäandern wir eine gute Viertelstunde entlang des Pfades unter diesen unbekannten Sternen, die mir etwas fetter und klarer vorkommen als die der nördlichen Hemisphäre, wobei erwähnt sei, dass ich dem Großen Bären oder der Kassiopeia nie mehr als nur einen kurzen Blick schenke, auch wenn Jérôme sich redlich bemüht, mich mit Astronomie vertraut zu machen. Am Strand angekommen, ziehen Cindy und Zachée sich eilig aus, und ich nähere mich ihnen bis zum zitternden Vorhang einer Schilfgrashecke, von der ich mir ängstlich erhoffe, dass sie mich vor den Augen meines Sohns und seiner Freundin schützt.

Cindy hat Zachées Hand ergriffen, und schon setzt ihr Lachen wieder ein – dieses Mal aber ein glückliches, ein triumphales und ansteckendes Lachen. Wären seit drei Tagen mein Herz und Magen nicht permanent verkrampft, permanent angespannt vor lauter Traurigkeit und Angst, ich würde ebenfalls lachen. Zachée lässt sich nicht abhalten einzustimmen, er lacht mit, lässt sich zum schäumenden Meer ziehen und springt hinter Cindy hinein. Sie schwimmen eine Zeitlang ins Offene hinaus und ich verliere sie aus dem Blick, während meine Angst bei der Vorstellung all der Gefahren, die ihnen auflauern, nur noch stärker wird: fleischfressende Haie, Strömungen, Felsen und was weiß ich nicht alles. Glücklicherweise kommen sie bald wieder zurück, steigend trippelnd und sich schüttelnd aus dem Wasser. Cindy wirft ihre Dreads von vorn nach hinten und trifft dabei Zachée mit einem Strahl feiner Tropfen. Nackt scheint sie doch schmäler, weniger gedrungen und pummelig, als in ihren verwaschenen Pluderhosen und unförmigen T-Shirts. Tatsächlich ist sie sogar eher athletisch. Gut möglich, dass es ihre ausgeprägte Schulterbreite ist, die mir lange Zeit diesen Eindruck von Körperfülle vermittelte. In Wirklichkeit aber hat sie schmale Hüften, einen flachen, schon beinahe gehämmerten Bauch. Ihre Brüste, es stimmt, sind tatsächlich beeindruckend, und ein silbern scheinender Mond hebt ihre cremige Helle und ihr sensationelles Volumen nur noch hervor.

Zach stürzt sich auf diese Brüste mit einem begierigen Stöhnen, das mich sogar noch hinter meinem Schutz aus raschelnden Blättern erreicht. Ich sollte gehen, umkehren, bevor ich noch den Liebesspielen meines jüngeren Sohnes mit seiner Lebensgefährtin beiwohne, aber nun ja, ich bleibe, wo ich bin, wie versteinert von dem merkwürdigen Schauspiel, das sich mir darbietet. Als verfügte Cindy über die Macht einer Meduse – deren Schlangenhaar sie besitzt. Während Zachée zu ihren Füßen niederkniet und sein Gesicht in ihren Schritt vergräbt, bleibt Cindy merkwürdig unerschrocken und durchkämmt lediglich mit einer Hand seine feuchten Locken. Sie brutal an der Taille packend, zwingt Zach sie, in die Knie zu gehen und wirft sie anschließend auf den Sand.

Sie vögeln. Vor meinen Augen. Mein Sohn und seine Freundin. Wo doch Thadée auf seinem Krankenbett ruht, nur wenige Kilometer entfernt! Wie kann Zachée nur das Herz haben, in diesem furchtbaren Moment sich Sinnesfreuden hinzugeben? Wie kann er nur, drei Tage nachdem ein Hai das Bein seines Bruders abgebissen und verschlungen hat, Lust haben, zu vögeln? Wieder dieses Lachen. Cindys Lachen, die sich nun aufrichtet und urplötzlich die Rollen wechselt, indem sie meinen jüngeren Sohn in den Schraubstock ihrer goldenen Schenkel zwängt und die wunderbare Masse ihrer weißen Brüste auf ihn herabsenkt, mit denen sie ihm langsam über den Oberkörper streicht. Mit jeder geschickten Streichbewegung erzittert Zachée, bäumt er sich auf, versucht er, sie zurückzustoßen und auf den Boden zu werfen. Sie widersteht, und ihre Umklammerung verwandelt sich in das Simulakrum eines Streits, der die beiden wie wahnsinnig zu amüsieren scheint, deutet man ihr Gelächter und ihr Gestöhne richtig. Nach wenigen Kampfminuten nimmt Cindy definitiv die Position über ihm ein und stößt einen unerträglichen Siegesschrei aus.

Dass dieses Mädchen keinerlei Sensibilität besitzt, wusste ich bereits, in dieser furchtbaren Nacht aber muss ich erkennen, wie sehr sie meinen Sohn inzwischen infiziert hat. Nur, von uns allen war Zachée immer der Zärtlichste, der Mitfühlendste, der Aufmerksamste anderen gegenüber. Ich liebe Thadée, muss aber zugeben, dass Mitgefühl nicht zu seinen hervorstechendsten Eigenschaften zählt. Auch nicht bei Ysé, die den Tod einer Zikade beweinen kann, aber den Unfall ihres Bruders ohne jegliche Trauer oder Betrübnis aufgenommen hat.

Bemüht, meine Ruhe zu bewahren, knie ich hinter meinen Vorhang der vom Wind noch immer bewegten Schilfrohre nieder und meditiere über die grausame Veränderung, die aus meinem kleinen Jungen diesen harten, egoistischen, und so heftig nach Lust gierenden Mann gemacht hat, dass er darüber sogar seinen Bruder vergisst. Denn inzwischen handelt es sich um pure Lust. Das Kampf-Simulakrum, die Protestschreie und Triumphausrufe sind einem eindeutig erkennbaren und vollkommen inakzeptablen Gestöhne der Wollust gewichen. Ich weiß im Übrigen nicht, was mir mehr auf die Nerven geht, diese erheischte, unpassende Lust, oder Zachées Getue, wie er da auf dem feuchten Sand ruht, als böte er sich selbstgefällig seinem sittenlosen Vamp an. Denn Cindy erweist sich als wahre Schlampe, was für mich eine weitere Entdeckung und Überraschung bedeutet. Sie reitet meinen Sohn, ohne ihren merkwürdig fernen Ausdruck zu verlieren, während dieser so voll und tief am Horizont stehende Mond ihr Gesicht versilbert. Von Zeit zu Zeit unterbricht sie ihre frenetischen Lendenstöße, um sich über meinen Sohn zu beugen und ihm etwas ins Ohr zu hauchen, was für mich nicht zu verstehen ist, ihn aber zu elektrisieren scheint. Das alles ist vollkommen abstoßend. Und dass mir niemand komme und sage, ich bräuchte doch nur auf dem Absatz kehrt machen, wenn mich das Schauspiel so abstößt. Mein Platz ist hier, am Strand: Angesichts dessen, was uns zustieß, ist es von größter Wichtigkeit, dass mir die Augen geöffnet werden, dass ich weiß, auf welche Ressourcen ich zurückgreifen kann im Kampf, der uns bevorsteht. Nur, ganz offensichtlich steht mein jüngerer Sohn vollkommen unterm Joch dieser Cindy mit ihren Medusenzöpfen. Wenn es darum geht, Thadée zu unterstützen, Körper und Seele seiner Heilung zu widmen, die eigenen Kräfte den seinen hinzuzufügen, so bin ich mir keineswegs mehr sicher, auf Zachée weiterhin zählen zu können.

Während das Kreuz des Südens voller Feindseligkeit über dem dunklen Meer blinkt, beginnt die Messaline aus Castagnède – dem Provinznest ihrer Herkunft – ihrem Opfer den Todesstoß zu versetzen. Und wenn mich auch Wut und Missbilligung zerfressen, so kann ich doch nicht umhin, den Eindruck wilder Energie festzustellen, die ihre ineinander verschlungenen Körper freisetzen. Handelte es sich nicht um meinen Sohn, wäre die Situation nicht die, die sie ist, mir könnte die Sinnlichkeit sogar gefallen. Und ich muss anerkennen, will ich mir selbst gegenüber ehrlich sein, dass sich zu meiner Wut und meinem Ekel ein Gefühl der Frustration und etwas wie Begierde mischt. Ohne es zu ahnen, werfen Zachée und Cindy mich brutal zurück in die Wirklichkeit meiner fünfzig Jahre, zurück auf meinen Körper, der auseinandergeht und unerbittlich faltig wird, zurück auf meine steifen Gliedmaßen, auf mein vom Färben und den vielen Föhnwellen stumpf gewordenes Haar, das nicht zu vergleichen ist mit Cindys wogenden Zöpfen. Ich bin zu diesen leidenschaftlichen Liebesspielen nicht mehr fähig: Sollte der Zufall wollen, dass Jérôme mich des Nachts einmal auf einem Inselstrand umwürbe; dass er mich unter ihm im Sand mich winden ließe, ich wäre außerstande, ihn mit dieser triumphalen Selbstsicherheit zu reiten, außerstande, ihm großzügig diese lasziven Liebkosungen zuteilwerden zu lassen: Aus Angst vor dem Lächerlichen würde mein Schwung erstarren und wahrscheinlich auch der seine. Ja, ganz gleich, aus welcher Perspektive ich die Szene betrachte, sie ist mir unerträglich.

Ich entschließe mich, meinen Spähposten zu verlassen und umzukehren, und so torkle ich über unzählige knochige Baumstümpfe, die mir auf dem Hinweg gar nicht aufgefallen waren, sich aber nun gegen mich verschworen zu haben scheinen, um mir den Weg zurück ins Lager endlos werden zu lassen. Ich habe mich selten so elend gefühlt, so alt, so machtlos. Der Himmel klart bereits auf, als ich meine Strohhütte erreiche. Es ist kaum verwunderlich, dass Zachée tagsüber schläft und keine Zeit findet, seinen Bruder zu besuchen, wenn seine Nächte so berauschend sind.

Als er mich zwei oder drei Stunden später aufsucht, wirkt er wie immer, sein Blick ist klar:

»Wie geht's? Konntest du schlafen?«

»Ich konnte kein Auge schließen.«

Ich bemühe mich, etwas vom Zorn wegen des nächtlichen Liebesspiels in meine Stimme zu legen, aber das ist bei Zachée vergebliche Müh, der die Dinge nur kapiert, wenn man sie ihm klipp und klar benennt. Er muss sich wohl denken, dass Angst und Traurigkeit allein mir den Schlaf geraubt haben, und so nimmt er Anteil an meinem Schmerz:

»Arme Mi! Du musst vollkommen durch sein …«

Da ich meine Kräfte für den Tag, der mich erwartet, aufsparen muss, lasse ich ihn glauben, was er will, und erdulde das harmlose und fröhliche Geplänkel, das er meint, hier absondern zu müssen. Wichtig allein ist Thadée, dass ich vor ihm eine gute Figur mache; und dass es mir gelingt, dem medizinischen Personal Informationen über die Amputation zu entlocken, die operativen Folgen, das Datum, an dem Thadée, endlich, den Flieger nehmen und zu uns zurückkehren kann.

Bei unserer Ankunft befindet er sich in derselben Position wie am Vortag, das Zimmer badet in demselben merkwürdigen Halbschatten. Wir wechseln einige Belanglosigkeiten miteinander. Ich spüre, dass er sich gefangen und entschieden hat, nichts von seiner Wut und Angst aufkommen zu lassen, dass er alles tut, um normal zu erscheinen, alles, um uns die entsetzliche Wirklichkeit vergessen zu lassen, die das Laken verbirgt und gegen die unsere Gedanken unerbittlich ankämpfen. Wir können noch so sehr über Gott und die Welt reden, über Biarritz, Saint-Denis, das Telefonat, das Jérôme kurz vor unserer Ankunft mit ihm führte, über Jasmine, das Wetter, die erdrückende Hitze, über die hiesige Küche, das einzige, was uns interessiert, ist dieser ebenso skandalöse wie groteske Stummel. Glücklicherweise ist Thadée, und wir mit ihm, beschäftigt mit den Abläufen im Krankenhaus, der täglichen Routine, den Unterbrechungen durch die Krankenschwester, die kommt, um seine Werte zu prüfen, durch die des Krankenpflegers, der seine Bettwäsche wechselt, den fade schmeckenden Mahlzeiten, die ab elf Uhr serviert, von Thadée aber zu meinem Leidwesen nicht angerührt werden.

»Aber du musst was essen, meinst du nicht?«

»Ich hab' keinen Hunger.«

»Willst du was anderes? Zachée kann gehen und dir was Schmackhafteres besorgen.«

»Nein, nicht nötig.«

Ich habe es immer geliebt, meine Kinder zu füttern, und immer habe ich mich über ihren Appetit gefreut. Wenn andere Kinder nörgelten und schwächer wurden, fraßen die meinen regelrecht und wurden von Tag zu Tag größer, fester, leuchtender, um das Bild der Früchte zu nehmen, die ich ihnen ganz verliebt auf den Marktständen aussuchte. Ich habe für sie gekocht und koche noch immer für sie mit religiöser, ja beinahe unbändiger Verehrung. Nichts erfüllt mich so sehr, als zu sehen, wie sie sich Nachschlag nehmen von meinen Tajines, meinen Gratins oder Torten.

Als sie noch klein waren, musste ich mich manchmal zur Vernunft rufen, um sie nicht mit Kompott, Kuchen oder selbstgemachtem Püree buchstäblich vollzustopfen. Glücklicherweise neigten sie nicht dazu, Fett anzusetzen, denn ich konnte sie einfach nicht ermahnen, Maß zu halten, weswegen ich mir recht häufig missbilligende Kommentare von Jérôme oder seiner Mutter einfing – in deren Augen man nicht ausreichend bescheiden und mager genug sein kann. Wenn ich mir auch darüber im Klaren bin, in puncto Ernährung vollkommen irrational zu sein, so schreckt mich bei meinen Kindern doch nichts so sehr als ihre Weigerung zu essen.

»Dass er keinen Hunger hat, ist nur natürlich.«

In meinem Rücken hat ein Mann mit sanfter Stimme gesprochen. Er war eingetreten, ohne dass wir es bemerkt hätten, und steht nun zwischen Türrahmen und dem an das Zimmer angrenzenden Bad. Würde ihn sein Namensschild nicht unmissverständlich als R. Chandrialimana, Chirurg, ausweisen, ich hielte ihn für einen Krankenwagenfahrer oder Instandhaltungstypen. Diese Art, im Halbschatten zu warten, dieser gedämpfte Tonfall, diese ehrerbietige Haltung: Er hat nichts mit den Ärzten gemein, mit denen ich Umgang pflege, und Gott weiß, wie zahlreich diese in unserem Umfeld sind. Bevor er auf Pharmazie umsattelte, hatte Jérôme Medizin studiert und in dieser Zeit nicht gerade wenige Freunde gefunden, von denen heute viele angesehene Krankenhausärzte sind. Weder Fabien noch Gilles, Kardiologe respektive Magen-Darm-Spezialist – und im Übrigen sehr nahe Freunde –, würden je klammheimlich ins Zimmer eines Patienten treten und die Gelegenheit abwarten, um was zum Besten zu geben. Sie gehören eher jenem Typus an, der seinen Rundgang im Eilschritt macht und seine Diagnosen und Verschreibungen mit Stentorstimme kundtut. Zärtlichkeit und Bescheidenheit sind nicht Teil ihrer Natur. Doktor Chandrialimana scheint mir aus anderem Holz geschnitzt als die Mediziner bei uns, aber ich glaube, ich finde die scharfen und durchschlagenden Kaliber, die ich gewohnt bin, besser. Er setzt sich schräg auf Thadées Bett und fühlt ihm den Puls, eine Geste, die mir merkwürdig deplatziert vorkommt, geradezu archaisch in einem Zeitalter, wo die Medizin so viele andere Untersuchungsmöglichkeiten kennt. Er redet weiter, ohne seine Stimme zu heben:

»Einerseits irritieren die Medikamente, die wir ihm verabreichen, seine Darmflora, andererseits verursacht die Verdauung einen zu starken Energieverbrauch. Die Energie benötigt sein Organismus unter anderem, um gegen die Entzündungen anzukämpfen und die Narbenbildung voranzutreiben. Idealerweise sollte er abnehmen.«

Ich lasse es mir nicht nehmen, meinen Widerstand gegenüber diesen Rezepten eines fernen Jahrhunderts deutlich zu machen:

»Hören Sie, Dr. Chan ...«

»Chandrialimana.«

»Es ist schon eine kleine Ewigkeit her, dass man Kranke noch auf Diät setzte! Und warum sie nicht noch gleich zur Ader lassen, wo Sie ja anscheinend darauf setzen?«

»Dass Sie sich da mal nicht täuschen: Man greift darauf zurück. Nicht etwa auf Aderlass, aber auf Diäten.«

Er wirft einen prüfenden Blick auf Thadée, bevor er sich wieder an mich richtet:

»Auf jeden Fall hat er keinen Hunger: Sie werden ihn wohl nicht zwingen, oder?«

Und genau da kennt er mich schlecht, wobei mir in diesem Augenblick auffällt, dass wir nicht einander vorgestellt wurden:

»Ich bin Mylène Chastaing, die Mutter von Thadée.«

Er lacht mit strahlenden Zähnen:

»Ich weiß: Die Krankenschwester hat es mir gesagt. Hatten Sie eine angenehme Reise?«

Wenn er glaubt, dass wir während der ganzen Zeit seiner Visite Salongespräche führen werden, irrt er sich gewaltig. Ich gehe zum Angriff über:

»Wie kommt es, dass mein Sohn amputiert wurde?«

»Sind Sie darüber nicht informiert worden?«

Zachée schaltet sich ein:

»Mi, ich hab's dir gesagt: als die Ärzteschaft es entschied, warst du im Flieger.«

Chandrialimana lässt sein unterwürfiges Lächeln noch strahlender werden:

»Sie können sich gewiss vorstellen, dass wir alles unternommen haben, um sein Bein zu retten. Wir haben operiert, weil uns keine andere Wahl blieb. Wir haben die Knochen und Fetzen aneinandergefügt ...«

Die Fetzen, dieses fiese Wort. Als wäre das Bein meines Sohnes ein Schlachtfeld gewesen. Zachée zufolge aber war sein Bruder mit Bein ins Krankenhaus gekommen. Schwer verletzt durch den Haibiss, ja, aber doch noch ganz, das Schienbein war mit dem Oberschenkel noch verbunden. Chandrialimana hört, wie ich vom Leder ziehe, ohne sich davon beeindrucken zu lassen.

»Aber uns wurde klar, dass das Gewebe bereits abgestorben war, ach ...«

Überstürzt ergreift Zachée das Wort, redet von kollabierter Arterie, von Ischämie, von was weiß ich nicht was.

Chandrialimana hört ihm zufrieden zu, als wäre er Zach dankbar, dass er seine Aussagen in Fachbegriffe übersetzt. Man fragt sich wirklich, wo der seinen Abschluss gemacht haben soll. Gilles und Fabien haben noch immer eine Stinkwut auf diese ausländischen Ärzte, die ihrer Meinung nach nicht nur Scharlatane sind, sondern auch noch geschäftstüchtig. Und es stimmt, dass er eher wie ein Fakir wirkt als ein Chirurg, dieser Dr. Chandrialimana, mit seinen kleinen braunen Händen und seinem silbrigen Bart. Dennoch beantwortet er all meine Fragen dienstbeflissen. Ihm zufolge werde die Narbenbildung drei Wochen dauern und Thadée von heute an in vierzehn Tagen transportfähig sein, vielleicht sogar etwas früher, sobald kein Risiko zur Thrombose mehr besteht.

»Vierzehn Tage! Aber das ist unmöglich! Thadée kann nicht noch zwei Wochen hierbleiben, auf keinen Fall!«

Er hört sich an, wie ich meiner Unzufriedenheit Ausdruck verleihe, ohne sein liebliches Lächeln aufzugeben, fast könnte man glauben, er begreife eindeutig, dass ich nichts wie raus möchte aus seinem Krankenhaus, dass ich meinen Jungen seinen Liebestränken und Nummern eines Marabu entziehen will – denn genau davon zeugt seine Lässigkeit dem

Protokoll, seine Gleichgültigkeit den Gepflogenheiten gegenüber: nichts als pure Methode, seinen Unterschied und das Exotische an ihm kundzutun. Er bittet Thadée, die Zunge rauszustrecken, hebt sein Augenlid und tastet lange seinen Unterbauch ab, bevor er sich entschließt, das zu untersuchen, was von seinem rechten Bein verblieben ist. Mit seinen kleinen dunklen Fingern entwickelt er geschickt den Stumpf. Ich würde gern den Blick abwenden, aber es ist stärker als ich, und ich sehe mich das gespannte und glänzende Fleisch meines Sohnes anstarren, aus dem hier und da, wie kleine bösartige Insekten, Büschel schwarzer Fäden herausragen. Ohne jedwedes Feingefühl für unsere Empfindsamkeit, beginnt Chandrialimana nun so etwas wie ein Selbstgespräch, von dem mich jedes einzelne Wort schmerzhaft trifft:

»Wir haben untereinander lange über den Ansatz der Amputation diskutiert, und wir haben wirklich alles unternommen, um das Knie zu retten, glauben Sie mir! Aber es war kaum etwas davon übrig: Der Hai muss sich darin verbissen haben, ich sehe keine andere Erklärung. Und doch, was den Knochenhebel betrifft, so ist das, was verblieben ist, gewiss nicht unerheblich. Wir mussten, klar, den Oberschenkelknochen abschleifen, ein wenig, um ihn stumpf zu bekommen. Und dann, ich erspare Ihnen die Details, haben wir die Muskeln Faser für Faser zusammengenäht, um die Polsterung zu erreichen. Und wie Sie sehen, haben wir, versetzt als Schlussstütze, die Narbe gelegt. Wie auch immer, Sie müssen wissen, dass ein Stumpf in seinem Volumen unstabil ist, er verkümmert. Jetzt befindet er sich noch im Stadium der Drainage. Aber sobald die trocken ist, wird Thadée aufstehen können. Wir werden, im Prinzip, in zwei oder drei Wochen eine erste Prothese anlegen können, aber die wird provisorischer Natur sein. Man wird die Fuge mehrmals angleichen müssen, bevor sich alles wirklich stabilisiert. Und erst von da an werden wir eine Apparatur nach Maß anfertigen können. Dann folgt eine kleine Rehabilitation, nach der Thadée dann fähig sein wird, nachhause zu gehen. Wie neugeboren!«

Er lächelt zufrieden, als handelte es sich bei all dem um eine Lappalie. Aber ich weiß, dass Thadée niemals mehr wie neugeborgen sein wird, dass man ihn mir ruiniert hat, erst der Hai, und dann diese Inselchirurgen. Hätte sich der Unfall in Lacanau zugetragen, mein Sohn besäße ganz sicher noch sein Bein. Ich weiß auch, dass die Narbenbildung, die Apparatur, die Rehabilitation nichts von dem Honigschlecken haben, wie es Chandrialimana selbstgefällig dargelegt hat. Wir alle haben genügend Kraft, um die Leiden anderer zu ertragen, hat einmal, ich weiß nicht welcher Moralist, gesagt. Wenn man gut fundiert breitbeinig auf seinen beiden Füßen steht, kann man leichthin über Stümpfe, Prothesen, Reha quatschen. Es zu leben, es in seinem Fleisch zu haben, wie jetzt Thadée, ist von ganz anderer Not. Vor allem, wo ihn nichts darauf vorbereitet hat, auf so brutale Weise geschmälert zu werden: Er ist einundzwanzig Jahre alt, und bis jetzt hat ihm sein Körper nur Befriedigung verschafft, all seine Wünsche erfüllt, sämtliche Beweise geliefert. Wie häufig habe ich meine Söhne nach durchzechter Nacht zur Schule gehen und ihren Tag auf dem Brett beschließen sehen, als ob nichts wäre!

Ich schalt sie der Form halber, war aber doch immer heimlich stolz auf ihre außergewöhnliche Ausdauer. Jetzt schlägt Thadée melancholisch das Laken über das, was von seinem Bein verblieben ist, und beginnt Chandrialimana zu den möglichen Prothesenarten zu befragen. Merkwürdigerweise weicht der bislang so weitschweifige Chirurg dieser Frage mit gewundener Handbewegung aus:

»Darüber nachzudenken haben wir noch Zeit.«

Thadées Gesicht verzerrt sich:

»Ich will die bestmögliche. Ich möchte schwimmen können, klettern, rennen, so wie Pistorius.«

Chandrialimana sieht meinen Sohn an, mit amüsiertem Erstaunen:

»Oh ja, Pistorius, gewiss. Ihr Fall aber ist ein ganz anderer als der von Pistorius. Sie wissen, er wurde an beiden Beinen amputiert.«

»Ja eben. Mir bleibt ein Bein: Warum sollte ich da nicht rennen können?«

»Hmmm ... Ich denke, das werden Sie schon ...«

Dann fährt er mit wachsender Begeisterung fort:

»Ein sehr interessanter Fall, dieser Pistorius: Er wurde ohne Wadenbeine geboren, unglaublich eigentlich, es kommt sehr selten vor. Ihm wurden als Baby beide Unterschenkel amputiert, und ... «

»Und ich will genau seine Prothesen. Kann man mit denen surfen?«

Mein Herz setzt mindestens zweimal aus: Wie bitte? Ihm wurde gerade erst von einem Hai das Bein abgebissen, und er redet schon davon, wieder aufs Brett zu wollen? Chandrialimana scheint genauso baff zu sein wie ich:

»Mit dieser Frage verlassen wir meinen Kompetenzbereich. Bei den heutzutage hergestellten Prothesen werden mehr und mehr Elektroden eingebaut: Ich bin mir nicht sicher, wie gut sich das mit Wasser und Salz verträgt. Aber ja, diese Frage stellen Sie dann zu gegebener Zeit dem Orthopädiemechaniker. Und im Übrigen können Sie ja eine Prothese für das Alltagsleben haben und eine, um Ihren ... Sport auszuüben.«

Ich merke an seinem Tonfall, dass er mein Entsetzen und meine Verachtung diesem Sport gegenüber teilt, der jedes Jahr ganze Kohorten gesunder junger athletischer Leute verstümmelt. Denn so spektakulär er auch sein mag, Thadées Unfall ist keineswegs außergewöhnlich, und Gefahren, denen Surfer ausgesetzt sind, gibt es reichlich. Wer nicht von einem Hai angegriffen wird, wird gegen Felsen geschleudert, von den Gezeiten nach draußen gezogen, von den Wellen halb totgeschlagen, wenn nicht gar von der Spitze seines Brettes skalpiert oder durchbohrt. Was einer Freundin meiner Söhne passiert ist. Sie haben sich gehütet, es mir zu erzählen, aber da die Presse diesem Vorfall verhältnismäßig viel Aufmerksamkeit schenkte, zwang ich sie, sich einen Helm zuzulegen, der die Schäden zumindest mindert, wenn auch nicht ausschließt, aber ach! Und ich spreche hier nicht über von der Leash durchtrennte Finger, auch nicht von geplatzten Trommelfellen oder gebrochenen Rippen. Vom Gegenstand inspiriert, beginnt Chandrialimana unverzüglich zu erzählen, was einem seiner Kollegen widerfuhr, einem im Übrigen geübten Surfer:

»Er hatte einen Wal gesehen. In Australien. Und anstatt zu tun, was auch die anderen taten, also vorsichtig zum Strand zurückzukehren, blieb er, wo er war, verblüfft, ja sogar gebannt.«

Der Tonfall des guten Herrn Doktor wird träumerisch, beinahe halluzinierend, als erlitte er seinerseits nun die Verzauberung, die seinen Kollegen einst ergriffen hatte:

»Er betrachtete die Manöver des Wals, er hatte sogar angefangen, mit ihm zu sprechen, ihn gefragt, wie es ihm ginge, was er dort suche, so nahe der Küste, als dieser ihn, bums, mit einem Flossenschlag bewusstlos schlug. Im Krankenhaus kam er wieder zu sich. Er war, abgesehen von einem Schädeltrauma, nochmal heil davongekommen und hatte Glück, dass andere Surfer ihn an Land gezogen und vor dem Ertrinken gerettet hatten.«

Na bitte, besten Dank, Doktor Chandri, für diese Horroranekdote. Nachdem das einmal gesagt ist, wird Thadée bei seinem Zustand wohl kaum jemals wieder auf was für ein Brett auch immer steigen, und so schlucke ich lediglich meinen Ärger runter, während Thadée sich weiterhin über unterschiedliche Prothesentypen erkundigt, insbesondere solche, die zu ihm als jungem Sportler am besten passen würden.

Chandrialimana verlässt schließlich das Zimmer, nachdem er Thad zuvor noch versichert hat, dass er wieder genesen werde. Thadée, Zachée und ich bleiben allein zurück. Der Tag dehnt sich, unterteilt von den Behandlungen, denen Thadée unterzogen wird, und dem häufigen Hin und Her in die Caféteria, einem deprimierenden Ort, von wo aus ich Jérôme oder meine Eltern anrufe, während ich an einem hartgewordenen Croque-Monsieur nage.

Bei meinem ersten Aufwachen im Krankenhaus, als Chandri noch glaubte, mein Bein retten zu können, war ich euphorisch. Ich hatte nicht nur nirgends Schmerzen, nein, mich durchflutete sogar bei jedem Einatmen, bei jeder Bewegung, die ich vollzog, ein Gefühl des Jubels. Die Erinnerungen an den Unfall waren deutlich, setzten mit meiner Entscheidung ein, noch ein, zwei Wellen mitzunehmen, und endeten mit meiner Ankunft im Félix-Guyon unter ohrenbetäubendem Sirenengeheul.

Zunächst hatte ich diese geile Unterhaltung mit Sandro, im Wasser, während wir auf die Wellen warteten. Dann diese Schildkröte, beim Line-up. Es war nicht das erste Mal, dass ich eine sah, aber ich liebe es, wenn sie mit uns mitziehen, als ob sie unsere Begleitung suchten. Das kommt auch bei Delphinen vor und ist immer ein magischer Moment, vor allem, weil sie so wirken, als würden sie im Weißwasser ihren Riesenspaß haben. Zach und ich, wir ziehen ziemlich vom Leder über Typen, die auf Delphine abfahren, und wir kennen sogar eine Tusse, die sich einen auf die Schulter tätowieren ließ, aber das ändert nichts an der Tatsache, dass auch wir sie lieben, und auch nichts daran, dass man sie weder in Seignosse noch in Lacanau zu sehen kriegt.

Eine Schildkröte beim Line-up ganz zu Beginn der Session – ich deutete es als gutes Zeichen. Und doch war die erste Stunde gar nicht so aufregend. Der Swell war zerhackt und ungleichmäßig. Und dann begannen, völlig unerwartet, ruhigere, klarere und stabilere Wellen reinzuziehen, und ab da gaben wir uns drei Stunden wahren Surfens hin.

Ich hätte zur selben Zeit aus dem Wasser gehen können, ja, gehen sollen, wie Zach, den ich auf seinem Brett sah, wie er mit Cindy eine Asana an die nächste reihte. Yoga, das ist einfach ihr Ding. Ich habe nichts dagegen, aber es am Strand zu tun, vor aller Welt, da ist für mich die rote Linie überschritten. Kurz und gut, wir surften inzwischen seit beinahe vier Stunden, ich hatte gut dreißig Wellen geritten, von denen drei Linkslaufende wirklich außergewöhnlich waren, die ich mir mit Zach und Cindy geteilt hatte. Ich fühlte mich gut, fühlte diese Session im ganzen Körper, wünschte, dass sie niemals aufhören mochte, und in weniger als einer Sekunde kippte ich vom Gefühl der Erfüllung und Ewigkeit in das von Schreck und schierer Angst. Und während der Sand den Blutschwall soff, der in fetten Stößen aus meiner klaffenden Wunde schoss, und Cindy mir mit übernatürlicher Ruhe und Präzision einen Druckverband anlegte, hörte ich mich diesen Schreck und diese Angst in die Welt hinausbrüllen. Was ich für mich behielt, was mich jedoch bereits quälte, waren meine Wut und mein Hass auf all jene, die um mich herumstanden und die der Hai verschont hatte. Da dachte ich noch nicht einmal im Traum daran, dass man mir das Bein amputieren würde. Seither ist das Gefühl, mir sei Unrecht widerfahren, nur noch stärker geworden, und all jene, die in mein Zimmer kommen und es wieder verlassen, all diese Leute, die mich auf ihren beiden Beinen verhöhnen, verdienen nur eins: dass ich ihnen in die Fresse spucke.

Nach einer Woche hatten sich die Dinge so gut wie nicht geändert, auch wenn sich Thadée sichtbar erholte und sogar auf seinen Krücken mal hier- mal dorthin bewegte. Zachée und Cindy bereiteten sich darauf vor, nach Frankreich zurückzukehren, als wäre nichts geschehen. Vergeblich schlug ich Zachée eine Verlängerung seines Aufenthalts vor, er war jedoch der Meinung, dass meine Anwesenheit in Saint-Denis vollkommen ausreichte und in Biarritz andere Dinge als die Gesundheit seines Bruders auf ihn warteten.

Solange er anwesend war, war ich bereit, im Lager zu wohnen, auf dem blanken Boden zu schlafen, Schwertfisch oder Schuppentier zu essen, doch nur, um mit meinem jüngeren Sohn etwas Zeit zu verbringen. Jetzt, da er geht, kommt dies nicht mehr in Frage. Er hat mir ein kleines Hotel gesucht, in der Nähe des Krankenhauses, und glaubt sich offensichtlich aller familiärer Verpflichtungen entledigt. Ich fühle, dass es ihn erleichtert, der im Lager vorherrschenden drückenden Atmosphäre und den gekünstelten Gesprächen zu entkommen, die wir mit Thadée führen. Dabei hätte ich nie gedacht, dass sich meine geliebten Söhne als elende Egoisten erweisen, aber sollte ich nicht Körper und Seele aufopfern, ohne auch nur die geringste Anerkennung von wem auch immer zu erwarten? Nun denn, da Thadées Zustand weniger und weniger Sorgen bereitet, habe ich die Rückreise nur für uns zwei geplant. In einer Woche werde ich meinen Erstgeborenen an einen sicheren Ort bringen, fernab von dieser Dritte-Welt-Klinik, in der Dr. Chandrialimanas' aufklärungsfeindliche Praktiken ihr Regiment führen.

Für Zachées, Cindys und meinen letzten gemeinsamen Abend im Lager hat der schreckliche Jérémie entschieden, eine Art Party zu organisieren. Umso bemerkenswerter finde ich, dass er unfähig ist, das Wort an mich zu richten und mich die ganze Zeit anstarrt, als hinge mir ein Stück Salat zwischen den Zähnen. Dazu befragt, antwortet Zachée mit einem ebenso schnellen wie rätselhaften Lächeln, und meint schließlich, Jérémie sei hinter seinem unnahbaren Äußeren ein »guter Kerl«.

An diesem Abend hat sich der gute Kerl für seinen Festschmaus regelrecht ins Zeug gelegt und serviert uns Würstchen in pikanter Rougail-Sauce, die mich offenen Mundes nach Luft schnappen lässt, mich aber nicht sonderlich anekelt. Dafür folgt dann ein grünlicher Matsch, anscheinend eine madagassische Spezialität, die ich nicht anrühre. Man fängt sich hier Montezumas Rache nur allzu schnell ein, und zwar eine richtig böse.

Die anderen Geladenen sind die gleichen wie am ersten Abend auch, junge, austauschbare Leute, Birke, Sandro, Paul, Julia, Ethan, Robin, Emmeline, Jérémie und seine Freundin Anouk. Um an der Unterhaltung zu partizipieren, rufe ich Thadées Zustand in Erinnerung und vor allem sein verblüffendes Vorhaben, eines Tages wieder auf ein Surfbrett zu steigen. Jérémie pfeift betont auffällig seine Verachtung in die Luft, die anderen aber bemühen sich löblich, das Sujet zu vertiefen, und so plaudern wir eine Zeitlang nett über all die Behinderten, die die Welt des Sports bevölkern. Jeder gibt eine Anekdote zum Besten, Pistorius natürlich, aber auch dieser oder jener Blinde, der seinen Marathon läuft, dieser oder jener Einarmige, der mit nur einer Hand klettert – bis zum Erbrechen.

Da Jérémies Freundin begonnen hat, Musik aufzulegen, treten aus den Tamarinden- und Bambusbäumen, die das Lager säumen, immer mehr Schatten hervor. In kürzester Zeit ist auf dem platt getretenen Boden alle Welt auf den Beinen. Eine schöne Welt, übrigens. Alle sind nach dem gleichen Muster gestrickt, das hier vorherrschende: junge, athletische Menschen mit vom Salz gebleichtem Haar. Ein wenig heller als üblich, will heißen: Ich stelle die Anwesenheit von einigen Farbigen fest – Jérémie hat zu seiner Sause wohl Ureinwohner geladen.

Gleichwohl entschieden, mich nicht zu vertrödeln und zurück in meine Hütte zu kommen – wo die Flamingoblumen verwelken –, bemerke ich, dass Zach schon leicht betrunken wirkt und immer wieder einmal in Jérémies Richtung streitlustige und glasige Blicke wirft, was mich veranlasst, doch noch zu bleiben. In zwölf Stunden muss er im

Flieger Richtung Mutterland sitzen, es kommt nicht in Frage, dass ihm irgendwas passiert, er irgendwem gegenüber handgreiflich wird – sofern er nicht ein Alkoholkoma erleidet. Mit aller Autorität reiße ich ihm die Flasche weg, aus der er sich gerade nachschenken will, ein deftiger Rum von gut fünfzig Prozent. Ich sehe, dass er, als reiche es ihm nicht, wie ein Loch gesoffen zu haben, zwischen seinen Fingern einen riesigen Joint hält, den ich ihm auch gleich entreiße.

»Es reicht, Zachée, du hast genug getrunken! Und auch genug geraucht!«

Er, der sonst immer so sanft und konziliant ist, widersetzt sich mir, nimmt mir die Flasche wieder weg und füllt sein Glas randvoll:

»Lass gut sein, Mi! Du willst hier doch wohl nicht den Drogenbullen spielen!«

»Ich werde mir keinen Zwang antun!«

Ich hatte noch nie irgendwelche Skrupel, wenn es darum ging, in den Klamotten meiner Söhne rumzuwühlen und Grastütchen und Shitklumpen zu konfiszieren; auch nicht die geringsten Skrupel, ihnen eine Szene zu machen, die sich ihnen ins Gedächtnis brennen sollte, wenn sie nach Alkohol stinkend nachhause kamen. Es versteht sich von selbst, dass ich ihnen verbiete, vor unseren Augen zu trinken: mal eine Schale Champagner, ja, wenn es einen besonderen Anlass gibt. Thadée nennt mich Eliot Ness: es kümmert mich wenig. Ich ahne, dass sie hinter meinem Rücken rauchen und trinken, setze aber auf ihren gesunden Menschenverstand, dass sie keinen Drogen verfallen wie so viele andere Kinder meiner Freunde, angefangen bei diesem armen Léo, dem Sohn von Maud, der seine Tage damit beginnt, riesige Spliffs zu rauchen – glaubt man zumindest meinen Söhnen, die ihn immer noch treffen und mit Sarkasmen nur so überhäufen. An diesem Abend aber hilft es mir wenig, wenn ich theatralisch wütend mit den Augen rollend den Joint austrete, Zachée lacht mir ins Gesicht und beginnt, mit dem Argument, »wir feiern heute«, sich einen neuen zu drehen.

»Was feiern wir eigentlich, hm? Die Amputation deines Bruders oder deine jämmerliche Flucht?«

Er erstickt beinahe an seinem Schluck Rum und lässt sein Glas auf den platt getretenen Boden fallen. Cindy nähert sich uns mit finsterem Gesichtsausdruck, als würde Zach ihrer Verstärkung bedürfen. Ich habe ebenfalls getrunken, zwei Gläser nur, aber da ich es nicht gewohnt bin, steigt mir der Alkohol schnell zu Kopf und drängt mich dazu, auszuspucken, was mir auf dem Herzen liegt, weswegen ich auch umgehend zur Sache komme:

»Meinst du wirklich, es sei ein guter Zeitpunkt, hier abzuhauen? Deinen Bruder im Stich zu lassen? Meinst du nicht, er bräuchte dich?«

»Aber du bist doch hier! Deswegen bist du doch hergekommen, oder etwa nicht? Damit er nicht allein ist!«

»Einer mehr kann nicht schaden!«

»Aber bald ist Weihnachten, verdammte Scheiße! Wir haben gesagt, dass ich zurückfliege! Außerdem sind unsere Tickets weder umtauschbar noch werden sie erstattet.«

»Dein Vater und ich hätten dir ein anderes gekauft, das weißt du!«

Ich bin vielleicht irrational, ungerecht, aber das ist mir gleich. Es ist doch einfach nicht zu fassen, dass er jetzt abhaut, flugs, schnurstracks nachhause fliegt, wo er unsere Villa in Biarritz hat, seinen Komfort, seine Freunde, sein Leben, uns aber, Thad und mich, allein auf dieser furchtbaren Insel zurücklässt, auf der mir nichts gefällt, weder die Landschaft noch das Klima, auch nicht das Essen oder die Menschen. Im Krankenhaus kamen mir die Schwestern und Pfleger besonders inkompetent vor, und die feuchten Straßen von Saint-Denis haben mich nicht mit ihren Einwohnern versöhnt. Überall hatte ich nur mit phlegmatischen und griesgrämigen Leuten zu tun. Und dass man mich jetzt nicht unter dem Vorwand, ich würde die Mentalität der Leute hier nicht mögen, des Rassismus bezichtigt. Im Übrigen sind sie hier die wahren Rassisten und können Neuankömmlinge vom Kontinent nicht ausstehen. Schön und gut, der einzige, mit dem ich eine verständliche Unterhaltung führen konnte, ist und bleibt Chandrialimana. Nur mag ich weder seine Manieren, noch traue ich ihm bei der Behandlung meines Sohnes.

Cindy legt ihre Hand beruhigend auf die Schulter von Zachée, der sich, unduldsam laut, davon befreit. Um uns herum hat man zu tanzen begonnen. Der Bass dröhnt, er kitzelt mich auf unangenehme Weise im Oberbauch. Zachée fordert mich mit seinem Blick heraus und stottert irgendwas über das Félix-Guyon und die Ärzte, die sich um seinen Bruder kümmern.

»Dann also reden wir mal über das Félix-Guyon und seine Ärzte: Erzähl mir nicht, dass du Chandrialimana für kompetent hältst!«

»Aber ja, ganz genau das tue ich. Und Thadée schätzt ihn sehr, du hast ja keine Ahnung!«

»Dass Thadée im Augenblick seine Kräfte zusammen hat, um ein Urteil zu fällen, bezweifle ich!«

»Gut, was soll ich sagen? Dass das Krankenhaus beschissen ist, dass die Ärzte beschissen sind, dass Thad miserabel behandelt wird und ich ein echtes Schwein bin, ihn so im Stich zu lassen?«

Anouk nähert sich uns, vor lauter gutem Willen am ganzen Körper bebend. Offensichtlich ist ihr die Vorstellung, nicht jeder teile ihre unsinnige Jubelstimmung, unerträglich.

»Hey, ihr! Was ist los? Wollt ihr nicht tanzen?«

Zachée und Cindy lächeln verlegen. Anscheinend hat Anouk entschieden, die Rolle der Tochter aus gutem Hause zu spielen, und hält mir ein Glas von jenem Rum unter die Nase, der an diesem Abend alle Geister vernebelt.

»Hier, Mylène. Das wird dich entspannen. Rumtopf mit eingelegten Mispeln und Vanille. Meine Mutter hat ihn gemacht. Du wirst sehen, der ist richtig gut.«

Ich pfeife auf ihre Alkoholikermutter, und woher besitzt sie überhaupt die Frechheit, mich zu duzen und anzunehmen, ich müsste mich entspannen? Ist mir wirklich ein Rätsel, aber sie lässt ihren Styroporbecher einfach weiter unter meiner Nase hin und her tänzeln. Von Nahem gesehen ist sie tatsächlich sehr hübsch, mit ihren goldgesprenkelten Glotzaugen aber und ihren überdimensional aufgeworfenden Lippen fehlt nicht viel, und sie wäre richtig hässlich.

»Nein, danke. Im Gegensatz zu euch habe ich hier nichts zu feiern.«

Ihre Augen treten noch weiter hervor:

»Aber wo ist denn das Problem?«

»Es gibt kein Problem, Anouk, ich habe nur keine Lust zu trinken.«

»Na gut, dann lass uns tanzen.«

»Und tanzen möchte ich noch weniger. Mein Ältester liegt mit nur einem Bein im Krankenhaus, ihr könnt also hoffentlich verstehen, dass ich schlafen will. Oder es zumindest versuchen möchte. Und was Zachée betrifft, so sollte er sich besser auch hinlegen: Er muss morgen früh um elf im Flieger sein.«

Die schönen goldgesprenkelten Augen drücken vollkommenes Unverständnis aus. Vielleicht ist Anouk leicht beschränkt? Ich habe mir sagen lassen, dass es unter den Petits-Blanc-des-Hauts relativ viel Inzucht gab. Sie zuckt leicht mit ihren zarten Schultern. Sie und ich, wir sind hier die einzigen, die weder surfen noch die Schulterbreite eines Lastkraftwagenfahrers haben. Zwischen ihr und Cindy ist der Kontrast einfach zu komisch: So brünett Anouk ist, von olivfarbener Blässe und wie aus Marmor gemeißelt, so blond, gebräunt und stämmig ist Cindy. Sie steht, mit etwas Distanz, inzwischen auch vor mir, zeigt aber eine Wachsamkeit im Ausdruck, wie ich sie noch nie bei ihr erlebt habe. Zachée wirkt ebenfalls angespannt. Und diese Anspannung kann nicht allein von dem heftigen Wortwechsel herrühren, den wir eben erst geführt haben.

Wahrscheinlich vom Geruch des Blutes angezogen, nähert sich uns Jérémie, dieser Hai mit seinem aggressiv vorspringenden Unterkiefer. Mich durchfährt von Kopf bis Fuß ein Ekelschauer. Zum Glück werde ich schon bald von hier verschwinden und muss diese degenerierten Insulaner nicht mehr lange ertragen. Endlich wieder Biarritz, die Zivilisation, das Mutterland! Ohne Umschweife ergreife ich das von Anouk dargebotene Glas und trinke es auf ex: zack! Auf die Gesundheit meines älteren Sohnes und all jener, die von Haien versehrt wurden, sich von ihren Brettern haben durchbohren lassen, von Walen bewusstlos geschlagen und von Korallenriffen aufgeschlitzt wurden! Anscheinend habe ich laut gesprochen, denn das Quartett blickt mich angewidert und mitleidig an. Zachée versucht, sich einzumischen:

»Mi, hör auf zu trinken: Du redest Unsinn.«

Ich erblicke die Flasche Rum, die er mir eben erst aus der Hand gerissen hat, nehme sie ihm wieder ab und gieße mir ein viertes Glas ein:

»Aber nein, warum? Wir feiern hier doch: Hast du eben selbst gesagt. Und außerdem muss ich mich entspannen, nicht wahr, Anouk?«

Ganz offensichtlich überfordert, kann diese arme Anouk kaum artikulieren, was auch immer sie an Sinnhaftem aussprechen will. Sie beginnt, hektisch ihren Haarknoten zu richten, indem sie ihre dunklen Strähnen hebt und zusammenzieht. Sie ist wirklich sehr schön mit ihren extrem langen Beinen und ihren schweren Brüsten, die kaum in ihr ärmelloses T-Shirt passen. Sie ähnelt in gewisser Weise Jasmine, vielleicht etwas weniger rassig, aber dafür unfassbar sexy. Dieses Mädchen strahlt mit ihren dunklen Locken, ihrem großen, weichen Mund und dem fahlgelben Glanz ihres stets leicht umwölkten Blicks etwas Unwiderstehliches aus. Ich kann mir gut vorstellen, dass Thadée für diesen exotischen Charme nicht unempfänglich war, und dass dies möglicherweise einiges erklärt, insbesondere die Feindseligkeit, die Jérémie gegenüber meinem Erstgeborenen an den Tag legt. Zudem meine ich mich auch zu entsinnen, dass die einzige Person des Lagers, nach der sich Thadée erkundigt hat, eben diese Anouk ist. Im Augenblick selbst habe ich dem keine Beachtung geschenkt, und vor allem begriff ich nicht, um wen es sich dabei handelte, jetzt aber fällt es mir wieder ein.

Wir sind betrunken, von uns allen jedoch ist Jérémie ganz offensichtlich am meisten drüber. Zudem dürfte er sich einen Joint nach dem anderen mit ihrem regionalen Inselgras gedreht haben. Er umkreist uns, vor sich hin torkelnd und was weiß ich was murmelnd über Thadée, Zachée und … mich. Ich höre deutlich, wie er mich als »kleine verstaubte Bürgerliche« bezeichnet, was mich auflachen ließe, wäre ich nur in der Laune zu lachen, aber genau das bin ich nicht, meine Stimmung ist mindestens so übel wie seine eigene. Hopp, ein weiteres Glas Rum – und dieses Mal Rumtopf, mit eingelegten Mispeln und Vanille, von Anouks Mutter.

Sollte Jérémie Streit mit mir wünschen, kann er den haben. Ich gehe zum Angriff über, im Ton einer belehrenden Höflichkeit, die geeignet ist, ihn zur Raserei zu bringen:

»Gibt es irgendein Problem, Jérémie? Fällt es Ihnen womöglich schwer, die Auswirkungen des Alkohols zu vertragen? In diesem Falle rate ich Ihnen dringend, zu Mineralwasser überzugehen oder sich einen Moment lang hinzulegen.«

Jérémie verdreht seine irren Augen und schnauft hörbar auf. In der lobenswerten Absicht, ihn auf andere Gedanken zu bringen und aus der Schusslinie zu zerren, nimmt Anouk ihn bei der Hand und beginnt, verführerisch lächelnd vor ihm zu tanzen:

»Los, komm! Lass uns tanzen!«

Dummes Ding ... Ist ihr eigentlich klar, was sie da lostritt? Anouk auf der Tanzfläche, das kommt Sprengstoff gleich. In fünfzig Jahren habe ich nie jemanden so tanzen sehen wie sie, mit dieser Ungezwungenheit und dieser aufreizenden Laszivität. Wobei in ihren Venen nicht grade wenig kreolisches Blut fließen dürfte und man ja gern behauptet, Farbige könnten besser tanzen als Weiße. Anouk tanzt, ein leichtes Lächeln auf den Lippen, und von allen Typen, die an diesem Abend hier versammelt sind, sehe ich keinen, der ungerührt bliebe. Ein »Männer raubendes Monster« wie mein Vater gesagt hätte. Jérémie hat allen Grund, sich Sorgen zu machen.

Mühelos beginnt Anouk ihren erhabenen Hintern in leidenschaftlichen Kreisbewegungen zu schwingen, die nicht nur mich umhauen. Mein armer Zachée ist buchstäblich gepackt. Aber anstatt behutsam auf Distanz zu bleiben, nähert genau er sich Anouk und beginnt selbst zu tanzen. Soweit ich weiß, tanzen meine beiden Söhne sehr gut. Zumindest ist mir das zu Ohren gekommen, denn sie hüten sich, ihre Talente vor den Augen ihrer alten Eltern zu demonstrieren. Anouk, am Ende doch nicht ganz so auf den Kopf gefallen, kehrt ihm rasch den Rücken und entfernt sich ein wenig von ihm, Zachée jedoch setzt ihr nach, mit erhöhtem Hüftschwung und weit geöffneten Armen, als wollte er sie an sich ziehen. Jérémie, mir zur Seite, knurrt ziemlich deutlich:

»Was glaubt der eigentlich, dieser Hurensohn?«

Die Hure bin ganz offensichtlich ich, und steckte Zachée nicht bereits in einer so ungünstigen Lage, ich würde den Fehdehandschuh umgehend aufnehmen. Unterhalb des Hemdchens, das diese hübschen Brüste umschmiegt, glänzt, feucht vor Schweiß, wie ein Leuchtstern in der tropischen Nacht, Anouks Bauchnabel und zieht mehr und mehr besoffene Jungs an. Wenn sie eine Ablenkung erreichen wollte, so ist es ihr gelungen – falls das Ganze nicht in sein Gegenteil kippt, da Jérémie augenblicklich zu explodieren droht. Und Cindy, was ist mit der? Wie reagiert sie auf diesen neuen Lustimpuls, darauf, dass Zachée sich offensichtlich schamlos angezogen fühlt von dieser Brünetten mit Goldaugen und Götterschenkeln? Und siehe da, aller Erwartung zum Trotz hält sich Cindy sehr gut. Sie beobachtet lediglich die Szenerie, mit unter ihrer kräftigen Brust verschränkten Armen. Was die Brüste betrifft, so braucht sie Anouk nicht zu fürchten, aber bei den Schenkeln, da zieht sie doch eher den Kürzeren: ihre sind muskulös, aber es fehlt ihnen an Fleisch. Und es scheint, als mache mich der Alkohol geil, ich fühle mich unwiderstehlich angezogen von all diesen Schenkeln, weiblichen wie männlichen, die sich lustvoll im Halbschatten bewegen. Klar, Anouk ist die unangefochtene Heldin des Twerking, aber ich muss sagen, dass auch Emmeline keine schlechte Figur abgibt und einige der Jungs recht hübsche knackige Hintern haben. Vor Jérémies erzürnten Augen beginne ich dümmlich in meinen Becher zu kichern.

Unweit von mir versucht Zachée noch immer, Anouk anzumachen und zu umgarnen, sie aber spielt einen auf gleichgültig. Die Bilder vom ersten Abend kommen wir wieder in den Sinn, Zach und Cindy, wie sie sich im Sand winden, Cindy, die triumphal meinen Sohn reitet, mit ihren großen im Mondschein hin und her wiegenden Brüsten. Oh mein Gott, ich muss sofort damit aufhören, mit diesem züngelnden Feuer an Bildern und libidinösen Gedanken. Aber mein Gott scheint schwer beschäftigt zu sein, denn ich spüre meine Wangen erröten und zwischen meinen Beinen eine beunruhigende Feuchtigkeit, was mir schon lange nicht mehr passiert ist. Und dann herrscht auch noch diese höllische Hitze; die Musik hört einfach nicht auf, hier, zwischen meinen Brüsten, etwas vibrieren zu lassen, und diese jungen Leute, sie sind, ohne wirklich schön zu sein, einfach alle unerträglich sexy. Ich weine. Das kam einfach so über mich, nach all dem nervösen Rumgeglucksе und den Lustanwandlungen. Ich weine, weil die Erregung, die Lust, der Tanz, die Schönheit nicht mehr wirklich meins sind und es niemals waren.

Merkwürdigerweise ist der Einzige, der meinen Gefühlszustand bemerkt, der schreckliche Jérémie, der mich mit einem für ihn ungewöhnlichen, aber rätselhaften Ausdruck anstarrt: Es ist nicht zu sagen, ob er sich gleich auf mich werfen oder mir ein paar Worte des Trostes spenden will. Im selben Augenblick legt Zachée mit der Geste des Eroberers seine Hand um Anouks Taille und zieht sie an sich heran. Sie mag sich leicht wehren, tanzt aber nicht weniger intensiv, und noch dazu mit einer derart reservierten Bereitwilligkeit, dass sie umso unwiderstehlicher wirkt. Plötzlich löst sie ihr schweres dunkles Haar und lässt es in kreisenden Bewegungen um ihren Kopf schwingen, was meinen armen Zachée vollkommen bannt. Anouk und Cindy – mein Sohn scheint ganz eindeutig die Gabe zu besitzen, Medusen zu verfallen. Mir meine bitteren Tränen heimlich wegwischend, kichere ich noch heftiger, verzaubert von meiner Ideenflut und meinen mythologischen Anspielungen. Der schreckliche Jérémie kommt auf mich zu und nimmt mir mit unerwarteter Zärtlichkeit den Becher aus der Hand. Er spricht so nah an meinem Gesicht, dass sein brennender und nach Alkohol stinkender Atem meine Nasenflügel kitzelt.

»Deine Söhne scheinen es ja nötig zu haben, was?«

Da nicht in Frage kommt, dass ich mit dieser niederträchtigen Person über die Libido meiner Söhne rede, stoße ich ein weiteres nervöses Lachen aus und will in dieser viel zu dunklen und viel zu heißen Nacht auf dem Absatz kehrtmachen. Jérémie hält mich zurück, legt seine Hand trunken und schwer auf meine Schulter:

»Bleib! Wir fangen gerade erst an zu reden!«

»Ich habe nicht die geringste Lust, mit Ihnen zu reden!«

»Dass du dich da mal nicht irrst. Ich könnte dir so einiges über deine geliebten Söhne stecken.«

Er lacht und rümpft dabei seine kleine sonnenverbrannte Nase. Zachées Lachen wird laut und Anouk beantwortet es ihrerseits auflachend. Jérémie blickt kaum zu ihnen hinüber, hat aber sehr wohl die Richtung meines Blicks bemerkt.

»Mach dir nichts draus, der wird Anouk niemals rumkriegen. Anouk weiß mit so Kläffern wie deinem Sohn umzugehen. Sie weiß sie zu bändigen. Sie ist echt stark. Zachée hat keine Chance. Und Thadée hatte auch keine.«

Sein Blick wird tränenfeucht vor lauter Bewunderung, die ihm seine Freundin mit ihren außergewöhnlichen Eigenschaften einflößt. Falls er nicht doch gerade versuchen sollte, sich ihrer Treue zu vergewissern. Auf jeden Fall würde ich, wäre ich er, nicht einen Cent verwetten, denn zwischen Anouk und meinem Sohn scheinen die Dinge zügig voranzuschreiten. Cindy ist verschwunden, was für ihre Weisheit spricht: Zach und sie werden morgen von hier abhauen, warum sich also Sorgen machen wegen dieses kleinen Moments einer Verwirrung mitten auf einer Insel? Nach einem guten Nachtschlaf muss sie nur noch ihren Zach in den Flieger stecken: Er kuriert seinen Rausch vom Vorabend aus, und bei ihrer Ankunft in Biarritz wird alles vergessen sein, für ihn ebenso wie für sie; alles wird sich in Luft auflösen, wie die letzten Fumarolen eines bösen Traums.

Der schreckliche Jérémie drängt sich noch dichter an mich heran. Seine hellen, blutunterlaufenen Augen fixieren meine. Betrunken wie ich bin, hoffe ich, ein weniger erbärmliches Schauspiel abzugeben als dieser arme Junge mit seinen torkelnden Schritten und seiner vom Alkohol schweren Aussprache.

»Weißt du was? Mir ist klar, dass du nicht hören willst, was ich dir zu sagen habe …«

»Dann behalten Sie es für sich: Danke.«

»Okay, okay, aber du musst es einfach wissen. Thadée, tja, der hat seinen Unfall einfach verdient.«

Ich befreie mich aus der inakzeptablen Umklammerung dieses Degenerierten und zische wie eine Schlange:

»Halt's Maul!«

Vom Zorn beseelt, ging ich zum Duzen über, ich, die ich so gut wie niemanden duze. Niemand wird sagen können, ich hätte den schrecklichen Jérémie ungestraft über meinen älteren Sohn vom Leder ziehen lassen, vor allem, wo dieser ältere Sohn mit dem unerträglichsten Verlust konfrontiert ist, der einem Jungen von einundzwanzig Jahren widerfahren kann.

»Aber es stimmt! Ich rede hier keinen Scheiß! Niemand im Lager konnte Thadée riechen! Ich kann all die Typen schon gar nicht mehr zählen, denen er die Welle genommen hat!«

So merkwürdig es auch klingen mag, aber beim Surfen gibt es einen Verhaltenskodex. Thadée, der seit seinem zehnten Lebensjahr surft, weiß genau, wie man sich auf dem Wasser benimmt, und er ist als Erster zur Stelle, wenn's darum geht, diese Sonntagssurfer anzuprangern, die auf ihren Stand-Up-Paddle-Boards die Vorfahrtsregeln missachten oder mit ihrem schuldhaften Verhalten Kollisionen provozieren. Im Kern werfe ich genau das dem schrecklichen Jérémie vor die Füße. Aber statt die Fassung zu verlieren, zählt er mir sämtliche Anklagepunkte auf, die er gegen Thadée hegt. Faul, egoistisch, respektlos, prahlerisch: Glaubt man Jérémie, so türmen sich bei meinem Sohn die menschlichen Makel haushoch auf.

»Hier, bei uns, werden bestimmte Dinge reihum gemacht: Einkäufe, Geschirr, Schmutzwäsche, die sanitären Anlagen ... Normalerweise ist jeder mal dran. Wir brauchen da nicht mal 'ne Tafel oder so, verstehst du, das läuft alles von allein. Jeder weiß, was er zu tun hat. Aber Thadée, dem war das egal. Der hat nicht eine Tasse sauber gemacht. Vom Klo ganz zu schweigen. Der hatte nur sein Brett im Sinn und seinen Neopren – basta.«

Inzwischen hat sich Sandro zu uns gesellt. Ein kleiner, gedrungener Junge. Nett aussehend. Er lacht sich halbtot und trumpft auf:

»Thadée? Den Typ kriegt keiner so schnell zum Spüldienst, echt keine Chance! Und das gleiche gilt für 'ne Runde. Der hat nie wem auch nur ein Glas bezahlt!«

Was soll man sagen bei so viel Böswilligkeit? Ich kenne meine Söhne und ihre Fehler. Faul und unordentlich. Ja, ja. Aber geizig, niemals! Im Gegenteil, sie sind echte Verschwender. Einen Blick auf Zachée richtend, bemerke ich, dass er inzwischen ein Auge auf Emmeline geworfen hat, was mich sehr erleichtert, macht sie mir doch zumindest den Anschein, Single zu sein.

Mitten unter den Tanzenden rumstehend, bilden Jérémie, Sandro und ich den dunklen und drohend explosiven Kern dieser Party, die im Übrigen eher harmlos ist. Ich entscheide mich, zu Mineralwasser zu wechseln und nicht sofort schlafen zu gehen, denn ich will lieber auf der Hut sein. Der schreckliche Jérémie ist mir unerträglich nah, durchbricht schamlos meine persönliche Sicherheitszone und führt seine bitterböse Schmährede weiter:

»Und er hätte mir auch liebend gern Anouk ausgestochen! Er hat sie sogar angemacht, als Jasmine da war!«

»Ganz gewiss!«

»Glaubst du mir nicht?«

»Nicht ein Wort. Vor allem, verzeih, weil zwischen Jasmine und Anouk doch ein himmelweiter Unterschied besteht. Womit ich wirklich nicht sagen will, dass Anouk kein hübsches Mädchen wäre, aber Thadée fährt auf ihren Typ einfach nicht ab. Er liebt eher Mädchen mit mehr Klasse.«

Der schreckliche Jérémie starrt mich bösartig an:

»Wie? Willst du etwa behaupten, Anouk wäre eine Taspé?«

»Ich habe keine Ahnung, was eine Taspé sein soll.«

»Eine Tepu, eine Nutte, 'ne Hure.«

Immer dieser Verlan[4] … Es wäre ja komisch, wenn es nicht so ermüdend wäre. Das nervöse Lachen überfällt mich wieder und es ist wirklich keine gute Idee, vor diesem versoffenen Idioten rumzuglucksen. Er wird noch meinen, ich mache mich über ihn lustig, und er läge damit gar nicht mal so falsch. Ich zwinge mich, ruhig zu werden, und gehe wieder, ganz die noble Dame, zum Sie über:

»Aber nicht doch, ich bitte Sie, legen Sie mir keine Worte in den Mund, die ich nicht gesagt habe.«

»Und trotzdem hat dein Sohn von Anfang an meine Süße angebaggert. Er wollte einfach nicht aufgeben. Anouk, tja, die ist dann abgehauen. Zurück nach Bras-Panon, zu ihren Eltern. Sie hatte die Schnauze voll. Er folgte ihr überall hin, machte ihr Druck. Und als Jasmine ankam, war es noch schlimmer. Als hätte er gern einen Dreier gehabt.«

Sein Blick wird anzüglich:

»Und klar, ich hätte nicht Nein gesagt. Jasmine, die ist wirklich bombe. Aber schön und gut, das alles sage ich dir nur, damit du weißt, dass dein Sohn, nun ja, sein Bein, das ist schlimm und alles, aber eigentlich ist es mir egal, und nicht nur mir. Scheiße noch mal, bei jedem anderen Typen wären alle hier echt supertraurig gewesen, aber in diesem Fall haben wir uns alle das Gleiche gesagt: Thad, dieses Arschloch, hat verdient, was ihm passiert ist.«

Zachée kommt auf uns zu und ruft freudig aus:

»Mi, ich geh' schlafen! Morgen früh geht unser Flieger und ich will nicht vollkommen durch sein. Wir müssen richtig früh raus.«

»Wo ist Cindy?«

»In der Hütte. Sie packt unsere Sachen zusammen.«

»Du könntest ihr behilflich sein.«

»Ich geh' ja schon, ich will dir nur gute Nacht sagen.«

Ohne den schrecklichen Jérémie anzublicken, küsst er mich zur Nacht mit seiner üblichen Überschwänglichkeit. Noch klein, hing er mir ständig am Rockzipfel, hat sich immer in meine Arme gekuschelt und mich mit Küssen bedeckt. Sein Vater und ich nannten ihn die Napfschnecke. Er hat sich verändert, aber von unseren drei Kindern ist er immer noch das zärtlichste. Ich erwidere seine Wangenküsse.

»Ich werde auch schlafen gehen. Wir sehen uns morgen, nicht wahr? Wer bringt euch zum Flughafen?«

»Julia oder Sandro.«

Getrieben von ich weiß nicht welchem Dämon, kann ich mich nicht zurückhalten, ihn zu fragen, ob er sich von Anouk verabschiedet habe. Sein Lächeln wird noch strahlender:

»Mi, ich kenne dich, und weiß genau, worauf du anspielst. Aber sei beruhigt, Anouk interessiert mich nicht besonders.«

Mit kurzem Blick prüft er, ob Jérémie sich entfernt hat und flüstert mir ins Ohr:

»Ich habe sie ein wenig angemacht, ja, aber nur, um Jéré zu ärgern.«

»Ach, ja? Ich dachte, dass du ihn magst? Dass er eigentlich gar kein so schlechter Kerl sei?«

»Stimmt. Aber Typen wie Jéré müssen von Zeit zu Zeit spüren, dass man ihnen zeigt, wo's lang geht.«

Ich reagiere auf seine Äußerung mit einem skeptischen Lächeln, er aber umschlingt mich nur umso heftiger und haucht mir ins Ohr:

»Gut, Mimi, wir sehen uns morgen, okay? Ich lasse dich nur ungern allein zurück, das musst du mir glauben. Aber schau, wir sind seit beinahe drei Wochen hier, ich habe schon eine ganze Menge Kurse verpasst und Cindy auch. Ich hatte mit meinen Profs reden müssen, um überhaupt herzukommen: Wenn ich nicht zurückgehe, wird das nichts mehr. Und, ja, zum Glück waren wir hier, als Thadée seinen Unfall hatte, nicht wahr? Wir waren da für ihn, stimmt's? Aber gut, halt den Kopf oben, Thadée wird bald wieder laufen, und dann werdet auch ihr zurückkommen, okay?«

Er drückt mich an sich, überschwemmt mich mit zärtlichen und beruhigenden Worten und lacht dabei immer wieder laut auf. Da Jérémie sich uns erneut nähert, ruft er ihm zu:

»Jéré, ich überlasse dir meine Mutter. Du kümmerst dich um sie, nicht wahr? Du achtest gut auf sie. Ansonsten komme ich zurück und polier' dir die Fresse.«

Die Psychologie zwanzigjähriger Jungs werde ich nie begreifen. Wie kann sich Zachée mit einem Typen verbrüdern, der jedem, der es hören will, wiederholt, dass Thadée seinen Unfall verdient habe? Und hatten sich die beiden am Abend meiner Ankunft nicht überdies beinahe geprügelt? Zudem werde ja auch ich morgen das Feld räumen und hege nicht die geringste Absicht, zu Jérémie, Anouk und Konsorten eine Beziehung zu pflegen. Gegen alle Erwartung nickt Jérémie ernst und zustimmend und versichert meinem Sohn feierlich, mich nicht im Stich lassen und sich um mich kümmern zu wollen. Ich protestiere:

»Um mich muss sich niemand kümmern! Und außerdem werde ich ab morgen in Saint-Denis sein, im Hotel des Ravenales.«

»Ach, das ist nicht weit, ich werde dich da abholen.«

Im leidenschaftlichen Tonfall ausgesprochen, lässt diese Antwort mir einen Schauder über den Rücken laufen. Und das umso mehr, als Jérémie jetzt auch noch über den Charme der Insel und all die Ecken redet, die ich unbedingt gesehen haben muss, bevor ich ins Mutterland zurückkehre. Es scheint, als begriffe ich die Psychologie dreißigjähriger Männer ebenso wenig wie die zwanzigjähriger Jungs. Ich kann noch so sehr argumentieren, wie wichtig es für mich sei, die meiste Zeit im Krankenhaus zu verbringen, und daran erinnern, dass ich nicht nach La Réunion gekommen bin, um als Tourist durchs Land zu ziehen, Jérémie rückt nicht von seiner Haltung ab und Zachée pflichtet ihm spöttisch bei:

»Jéré organisiert Fahrten über die Insel. Und Wanderungen. Er muss dich unbedingt zu den Wasserfällen bringen, oder nach Maïdo, und ja, du musst auf den Vulkan hoch. Cindy und ich sind auf dem Moped rauf. Thad und Jasmine waren auch dabei. Es war großartig.«

Und damit geht er schlafen und überlässt mich der Obhut von Jérémie, von dem ich mich nur mit dem Versprechen losreißen kann, ihn bald wieder zu kontaktieren. Da kann er lange warten.

Am nächsten Tag bin ich nach einem hastigen Abschied von Zachée und Cindy im Krankenhaus bei Thadée, der übler gelaunt ist denn je:

»Und, sind sie weg?«

»Ja. Falls es keine Probleme mit der Maschine gibt, heben sie in einer Stunde ab.«

»Verdammt, ich wäre zu gern an ihrer Stelle. Ich habe die Schnauze voll davon, hier rumzuhängen.«

»Noch etwas mehr als eine Woche musst du aushalten. Das wird schnell gehen.«

Mein Handy klingelt. Es ist der schreckliche Jérémie, dem Zachée meine Nummer gegeben haben muss, und der mich nun daran erinnert, dass wir vereinbart hätten, er solle für eine Exkursion über die Insel mein Fremdenführer sein. Was genau will er? Die widerlichen Dinge wiedergutmachen, die er mir gegenüber geäußert hat? Oder führt er dunkle

Machenschaften im Schilde? Will er mich etwa in den Krater eines Vulkans werfen? Mich auf der Hochebene Plaine des Caffres zurücklassen? Angesichts seiner Hartnäckigkeit verliere ich den Boden unter meinen Füßen.

»Hören Sie, Jérémie, ich bin gerade im Krankenhaus: Ich rufe Sie zurück, sobald ich hier raus bin. Ja, ja, das habe ich verstanden. Ja, das ist nett von Ihnen.«

Thadée, der unseren Wortwechsel mit scheelem Blick verfolgt hat, erkläre ich die Situation:

»Ich verstehe diesen Typen einfach nicht. Er ist mir alles andere als sympathisch, und es beruht auf Gegenseitigkeit. Er hat sich mir gegenüber wahrlich nicht höflich verhalten. Ja sogar eher grob. Und das, wo er die Nachricht von dir ja zur Kenntnis genommen hat. Und damit du gleich alles weißt, ich mag ihn nicht, ich hüte mich sogar vor ihm: Warum also will er unbedingt für mich den Reiseveranstalter spielen?«

Thadée stößt ein nicht zu interpretierendes Stöhnen aus.

»Hör zu, Jéré ist ein armer Trottel, und er glaubt, in Sachen Surfen was drauf zu haben, ohne wirklich gut darin zu sein. Ja, okay, er hat Wettkämpfe absolviert, aber das ist zehn Jahre her, und seitdem haben haufenweise Jungs die Dinge weitergetrieben. Na ja, als Lehrer für die Kleinen ist er nicht schlecht, andererseits surft sogar Cindy besser als er. Dafür kennt er aber die Insel richtig gut. Er kann einem fantastische Orte zeigen. Das einzige Mal, dass ich ihn erträglich fand, da hat er uns nach Mafate gebracht, Jasmine und mich. Er führte uns durch einen Wald, dann waren wir plötzlich auf einem Berg, wir hatten einen unfassbaren Blick über den ganzen Talkessel, es gab einen Aussichtspunkt, eine Kapelle, Jasmine war hin und weg. Und der Wald, Mi, ich habe so etwas noch nie gesehen! Es gab da eine Art Nebel, überall waren Vögel, es war echt märchenhaft. Und erst die Bäume! Ich kenne mich mit Bäumen nicht aus, aber Jéré hat uns mindestens hundert unterschiedliche Arten gezeigt, na ja, ist vielleicht etwas übertrieben, aber so sehr nun auch wieder nicht! Und weißt du was? Wir haben Schwarzen Aronstab gesehen! Ich wusste nicht einmal, dass es sowas gibt! Unglaublich ... Und neben Mafate gibt es die Schluchten der Ausläufer der Hochebene, es gibt Bras Rouge, da findet man Wasserflächen mit warmem Quellwasser, es gibt Cilaos ...«

Er lebt auf, während er spricht. Es ist das erste Mal seit meiner Ankunft, dass er entspannt auf mich wirkt, beinahe glücklich. Thadée liebt die Natur. Zachée und Ysé auch. Es ist uns gelungen, ihnen das mitzugeben. Als sie klein waren, haben wir unseren Kindern das Gebirge gezeigt. Wir hatten Feldstecher dabei, um Gämse und Murmeltiere zu beobachten. Sie mochten es gern. Aber als sie größer wurden, wollten sie einfach nicht mehr aus dem Ozean raus. Das Surfen wurde zu ihrer Obsession und stahl ihnen alle Freizeit. Nur Ysé wollte noch, dass wir ab und an nach Annecy oder Luchon fuhren.

»Du solltest das wirklich machen, Mi! Er kennt haufenweise Gegenden, die nie jemand aufsucht. Und er wird für dich einen Weg wählen, der nicht allzu schwierig ist.«

»Ich bin nicht nach La Réunion gekommen, um die Touristin zu spielen.«

»Ich weiß. Und außerdem magst du keine Inseln. Aber es wäre zu schade, hier zu sein, und nichts davon zu genießen. Du hast nur den Strand gesehen, aber La Réunion, ja, das sind eher die Berge, nicht die Strände! Ist dir klar, dass es oben in den Ebenen Greise gibt, die noch nie das Meer gesehen haben?«

»Kann ich mir nicht so recht vorstellen.«

»Man sagt das zumindest. Aber vielleicht stimmt es auch nicht mehr so ganz. Aber egal, du musst einfach in die Bergwelt. Du musst die Vulkane sehen. Haben wir zusammen mit Jéré auch gemacht.«

»Ich weiß, Zachée hat mir erzählt, dass es großartig war. Aber dann würde ich dich allein lassen.«

»Ich bin hier in guten Händen, das weißt du. Und ich sehe ja, dass du dich langweilst.«

»Unsinn.«

»Ist doch nur ein Tag: Und wenn's noch passt, kommst du am Abend noch vorbei und sagst mir gute Nacht. Jetzt, wo du im Hotel wohnst, ist es ein Katzensprung.«

Ich halte dagegen, aber er hat nicht Unrecht. Er ist in Beschlag genommen von der Pflege, die sein Bein verlangt, und ich fühle mich manchmal in diesem winzigen Zimmer überflüssig. Wir müssen noch eine Woche durchhalten, da kann ich gut und gern einige Stunden auf den Berghöhen der Insel verbringen. Ich lenke ein:

»Gut. Einverstanden.«

»Ruf Jérémie sofort an. Lass ihm keine Zeit, es sich anders zu überlegen.«

»Wer es sich hier anders überlegen könnte, bin ja wohl eher ich.«

»Ja, ich weiß: Ich kenne dich. Deshalb möchte ich auch, dass du ihn jetzt in meinem Beisein zurückrufst. Dann weiß ich, dass du diese Tour auch sicher machst.«

Zwei Tage später finde ich mich in Jérémies Campingbus wieder, Anouk wirkt jugendfrisch wie nie. Sie ist mit von der Partie: selbst eine Einheimische, lässt sie sich aber nicht davon abhalten, die Insel zu durchwandern und ihren vielfarbigen Charme zu entdecken. Wir machen einen kleinen Umweg, um zwei aus Brüssel stammende Touristen aufzusammeln, die für die Exkursion anscheinend zahlen müssen. Schließlich und endlich habe ich Glück, bei Jérémie gut angeschrieben zu sein. Oder? Um von den Belgiern nicht gehört zu werden, flüstere ich Anouk ins Ohr:

»Ich kenne die Tarife gar nicht. Für so eine Tour.«

Sie antwortet mir ebenfalls ins Ohr flüsternd, dass es gar nicht in Frage komme, dass ich hier für irgendetwas zahle und es ihr und Jérémie eine Freude sei, mir den Piton des Neiges zu zeigen, der anscheinend unser Ziel ist.

»Aber vorher musst du noch Hell-Bourg sehen!«

Der Tag ist noch nicht angebrochen, als wir uns auf die Küstenstraße einfädeln. Saint-André bereits hinter uns, fährt der Campingbus in Richtung Cirque du Salazie, offensichtlich ein *must-see* der Insel, neben Mafate und dem Piton de la Fournaise – und was weiß ich was für Wasserfällen. Anouk und Jérémie faseln ununterbrochen über die unfassbare

Vielfalt der Insellandschaft und wie schwer es ihnen gefallen sei, sich für eine der vielen möglichen und denkbaren Touren zu entscheiden.

»Zuerst haben wir an Maniquet gedacht. Das ist ein phänomenaler Wasserfall, nicht weit von Saint-Denis. Dann dachten wir, das Gebirgsdorf in Guillaume wäre auch nicht schlecht. Dort hättest du alte Hütten von Eingeborenen sehen können. Und jede Menge Guajavenbäume. Man muss schwindelfrei sein, aber man hat einen grandiosen Blick. Da Zachée jedoch meinte, du wärest eine erfahrene Wanderin, haben wir uns gesagt, dass wir dich auf keinen Fall brüskieren wollen und dich ein bisschen weiter wegführen werden. Gut, wir haben acht Stunden für Hin- und Rückweg, also: nicht, dass du jammerst, weil dir die Beine wehtun. Es geht steil bergan! Aber ja, wenn du müde bist, können wir am Cap Anglais umdrehen und nicht noch bis zum Lager raufgehen. Du schaust dann einfach und sagst Bescheid.«

Ich murmle, dass wir das ja später entscheiden können und vielleicht auch unsere belgischen Freunde fragen sollten, die ganz nebenbei so wirkten, als wären sie kampferprobte Wanderer. Glücklicherweise hat Anouk einen ganzen Vorrat an Wanderschuhen im Heck des Campingbusses: mit meinen Tennislatschen wäre ich nicht wirklich ausgerüstet für einen Höhenunterschied von 1.400 Metern. Was aber, wenn Jérémie doch vorhat, mich zu erniedrigen? Mich gar in einem Gebirgsdorf zurückzulassen, und sich damit meine ursprüngliche Befürchtung bestätigte?

Alle meine Bedenken in Bezug auf Jérémie lösen sich eine Stunde später in Luft auf, während ich von einer kleinen, aus weißem Holz gefertigten Verkaufsbude aus zum ersten Mal den Talkessel von Salazie entdecke. Und ja, vor Salazie war noch Hell-Bourg an der Reihe. Obgleich er die eigentliche Route möglichst bald in Angriff nehmen wollte, ließ Jérémie uns großzügigerweise Zeit, auf einem kleinen, auf spektakuläre Weise von Flammenbäumen gesäumten Plätzchen ein heißes Getränk zu uns zu nehmen.

»Unser Weihnachtsbaum«, kommentiert Anouk.

Es scheint tatsächlich so, als blühe der Flammenbaum zum passenden Moment im südlichen Sommer, und ja gewiss, ich mag die Tropen nicht wirklich lieben, vor so viel Schönheit aber kann ich nur niederknien. Zumal das von Jérémie ausgewählte Café vom dichten Laubwerk eines Frangipani profitiert, der ebenfalls in voller Blüte steht, weswegen ich nach nur wenigen Sekunden die Nase von meiner dampfenden Tasse hebe:

»Duftet mein Tee so gut?«

Jérémie zeigt verschmitzt auf den Baum, unter dem wir Platz genommen haben, und der vor lauter gelbweißen Blüten nur so überquillt. Ihr Duft ist schlicht verblüffend, schwer, berauschend.

»Wenn du Blüten liebst, kannst du dich auf was freuen.«

Ich mache mir nicht besonders viel aus Blüten, man hat ja gesehen, welchen Eindruck die Flamingoblume auf mich machte, aber die Blüten des Frangipani sind mehr als nur Blüten. Einen der schweren Zweige bis zu mir herabziehend, lässt Jérémie mich die cremigen, beinahe wächsernen Blütenblätter bewundern. Die weniger weit geöffneten Blüten ähneln gerade aus einer Spritzbeuteltülle gedrückten Sahnekringeln, die anderen erinnern eher an winzige Windmühlen.

»Los geht's!«

Aufspringend, entreißt mich Jérémie aus meiner Bewunderung. Er lässt uns zügig das Dorf durchqueren und weist ganz nebenbei auf die eleganten Häuser der Kreolen mit ihren farbigen Dächern und kunstvoll gearbeiteten Verstrebungen hin. Rasch führt der Weg vom Dorf aus in die Höhe, nach gut dreißig Minuten erkenne ich zum ersten Mal den Talkessel.

»In einer Stunde hat sich der Nebel wahrscheinlich aufgelöst: Deshalb habe ich euch zur Eile getrieben.«

Das Schauspiel ist atemberaubend. Nicht nur das der majestätischen Bergspitzen, die hier und da in einen zartblauen Himmel ragen, sondern auch und vor allem das der wuchernden Vegetation: stolz aufgefaltete Bäume der Reisenden, Farnkraut, Rosenäpfel voller weißer Federbüsche, auf deren erstaunlichen Duft Anouk mich aufmerksam macht.

»Am besten wäre es, den Talkessel in einer Ultraleichtflugmaschine zu überfliegen. Aber gut, so kannst du dir zumindest schon mal eine Vorstellung machen … Hast du dort drüben den Wasserfall gesehen?«

Habe ich, sehe ich, ich lasse mir nichts entgehen und passe meinen Schritt dem schrecklichen Jérémie an, der sich in einen aufmerksamen und engagierten Fremdenführer verwandelt hat. Recht bald schon dringen wir ins Waldesinnere vor, und hier nun findet die nächste Verzauberung statt. Der Weg schlängelt sich zwischen den Sicheltannen mit ihren gradlinigen Stämmen entlang, und ich strauchle mit jedem Schritt über aufgebrochene Felsplatten und schlangenförmige Wurzeln, klammere mich manchmal an Jérémies hilfreich dargebotenen Arm. Es ist für mich nicht einfach, aber ich entdecke mit jedem Augenblick unfassbare Dinge: wilde Callas, ganze Moosflächen, Mahots ... auch sie in voller Blüte, als ob auf dieser Insel alle Arten ununterbrochen blühen und Früchte tragen. Was Anouk mir bestätigt:

»Ja, ja, weißt du, es gibt hier keine wirklichen Jahreszeiten. Also, jedenfalls nicht so wie im Mutterland. Manchmal wünscht man sich, dass es stärkere Wechsel gäbe, keine Ahnung, Laub, das im Herbst fällt, Schneeflocken ...«

»Ihr habt hier die Zyklone, oder nicht?«

Sie zieht enttäuscht ihre Mundwinkel nach unten, was das Animalische an ihr unterstreicht:

»Jo, die haben wir, aber irgendwann hat man auch die Schnauze voll von Zyklonen. Mir haben die nie besonders zugesagt. Gut, wir hatten dann immer schulfrei und alles, aber ich ging lieber zur Schule als den ganzen Tag über im Haus eingesperrt zu sein. Und außerdem hatte ich Angst.«

Über ihre klaren Augen huscht ein flüchtiger Schatten, vielleicht die Erinnerung an ihre von Zyklonen geprägte Kindheit – von der ich lieber nichts wissen will, hat man mir doch schon genug über die Petits Blancs des Hauts erzählt. Auch sie scheint offensichtlich nicht länger beim Thema verweilen zu wollen und zeigt mir voller Begeisterung kleine weiße Orchideen, die buchstäblich die moosbewachsenen Stämme übergießen. Mir fällt auf, dass der Wald inzwischen im Nebel badet. Thadée hat mir davon erzählt, aber es ist eines, damit zu rechnen, und ein anderes, in diesem goldenen Nebel zwischen schräg einfallenden, von den Bäumen gefilterten Sonnenstrahlen auf und ab zu wandern. Und diese Bäume, Jérémie scheint sie alle zu kennen:

»Schaut mal: Das ist ein Wechsel-Rinder. Man nennt ihn so, weil er sich ununterbrochen schält.«

Er reißt ein großes Stück Rinde ab und fuchtelt damit den Belgiern vor der Nase herum. Sie haben seit Beginn der Strecke noch kein Wort von sich gegeben, scheinen aber die Botaniklektionen sehr ernst zu nehmen, die Jérémie ihnen liefert. Der wiederum ist nicht zu bremsen. Nach dem Wechsel-Rinder haben wir die Ehre, Bekanntschaft mit diversen anderen Bäumen zu schließen, dem Guajavenbaum zunächst, der meiner Meinung nach dem Ersteren wie ein Bruder ähnelt – aber man fragt mich nicht –, dann mit dem Tan-rouge, der ebenfalls mit wohlriechenden Blüten schwer behangen ist, dann mit dem Japanischen Mistelbaum, laut Jérémie in diesen Höhen sehr selten, und natürlich mit dem Tamarindenbaum. In genau dem Moment, wo ich dieses Inventars überdrüssig werde, hält mir Anouk drei trockene Schoten hin, die eine rätselhaft blaue Faser ausstoßen. Deren Farbe ist so lebendig, ja, so künstlich, dass ich, hätte Anouk sie nicht vor meinen Augen aufgesammelt, von einer handwerklichen Arbeit ausgegangen wäre, einem grob produzierten Fetisch, der das Böse abwenden soll. Aber nein! Es stellt sich heraus, dass diese merkwürdige Schote die Frucht des Baums der Reisenden ist.

»Kann man die essen?«

»Vögel lieben sie, aber nein, sie sind nicht genießbar.«

Urplötzlich verlassen wir diesen verzauberten Wald. Vor uns jetzt Heidekraut und gelbe Blumen, zwischen denen sich der Pfad für mein Gefühl ein wenig zu rasch nach oben schlängelt. Die Belgier sind in ihrem Element und gehen zügig voran: fehlt nur noch, dass sie vor sich herpfeifen. Womit Zachée also recht hat: Ich bin eine gute Läuferin und im Training, da wir, Jérôme und ich, wann immer es unsere Zeit erlaubt, Wanderungen machen.

Nach mehr als vier Stunden Marsch erreichen wir das von Jérémie festgesetzte Ziel: den Gipfel des Piton des Neiges. Die Bergspitze ragt aus ihrer Wolkenkrone heraus, von Schnee keine Spur.

»Auf dem Piton des Neiges liegt nie Schnee. Aber er ist ein Dreitausender. Im Indischen Ozean gibt es keine sehr viel höheren.«

Die Belgier lassen ihre Thermosflasche und kleine Becher aus gehämmertem Metall rumgehen. Bei jedem Schluck eiskalten Wassers fühle ich, wie sich etwas in mir löst, während ich die Grate der grauen Felsen und die überreiche, sattgrüne Vegetation betrachte, die die umliegenden Berghänge bedeckt. Ohne uns Zeit zu lassen, an der Berghütte Halt zu machen, führt Jérémie uns an einen grasbewachsenen Felsvorsprung, auf den ich mich niederfallen lasse, um den berückenden Eindruck von Ermattung auszukosten, der mich übermannt. Die Luft ist lebendig. Nicht zu vergleichen mit der stehenden Luft in Saint-Denis, mit der Schwüle an den Küsten im Allgemeinen. Und dieses Licht ... Die Höhenzüge versöhnen mich tatsächlich mit dem Charme von La Réunion. Schade, eigentlich, dass sich meine Zusammenkunft mit der Insel unter so furchtbaren Vorzeichen abspielen muss. Denn La Réunion, wie mir alle gern anpreisen, bedeutet Bergwelt und nicht Strandleben. Jérémie trumpft auf:

»Stimmt! Ich bin auch in den Höhen von Les Hauts geboren, in Tampon, aber mein Großvater besaß ein Haus in Saint-Leu. So habe ich mich aufs Surfen gestürzt und es sofort geliebt. Aber gut, La Réunion versteht man nur, wenn man die Insel auch erklimmt. Hier oben kann ich wieder auftanken, anders als da unten.«

Ich würde ihn liebend gern fragen, warum er den Leuten dann beibringt, aufs Surfbrett zu steigen, um sich von Haien attackieren zu lassen, anstatt sie an Orte zu führen, die ebenso verzaubernd und harmlos sind wie der Wald von Terre Plate oder die Gebirgskämme des Cap Anglais. Aber ich fühle mich hier, in genau diesem Augenblick, zu wohl, um wen auch immer anzugreifen. Das Gras unter meinen Handflächen ist weich, die Sonne wärmt mich, ohne zu brennen, und das Panorama lädt zur Bewunderung ein: hier massenweise Geranien, dort eine winzige kleine Kapelle, geduckt unter einem Dach von Palmen; und dort wiederum ein beinahe alpines Tal, einige vereinzelte Kühe.

Zum ersten Mal seit zehn Tagen, seit dem Anruf von Zachée in tiefster Nacht, lassen das Gewicht, das mir auf die Brust drückt, und die Angst, die mich jedes Mal packt, wenn ich an Thadée denke, ein wenig nach. Liegt es daran, dass nach diesen vier Stunden Marsch, ja freiem Aufstieg, Endorphine mein Hirn durchströmen? Jedenfalls erscheint mir die Zukunft weniger düster und weniger ausweglos. Thadée geht es so gut es ihm gehen kann nach allem, was er erlitten hat; wir werden nachhause fliegen, er wird wiederhergerichtet sein und sein Leben wieder in Angriff nehmen: Biarritz, das Studium, Jasmine, Sport, das Surfen, wenn er daran wirklich festhalten sollte – wobei ich glaube, dass er es aufgeben wird. Die Amputation wird ihn nicht daran hindern, er selbst zu sein, sprich unendlich schön und unendlich begabt in allem, was er anpackt.

Sinnlich strecke ich mich auf dem zarten Grün aus und genieße jeden einzelnen Bissen der getrockneten Aprikosen, die Anouk mir gereicht hat. Ich meine, die Erde unter meinen Lenden vibrieren zu fühlen, aber das ist anscheinend nur eine Sinnestäuschung, denn ein kurzer Blick auf meine Reisegefährten erlaubt mir klarzustellen, dass sie nichts Ähnliches gespürt haben: Die Belgier, ebenfalls in der Bewunderung des Panoramas versunken, kauen friedlich vor sich hin, Jérémie schäkert mit Anouk. Armer alter Jéré, auch ihn habe ich, wie seine Insel, falsch eingeschätzt. Er ist nur sehr dumm. Und weil er sehr dumm ist, begeht er Fehler, die ich ihm in meiner Euphorie zu verzeihen entscheide.

Unter dem Himmel mit seinem von nur wenigen Wolken verschleierten Blau, unter dem Kreisen und Zwitschern der über uns hinwegfliegenden Vögel, in diesem Licht, wie ich es nur hier gesehen habe, im Duft der Geranien und des sonnenwarmen Grases weitet sich mein Herz und öffnet sich der Hoffnung, alles werde sich fügen.

JÉRÔME

Ich blicke Mylène nach, wie sie sich mit ihrem großen Koffer entfernt, dem, der uns seit mindestens zwölf Jahren auf all unseren Reisen begleitet. Wir hatten ihn gekauft, bevor wir nach New York geflogen sind. Die Kinder waren damals noch Kinder. Ysé war da noch nicht einmal geboren. Wir zogen durch Manhattan, Thad und Zach hingen an unseren Rockzipfeln. Sie haben es geliebt. Und wir auch. Der Koffer – ein 117 Liter fassender Delsey – hat in Folge mit uns die italienischen Seen ›bereist‹, Andalusien, den Peloponnes, Vietnam, Thailand, Istanbul, die Kanaren und so vieles mehr.

Aber an diesem Morgen reist Mylène nicht zu ihrem Vergnügen ab, ganz im Gegenteil, und es zieht mir das Herz zusammen, wie ich sie da zum Check-In von Air France gehen sehe. Sie dreht sich zu mir um, und wir wechseln einen letzten betrübten Blick, bevor ich schließlich im Eilschritt wieder den Wagen aufsuche. Gestern wie heute habe ich die Apotheke pünktlich aufgeschlossen und bin jetzt auf dem Weg, sie wieder zu schließen. Nur, dass meine Frau nach La Réunion fliegt, und sie dort etwas erwartet, das nichts mit einem Urlaubsaufenthalt zu tun hat. Zudem ängstigt sich Mylène vor Inseln. Sie hat die Kanaren verabscheut, wollte nicht, dass wir uns die Kykladen ansehen, und will von den Seychellen nichts wissen, während ich von ihnen träume.

Thadée. Seit zwei Tagen denke ich ständig an ihn. Kaum hinterm Lenkrad, rufe ich Zachée an. Er geht sofort ran.

»Deine Mutter ist heil abgeflogen. Gut, sie hat einen Zwischenaufenthalt in Orly. Was gibt es Neues?«

»Papa.«

Seine Stimme ist gebrochen, und mein Herz setzt mehrere Schläge aus, bevor es in meinem Brustkorb wie verrückt zu rasen beginnt. Nein, bitte nicht. Ich kann das nicht. Ich will ja gern sterben, ich. Es wäre mir gleich, ich habe mein Leben erfüllt gelebt. Aber nicht Thadée, nicht das Fleisch meines Fleisches, er ist zu jung, mein Gott, so unglaublich jung.

»Sie konnten das Bein nicht retten.«

Die Nachricht entsetzt mich, natürlich, aber im Vergleich zu dem, was mir eben erst durch den Kopf ging, bin ich beinahe erleichtert.

»Aber warum? Gestern erst hast du gesagt …«

»Papa, es war letzte Nacht. Ich war nicht da. Und anscheinend blieb ihnen keine Wahl …«

»Was sage ich deiner Mutter? Sie wird mich sicher von Orly aus anrufen.«

»Sag es ihr nicht. Nicht sofort. Wofür auch? Sie würde im Flieger durchdrehen, an nichts anderes denken.«

»Tja, weißt du, nun, sie dreht schon durch. Sie ahnt bereits, dass die Möglichkeit im Raum schwebt: Wir haben darüber gesprochen.«

»Ich werde es ihr sagen. Oder die Ärzte sagen es ihr. Okay?«

»Und Thadée? Wie nimmt der es auf?«

»Er liegt auf der Intensivstation. Ich durfte ihn nicht besuchen. Ich gehe gleich wieder hin.«

Wir reden noch kurz über dies und das, und ich komme an der Apotheke an. Und wenn ich auch bis zum Ladenschluss mit den Kunden plaudere, Anrufe entgegennehme, die Bestellungen überprüfe, so habe ich doch dauernd das Bild meines ältesten Sohnes vor Augen: mein ältester Sohn auf seinem Surfbrett, mein ältester Sohn, von einem Bullenhai gebissen, mein ältester Sohn ohne sein rechtes Bein und vor sich hinhumpelnd – zuhause, in den Straßen von Biarritz, am Strand … All diese Bilder finde ich unerträglich: Die Erinnerung an Thadée, wie er glorreich die Wellen reitet, ebenso wie die vorweggenommene Vorstellung des beeinträchtigten jungen Mannes, der er sein wird. Gewiss, er steckt voller Kraft, geistiger wie körperlicher, aber das ändert nichts daran, dass er von nun an übel zugerichtet ist.

Ich war bei der Geburt jedes meiner drei Kinder dabei, und jedes Mal habe ich peinlich genau meine Säuglinge untersucht, jedes Fingerglied gezählt und die Gestaltung der Schädel geprüft. Trotz der pränatalen Ultraschalluntersuchungen hatte ich panische Angst vor einem missgestalteten Kind. Und körperliche Deformationen können ja als üble Vorzeichen einer psychomotorischen Entwicklung gelten. Bei meinen Kindern hätte ich keine Behinderung, keine Krankheit, kein böses Los ertragen. Ich darf sagen, ich bin reich beschenkt, denn alle drei sind ebenso schön wie intelligent. Anders als Mylène, die angesichts ihrer Nachkommen und insbesondere bei Thadée kindisch wie eine debile Alte wird, war ich auf sie allesamt immer richtig stolz, war heimlich beseelt, jenseits all meiner Erwartungen.

Und doch machte ich mich in all diesen Jahren, in denen sie heranwuchsen, auf das Schlimmste gefasst, ich schirmte mich im Vorfeld ab gegen all die Krankheiten und Unfälle, die ihnen auflauerten. Mir war stets klar, dass sie verletzbar waren, und vielleicht sogar umso verletzbarer, da sie von der Natur so reich gesegnet wurden.

Es scheint jedoch, als hätte meine Aufmerksamkeit nachgelassen, als hätte ich aufgehört, wachsam zu sein. Hätte ich nicht damit aufgehört und das Schicksal weiterhin gebannt, hätte Thadée noch seine beiden Beine, statt nun ein Gehbehinderter zu sein, dessen Stumpf und dümmliches Rumgehüpfe ich mir nur allzu gut vorstellen kann. Es reicht, stopp. Ich möchte zu etwas anderem übergehen, ich möchte nachhause kommen und dort bei Ysé sein. Sie hat sich bestimmt etwas zu essen gemacht, ohne auf mich zu warten, und ich werde sie vor dem Fernseher antreffen, ihr kleines Tablett sorgsam auf dem niedrigen Couchtisch abgestellt. Sie wird mich freudlos begrüßen, vielleicht sogar nicht einmal ihre Augen von der Mattscheibe nehmen, sie wird mich nicht fragen, ob es was Neues wegen Thadée gebe, sie wird nicht wissen wollen, ob ihre Mutter gut abgereist sei, aber ich werde ruhig werden, wenn ich sehe, wie sie so bedächtig ihre Hähnchen-Nuggets und ihre Hörnchennudeln futtert.

Abgesehen vom Menü, läuft es genau so ab. Ysé hat sich Crêpes mit Pilzen aufgewärmt und ist schon beim Nachtisch, als ich ankomme. Sie begrüßt mich mit einem lakonischen »Hallo Papa« und beginnt, ihr Geschirr abzuräumen. Wie auch immer, ich habe keine Lust, mit Ysé über Thadées Amputation zu reden. Ich lasse sie in der Küche vor sich hin summen und singen und anschließend in ihr Zimmer hinaufgehen, ohne wirklich mit mir gesprochen zu haben. Ysé ist ein seltsames kleines Geschöpf, aber sie macht mich doch mindestens so glücklich wie ihre Brüder, wenn nicht noch glücklicher, während sie Mylène mit ihren Eigenarten, ihrer Unabhängigkeit, ihrem Schweigen zur Weißglut bringt.

Endlich allein, greife ich nach meinem Handy, um Maud anzurufen, die mir seit heute Morgen mehr als zehn Nachrichten hinterlassen haben dürfte. Sie geht sofort ran, die Stimme atemlos, gehetzt, glücklich. Maud ist schon seit jeher meine Geliebte. Oder gut, nicht ganz. Zunächst war sie meine Freundin. Wir hatten uns im ersten Studienjahr Pharmazie kennengelernt, und sie hatte mich sofort mit ihrer blonden Schönheit erobert, ihrem Körper einer Juno, ihrer Freundlichkeit, ihrer Lebensfreude und dieser Mischung aus Elan und guten Manieren, wie sie nur ihr eigen ist. Aber sie machte mich damals beinahe ebenso schnell unglücklich wie es ihr gelungen war, mich zu erobern. Und »unglücklich« ist ein schwaches Wort. Ich dachte, ich würde durchdrehen. Denn während der gesamten Zeit unserer Beziehung hat sie ihre Untreue, ihre Lügen und Betrügereien ins Unermessliche getrieben. Mylène, die unsere Geschichte kennt und die Gelegenheit hatte, mit Maud zu verkehren, sieht in ihr eine Nymphomanin. Ich wäre da weniger kategorisch. Maud liebt die Männer und ist unfähig, ihnen zu widerstehen. Sie ist heute weniger verlockend, aber ich bin gut genug im Bilde, um zu wissen, dass im Laufe der letzten dreißig Jahre alle möglichen Typen hinter ihr her waren und sie diese selten abgewiesen hat.

Es ist eine der vielen Auswirkungen ihrer Freundlichkeit, dass sie nicht Nein sagen kann, wenn einer ihr hartnäckig den Hof macht. Was sie nicht daran hindert, auf ihre Weise treu zu sein. Der Beweis: ihre Beziehung mit mir, die schon über zwanzig Jahre hält. Sie ihrerseits ist verheiratet, hat einen Sohn im Alter von Zachée und wahrscheinlich noch einige Gelegenheitsliebhaber, aber wir beide treffen uns mindestens einmal wöchentlich, um miteinander zu schlafen, meist im Hotel – auch wenn wir gern mal an den ungehörigsten Orten ficken, Mauds Vorstellungskraft und Kühnheit kennt auf diesem Gebiet so gut wie keine Grenzen. Und jetzt, da sie meine Geliebte ist und nicht mehr meine offizielle Freundin, habe ich aufgehört, eifersüchtig zu sein und irgendeine

Exklusivität zu verlangen: Ich will nichts von ihrem Sexualleben mit Grégory wissen, ihrem Ehemann; nichts wissen von ihren möglichen Eskapaden mit anderen Männern.

Warum aber diese Liaison, wo ich mit Mylène doch vollkommen glücklich bin? Eines sehr simplen Grundes wegen: Maud ist mir unentbehrlich.

Ich liebe sie. Ich habe nie aufgehört, sie zu lieben, selbst als sie mich an den Rand des Suizids gebracht hatte mit ihrer wiederholten Untreue und dem, was ich für einen Mangel an Loyalität hielt. Ich liebe auch Mylène, aus tiefstem Herzen und unerschütterlich. Letztendlich aber gehe ich wahnwitzige Risiken ein, um mit einer anderen Frau zu schlafen. Und nicht nur zu schlafen. Maud und ich verstehen uns gut. Wir führen Gespräche, die für mich erhellend sind und mich manchmal beruhigen. Es kommt vor, dass ich mit ihr Konflikte entwirre, die ich mit Mylène habe. Gemeinsam besprechen wir auch die Erziehung unserer jeweiligen Kinder und ich habe den Eindruck, ihren Léo beinahe ebenso gut zu kennen wie meine eigenen Söhne.

Mylène kann gar nicht genügend Worte finden, um diesen armen Jungen zu verspotten, ihrer Meinung nach ein »Faulpelz«. Und tatsächlich war Léo in der Schule noch nie gut, er verbringt viel Zeit mit Rauchen von Joints, er treibt keinen Sport und hat wenig Erfolg bei Mädchen. Summa summarum das genaue Gegenteil unserer Söhne – in puncto Joints wiederum neige ich auch hier eher dazu, weniger entschieden zu sein als Mylène, die hoch und heilig schwört, dass weder Thad noch Zach Drogen konsumieren und so rein sind wie das Licht ihrer Augen, um ihren Ausdruck wiederzugeben. Ich habe Léo wirklich gern. Er mag ein Faulpelz sein, er ist sympathisch. Er hat von seiner Mutter die Lebensfreude, die gleiche Art Geselligkeit und Fähigkeit, anderen gegenüber aufmerksam zu sein, was unseren Kindern und vor allem Thadée doch eher mangelt. Maud macht sich um ihren Sohn Sorgen, was normal ist, ich aber glaube nicht, dass ihm etwas fehlt und bin mir sicher, dass er seinen Weg im Leben gehen wird, wenn es ihm gelingt, die schwierige Hürde des Erwachsenwerdens zu meistern.

Kurz und gut, es ist elf Uhr abends, meine Frau ist auf dem Weg nach La Réunion, meine Tochter schläft, und ich führe mit meiner Geliebten eine unserer typischen und beinahe ehelichen Unterhaltungen. Auch sie macht sich Sorgen um Thadée, um mich und sogar um Mylène!

»Du hast nicht zurückgerufen! Ich habe mich gefragt, was wohl geschehen sein mochte!«

»Ich war sehr gestresst. Und dann, ich gebe es zu, hatte ich nach der Nachricht von heute Morgen keine große Lust zu reden.«

»Mein Liebster ...«

Zwischen diesen beiden Worten und der Stille, die auf sie folgt, gelingt es Maud, eine ganze Welt an Zärtlichkeit, Mitempfinden, ja sogar Lust erklingen zu lassen. Maud kann in den unpassendsten Momenten Lust empfinden, selbst wo sie deutlich spürt, dass meine Gedanken ganz woanders sind – vom Rest ganz zu schweigen.

»Willst du, dass ich komme?«

»Was wirst du Grégory sagen?«

»Er schläft bereits. Er wird nicht einmal erfahren, dass ich raus bin.«

Das genau dachte ich mir auch. Gerade erst hat man meinem ältesten Sohn ein Bein amputiert, mir ist das Herz darüber unendlich schwer, meine Geliebte aber ist bereit, ins Auto zu springen, um mir anzubieten, eine Nummer zu schieben. Und glauben Sie es oder auch nicht, ich habe ebenfalls Lust. Wir haben nie bei mir zuhause miteinander geschlafen, doch ich neige nicht zu dummen Skrupeln, die einen denken lassen, es gebe erschwerende Umstände beim Ehebruch. Falls Mylène herausfindet, dass ich mit Maud schlafe, wird sie darüber zu Grunde gehen, ganz gleich, wo und wie diese Bettgeschichten stattfinden. Klar, sie würde es sich nicht nehmen lassen, mir vorzuwerfen, es im gemeinsamen Ehebett getrieben zu haben, aber wir beide wüssten, dass der Kern der Angelegenheit ein anderer ist.

Ich lasse Maud also kommen und versichere mich nur, dass Ysé friedlich in ihrem kleinen Zimmer unterm Dach schläft. Seit dem Unfall von Thadée hat sie Albträume, gut möglich also, dass sie aufwacht, weswegen ich Maud in die Waschküche im Kellergeschoss führe, eine dunkle und warme Kammer, in der die Putzfrau bügelt, und in der wir den Vorrat an Haushaltsprodukten und diversen Gerätschaften zwischenlagern. Ich drehe den Schlüssel hinter uns um. Im schlimmsten Fall wird Ysé mich in meinem Zimmer suchen oder im Salon, und ich würde sie nach mir rufen hören.

Wie Maud so an mich gepresst dasteht, spüre ich in ihrem nervösen Lachen eine gewisse Erregung. Es bedarf nicht viel, um Maud zu erregen. Ich habe kein Licht gemacht, und die Kammer ist in völlige Dunkelheit getaucht. Ohne etwas zu sagen, küsst Maud mich fiebrig und greift auch schon mit diesem für sie so typischen Elan einer Jugendlichen nach meinem Gürtel. Ich brauche ihre Gesichtszüge gar nicht erst wahrzunehmen, um zu wissen, dass sie diesen verzückten und erschütterten Ausdruck angenommen hat, der mich jedes Mal selbst erschüttert. Ich ziehe ihren Rock über ihre etwas zu breiten Hüften, streichle durch ihren leichten Pulli hindurch ihre Brüste. Ihre linke Brustwarze ist die sensiblere, und ich halte mich nicht damit zurück, sie zu kitzeln, wohl wissend, dass ich Maud, wenn ich weiterhin insistiere, an den Rand des Orgasmus bringe. Sie lacht wieder in meinen Nacken hinein, und ich fühle ihren warmen Atem, der noch den Geruch der Kippe trägt, die sie im Wagen geraucht haben muss. Ich verabscheue Raucher und den Gestank kalter Aschenbecher, wie ihn viele ausströmen, aber bei Maud ekelt mich einfach nichts, weder ihr morgendlicher Mundgeruch noch das Blut ihrer Regel, nicht ihr Erbrochenes, das ich schon einmal aufwischen musste, als sie zu viel getrunken hatte. Nichts bei ihr ekelt mich, denn sie reißt mich mit hinab in ihren eigenen Strudel, sie nimmt mich mit auf ihre Welle des Glücks.

Mit Maud zusammen bin ich wie meine Söhne auf ihrem Brett: Ich setze mich über die Gesetze der Schwerkraft hinweg, ich verschmelze mit den Elementen, ich gleite auf dem Wellenkamm, ich hebe ab, ich fliege himmelan, wohl wissend, dass ich die Situation nur zum Teil unter Kontrolle habe und der Gnade eines scheinbar ruhigen, aber gefährlichen Wassers ausgesetzt bin, einer Leichtsinnigen auf ihrem Jet-Ski, eines nach Blut gierenden Tigerhais. Ihr allein gelingt es, dieses berauschende

Empfinden in mir wachzurufen, ihr allein gelingt es, dass ich mich in dieser Intensität vergesse und aufgebe.

Der Sex mit Mylène ist vollkommen anders: Ich führe, ich bin's, der lenkt, und das ist gut so. Sie und ich, wir würden kaum akzeptieren, dass die körperliche Liebe diesen so berauschenden wie beängstigenden Zug annähme. Denn ja, mit Maud zusammen gibt es Momente, in denen ich mich nicht wiedererkenne. Und ich habe nicht wirklich Lust, dass meine Lebensgefährtin, die Mutter meiner Kinder, mich in diesem Licht sieht. Ich weiß, das ist idiotisch, kleingeistig, bürgerlich, aber es gibt Dinge, die ich mit meiner Geliebten mache, aber nicht mit meiner Frau. Diese Abgrenzung und diese Rollenverteilung sind die Grundbedingung meiner sexuellen Entfaltung.

Ich habe mal eine Dokumentation über Prostitution gesehen, in der eine Hure erklärte, dass sie verheiratete, in ihrer Liebe glückliche Stammkunden habe, die nur bestimmter Praktiken wegen zu ihr kommen, Praktiken, die sie mit ihren Frauen weder erleben können noch wollen. Sie hätten das Gefühl, sie zu beschmutzen. Vor allem hielten sie die Fellatio mit ihrem Familienleben für unvereinbar. »Stell dir nur vor, das macht sie mit demselben Mund, mit dem sie auch unsere Kinder küsst!«, habe ihr mal ein Kunde voller tugendhafter Empörung anvertraut. Nichts davon gilt für Mylène, bei der ich nie Angst hatte, sie zu beschmutzen oder zu schockieren. Es ist nur einfach so, dass unser Sexualleben sehr schnell eine relativ ausgewogene Form angenommen hat, was uns beiden sehr gut passt. Ich schenke Mylène Lustgefühle, sie mir, keiner von uns will sich auf unerforschten Gebieten der Erotik in Abenteuer stürzen.

Es ist also Maud, die das in mir schlummernde Tier von der Kette lassen darf. Denn ja, ich hatte stets das Gefühl, ein Tier zu sein, und dieses Gefühl teilt, soweit ich weiß, eine nicht geringe Anzahl von Männern mit mir. Nur haben sie eben nicht das Glück, Partnerinnen zu finden, die bereit wären, diese animalische Seite zu akzeptieren. Ich mache in wirklich jeder Hinsicht den Eindruck eines guten Menschen, ein kleiner Apotheker mit guten Manieren und höflicher Gesprächskultur, aber unter diesen harmlosen Äußerlichkeiten bin ich ein Tier in Bedrängnis, mal ein listiges Raubtier auf der Suche nach seiner Beute, mal ein erlegtes Wild, das von seinen eigenen Gelüsten und leidenschaftlichen Obsessionen zur Strecke gebracht wurde.

Meine gesamte Zeit an freier Hirnkapazität widme ich dem Sex. Darunter auch all jene Momente, wo ich besser an anderes dächte – die Kinder, die Studien, die Organisation der Ferien, die Arbeit, usw. –, und wo mein Geist von sehr präzisen Visionen gestört wird: Mauds verschleierter Blick, wenn sie kommt, der Schrei, den sie unterdrücken muss, ihr Hintern, ihre Brüste, ihre Hüften, die ich nur umso besser packen kann, als sie fleischiger geworden sind und ich darauf stehe, auf diesen Umfang, diese Fläche, wo Mylène mir nur die knochige Enge ihres Beckens bietet. Nun ja, meine Fantasien beziehen Mylène zwar mit ein, die diesbezügliche Diashow aber ist viel schlichter: Mylène und ihre zarte Spitzenwäsche, ihre sanften Küsse, ihre Ansprüche im Bett, ihr diskreter, aber quasi systematischer Orgasmus.

Und dann sind da noch all die anderen. Die, die ich nicht ficke, aber gern ficken würde. Kundinnen, Praktikantinnen, Passantinnen. Selbst die Freundinnen meiner Söhne erregen meine Begierde. Aber wenn es eine Sache gibt, derer ich mir sicher bin, dann die, dass ich nie und nimmer was auch immer mit Jasmine oder Cindy versuchen würde. In ihrer Anwesenheit untersage ich mir jegliche Geste, jeglichen Blick, jegliche Zweideutigkeit. Niemand käme auf den Gedanken, dass in mir, begegne ich ihnen im Haus oder Garten, immer wieder erotische Bilder von unerträglicher Intensität aufblitzen: Jasmine, nach hinten gebeugt unter meinen Lendenschlägen, während ich mit einer Hand ihre zierliche Taille stütze, oder Cindy, wie sie ihre schweren Brüste über meinen Schritt gleiten lässt. Denn ja, es ist mir nicht entgangen, dass Cindy wunderschöne Brüste hat, auch wenn sie diese unter ihren unförmigen Klamotten recht gut verbirgt. Angesichts dieses Karussells erregender Bilder habe ich manchmal nur noch Lust auszurufen: Stopp, hört auf, Erbarmen! Denn wer hat schon Lust, andauernd erregt zu sein? Ich jedenfalls nicht.

Ich bin ein Tier, aber ich will gern ein Mensch sein, ein Mensch mit Gedanken und vernünftigen Begierden, ein Mensch mit redlichem

Innenleben anstelle des widerlichen Malstroms, in dem nah beieinander meine Frau und meine Geliebte schweben – neben gerade erst volljährigen Mädchen. Ja, bloß habe ich bis heute nicht den zu betätigenden Knopf gefunden, der dem Film ein Ende setzen würde. Ich schäme mich für das, was mir durch den Kopf geht, was aber nichts daran ändert, dass ich, von meinen kleinen intimen Szenarios durchdrungen, manchmal sogar auf voller Breite durchbohrt, geschüttelt, verdreht, umgehauen werde. Ich will nicht nur gern ein Mensch sein, ich will ein guter Mensch sein.

Als ich klein war, wollte ich ein Heiliger werden, und das habe ich auch mit allerbestem Gewissen den Erwachsenen geantwortet, die mich bezüglich meiner Zukunft befragten, zum größten Erstaunen meiner Eltern, die mich nicht religiös erzogen hatten. Ich weiß nicht, wo ich diese Information aufgeschnappt hatte, dass es Menschen geben würde, die jeglicher Sünde bar sind, aber ich wollte ganz ernsthaft einer von ihnen sein. In der Folge schwor ich dann der Heiligkeit natürlich ab, nicht aber meinem Ehrgeiz, so ehrlich und gut wie möglich zu sein. Oh, als Bürger kann man mir nichts vorwerfen: Ich betrüge nicht den Fiskus, ich gehe immer wählen, ich begehe keine Geschwindigkeitsüberschreitungen, ich nehme keine Betäubungsmittel. Und ich habe auch das Gefühl, für meinen Beruf gelte die nämliche Integrität: Auf jeden Fall bemühe ich mich, keiner dieser Apothekenbesitzer zu sein, die einem massenweise ätherische Öle und Antifaltencremes andrehen.

Als Vater, so mein Eindruck, biete ich mehr oder weniger das gleiche Niveau. Wobei man bei Kindern ja nie wirklich weiß, was man erreicht oder vermasselt hat. Die meinen sind nett, höflich und waren in der Schule immer gut. Und als Sahnehäubchen sind sie auch noch von spektakulärer Schönheit und wirklich athletisch. Sodass Mylène und ich uns fragen müssen, ob wirklich wir es sind, die sie gezeugt haben, und wir scherzen darüber häufig, denn ja, es ist eine von Mylènes guten Eigenschaften, dass sie über sich selbst spotten kann. Mylène ist reizend, und ich zu meiner Zeit wurde als hübsch betrachtet, aber unsere drei Kinder sind uns da haushoch überlegen. Als die Jungs noch klein waren, wandten sich Passanten immer wieder dem Schauspiel zu, das die beiden mit ihren blonden Locken und ihren hellen Augen boten. Ysé ist ebenfalls wunderschön, aber auf gewisse Weise weniger sensationell und eher vergeistigt. Was Thad und Zach besonders macht, ist ihre Größe, zumindest im Vergleich mit ihren armen Eltern. Ein Meter siebenundachtzig Zachée, und Thadée zwei Zentimeter kleiner. Ihrer Meinung nach bedeutet groß zu sein für Surfer eher einen Nachteil, anscheinend aber hat es sie nie wirklich gestört. Umso weniger, als beide bemerkenswert muskulös sind, und auch hier können ihre Gene nicht ausschlaggebend sein, wo wir doch sowohl in meiner als auch in Mylènes Familie eher klein und gedrungen sind.

Aber ich bemerke, dass ich weit abgedriftet bin aus der Waschküche, wo ich mich noch immer bemühe, Maud Lust zu verschaffen, ohne meine Jüngste zu wecken. Und Maud ist nicht Mylène. Sie kann es noch so sehr von hinten lieben, sie kommt nicht so leicht. Und ich mag das, wirklich. Ich mag es, dass sie ihre Zeit braucht, dass sie nach Anstrengung verlangt, nach Initiative, um zum Orgasmus zu kommen – wohingegen Mylène auf der Stelle abgeht, was auch sehr befriedigend sein kann, ja. Mauds Lustgefühl ist eine Belohnung, ein Gral, den es zu verdienen gilt und den zu finden man manchmal weit gehen muss. Aber nichts macht mich glücklicher und stolzer, als auf ihrem Gesicht die vom Orgasmus kündenden Zeichen zu lesen. Dies allein genügt manchmal schon, um mich selbst kommen zu lassen, getragen von dem, was ich aus der Tiefe ihres Leibes aufsteigen spüre. Vor meinen Augen verzerrt sich ihr Gesicht, werden ihre Augen feucht, öffnet sich ihr Mund zu einem glücklichen Schrei, und ich fühle deutlich die Innenwände ihrer Vagina pulsieren, schmelzen und sich meinem eigenen Geschlecht hingeben. Bingo! Die Sache ist, bis zum nächsten Mal, gewonnen.

Maud rückt von mir ab, wischt sich über ihre Stirn, ihre Wangen, ihren Nacken, an dem zarte Strähnen feuchten Haars kleben.

»Mach ein wenig die Tür auf, wir brauchen Luft.«

»Ysé darf uns nicht sehen.«

»Ich gehe, mach dir keine Sorgen. Bist du okay? Hast du denn wenigstens schon was gegessen?«

So ist sie, Maud. Kaum, dass sie von einem bebenden Orgasmus durchgeschüttelt wurde, macht sie sich schon Sorgen, kümmert sich um dich und dein geistiges oder körperliches Wohlergehen. Nymphomanin? Mylène irrt auf ganzer Linie. Maud ist eine Liebende. Ihr Bedürfnis, Liebe zu geben und zu empfangen, ist schlicht so groß, dass ein einzelner Typ nicht genügt. Sie braucht mehrere, um dieses so unersättliche Bedürfnis zu handhaben. Von daher ist es auch besser, ihr Liebhaber zu sein und nicht ihr Ehemann. Ich weiß nicht, was Grégory vom Verhalten seiner Frau weiß und kapiert, aber ich neide es ihm nicht. Ich war einst an seiner Stelle, oder beinahe, und drohte verrückt zu werden. Was vollkommen idiotisch gewesen wäre, denn Maud ist alles andere als eine Femme fatale, und den Männern, die sie liebt, weh zu tun, ist das Letzte, was sie will.

Sie streichelt mir die Schläfen, küsst mich ungestüm und beginnt, die Kleider zu ordnen, die abzulegen wir uns nicht einmal die Mühe gaben. Ich öffne die Tür einen Spalt breit und lasse etwas Licht in die Waschküche. Kein einziges Geräusch dringt aus dem von drei seiner Bewohner verlassenen Haus zu uns. Ysé dürfte friedlich in der oberen Etage schlafen. Ich kann mir Zeit lassen, meine Geliebte zu betrachten, während sie ihren Rock zurechtzieht, ihren Pullover glattstreicht, zurück in ihre Pumps schlüpft. Sie ist schön. Und es einfach so auszusprechen, wird ihrem besonderen Charme nicht gerecht. Maud ist fünfzig Jahre alt, genau wie ich, genau wie Mylène. Sie wirkt auch so. Mit der Grausamkeit, zu der sie fähig ist, wenn es darum geht, Maud zu verurteilen, sagt Mylène, dass sie sogar älter wirke. Und es stimmt, im Gegensatz zu Mylène, die in den letzten dreißig Jahren kein Gramm zugelegt und deren matte Haut noch nicht wirklich begonnen hat, faltig zu werden, ist Maud aufgedunsen, aus der Form gegangen, verwelkt. Beidseitig ihres schönen Mundes zittern leichte Hängebacken, ihre dänischen Wangenknochen – ihre Mutter stammt aus Kopenhagen – sind von Kupferrose überzogen, Krähenfüße kratzen an ihren Augen, auf ihrer Stirn hat sich eine Zornesfalte eingegraben. Was den Körper betrifft, so sieht es da kaum glorreicher aus: Aber eben, ich mag es, dass ihre Linien weniger deutlich, die

Innenseiten ihrer Schenkel leicht faltig sind, dass ihre Brüste an Hochmut verlieren, dass sie einen wabbeligen Hintern hat, einen wabbeligen Bauch.

Als ich sie kennenlernte, war es fast zu viel. Sie war zu groß, zu gut gebaut, zu blond, strahlte zu sehr. Sie machte allen Typen Angst, mir inbegriffen. Und dann stellte sie sich auch noch auf schwindelerregende Absätze, womit sie uns alle um einen Kopf überragte. Das musste man erst mal ertragen. Heute ist sie bloß noch ... sexy. In meinen Augen zumindest. Sie kann sich gern beklagen, dass die Typen sie nicht mehr beachten, sie nicht mehr anbaggern, ihr nicht mehr nachpfeifen, ich finde sie begehrenswerter als früher. Klar, sie kann sich nicht mehr mit Frauen wie Jasmine und Cindy messen, aber ich ficke sie seit gut zwanzig Jahren, und es stört mich überhaupt nicht, dass sie weniger feste Brüste hat und den Hintern einer Stute.

Maud geht und nimmt mir noch das Versprechen ab, sie »auf dem Laufenden« zu halten. Aber wie immer bleibe ich für einen Augenblick mit ihr in meinen Gedanken zurück. Sie besitzt diese Gabe: mich aufzuheitern, zu erfüllen, dafür zu sorgen, dass ich mich weder allein fühle noch traurig noch unverstanden.

Na bitte. Bevor ein Hai Thadée sein Bein abgebissen hat, war ich ein glücklicher Mann. Mein Berufsleben war erfolgreich – immerhin bin ich der Sohn eines Briefträgers und einer Friseurin –, mein Familienleben füllte mich aus, und meine Geliebte konnte mir das Gefühl vermitteln, ich sei ein Übermensch. Ich fühlte mich manchmal elend, weil ich Mylène betrog, aber dieses Gefühl hielt einer Stunde Sex mit Maud nicht stand. Denn wenn ich wieder nachhause kam und an meinem Hals und meinem Finger noch den Intimgeruch der »anderen Frau« roch, floss ich über vor lauter Zärtlichkeit und Anerkennung für meine legitime Ehefrau. Es kam sogar vor, dass ich gleich im Anschluss mit ihr schlief, getragen vom Elan, den Maud in mir auslöste. Falls dies nicht doch eher dem Schuldgefühl geschuldet war. Egal, denn schlussendlich war ich als Ehemann aufmerksamer, eifriger bemüht, sie zu befriedigen, offener, ihr zuzuhören. Was mich nicht davon abhielt, Maud anzügliche Textnachrichten zu schicken, auf die sie umgehend mit leidenschaftlichen Wortsalven reagierte. Woraufhin ich sorgsam mein Handy abschaltete, meine Erregung unterdrückte und ins Wohnzimmer oder die Küche zurückkehrte, um Mylène bei irgendeiner Aufgabe zur Hand zu gehen oder ihr liebevoll den Nacken und Rücken zu massieren. Der Ehebruch hat mich in einen Tugendkreis von Begierde, Lust und Dankbarkeit geführt. Ausgesprochen glücklich und vollkommen ausgeglichen zwischen den beiden Frauen meines Lebens, ließ ich die eine wie die andere in den Genuss dieses Glücks kommen, ich verteilte es rings um mich her, alle profitierten davon.

Ich spüre deutlich, dass Thadées Unfall die Grundkonstellation völlig verändert, in mein schönes System eine Verwerfung gebracht hat. Für eine gewisse Zeit zumindest wird es mir sehr schwerfallen, glücklich zu sein und an die Tugenden meiner Lebensart zu glauben. Nur, ich muss an sie glauben, ich muss denken, dass ich der Dreh- und Angelpunkt dieser Familienharmonie bin.

An diesem Abend, im Bett, das ich normalerweise mit Mylène teile, wird mir klar, dass wir in sechsundzwanzig Jahren Ehe nur aufgrund der seltenen Kongresse getrennt waren, an denen ich teilnehmen durfte. Sie fehlt mir. Auch ihr schicke ich häufig Textnachrichten. Sie sind deutlich weniger hitzig als jene, die ich mit Maud austausche, aber sie erlauben mir, mit ihr den ganzen Tag über in Kontakt zu bleiben.

Ich habe vor wenigen Stunden noch mit ihr telefoniert. Sie war wohlbehalten in Saint-Denis angekommen, hatte Thadée noch nicht gesehen und fand dieses Surfer-Camp, wo sie unterkommen sollte, dreckig. Weil sie müde war, haben wir nicht lange miteinander geredet, und so sende ich ihr eine Nachricht, um ihr zu sagen, dass sie mir fehlt, dass sie zu weit weg ist und dass ich sie liebe.

Während der folgenden Tage verfliegt die Zeit nur so. Allem Anschein zum Trotz erledigt Mylène doch eine ganze Menge Aufgaben, da sie Wert auf die Pflege des Hauses legt, auf den schulischen Werdegang von Ysé, auf ihre sportlichen und musischen Aktivitäten, ihre Klavier- und Karatestunden, ihr Malatelier ... Ich kümmere mich neben der Arbeit auch um all das, und es ist keine Kleinigkeit. Umso mehr, als Mylènes Abwesenheit mir erlaubt, Maud noch häufiger zu sehen. Sie kommt jeden Abend her, und wir haben unser Stelldichein in der Waschküche zum Ritual erhoben. Letztendlich bin ich ein Gewohnheitstier. Sie verlässt mich gegen ein oder zwei Uhr nachts, und da ich um sechs aufstehe, schleppe ich mich wie ein Zombie durch den Tag und kann gerade mal die Geistesgegenwart aufbringen, in La Réunion anzurufen. Nur Zach scheint glücklich zu sein, mich zu hören und mit mir zu reden. Mylène ist wegen Thadées Zustand und ihres Aufenthalts auf der Insel eindeutig deprimiert. Thadée antwortet mir mit zurückhaltenden Einsilbern. Mal ist er zu müde, mal von dieser oder jener Pflege, dieser oder jener Untersuchung in Anspruch genommen, am Ende aber teilt er mir nichts mit. Mylène bestätigt mir, dass er tatsächlich sehr wortkarg ist, selbst ihr und seinem Bruder gegenüber. Na ja, wenn Zachée schon immer wie ein Wasserfall redet, so wechselt Thadée schon immer zwischen redseligen Phasen und Perioden des Schweigens. Ich stelle mir vor, dass er zudem noch immer unter Schock steht. Zwischen Unfall und Amputation sind achtundvierzig Stunden vergangen: Das ist nicht viel, wenn es gilt, einen so furchtbaren Verlust zu verdauen, einen so radikalen Wechsel im sozialen Gefüge. Vor einer Woche noch war mein Sohn ein junger Halbgott, dem alles zuflog. Von jetzt an wird er wieder lernen müssen zu gehen, zu laufen, zu schwimmen, den Blick der anderen zu ertragen. Und doch, die heutigen Prothesen sind mit denen von früher nicht zu vergleichen: In einer Hose wird Thad wirken wie ein ganz normaler Junge.

Unter meinen Kunden sind natürlich auch Amputierte. Sie kommen und kaufen Dehydral oder Akilortho. Die meisten von ihnen sind Diabetiker oder Menschen mit Arterienentzündungen, ältere Leute, bei denen man sich zur Amputation entschieden hat, nachdem sie über Jahre ihre entzündeten Gliedmaßen mit sich herumgeschleppt haben. Die einzige Ausnahme bildet eine junge Frau, der von Geburt an ein Wadenbein fehlt, und ein Typ in den Vierzigern, der sich buchstäblich und dümmlich sein Bein mit einer Kreissäge durchtrennt hat. Anders als man meinen möchte, sind traumatisierte Amputierte selten. Mein Sohn gehört von nun an zu ihnen, und wenn ich ein guter Vater sein möchte, muss ich das Grauen und die Abscheu überwinden, die das bei mir auslöst.

Ich habe eben mit Jasmine telefoniert. Warum muss sie nur, sobald sie mit mir spricht, diese unerträgliche Stimme annehmen? Mal stöhnt sie über mein und ihr Schicksal, mal redet sie geziert über unsere Liebe. Mir ist klar, dass ihr diese neue Rolle zu Kopf steigt. Die aufopferungsvolle, wenn nicht sogar geopferte Freundin, die vor lauter Seelengröße die Einschränkung ihres Typen hinnimmt, wo sie doch Anspruch auf etwas weitaus Besseres als einen Einbeinigen hätte. Irgendwie hat sie ja recht. Jasmine kann alle Typen kriegen, die sie will. Sie muss nur die Lider niederschlagen und ihre niedliche Schmollfresse ziehen, und schon fliegen sie auf sie. Mir erging es nicht anders.

Und ich bin damit durch. Ich liebe Jasmine. Okay, aber sie erregt mich nicht mehr wie anfangs, als ich die ganze Zeit Lust hatte, sie zu ficken. Ich habe sogar gedacht, dass mit ihr alles anders werden würde, dass sich das Verlangen mit gleicher Intensität erhalten würde. Aber nein. Es war bei Jasmine wie bei allen anderen: Ab einem bestimmen Moment fällt es mir schwer, bei ihnen einen hochzukriegen. Selbst wenn sie megageil sind. Und was das betrifft, so ist Jasmine all meinen Ex haushoch überlegen, sie ist einfach perfekt. Wir zusammen, wir bilden das ideale Paar, und das sage ich nicht, um zu prahlen. Es reicht, dass wir irgendwo auftauchen, und schon verstummen die Unterhaltungen, stehen die Münder offen, richten sich alle Blicke auf uns. Allein erziele ich diesen Effekt nicht. Und Jasmine auch nicht, trotz ihrer sensationellen Schönheit.

Damit will ich deutlich machen, dass es selbst Jasmine mit ihren grünen Augen, ihrem langen dunklen Haar, ihrem unglaublichen Mund, ihrer luftigen Schlankheit und ihrer Erscheinung einer Königin nicht immer gelingt, mir einen Ständer zu verschaffen. Das letzte Mal, dass ich sie durchnahm, war auf La Réunion, am Vorabend ihrer Abreise. Ich spürte, dass sie Lust hatte, aber natürlich hätte sie sich lieber an Ort und Stelle in Stücke reißen lassen, als es zuzugeben. Stattdessen umschwärmte sie mich, ließ eine Anspielung auf die nächste folgen und nahm kaum merklich suggestive Posen ein. Auch darin ist sie gut. Schließlich gingen wir in meine Hütte, und da lieferte sie mir dann die große Show, voller Zauber des Besonderen und mit aller Intensität. Wir sollten uns aber auch für sechs Monate nicht mehr sehen.

Alles lief gut, ich war sogar recht betört vom Anblick ihres Körpers unter meinem, von ihrem flachen Bauch, ihren runden Brüsten, ihrem dunklen Haar, das sich über die Matratze ergoss. Und dann plötzlich, dann plötzlich sah ich uns, ich sah uns wirklich, und ich hörte uns auch. Als hätte sich mein Geist schlagartig von der Szene gelöst, um die ganze Lächerlichkeit daran zu erkennen: ihr angestrengtes Keuchen, ihr mechanisches und vergebliches Auf und Ab. Eine Welle der Entmutigung griff nach meiner Erektion. Und zack, wurde ich zwischen den blassen Schenkeln meiner Herzallerliebsten weich. Und dann, klar, war's aus mit faulen Tricks. Weil ich immerhin schon gut zehn Minuten durchgehalten hatte, tat ich einfach so, als wäre ich gekommen, zog mich nach einigen Zuckungen aus ihr zurück und warf mich völlig atemlos neben sie. Der Vorteil bei Jasmine: Sie hat von all dem keinen blassen Schimmer. Sie schien mir leicht irritiert zu sein, und ich ertappte sie, wie sie sich zwei Finger in ihre Muschi schob, um zu prüfen, ob es dort Sperma gab. Aber gut, sie ist derart blöde, dass sie imstande ist, den Unterschied zwischen meinem Saft und ihrem eigenen nicht zu erkennen.

Merkwürdig ist, dass ich, bin ich allein, wie ein Esel meine Ständer kriege. Vielleicht, weil ich weiß, was ich brauche und direkt zur Sache komme. Natürlich ist das mit Frauen zusammen komplizierter und mit Jasmine insbesondere, die ihre expliziten Anfeuerungen und diverse Stimulierungen einfordert. Zudem muss sie auch am ganzen Körper sauber sein, sich von Kopf bis Fuß frisch fühlen, Muschi und Hintern inbegriffen. In dem einen Jahr, das wir nun zusammen sind, konnte ich sie nicht dazu verleiten, bei ihrer Hygiene etwas entspannter zu sein.

Was dieses Kapitel betrifft, so kann ich da selbst ziemlich ungereimt sein: Ich hasse Schweißgerüche zum Beispiel mindestens so sehr wie mich andere Gerüche erregen. Körperbehaarung ebenfalls, die stört mich einfach. Aber na bitte, niemand kann aus seiner Haut, oder eher noch, wir verbringen Jahre damit, uns unsere Lust- und Ekelgefühle hautnah zu erschaffen, sie uns maßzuschneidern, zu verstehen, was für uns funktioniert und was nicht, und ich habe keine Lust, mich einzureihen in die konformistische Sexualität der anderen oder in die Hemmungen meiner Freundin. Was auch der Grund dafür ist, warum man den besten Sex letztendlich vor dem Bildschirm hat. Das gilt auf jeden Fall für mich.

Vor meinem Flug nach La Réunion war ich sogar regelrecht süchtig. Ich brauchte meine Dosis am Morgen, am Mittag, am Abend. Und ich rede hier nicht von BatPorno oder TuKif, nein, ich bin schon längst zu etwas anderem übergegangen, und was mich vor meiner Entgiftungskur auf der Insel am meisten erregte, waren tatsächlich Videos übers Rausschneiden von Unfallopfern.

Von daher kann ich mit Sicherheit sagen, dass ich weder Schwierigkeiten habe, einen hochzukriegen, noch zu kommen. Ich brauche schlicht und einfach meine kleinen Rituale, die ich nicht mit jedermann teile. Meiner Meinung nach sind wir uns aber, was den Sex betrifft, alle gleich. Der Unterschied liegt im klaren Bewusstsein und in der Ehrlichkeit, wie sie einige, und zu denen zähle ich, an den Tag legen. Die anderen erregen sich lieber an dem, was als erregend vorgeschrieben wird. Pech für sie.

Ich habe also nichts gegen Pornos einzuwenden, ganz im Gegenteil. Zeigen Sie mir einen echten Dirty Sanchez, oder zwei mit Scheiße beschmierte Girls, die sich gerade ihre Muschis lecken, und ich kriege sofort einen hoch und ejakuliere umgehend.

Heute wurde Thadée im Krankentransporter nachhause gebracht. Zachée war schon eine Woche vor ihm angekommen, was mir ermöglicht hat, nach acht wie fiebrig und in irren Träumereien durchgemachten Tagen wieder Fuß zu fassen. Acht Tage, in denen ich wie ein Wahnsinniger schuftete, um nicht an Thad denken zu müssen, acht Nächte, in denen ich Maud fickte, als hinge mein Leben davon ab. Mit Zachs Rückkehr fand ich zurück zu einem normaleren Rhythmus, bestimmt von den Mahlzeiten und den Abenden im Schoß der Familie. Was Thadée betrifft, so konnte Zach mir nichts wirklich Neues sagen. Ihm zufolge geht es ihm sehr schlecht, nimmt er alles sehr negativ auf und weigert sich, darüber zu reden und sich was auch immer für eine emotionale oder berufliche Zukunft auszumalen.

»Für ihn heißt es nur noch *die.*«

»Wie bitte?«

»Tja, sterben, eben. Er sieht sich nicht mehr studieren, nicht mehr mit Jasmine, er will alles beenden.«

»Aber das ist doch verrückt!«

»Du sagst es. Vielleicht hört er ja auf dich.«

»Ja, lassen wir ihm Zeit. Er muss das alles erst mal verarbeiten.«

Mein jüngerer Sohn blickte auf, ohne überzeugt zu sein. Ich beobachtete ihn: Er hatte sich gerade einen ganzen Teller Nachschlag an Bratkartoffeln genommen und schielte auf das letzte Kotelett, das Ysé und ich ihm von Herzen gern überließen. Zachée essen zu sehen ist eine Erfahrung wert. Er kann egal was runterschlingen und das auch noch in wahnsinnigen Mengen, ohne je richtig satt zu sein. Mylène findet das wunderbar. Aber in puncto Essen ist sie vollkommen debil. Einerseits hält sie sich selbst seit Jahren zurück, pickt an allem wie ein Vögelchen herum oder übt sich gänzlich in Verzicht; andererseits hat sie ihre Kinder schon immer buchstäblich vollgestopft und ihnen Löffel um Löffel Püree in ihre offenen Münder gesteckt; und später dann, als sie größer waren, Kraftnahrung gekocht und Kalorienbomben als Nachtisch.

Merkwürdigerweise hasse ich Mylènes Küche. Ich habe nie gewagt, es ihr zu sagen, natürlich nicht, stattdessen gratuliere ich ihr regelmäßig zu ihren Zwiebeltartes, ihren Gnocchi à la Romana, ihrem Chili con Carne, ihren Quiches Lorraines, ihren Fondants au chocolat, ihren Tiramisus, ihren Charlottes aux framboises ... Stop! Diese Aufzählung allein macht mich schon ganz kirre. In Wirklichkeit liebe ich nichts mehr als eine einfache Küche. Ein wenig Avocado, ein Tomatensalat, etwas Käse, Gegrilltes, Früchte, das reicht mir und macht mich glücklich. Aber ich muss ein glückliches Gesicht machen, sobald ich diese eklektische Kochkunst an unseren Tisch kommen sehe: italienische Spezialitäten entweder in Kombination mit der Küche der Pieds-noir[5] – Mylènes Eltern sind welche – oder mit irgendeinem Gericht aus der Gegend.

Gut, Thadée ist zurück, Mylène auch, und auf gewisse Weise kann ich mich nicht daran gewöhnen. Jene zwei ohne sie verbrachten Wochen, und vor allem die, in der Ysé und ich allein waren, zählten für mich zu den merkwürdigsten und schönsten meines Lebens. Heißt das nun, dass ich meine Familie nicht liebe? Im Gegenteil, ich liebe meine Frau und meine Kinder leidenschaftlich. Aber alles in allem muss ich nicht mit ihnen zusammenleben, um sie zu lieben. Ich glaube sogar, dass uns eine Trennung regelrecht guttun würde. Ich hätte größte Lust, es Mylène vorzuschlagen: Sie würde die Jungs behalten und ich Ysé. Ich würde ihr das Haus überlassen und mir eine hübsche Dreizimmerwohnung im Stadtzentrum von Biarritz suchen.

Mylène allerdings würde das niemals akzeptieren. Sie wäre sogar entsetzt, würde ich ihr einen solchen Vorschlag unterbreiten. Auf jeden Fall wäre der Zeitpunkt schlecht gewählt, um mit ihr darüber zu reden oder irgendeine Veränderung in unser Leben zu bringen. Die durch Thadées Behinderung ausgelöste ist schon radikal und destabilisierend genug, als dass ich sie nicht auch noch mit meinen Unabhängigkeitsanwandlungen und Singlefantasien verschlimmern möchte.

Er ist zurück. Ich finde, dass er sich verändert hat. All unsere Besucher aber posaunen, dass es kaum zu fassen, dass er unverändert und dies wirklich erstaunlich sei, bedenke man nur, was er durchgemacht hat und was an Prüfungen noch vor ihm liegt. Anscheinend macht er gegenüber seinen Großeltern, Onkeln und Tanten, Cousins und Freunden mehr oder weniger eine gute Figur und spart sich seine zynischen und defätistischen Äußerungen für uns auf.

Es ist vorgesehen, dass Thadée den Silvesterabend zuhause verbringt, bevor er dann am nächsten Tag im Saint-Cyriaque-Klinikum seine Reha antritt. Mir scheint das etwas verfrüht, aber wir haben diverse Informationen und Meinungen eingeholt, und es heißt, dass eine früh begonnene Reha orthopädische Schäden verhindere. Thadée könnte sogar schon in der Woche darauf seine Apparatur erhalten. Eine provisorische und anpassungsfähige Prothese, die man einstellen und dem Schrumpfen des Stumpfendes anpassen muss. Die Chirurgen, Krankengymnasten und Orthopäden um Thadée herum sprechen lieber von einem »Restgliedmaß«, mich aber ärgert das.

Immer, wenn ich sein Zimmer betrete, lehnt er, wie ihm geraten wurde, in Sitzposition gegen seine Kissen, das Gesicht zum Fenster gewandt. Er liest nicht, hört keine Musik, benutzt auch nicht seinen alten Laptop. Mylène ist meist da, spricht mit ihm, richtet ihm das Bett, fragt, ob er aufstehen möchte, Hunger verspüre, mit Jasmine telefoniert habe, etc. Sie tut, was sie kann, um ihm nützlich zu sein, aber er antwortet ihr kaum, hat weder Lust aufzustehen noch zu essen oder auf Anrufe zu reagieren. Er schweigt, aber die Botschaft ist klar: Lasst mich in Ruhe! Ich weiß, dass Mylène nervenaufreibend sein kann, aber jetzt tut sie mir leid, Amputation hin oder her, ich finde, Thadée könnte sich einen Ruck geben. Ich nutze eine der wenigen Abwesenheiten meiner Frau, um mich zu ihm an die Bettkante zu setzen.

»Alles okay, mein Sohn?«

»Jo. Siehste ja.«

Er blickt mich arrogant an.

»Zeigst du mir dein Bein?«

»Welches?«

»Thadée ... Ich will nur sehen, wie es sich entwickelt. Hast du Schmerzen?«

»Ja. Manchmal.«

»Nimmst du dein Tramadol?«

»Ja.«

Auch ich gehe ihm auf die Nerven. Er redet mit mir völlig tonlos und wie aller Dinge müde. Ich ziehe die Decke zurück und beginne, seinen in Velpeau gewickelten Oberschenkel zu untersuchen. Als Zach mir mitteilte, dass seinem Bruder das Bein amputiert worden war, konnte er mir nicht sagen, auf welcher Höhe. Er erfuhr es selbst erst einige Stunden nach der Operation, und ich lag mit der Hoffnung falsch, dass mein ältester Sohn sein Knie behalten möge. Zwischen einer Oberschenkel- und einer Schienenbeinamputation liegt ein enormer Unterschied: Man muss kein Chirurg sein, um das zu erkennen. Tja, Thadée ist ein Oberschenkelamputierter. Der Chirurg hat ihm den Knochenhebel so weit wie möglich erhalten, aber leider schließt dieser Hebel das Knie nicht mit ein, was die Reha und das Neuerlernen des Gehens sehr viel problematischer macht. Thadée dürfte dies ahnen, denn während der gesamten Dauer meiner Untersuchung seines Stumpfes grinst er hämisch auf oder lässt ironische Bemerkungen laut werden:

»Was meinst du? Ist hübsch, wie? Hat 'nen guten Job gemacht, unser Chadri, nicht wahr? Damit werde ich wie ein Hase laufen können, ist ja wohl sonnenklar.«

Der besagte Chadri ist anscheinend der Chirurg, der ihn auf La Réunion operiert hat, und über den Mylène sich mir gegenüber zunächst extrem negativ äußerte, bevor sie dann umschwenkte und ihm eine gewisse Kompetenz zuerkannte. Tatsächlich scheint das *Restgliedmaß* gut zu vernarben und nicht mehr länger ödematös zu sein, was eine zwingende Vorbedingung für das Anlegen der Prothese ist. Ich entscheide mich, wortwörtlich zu nehmen, was Thadée eben erst gesagt hat:

»Natürlich wirst du laufen können. Es gibt sogar Amputierte, die Wanderungen unternehmen oder Klettertouren.«

»Schon klar, und gleich wirst du mir auch noch mit paralympischen Spielen kommen. Oder mit Pistorius.«

»Aber deine Mutter meinte doch, dass du wieder mit dem Surfen anfangen willst …«

»Ich habe meine Meinung geändert: Ich will nicht mehr surfen, und auch nichts anderes mehr.«

»Aber Thadée, es gibt immer leistungsfähigere Prothesen, weißt du, ich habe mich schlau gemacht …«

»Das ist lieb von dir, Papa, aber mir sind Krücken lieber. Mit Prothesen tut man nur so, als ob man sein Bein noch hätte, aber schau, ich habe meines verloren, so ist das nun mal.«

»Da irrst du dich, Thad: eine Prothese wird dir das Leben erleichtern.«

»Welches Leben? Willst du etwa das, was da auf mich zukommt, Leben nennen?«

»Aber ja, sicher!«

Er blickt mich an, ohne zu antworten, und in diesem Blick lese ich eine derart abgrundtiefe Hoffnungslosigkeit, dass mir Tränen in die Augen steigen und ich gezwungen bin, mich abzuwenden. Mein kleiner Junge … Ich gäbe mein Bein, wenn er seines dafür behalten könnte. Aber was soll diese Art alberner Kuhhandel bringen, und mit wem eigentlich soll verhandelt werden? Ich ziehe den Velpeau-Verband zurecht und die Decke zurück bis zur Hüfte. In diesem Augenblick kommt Mylène herein mit ihrer gekünstelten Heiterkeit und ihren überflüssigen kleinen Aufmerksamkeiten. Ich finde zu meiner Fassung zurück und erkläre, ein Telefonat führen zu müssen, um das Zimmer meines Sohnes verlassen zu können.

Das Zimmer meines Sohnes … Ich habe diesen Film zusammen mit Mylène gesehen, als er rauskam. Er hat uns beide richtig umgehauen. Unsere Jungs waren noch klein, im Gegensatz zum Sohn in Morettis Film, aber wir konnten gar nicht anders, als in ganz vorsichtigen Sätzen diese unerträgliche Perspektive auszusprechen: den Tod eines Kindes. Mylène hatte mir ängstlich zu verstehen gegeben, dass sie das nicht überleben würde.

Als Reaktion drückte ich ihr fest die Hand, was sie wohl als Zustimmung begriff, als Zeichen des Verständnisses und Mitempfindens. Nur, ich war weit davon entfernt, sie zu begreifen, und ihre Todesansichten teilte ich noch weniger. Die Vorstellung, ein Kind zu verlieren, jagte mir Entsetzen ein, aber mir schien doch, unsere Liebe hätte uns ermöglicht, einen so furchtbaren Trauerfall auszuhalten. ›Und ich?‹, hatte ich Lust, meine Frau zu fragen. ›Und ich? Wenn ich verschwinden würde? Würdest du es überleben?‹ Mir war klar, dass sie es würde. Mir war klar, dass für Mylène das Schlimmste Thadées oder Zachées Tod sein würde, nicht aber meiner.

An dem Tag, als sie Mutter wurde, hat Mylène sich verändert. Wir hatten acht Jahre exklusiver und wahnsinniger Liebe hinter uns, acht Jahre Glück, wie ich es nicht für möglich gehalten hätte. Thadées Geburt rundete dieses Glück ab und erfüllte uns beide ganz. Aber ich musste im Laufe der Zeit die Vorstellung akzeptieren, nicht mehr im Zentrum der Sorge und Aufmerksamkeit meiner Frau zu stehen. Mein ältester Sohn hatte mich verdrängt. Natürlich war ich selbst gebannt vor Zärtlichkeit angesichts dieses großartigen Säuglings, der sich im Übrigen als ein lächelndes, friedliches Baby erweisen sollte. Ich war für Thadée ein möglichst liebender und anwesender Vater, doch ich verließ de facto das Haus um acht, wenn nicht sogar um sieben in der Früh, um erst abends gegen acht wieder heimzukehren, wenn Thadée schon tief eingeschlafen war. Von seinem Aufwachsen und Erblühen habe ich nicht besonders viel mitbekommen. Mylène erzählte mir voller Stolz die kleinsten Dinge und Gesten unseres Sohnes, was nichts daran änderte, dass sie mit ihm sehr viel mehr Zeit verbrachte als mit mir und dass dieses exklusive Tête-à-Tête mit ihrem kleinen Jungen sie regelrecht zu befriedigen schien. Das gleiche spielte sich mit Zachée ab, und in geringerem Maße dann auch mit Ysé.

Mir gegenüber war Mylène unverändert zärtlich und achtete peinlich genau auf das, was ich sagen oder tun sollte, aber ich fühlte sie in Gedanken woanders, absorbiert von dieser neuen, anspruchsvollen und leidenschaftlichen Liebe, die sie verwandelte. Die kleine unauffällige Maus, die ich geheiratet hatte, war fähig, sich zu einer beängstigenden Pasionaria zu mausern, sobald es um ihre Söhne ging. Ich liebte sie nicht weniger, aber ich erkannte sie nicht mehr wieder. Sie, die so vernünftig und im Herzen so aufrichtig ist, konnte, wenn die geringste Kleinigkeit Thad oder Zach betraf, plötzlich ganz außer sich geraten, ja sogar unehrlich, gemein, ungerecht werden.

Ich erinnere mich noch gut an eine Zusammenkunft zwischen Eltern und Lehrerschaft, zu der wir geladen waren, als Thadée in der Sechsten war. Einer nach dem anderen beschwerten sich die Lehrer bei uns über das schwierige Verhalten unseres Kindes. Während ich meinen Ärger hinunterschluckte, bei ihren Beobachtungen nickte und mich bemühte, kleinlaut zu sein, lächelte Mylène, und wartete ab, bis der jeweilige Lehrer seine Vorhaltungen beendet hatte. Und dann, ihren verachtungsvollen Blick auf ihn gerichtet, begann sie mit den ihren:

»Monsieur (oder Madame), ich habe Ihnen sehr aufmerksam zugehört, und glauben Sie mir bitte, ich hege nicht die Absicht, Entschuldigungen für meinen Sohn zu finden, aber tatsächlich redet er viel mit mir, und tatsächlich erzählt er mir, was während des Unterrichts passiert. Wenn ich es recht sehe, haben Sie von Anfang an Abneigung gegen ihn empfunden, nicht wahr? Was zur Folge hat, dass er nun, auch wenn er sich in Ihrem Fach sehr anstrengt, den Eindruck hat, und ich teile diesen Eindruck, dass es zu spät sei, dass Sie sich Ihr Bild gemacht haben und nicht mehr davon abrücken. Ich habe zufälligerweise einen Mathematiklehrer als Freund und ihn gebeten, auf Thadées letzte Aufgabe einen Blick zu werfen: Seiner Meinung nach verdient diese mindestens 15 oder 16 Punkte, aber bitte ...«

Ich schrumpfe auf meinem Stuhl vor lauter Scham zusammen, denn wir haben keinen einzigen Mathelehrer zum Freund. Dem nächsten Lehrer gegenüber begann sie mit subtilen Variationen:

»Madame (oder Monsieur), ich weiß, dass Thadée kein Engel ist, aber es wäre vielleicht an der Zeit, dass auch Sie sich ein wenig hinterfragen. Soweit ich verstanden habe, fällt es Ihnen sehr schwer, in Ihren Klassen Ruhe walten zu lassen, nicht wahr? Mein Sohn sagt mir, dass es ihm größte Mühe macht, sich bei der Lautstärke zu konzentrieren, die Sie tolerieren ...«

Wie gelähmt knete ich den Oberschenkel meiner Gattin in dem Versuch, ihr meine Notbremse zu signalisieren: ›Hör auf, du redest totalen Unsinn, hör sofort auf damit!‹ Aber sie redet weiter, unbeirrbar, lächelnd, unheilschwanger. An der Ausgangstür dann war ich zutiefst bestürzt:

»Was ist denn nur in dich gefahren, solchen Schwachsinn von dir zu geben?«

»Das war kein Schwachsinn: Ich hatte gestern eine lange Unterredung mit Thadée, er hat mich vorgewarnt, dass die Lehrer sich über ihn beschweren würden. Und mir auch erklärt, warum. Ich kann dir sagen, dass er mir zu jedem einzelnen einen Kurzvortrag gehalten hat, und es waren nicht immer die amüsantesten.«

»Aber ist dir nicht in den Sinn gekommen, dass die Lehrer gute Gründe haben dürften, sich zu beschweren?«

»Willst du damit sagen, unser Sohn sei ein Lügner?«

»Er ist ein Kind, Mylène! Er ist dreizehn Jahre alt! Er weiß, was bei ihm im ersten Trimester schiefgelaufen ist, und er möchte seine Haut retten! Und ja, natürlich hat er dich angelogen, ganz klar! Und du hast alles geschluckt! Also ich glaub es nicht!«

Sie lachte und schüttelte ihren Kopf, als wäre ich der Dumme und Leichtgläubige. Dann, als wir wieder im Wagen saßen, um nachhause zu fahren, und ich, anstatt locker zu lassen, versuchte, sie zu etwas mehr Objektivität zu drängen und ihr zu verstehen zu geben, dass sie sich hinter die Lehrer hätte stellen sollen und dass das alles auf Thadée zurückfallen würde, präsentierte sie mir nur ihr durchtriebenes Profil und stellte dasselbe überlegene Lächeln zur Schau wie den Lehrern gegenüber: Sie, sie wusste einfach Bescheid.

Thadée erspähte unsere Rückkehr, und ich musste regelrecht an mich halten, um ihm nicht zwei ordentliche Ohrfeigen zu verpassen, eine für sein Verhalten als kleines Arschloch im Unterricht und eine für seine miesen Ausreden, die er seiner Mutter ins Ohr gehaucht hatte, ich hielt an mich und entschied mich für eine gepfefferte Predigt, die er sich mitleidig anhörte. Merkwürdigerweise hatte sich alles geregelt. In der

Folge brachte Thad nur noch exzellente Noten nachhause, was Mylène jubeln ließ.

Maud ist ganz anders. Das Muttersein hat sie nicht im Geringsten verändert. Und in Bezug auf Léo zeigte sie sich immer laxer als Mylène und zugleich weniger nachsichtig, sie ging seinen Lügen und seinen dämlichen Streichen weniger schnell auf den Leim. Sie liebt ihren Léo, aber er bildet nicht das Zentrum ihrer Existenz, sie schaut auf ihn mit zarter und amüsierter Hellsichtigkeit:

»Léo ist wie ich. Er liebt Menschen und kann nicht Nein sagen. Und so begeht er immerzu irgendeine Dummheit. Ganz wie ich!«

»Aber im Unterschied zu ihm hast du ein Studium hinter dir. Du warst eine brillante Studentin der Pharmazie, wenn ich dich daran erinnern darf.«

»Och, brillant, brillant, das sagt sich schnell dahin. Ich war vor allem arbeitsam. Was mein Sohn nun wirklich nicht ist.«

Und wieder lacht sie strahlend weit. Ich sehe in ihrem Rachen das Zäpfchen zittern und kann nicht anders als mir vorzustellen, wie ich meinen Schwanz in diesen offenen Mund schiebe, dessen sinnesfreudige Falten und Aufnahmefähigkeit ich so gut kenne. Wir schreiben den 23. Dezember und wir beide wissen, dass die Festtage zwischen den Jahren mit ihrem Gefolge an familiären Verpflichtungen uns daran hindern werden, uns in den kommenden zwei Wochen zu sehen. Zumal Grégory sich einige Tage freigenommen hat und geplant ist, dass nach den rituellen Festessen die Desmoulins für eine Woche nach Courchevel kommen.

Für uns fällt das Skifahren dieses Jahr aus, wegen Thadée. Schade. Ich liebe es. Ich liebe es mindestens so sehr wie meine Söhne es lieben. Wobei sie eher auf Snowborden abfahren. Kurz und gut, es ist unser letztes Rendezvous für lange Zeit. Sie traf mich an der Plage de Miramar, die zu dieser Jahreszeit weniger stark besucht ist als die Grande Plage. Wir liefen nebeneinander her, aber ohne uns zu berühren und ohne irgendwelche Anzeichen unserer Intimität zu zeigen. Biarritz ist eine Kleinstadt, wir haben uns schon zweimal beim Ehebruch beinahe auf frischer Tat erwischen lassen: Zachées Freundin kam in das Café, in dem wir uns getroffen hatten, ein Kollege von Grégory ging an uns vorüber, als wir gerade ein Hotel verließen. Ich weiß bis heute nicht, ob einer der beiden uns gesehen hat oder nicht, auf jeden Fall aber zogen diese Begegnungen keinerlei Folgen nach sich. Ich hatte auch mal mein Handy auf der Kochinsel in der Küche oder in einem der Regale unseres Schlafzimmers liegen lassen. Auch das blieb ohne Folgen, weil Mylène mein Handy entweder übersehen hatte oder aber gar nicht erst auf die Idee gekommen war oder keinerlei Lust hatte, ein Auge darauf zu werfen.

Maud sieht mich an, sucht meinen Blick, die Wangen gerötet vom Wind und der Gischt.

»Alles okay? Hältst du's aus?«

»Nicht ich habe ein Bein verloren.«

»Komm schon, ich kenne dich zu gut. Ich weiß, was du gerade durchmachst.«

»Maud, lass uns von was anderem reden. Es ist zuhause schon hart genug.«

»Siehst du! Eben erst hast du gesagt, alles liefe gut.«

»Aber es läuft alles gut. Alles läuft so gut wie möglich! Es ist nur, dass ...«

»... dass dein Sohn leidet, und du gern dein Bein hergeben würdest, damit er seines behalten kann.«

»Das ist genau die Art dummer Überlegung, die mich wahnsinnig macht.«

»Na gut, ich hör' auf damit. Aber wie auch immer, ich muss zurück.«

»Trinken wir noch einen Tee bei Dodin?«

»Nein, ich würde gern, aber ich muss noch tausend Sachen erledigen.«

»Léo kam gestern vorbei und hat Thad besucht.«

»Ach ja? Hat er mir gar nicht erzählt.«

»Ich glaube, Thadée hat ihn nach fünf Minuten rausgeworfen.«

»Aber was hat er denn angestellt? Hat er was Unpassendes von sich gegeben?«

»Nein, nein. Also nicht, dass ich wüsste. Es ist nur, dass Thadée niemanden sehen will. Selbst Jasmine nicht, das ist echt grenzwertig. Neulich ist sie heulend abgehauen, wie Mylène mir erzählt hat. Und keine Chance, was zu erfahren.«

»Von Jasmine?«

»Ja. Thadée spricht ja eh nicht.«

Doch, tut er, tatsächlich. Selten, aber wenn, dann ist es schrecklich – bei mir, zumindest. Ich weiß nicht, was er anderen erzählt, mir ist nichts zu Ohren gekommen. Mylène und Zachée scheinen mit ihm enttäuschende, aber harmlose Wortwechsel zu haben. Neulich jedoch, als ich ihm nach meinem Tag in der Apotheke einen abendlichen Besuch abstattete, traf ich ihn auf seinen Krücken an – sein Chirurg aus La Réunion hatte ihm geraten, sich so bald wie möglich und so häufig wie möglich »in die Vertikale« zu begeben. Ich trat zu ihm ans Fenster und versuchte herauszufinden, wohin er seinen abwesenden Blick gerichtet hielt. Zwischen den Dächern der umstehenden Villen und dem niedrigen Dezemberhimmel kräuselte sich ein Stück graues Meer. Ich versuchte es mit einer Eröffnung zur Wetterlage:

»Echter Sommer, was?«

»Meinst du, mein Bein wird bis zum Sommer nachgewachsen sein?«

»Thadée ...«

»Was, Thadée?«

»Du weißt genau, was ich sagen will: Es ist grau, kalt, nicht gut für die Stimmung.«

»Denkst du, ich habe eine saisonbedingte Depression?«

»Nein, aber ...«

»Denkst du, alles wird sich einrenken, wenn die Tage wieder schöner werden?«

»Na ...«

»Papa, ich scheiße auf den Winter, den Frühling, den Sommer: Ich bin tot.«

Mein Herz zog sich zusammen und mir kamen die Tränen, obwohl ich sonst nie heule.

»Hör mit deinem Schwachsinn auf. Du hast einen furchtbaren Unfall überlebt, du hast ein Bein verloren, da ist es ganz normal, dass du mutlos bist.«

»Ich bin nicht mutlos: Ich bin tot, glaub mir.«

Und theatralisch seine Krücken von sich stoßend, die anschließend laut krachend zu Boden fielen, hüpfte er bis zu seinem Bett und ließ sich darauf nieder.

»Thad, es ist völlig normal, dass du diese Mutlosigkeit durchläufst, aber du hast nicht das Recht, dich so gehen zu lassen. Reiß' dich zusammen. Und wenn nicht für dich, dann für uns, für alle, die dich lieben: deine Familie, Jasmine ...«

»Jasmine wird mich verlassen.«

»Wenn du so defätistisch bist ...«

»Sie wird mich verlassen, weil ich nur ein Bein habe.«

»Aber was verdammt nochmal soll das heißen, dass du nur ein Bein hast? Sie liebt dich! Ob du nun ein Bein hast, oder zwei oder drei, es ist ihr egal!«

»Hast du eine Ahnung! Du kennst Jasmine nicht wie ich! Die ist keine, die einen Behinderten liebt.«

»Ist *das* das Problem? Hat sie dir gesagt, dass sie dich verlassen will?«

»Nein, ich hab's zu ihr gesagt. Sie soll mich verlassen.«

»Aber lass sie dich lieben, wenn sie dich lieben will, herrje!«

Er sah mich voller Verachtung an:

»Du hörst mir nicht zu! Oder du willst es einfach nicht checken!«

»Ich verstehe, dass es dir wirklich schlecht geht, und dass das nur allzu normal ist, bei dem, was du durchmachst, aber besser wäre, du würdest jetzt keine voreiligen Entschlüsse fassen, wie etwa den, dich von Jasmine zu trennen.«

»Ich sollte besser warten, ja, auf was? Was habe ich noch vom Leben zu erhoffen? Wenn du mir wirklich helfen willst, dann verschaffe mir ein paar Pillen, damit ich endlich Schluss machen kann. Immerhin bist du Apotheker.«

Was kann ein Vater seinem zwanzigjährigen Sohn antworten, wenn der ihm mitteilt, dass er sterben möchte? Ich sah Thadée an, seine blutunterlaufenen Augen, sein Haar, das er seit Tagen nicht gewaschen hat, den verstümmelten Schenkel, auf dem er voller Bitterkeit rumknetete, und entschied mich für Härte. Bei meinem Sohn hat sich das immer bezahlt gemacht:

»Halt's Maul, Thadée! Ich habe dich nicht großgezogen, damit aus dir ein düsteres Stück Scheiße wird. Jetzt willst du beim ersten Widerstand einknicken, ja? Es ist wirklich zu einfach, dass es einem gutgeht, wenn alles prima läuft, kapier das: Das kann jeder! Es ist weitaus verdienstvoller und weitaus grandioser, nach durchlaufener Prüfung gut dazustehen. Aber anscheinend geht das über deine Kräfte. Da muss man sich fragen, ob du überhaupt welche hast! Du willst Schluss machen? Sieh zu, wie du zurechtkommst! Du glaubst doch nicht etwa, dass ich dir helfen werde, dich umzubringen?«

Er sagt nichts, schlägt stattdessen die Decke über seinen Stumpf und wendet den Blick ab. Ich bleibe bei meiner Linie:

»Du hast keine Eier! Du hast ein Bein verloren? Okay, das ist hart, aber schätz dich glücklich: Der Hai hätte dir beide wegbeißen können! Oder den Arm. Und glaube mir, es ist viel einfacher, an den unteren als an den oberen Extremitäten amputiert zu sein.«

Er lacht böse auf:

»Was du nicht sagst! Willst du mir etwa weismachen, dass ich am Ende noch Glück hatte?«

»Genau das sage ich: Du hast Glück im Unglück gehabt! Und jetzt hört auf, hier rumzuheulen und fang an zu handeln. Am Montag wird man dir eine Prothese anlegen, du wirst mit der Reha beginnen: Setze dir Ziele, und sieh zu, dass du sie erreichst. Und wenn du wirklich wieder aufs Brett willst, dann wirst du schon in diesem Sommer wieder auf dem Brett stehen. Das ist eine Frage des Willens, Thad. Ich dachte, ich hätte dir das eingeimpft. Es euch beiden eingeimpft, euch dreien sogar.«

Es ist wahr. Als sie noch klein waren, er und sein Bruder, habe ich sie darauf trainiert, ihre Grenzen zu überwinden. An den Wochenenden und in den Ferien habe ich sie mit Sportprogrammen versorgt, Wanderungen, Klettertouren, Kilometer um Kilometer auf dem Rad. Wir sind los und kraxelten mühsam bergan, und ich verbat ihnen auch nur das geringste Gejammer. Kein ›Ich hab' Hunger‹, ›Ich hab' Durst‹ oder ›Ich bin müde‹. Ich erfand Prüfungen: Wer schafft die meisten Schwimmbadlängen, wer hält am längsten den Atem an, wer springt am weitesten, klettert am höchsten ... Mylène protestierte immer lauthals, wenn die beiden, wieder zurück zuhause, ihr von ihren Heldentaten und überstandenen Gefahren erzählten, aber sie vertraute mir im Grunde und stimmte mit mir darin überein, dass wir unsere Kinder nicht in Watte großziehen wollten. Ich ließ sie ihre Mutterrolle spielen, wie sie es für richtig hielt, und sie ihrerseits überließ mir gern die Rolle des Coachs und Mentors. Ja, ich beschied mich nicht damit, lediglich ihr Sporttrainer zu sein, sondern habe mit meinen Jungs immer viel geredet. Also, zumindest bis sie Jugendliche waren. Dann hatte ich natürlich weniger Zugriff auf sie, und andere Einflüsse wurden stärker: ihre Surflehrer, ihre Kumpels ... Das gehörte zur Ordnung der Dinge und ich fügte mich dem gern. Aber ich darf doch sagen, dass ich während ihrer ersten zwölf, dreizehn Jahre ihr Idol war. Nichts zählte mehr für sie, als vor meinen Augen zu glänzen.

Um aus meinen Söhnen das Beste herauszuholen, habe ich sehr, vielleicht zu sehr, auf Wettkämpfe zwischen ihnen gesetzt. Ich hörte damit auf, als mir klar wurde, dass Thadée es sehr schlecht verkraftete, von seinem jüngeren Bruder überholt zu werden, was manchmal passierte, da sie ja nur ein Jahr auseinander liegen und etwa gleich groß sind.

Ich erinnere mich an eine furchtbare Szene während der Ferien in den Alpen. Wir hatten ein Chalet oberhalb von Annecy gemietet, und ich nahm die Jungs häufig mit auf Exkursionen in die umliegenden Berge. Ysé war gerade erst geboren und Mylène kam nicht mit uns mit, sie blieb mit dem Baby lieber auf der Liegefläche des Pools und in der schattigen Kühle des Gartens.

An jenem Tag hatten wir uns vorgenommen, den Parmeland zu erklimmen, also eine Wandertour von einer Handvoll Stunden, mit einigen schwindelerregenden Passagen, aber ohne wirkliche Schwierigkeitsgrade für neun- oder zehnjährige Jungs. Ich hatte für eine Nacht einen Platz in der Hütte reserviert, und Thad und Zach freuten sich sehr darauf. Sie hatten ihre Rucksäcke selbstständig gepackt und ohne Widerrede getragen. Mittags dann waren wir am Fuß des Felsmassivs angekommen, und während sie ihre Sandwiches aßen, fragte ich:

»Und, den Grand oder den Petit Montoir?«

»Welches ist der kürzere?«

»Der Grand ist der kürzere, aber auch der schwerere.«

»Schwerer, warum?«

»Da gibt es Streckenabschnitte, die haben es in sich. Der Petit Montoir ist sanfter. Aber weniger schön. Der Blick ist nicht derselbe. Also?«

Wie ich es mir gedacht hatte, entschieden sie sich voller Enthusiasmus für die Schwierigkeit und Gefahr. Ich erwartete von ihnen auch nichts Geringeres, und als das Picknick beendet war, nahmen wir den Pfad entlang des Felsens. Ich lief hinter ihnen her, beobachtete voller Stolz ihre kleinen muskulösen, von der Sonne dieses Sommers im Haute-Savoie gebräunten Waden. Ich achtete darauf, dass sie sich der Ketten und Rampen bedienten, und alles war gut verlaufen, bis Thadée urplötzlich auf dem schmalen Weg stehenblieb. Wir befanden uns auf genau dem Abschnitt, vor dem ich etwas Angst hatte, da er einen wirklich atemberaubenden Steilhang hat.

»Thad? Was ist los?«

Es war Zach, der mir antwortete.

»Papa, komm! Er hat Angst!«

Ich ging mit allergrößter Vorsicht an meinem jüngeren Sohn vorbei und schloss schließlich zu Thadée auf. Bleich im Gesicht, die Augen verschlossen, seine beiden Hände verkrampft an den Gliedern der schweren Kette, die am Fels entlanglief, war er unfähig, noch einen einzigen Schritt zu gehen. Ich rief ihn zur Vernunft, sagte ihm, dass er die Augen öffnen sollte, dass ich da war und dass wir gemeinsam diesen schwierigen Abschnitt meistern würden, begriff aber bald, dass ihm schwindelig und seine Angst nicht zu überwinden war. Das Problem bestand darin, dass sich der Pfad, bevor er in die Ebene übergehen sollte, noch ein gutes Stück weit zwischen Felsen und Leere dahinzog. Der Blick war phänomenal, aber Thadée war nicht imstande, ihn zu genießen. Bei diesem Zustand war es sinnvoller, umzudrehen und den Weg über den Petit Montoir zu nehmen. Was wir dann auch taten, Zachée voran, und ich Thadée tragend, der seinen Kopf in meinen Nacken vergrub.

Sobald wir ein weniger schwindelerregendes Wegstück erreicht hatten, kam Thadée wieder zu Kräften, aber ich spürte, dass er von seinem Missgeschick äußerst gekränkt war. Es hätte hiermit sein Bewenden haben können, und der Petit Montoir ist auch nicht ohne Charme und Schwierigkeiten, aber Zachée hatte sich in den Kopf gesetzt, seinen älteren Bruder zu verspotten.

»Ich hatte keine Angst! Stimmt's Papa? Ich hatte keine Angst! Du erzählst Mama, dass ich keine Angst hatte, ja? Sagst du Mama, dass ich kein Weichei bin?«

»Ich hatte keine Angst, du Idiot, mir war schwindelig!«

Zachée ahmte daraufhin Thadée nach, wie der sich an der Kette festgekrallt hatte:

»Ha, ha, das war echt komisch! Du hättest dich mal sehen sollen! Schau, so!«

Ohne dass ich die Attacke hätte vorausahnen können, warf sich Thadée auf Zachée, drückte ihn auf den Boden und begann Fausthiebe mit solch einer Gewalt auf ihn niederhageln zu lassen, dass dem armen Zachée Blut aus der Nase spritzte. Ich stürzte auf sie zu, aber zu spät, Thadée hatte vor den Augen einer Gruppe Wanderer, die sich uns auf diesem gern genutzten Pfad genähert hatten, das Gesicht seines Bruders buchstäblich zu Brei geschlagen. Ich trennte die beiden Brüder. Thadée wutschäumend, und Zach völlig ramponiert. Er war so mitgenommen, dass einer der Wanderer stehenblieb und seine Reiseapotheke auspackte. Ich selbst war wie benommen von dem, was sich ereignet hatte, meine Hände zitterten und ich konnte nur noch zu meinem Erstgeborenen sagen:

»Was ist nur in dich gefahren, was hast du nur gemacht?«

Während der Wanderer und ich Zach erste Hilfe leisteten, zog sich Thadée zurück, kehrte uns ostentativ den Rücken. Bepinselt mit Arnika und Eosin, kam Zachée wieder zu sich, aber ich spürte, dass auch er äußerst schockiert war. Sobald er mir fähig schien, wieder auf seinen Beinen zu stehen, fällte ich meine Entscheidung:

»Umkehr. Wir gehen zurück.«

Keiner von beiden hat protestiert und wir schlugen den Rückweg ein, im jämmerlichen Gänsemarsch. Ich hielt Zachée an der Hand, irgendwann aber löste er sich von mir, und ich sah, dass er weinte. Mich zu ihm hinabkniend, schloss ich ihn in meine Arme und stotterte ihm Zärtlichkeiten und Mitleidsbekundungen zu:

»Weine nicht, meine Junge, weine nicht. Du bist doch schon groß, wie? Du bist doch mutig, weine nicht!«

Aber er schluchzte so verzweifelt, dass es mir, in meiner Unfähigkeit, ihn zu trösten, das Herz brach. Ich wiederholte dümmlich:

»Weine nicht, Zach, weine nicht, bitte, weine nicht!«

Doch seine Traurigkeit war im Grunde auch meine eigene angesichts dieser Woge an Gewalt und Hass, die so unvorhersehbar gewesen ist und so ungewöhnlich für Thadée, der unter normalen Umständen eher friedliebend ist. Ich betrachtete das verschwollene Gesicht meines kleinen Jungen, seine Tränen und sein hoffnungsloses Schluchzen, und ich war kurz davor, auch meinerseits zu weinen. Während ich ihn liebkoste und schnäuzte, hörte ich plötzlich die triumphale Stimme meines Erstgeborenen:

»Und, wer ist hier das Weichei?«

Ich glaube, ich hätte ihm den Kopf abreißen können, dort in dieser bezaubernden Landschaft, diesen Almen, die ich so sehr liebte und die seit meiner Geburt den Rahmen für so viele Familienurlaube gebildet haben. Ich zog die Alpen den Pyrenäen immer vor, obwohl diese doch viel näher an Biarritz liegen. Ich möchte erwähnen, dass mein Vater aus Biarritz stammt und die Familie meiner Mutter aus Annecy. Heute leben dort nur noch einer meiner Onkel und zwei Cousins, aber als ich selbst noch ein Kind war, haben wir den Juli immer im Haute-Savoie verbracht.

Zudem lernte ich in La Clusaz das Skifahren und führte dort auch meine Jungs an die Freuden des Wintersports heran. Zu jenem Zeitpunkt aber dachte ich mitnichten ans Skifahren, Snowboarden oder Schlittenfahren: Ich sah meinen ältesten Sohn an und hatte Lust, ihn zusammenzuschlagen. Was mich zurückhielt, war der Blick von Zachée, der mal auf mir, mal auf seinem Bruder ruhte, und jedes Mal mit der nämlichen Glut des Entsetzens, als hätte er in mir eine Gewalt aufkommen spüren, die der nämlichen Natur war wie jene, die eine Stunde zuvor über ihm niedergegangen war.

Ich bin gewalttätig. Oder kann es zumindest sein. Aber ich habe meine Triebe immer streng unterdrücken können, auf diesem Gebiet wie auf vielen anderen auch. Ich ballte die Fäuste, mein Herz hämmerte, ich sah buchstäblich rot, aber eine zarte weise Stimme flüsterte mir ein, nichts zu tun und nichts zu sagen. Thadée hat bis heute nicht erfahren, dass er sich auf der Almhütte in Chapuis beinahe die Abreibung seines Lebens eingefangen hätte. Ich begnügte mich damit, meinen Rucksack wieder aufzusetzen und Zach um seinen zu erleichtern. Dann, ohne Thadée eines Blickes zu würdigen, begann ich mit dem Abstieg, wobei ich mich von Zeit zu Zeit umblickte, um zu prüfen, ob die beiden Jungs auch folgten. Als wir in Sichtweite des Chalets kamen, sorgte ich dafür, dass Zachée sich hinter der Buchsbaumhecke verbarg, griff Thad am Arm und ging auf Mylène zu, die friedlich auf einem Liegestuhl im Garten saß. Ysé plapperte auf einer im weichen Gras liegenden Decke.

»Hier, schick ihn auf sein Zimmer: Ich will ihn bis morgen nicht mehr sehen.«

»Wie? Was hat er angestellt?«

»Er hat seinen Bruder verdroschen. Ich warne dich jetzt schon vor, der ist regelrecht ramponiert.«

Sie führte eine Hand zur Brust:

»Aber wo ist Zachée? Ist er verletzt?«

Während Thadée sein Zimmer aufsuchte, ließ ich Zachée aus seinem Versteck kommen und stellte ihn vor seine Mutter, die ihn zärtlich in ihre Arme schloss und hätschelte, während er wieder zu schluchzen begann.

Dann erhob sie sich wortlos und ging zu Thadée. Ich weiß nicht, was die beiden miteinander beredet haben, aber als Mylène zurückkam, blickte sie mir direkt in die Augen:

»Das wird nicht wieder vorkommen, Jérôme, ganz gewiss nicht.«

Und tatsächlich, wenn sich meine Söhne in der Folge mal zankten oder schlugen, erreichten ihre Streitigkeiten niemals mehr diesen Grad an Brutalität. In der Nacht jedoch, die auf die abgebrochene Wandertour am Parmelan folgte, tat ich so gut wie kein Auge zu. Bilder, wie Thadée seinen Bruder mit Faustschlägen verprügelte, tauchten vor meinem inneren Auge auf, fügten sich in meine Träume oder in die Halluzinationen meiner schlaflosen Stunden. Beim Aufwachen dann rumorten Wut und Angst noch immer in mir, und ich brauchte sehr lange, um diesen Vorfall zu verdauen. Und ohne dass man darin eine Kausalkette erkennen müsste, sind wir doch nie mehr nach Annecy gefahren, sondern von da an lieber in Peyragudes Ski gefahren oder im Luchonnais gewandert. Die Jungs haben in der Hütte des Parmelan nie übernachtet. Gut möglich sogar, dass sie diesen Tag vollkommen vergessen haben. Im Gegensatz zu mir.

Wie auch immer, ihre Verbindung zueinander wurde, während sie größer wurden, nur inniger. Das Surfen trug viel dazu bei, sie zusammenzuschweißen, da sie es gleichzeitig für sich entdeckten und erlernten, mit neun, zehn Jahren, um genau zu sein. Bis dahin hatten sie lediglich von der Grande Plage aus unglücklich auf die Manöver der Surfer gestarrt. Dann, eines Tages, wollten sie es selbst versuchen, und von da an haben sie nur noch ans Surfen gedacht, vom Surfen geredet, vom Surfen geträumt.

Ich gebe zu, dass ich sehr stolz war, sie diese Sportart treiben zu sehen, eine der wenigen, die ich selbst nie ausprobiert habe. Und umso stolzer, als sie richtig gut darin wurden. Richtig gut darin sind. Ich rede lieber so, als würde Thad eines Tages wieder auf ein Brett steigen, denn die Vorstellung, er würde nie mehr wieder dieser junge, vom Wind, von der Sonne berauschte triumphale Halbgott sein, dessen Rollers, Cut-Backs oder Front-Flips ich bewunderte, diese Vorstellung macht mich krank. Aber zurzeit verlässt mein junger Halbgott nicht sein Zimmer, geschweige denn sein Bett, und blickt voller Spott auf den Besuch, der bei ihm vorbeischaut, seien es nun Familienangehörige oder Freunde aus der Schule oder vom Surfen. So viele Freunde sind es übrigens nicht, es scheint, als hielte das Unglück sie fern.

Ich muss aber doch sagen, dass mein kürzlich abgegebener Warnschuss Früchte trug. Er hütet sich seitdem, seine Selbstmorddrohungen zu wiederholen, und strengt sich sichtbar an, über seine Zukunft nachzudenken und sinnvoll über die Reha zu reden, die unterschiedlichen Prothesen, die Wiederaufnahme seines Studiums, etc. Mylène strahlt, und sobald wir allein sind, versichert sie mir, dass alles gut werde, dass unser Sohn wirklich wunderbar sei, und dass das Leben weitergehen werde wie früher.

Das ist mein mir teuerster Wunsch. Denn jetzt, wo ich es nicht mehr bin, begreife ich, wie unglaublich glücklich ich war, bevor sich Thadées Unfall ereignete. Ich übte meinen Traumberuf aus, wir lebten in einem beneidenswert reichen materiellen Wohlstand, die Kinder waren uns in allen Punkten eine unfassbare Freude, und ich liebte meine Frau von Herzen, und umgekehrt.

Wenn man so will, war ich in diesem idyllischen Gemälde der einzige Schatten. Denn obgleich ich Mylène liebte, betrog ich sie seit Jahren mit Maud, und wenn diese Liaison eine der Voraussetzungen meines Glücks war, so quälte sie mich doch auch mit Gewissensbissen. Ich war der Wurm im Apfel, die Schlange im Paradies. Aber die Gewissensbisse, die Scham, das Gefühl meiner Würdelosigkeit, ich begriff sie als Preis für diese Begeisterung, von der ich bereits sprach, für diesen Stolz, den ich empfand, zwei Frauen emotional und sexuell zu befriedigen.

Alles hat sich geändert. Ich könnte weitermachen wie bisher, als wäre nichts geschehen: In der Apotheke schuften, am Abend heim zu Frau und Kindern, mit ihnen friedlich plaudern und dabei im Kopf die Bilder meines Schäferstündchens mit Maud, eher einem Schäferviertelstündchen, einem feurigen Zwischenspiel in einem Hotel F1 im Gewerbegebiet, einem Ort, wo wir mehr oder weniger sicher sein können, dass wir niemandem begegnen. Aber ich kann das nicht mehr. Nicht, dass ich aufgehört hätte, Maud zu sehen, im Gegenteil. Ich kann nur schlichtweg nicht mehr von dieser Euphorie getragen nachhause kommen, während mich sanft das Gefühl meines Verrats kitzelt.

Mit der Amputation meines erstgeborenen Sohnes hat sich etwas ungut verschoben. Ich bin mir inzwischen darüber im Klaren, dass meine kleinen Gewissensbisse, meine vagen Schuldgefühle letztlich nicht zu vergleichen sind mit dem, was ich heute empfinde. Selbst wenn das, was Thadée widerfuhr, nichts mit den Seitensprüngen und Schandtaten seines Vaters zu tun hat, so kann ich darin doch nur eine Kausalverkettung erkennen. Es ist, als ob ich mit meinem Betrug an Mylène den Gärstoff des Unglücks in unsere Familie getragen hätte. Gewiss, der Gärstoff hat seine Zeit gebraucht, sogar Jahre, bis er den Fäulnisprozess in Gang gebracht hat, aber nun, da der Fäulnisprozess wirkt, muss ich dafür sorgen, dass er nicht länger vordringt.

Wir schreiben den 31. Dezember. Übermorgen wird Thadée für sechs Wochen ins Reha-Zentrum gehen. Mylène ist mit den Vorbereitungen beschäftigt, die noch pompöser ausfallen als sonst, als ginge es darum, den furchtbaren Verlust mit einer Orgie an Lebensmitteln und einer Lawine an Geschenken auszugleichen – die zu Weihnachten waren gar nicht erst ausgepackt worden: Wir hatten, von den bekannten Gründen einmal ganz abgesehen, nicht das Herz gehabt, auch nur irgendwas zu feiern, wo doch Thad und Mylène nicht bei uns waren.

Thadée hat sich endlich entschlossen, sein Zimmer zu verlassen. Sicher, er ist nicht dem Anlass entsprechend gekleidet, aber hat sich zumindest die Mühe gegeben, seine Jogginghose unterhalb seines *Restgliedmaßes* weich zu verknoten. Das mag nicht viel erscheinen, aber seit seiner Rückkehr zeigt er eine böswillige Freude daran, seinen Stumpf alle naslang zur Schau zu stellen und bei seinen Besuchern auf die geringste Reaktion von Ekel, Schrecken oder Irritation zu schielen, um diese dann hervorzuheben und zu brandmarken. Selbst seine Großeltern mussten das erleben, und mein Vater kam erschüttert die Treppe runter ins Wohnzimmer:

»Du müsstest deinem Sohn mal sagen, er solle etwas umsichtiger sein, nicht jeder hat Lust, sich sein ... seinen ...«

»Er macht es absichtlich, Papa. Um uns zu provozieren. Wenn dem niemand Beachtung schenkt, wird er sein kleines Spielchen recht bald aufgeben.«

Mylènes Eltern haben mir gegenüber nichts verlauten lassen, aber ich weiß von meiner Frau, dass auch sie von Thadées Haltung und seinen Äußerungen schockiert waren. Aber gut, seit seiner Rückkehr sind erst drei Tage vergangen, seit der Amputation vierzehn Tage, und siebzehn seit dem Unfall. Das ist nicht viel. Lassen wir ihm Zeit. *Lassen wir ihm Zeit* – das wurde zu meinem Mantra, zum Satz, den ich inzwischen allen gegenüber mechanisch hervorstoße, die sich über meinen älteren Sohn wundern oder um ihn in Sorge geraten.

An diesem Abend, anstelle der üblichen Party, wie wir sie unter Fünfzigjährigen feiern, mal bei den einen, mal bei den anderen, haben wir nur engste Freunde zum Essen geladen – die Leibwache: Gilles, Fabien, Valérie, Édith, Marie-Laure, Carlos.

Jasmine, Zach und Cindy sind ebenfalls da. Letztere hat sich kaum in Schale geworfen, aber ich stelle amüsiert fest, wie sich unter ihrem T-Shirt ihre Brüste mit dem körnigen Relief ihrer Warzen abzeichnen, die durch den dünnen Baumwollstoff hindurch gut sichtbar sind. Sie hat noch nichts getrunken, aber ihre schweren Wangen sind hier und da bereits gerötet, weisen eine überraschend blassviolette Blüte auf. Mit vierzig Jahren, bei all dem Surfen, der Sonne und dem Meer, wird sie möglicherweise kupferrot leuchten und geräuchert sein, aber im Augenblick ist sie einfach nur scharf, und umso schärfer, als sie sich dessen nicht bewusst ist. Anders als sie, hat Jasmine sich ins Zeug gelegt und ist sich des Charmes bewusst, den sie in unserem Wohnzimmer versprüht. Überwältigend, wie sie in ihrem engen Moiré-Kleid wirkt, sitzt sie da, Thadée zu Füßen, der ihr ein wenig mechanisch übers Haar streichelt.

Mylène und Ysé haben das ganze Haus mit Girlanden und Origami geschmückt, die Ysé hergestellt hat, was zu ihrer jüngsten Marotte gehört. Auf den Couchtisch haben sie kleine Gläschen in allen möglichen Farben und den neuesten Schrei an Fingerfood gestellt. Sobald ein Servierteller leer ist, holt Mylène eiligst einen weiteren aus der Küche: Nur weil wir uns für ein Büffet entschieden haben, müssen unsere Gäste ja nicht verhungern, und bei meiner Frau kann man sicher sein, dass alle gesättigt, ja übersättigt wieder gehen werden. Außerdem hat sie ihr Feingebäck bei Miremont geholt, dessen Gâteau Basque und Macarons sie unübertrefflich findet. Ich meinerseits habe die Tiefkühltruhe mit diversen Sorbets und mehreren Schalen Eis mit kandierten Maronen gefüllt, Thadées Lieblingssorte.

Wir beginnen den Festakt mit der Verteilung der Geschenke. Darüber informiert, dass für uns Weihnachten an diesem Abend stattfinden sollte, sind unsere Gäste nicht mit leeren Händen gekommen, und wir wiederum haben massenweise Pakete unter den Weihnachtsbaum gestellt, wie damals, als die Kinder noch klein waren.

Dieses Jahr wird Thadée übermäßig verwöhnt: das allerneueste iPhone, eine entsprechende Luxus-Hülle dazu, massenweise DVDs und Videospiele, und ein MacBook, das seinen alten Asus ersetzen soll. Es scheint, als hätten sich alle Gedanken gemacht, womit man ihn in seinem Leidensbett beschäftigen kann. Letztes Weihnachten hatte er einen Poncho geschenkt bekommen, um sich nach seinen Surfsessions umziehen zu können, eine Go-Pro-Kamera und ein Skateboard, das ich lächerlich klein fand – aber wie sich herausstellte, habe ich keinerlei Ahnung, das Ding nennt sich Penny und Thad nutzt es, um sich in der Stadt darauf fortzubewegen. Vielmehr nutzte er es: das Penny wird so schnell nicht wieder seine Schutzhülle verlassen.

Ysé hat wie immer ihre selbst gemachten Geschenke: Sorgsam von ihr gerahmte, halb abstrakte Aquarelle oder Pastellbilder, bei denen jeder wie erwünscht in Verzückung gerät, nicht ohne manchmal überrascht zu sein. Denn zwischen zwei unscharfen Spiralen oder zwei Streumustern grüner Erbsen entdeckt man so etwas wie kleine nackte Frauen in unterschiedlichen Posen. Gilles täuscht sich nicht und winkt Ysé mit spöttischer Stimme herbei:

»Komm her, kleine Hexe: Was ist denn das hier?«

Sein fetter Finger weist auf den rechten Teil der Zeichnung und Ysé beugt sich höflich über ihr Werk:

»Eine Dame.«

»Aber was macht sie?«

»Nichts. Sie ist nur da.«

»Aber warum ist sie nackt? Man sieht ihre Pobacken!«

Ysé beugt sich noch deutlicher vor und kneift die Augen zusammen, als wollte sie sichergehen, dass Gilles sich nicht irrte.

»Man sieht ihre Pobacken, weil sie uns den Rücken zukehrt.«

Gilles, der nur selten Fingerspitzengefühl zeigt und schon reichlich Weißwein intus hat, fängt sofort an zu grölen:

»Du möchtest damit sagen, hättest du sie von vorn gezeichnet, sähe man ihre ...«

Mylène geht diplomatisch dazwischen und bietet ihm Gänsestopfleber an, doch Zachée übertönt ihn noch:

»Aber ja, stimmt, Ysé, auf meiner ist auch eine nackte Frau.«

Ysé antwortet in ihrer gewohnten Ernsthaftigkeit:

»Ja, klar, es sind Nackedeis. Ich habe mich von Odilon Redon inspirieren lassen. Für diese Serie. Meine Weihnachtsserie.«

Auf ihre Antwort folgen lautes Gelächter und spöttisch-liebevolle Ausrufer, da jeder seinen Kommentar zur künstlerischen Ader meiner Tochter abgibt. Gilles zeigt sich natürlich noch zotiger, wird aber jedes Mal von Mylène unschädlich gemacht, oder von seiner Frau, dieser armen Valérie, die an die Exzesse ihres Mannes gewöhnt ist. Irgendwann dann ebbt die Aufregung ab, und ich will gerade Musik auflegen, als Thadées Stimme durch den Raum dringt, bebend und böswillig:

»Und ich, Ysé, bekomme ich kein Geschenk?«

Sie wendet sich ihm mit der Anmut und Würde einer Infantin zu, aber ohne ihm zu antworten.

»Sag doch, warum hat jeder eine Zeichnung, nur ich nicht? Selbst Jasminc hat cinc.«

Ysé starrt ihn mit beinahe unangenehmer Intensität an, dann lässt sie verlauten:

»Ich habe dich vergessen.«

»Ganz genau!«

Während Mylène schroff ihre Tochter rügt, verliert Thadée schlagartig das Interesse an dem Wortwechsel. In der Ecke, die wir dem Anlass zuliebe freigeräumt haben, beginnen Édith und Valérie unbeholfen zu tanzen, was mich ergreift. Man fühlt, dass sie dem Abend eine etwas festlichere Stimmung verleihen wollen, und dass sie entschieden haben, mit ihrer Persönlichkeit dafür zu zahlen.

Meine Playlist ist beinahe die gleiche wie im Jahr zuvor. Ich habe sie nur ein wenig aktualisiert und um die neuesten Hits erweitert. Aber gut, in unserem Alter zappelt man eher zu James Brown oder Niagara als zu Drake oder Rihanna. Hopp, ich greife nach Édiths Hand, der Frau von Fabien, und lasse sie unter dem spöttischen Blick meiner Söhne ein paar wenige Rock-Schritte machen. Ysé vergräbt ihr Gesicht in einem Kissen, um nicht miterleben zu müssen, wie sich ihr Vater lächerlich macht. Ich aber liebe es zu tanzen und bilde mir ein, ein guter Kavalier zu sein. Allerdings jedoch ist das Fest an diesem Abend eine reine Augenauswischerei: Seit fünf oder sechs Jahren verbringen die Jungs Sylvester nicht mehr bei uns, ihnen ist die Gesellschaft anderer komischer Vögel lieber als die versoffener Barone und Baronessen.

Endlich naht die Mitternacht, und ich mache, was ich in diesem Fall immer mache: Ich köpfe mit dem Säbel eine Flasche Bollinger, fülle die Schalen der Reihe nach auf, umschlinge feierlich meine Frau und hauche ihr ins Ohr: »Frohes Neues, mein Liebling«. Überall im Wohnzimmer vibrieren die Handys, und jeder erhält Textnachrichten und beginnt, eigene zu versenden.

Ich hasse es. Ich hasse diese Art, mit der wir ins neue Jahr wechseln: gebeugt über unsere Bildschirme, körperlich anwesend, aber geistig ganz woanders. Was mich betrifft, so möchte ich doch lieber dem Augenblick all seine Feierlichkeit und symbolische Aufladung einräumen; ich ziehe es vor, meine Lieben zu betrachten, ihnen das Beste für das kommende Jahr zu wünschen, sie mit positiven und liebenden Wogen zu umspielen. Thadée vor allem. Thadée, der, wie ich, sein iPhone ignoriert und dessen enttäuschten Blick ich plötzlich kreuze, über den braunen und leuchtenden Kopf von Jasmine hinweg. Wir schauen uns an, und, indem er seine

Lippen tonlos bewegt, haucht er mir ohne alle Zweideutigkeit zu: »Ich will sterben.«

Ich spüre einen Faustschlag in meiner Magengrube. Warum, warum nur behält er mir allein seine Absichten und Reden über Selbstmord vor? Offensichtlich sind ja weder Mylène noch Jasmine auf dem Laufenden. Sie hätten es mir gesagt. Mit zitternden Händen werde ich aktiv, räume den Couchtisch leer, säubere die Aschenbecher, wechsle ein paar Sätze mit Zachée oder Gilles in der Bemühung, alle hinters Licht zu führen und eine gute Figur abzugeben, obgleich ich innerlich am Boden bin.

Mein Kind, Frucht meines Leibes, Fleisch meines Fleisches, ich habe dir das Leben geschenkt, voller Freude, voller Leidenschaft, in einem Akt der Liebe zu deiner Mutter, ja, natürlich, aber auch zu dir, der du noch gar nicht existiertest. Ja, noch bevor du auf die Welt kamst, habe ich dich gewollt, geliebt, erwartet. Nur Freude und Liebe waren deiner Empfängnis vorausgegangen. Und jetzt, an diesem Abend, hast du mit drei Worten zwischen uns beide Hoffnungslosigkeit und Tod gestreut.

Kaum dass die zwölf Schläge zu Mitternacht verklungen sind, wird die Party öde, folgt Ernüchterung. Die Frauen mögen noch so sehr auf der Tanzfläche hin und her wackeln, es fehlt doch an Motivation. Cindy und Zachée schleichen sich heimlich zur Eingangstür, und ich ahne, dass sie sich davonstehlen, zu anderen Freunden, auf eine andere Party, einem Silvester unter jungen Menschen, fern der Anwesenheit all dieser traurigen und verklemmten Erwachsenen, aber auch fern des düsteren Dunstkreises dieses versehrten und boshaften Bruders. Wer wollte es ihnen übelnehmen?

Ein weiteres Mal stoße ich auf Thadées Blick, bevor er urplötzlich die Augen schließt, als wäre er gequält, niedergeschlagen. Hörte ich auf meine innere Stimme, ich schlösse ihn in meine Arme, drückte ihn fest an mich, wiegte ihn so wie damals, als er noch klein war, und ich noch die Fähigkeit besaß, ihn zu trösten ob all seiner schweren Kümmernisse. Aber diese Fähigkeit, ich besitze sie nicht mehr. Der Kummer ist zu groß, der

Verlust zu endgültig, für ihn wie für mich. Wir sind durch, besiegt, Vater Chastaing und Sohn – geschlagen per Knockout.

Ahne ich doch, was ihm durch den Kopf geht, während er seinen jüngeren Bruder auf zwei gesunden Beinen abziehen sieht, Beinen, die ihm gehorchen und auf denen er einen Gutteil der Nacht tanzen wird, während Thadée auf seinem Kanapee Trübsal bläst. Mit dem Tanzen ist es für ihn vorbei. Erzielt man bei Prothesen auch noch so schöne Wunder, er könnte doch höchstens einen Rhythmus klopfen, er, der ein herausragender Tänzer war.

Er erhebt sich, redet kurz mit Jasmine und schickt sich an, auf einem Bein die Treppe hoch in sein Zimmer zu humpeln, sie allein zurücklassend. Mylène, der nichts entgeht, folgt ihm die Treppe rauf, und ich höre, wie er zu ihr sagt, dass er müde sei, dass alles gut wäre, er aber schlafen wolle.

Jasmine wartet der Form und Höflichkeit halber ein wenig ab, dann sammelt sie ihre Sachen zusammen, greift nach ihrem Mantel und will gehen.

Sie wohnt nicht gerade weit von uns, aber doch so weit, dass ich sie nicht zu Fuß gehen ließe, und also schlage ich vor, sie heimzufahren. Sobald wir im Wagen sind, blicke ich auf ihr perfektes Profil, dann lege ich los:

»Geht es dir gut, hast du einen schönen Abend gehabt?«

»Ja, danke. Es war sehr gelungen.«

»Wie ist dein Eindruck von Thadée?«

Sie zögert ein wenig, und ich fühle, sie ist kurz davor, mir etwas zu sagen, dann aber gewinnt ihre gute Erziehung Oberhand und sie antwortet, sanft, aber mit kaum wahrnehmbar gebrochener Stimme:

»Gut …«

»Bist du sicher? Auf mich wirkt er nicht gerade gut. Also ich meine, körperlich, ja, klar, aber was seine Stimmung betrifft, das ist eine echte Katastrophe, oder nicht?«

Ich habe keine Ahnung, was Thadée ihr gegenüber geäußert oder verschwiegen hat. Bin ich tatsächlich der Einzige, dem er sich mit seinen

Selbstmordplänen öffnet? Es ist gut möglich. Jasmine wirft mir einen rätselhaften Blick zu, reagiert aber ausweichend:

»Ach ja, er ist zeitweise ein wenig deprimiert, das ist doch normal. Er weiß, dass er es schwer haben wird mit der Reha.«

»Ich habe den Eindruck, dass es mehr ist als das.«

In dem Moment, und ohne dass es sich irgendwie angekündigt hätte, beginnt sie heftig zu schluchzen, während sie sich an ihrem Sicherheitsgurt abmüht, als wollte sie alles stehen und liegen lassen und nur raus aus dem Wagen, obwohl wir noch gut einen Kilometer von ihr zuhause entfernt sind.

»Was machst du denn? Warte! Ich bringe dich bis vor die Haustür!«

Jasmine dreht sich zu mir, die Wangen durchfurcht von schwarzen Tränen. Sie schreit:

»Ich kann nicht mehr, ich, ich kann nicht mehr! Das ist zu viel!«

Wir sind auf Sichtweite des Einfamilienhauses ihrer Eltern angekommen, und sie will aus dem Wagen stürmen. Ich habe gerade noch Zeit, sie am Ärmel ihres Kamelhaarcabans zu packen:

»Warte, so warte doch, Jasmine! Du musst mir sagen, was passiert! Was genau ist zu viel?«

Sie nimmt wieder Platz und wendet mir ihr schönes, vom Kummer verwüstetes Gesicht zu. Ich kann mich nicht der Feststellung erwehren, dass sie trotz der Tränen und des zerlaufenen Eyeliners phantastisch aussieht. Es gibt Menschen, die einfach so weinen können, ohne rot anzulaufen, ohne aufzuquellen ...

»Er ist hässlich zu mir, Monsieur Chastaing, wenn Sie nur wüssten ... Er foltert mich!«

»Es geht ihm schlecht, Jasmine, sehr schlecht.«

»Ich weiß, ich weiß es, ich weiß, wie schlecht es ihm geht! Ich weiß nicht, wie ich drauf wäre, wenn mir ... wenn ich mein Bein verlieren würde, es ist furchtbar! Aber ich bin da für ihn, ich habe ihm gesagt, dass er ... auf mich ... zählen kann ... Aber ehrlich gesagt, jetzt, ich weiß es nicht mehr ... Ich weiß nicht, ob ich noch Lust habe, für ihn da zu sein. Ich erkenne ihn nicht wieder. Er sagt ... so furchtbare Dinge ... zu mir ...«

Sie weint noch immer, aber ruhiger und ruhiger, als helfe ihr die Möglichkeit zu reden, nicht hinnehmbare Gedanken zu klären und Entscheidungen zu stärken.

»Er sagt mir, dass ich unfähig sei, dass ich nur ein verwöhntes kleines Gör wäre, dass ich nichts im Hirn hätte, dass ich nur an mich denken würde, dass ich wie meine Mutter sei, eine neurotische und auf ihre Linie fixierte Bürgerliche. Und dann ist er auch noch super eifersüchtig geworden, er erträgt es nicht, dass ich ohne ihn ausgehe, aber er, er kann ja nicht ausgehen, also, was sollen wir machen? Und ich habe ja auch meine Kurse, und wir haben richtig viel zu tun, ja, ich bin im zweiten Jahr Medizin, kapiert er das eigentlich? Aber selbst da sagt er zu mir, dass ich durchfallen würde, dass ich sowieso nicht den Level erreichen würde, dass ich eine Null sei ... Und ... aber ich halte lieber die Klappe, ich kann Ihnen nicht alles aufzählen, doch da gibt es noch Dinge, die viel schlimmer sind, ich weiß gar nicht, wo er die herhat. Aber wenn dem so ist, nun, dann will ich auch lieber, dass wir uns trennen. Und sein Bein wäre nicht der Grund dafür, egal, was er auch sagt. Nein, er allein wäre der Grund!«

Sie hat aufgehört zu weinen, schnäuzt sich, trocknet sich die Augen, entschuldigt sich. Sie will wieder den Wagen verlassen und wieder halte ich sie zurück:

»Tu es nicht Jasmine, das wäre für ihn der Gnadenstoß: Lass ihm Zeit, sich zu erholen. Jetzt steht er noch unter Schock. Wenn du ihn verlassen würdest, wäre das eine Katastrophe. Er ist, er hegt ... er hat Selbstmordgedanken, weißt du.«

Ich weiß nicht, ob ich gut daran tue, das Thema ihr gegenüber zu erwähnen, aber was soll's, ich gehe aufs Ganze. Es kommt nicht infrage, dass sich Jasmine zu diesem Zeitpunkt von Thadée trennt. Sie sieht mich ernst an:

»Auf jeden Fall werde ich eine Pause machen. Ich habe nächste Woche Prüfungen: Ich brauche Zeit und Ruhe, um mich vorzubereiten. Und er geht ja auch in die Reha, also hätten wir uns eh weniger gesehen.«

»Mach eine Pause, wenn du willst, aber sag ihm nicht, dass du eine machst: rufe ihn an, sei zartfühlend, dass er dich nah spürt, selbst wenn du ihn nicht sehen kannst.«

Sie schüttelt entschlossen den Kopf:

»Ich glaube, Sie können sich nicht wirklich vorstellen, was er mir seit seiner Rückkehr alles antut. Und selbst vorher schon, am Telefon, all dieser Horror, den er von sich gab ... Ich sage es Ihnen, ich erkenne ihn nicht wieder, das ist nicht mehr der Thadée, den ich kenne. Und gleichzeitig ist es vielleicht in Wirklichkeit der wahre Thadée ... Und ich habe ihn eben vorher nur nicht gesehen. Nicht sehen *wollen* ...«

Nach einem letzten, nicht deutbaren Blick unterbricht sie sich, greift nach ihrer kleinen Tasche, und dieses Mal ist sie fort. Ich bin am Boden zerstört, kaum aber wieder zuhause, tue ich so, als wäre nichts. Wir tanzen noch etwas, dann gehen die Gäste einer nach dem anderen, und es ist noch nicht einmal zwei, als Mylène und ich uns allein im nach kaltem Rauch riechenden Wohnzimmer wiederfinden, inmitten der Reste des Buffets, der zerrissenen Geschenkpapiere und gekräuselten Geschenkbänder. Mylène wirkt gelassen. Dass sie mich fragt, wie ich den Abend fand, ist beinahe verwunderlich: Für sie ist alles offensichtlich gut verlaufen, und ich hüte mich, sie eines Besseren zu belehren.

Nachdem wir alles aufgeräumt und hergerichtet haben, gehen wir hoch schlafen und Mylène ist bereits eingenickt, als mir auffällt, dass ich mein Handy in der Tasche meines Jacketts gelassen habe, in der es den ganzen Abend über vibriert haben dürfte. Ich schleiche die Treppe hinunter und schließe mich eilends in der Waschküche ein. Kaum habe ich mich im Halbschatten hingehockt, lasse ich die Nachrichten aufscheinen, herzliche und konventionelle Formulierungen, die mir ein gutes Neues Jahr wünschen. Die von Maud ist verständlicherweise von etwas anderer Art, und ich lehne mich gegen den Korb mit der zu bügelnden Leinenwäsche und genieße den Geruch der frischen Laken und die Wärme, die der Heizkessel ausstrahlt.

Ich fühle mich wohl in dieser Kammer. Und nicht nur, weil sie mich an Maud erinnert. Ich fühle mich hier sicher vor dem Unglück, diesem Unglück, das ich ausgelöst habe, weil ich zu glücklich war. Mir scheint, ich hätte irgendwas dieser Art gegen Ende der Schulzeit gelernt, irgendwas der Art, dass die Menschen der Antike es für besser erachtet hatten, die Aufmerksamkeit der Götter nicht auf sich zu ziehen und auch nicht ihren Zorn zu erregen durch ein Übermaß an Glück, Ruhm, Segen. Ich habe einen Fehler begangen, und Thadée büßt dafür mit seinem Fleisch. Aber ich werde mich wieder reinwaschen, werde von nun an ein mustergültiger Mensch sein – und maßvoll glücklich.

Morgen werde ich, um dieses neue Jahr zu eröffnen, mit meiner Geliebten brechen. Sie wird gewiss leiden. Aber nicht so sehr wie ich, der ich zugleich Henker und Opfer bin. Denn ich liebe diese Frau, und mich von ihr zu trennen, wird tiefes Leid bedeuten. Aber wenn das der Preis ist, zu dem ich das Ende der Gewissensbisse und meinen Seelenfrieden erkaufe, dann ist das nicht teuer bezahlt. Zumal wir keineswegs vor weiteren Unfällen gefeit sind, weiteren Schicksalsschlägen, die an den unversehrten Gliedern meiner kleinen Familie zerren werden. Falls sich noch einmal etwas Furchtbares ereignen wird, dann möchte ich zu mir selbst sagen können, dass ich dieses Mal keine Schuld daran trage.

Mit dem neuen Jahr beginnen für Thadée auch die Wochen, ja Monate der Reha. Auf Gilles' Anraten hin haben wir für ihn ein Zentrum für Physiotherapie und Rehabilitation im Ballungsraum von Bordeaux ausgesucht, also gut zwei Autostunden von Biarritz entfernt. Gilles gibt sich überzeugt:

»Okay, Saint-Cyriaque, das ist etwas weit, aber sie sind dort in allen Bereichen kompetent und haben eine eigene Abteilung für Orthoprothesen: absolut wichtig, wenn du willst, dass Thadée das beste Gerät bekommen soll. Ich kenne die zuständige Direktorin für die entsprechende Therapie, Laure: Gib mir Bescheid, und ich spreche mit ihr über deinen Sohn.«

Dazu befragt, erweist sich Thadée als vollkommen gleichgültig.

»Biarritz, Bordeaux, egal. Wenn Gilles sagt, dass die Klinik gut ist …«

»Er sagt, dass es in ganz Aquitanien keine bessere gibt.«

»Also dann, gut.«

»Du kannst mitentscheiden, Thadée: Wenn du näher an deinem Zuhause sein willst, bei uns, bei deinen Freunden, bei Jasmine …«

Wir führten diese Unterhaltung kurz vor dem Abend des 31., als ich noch keinen Schimmer davon hatte, dass es zwischen ihm und Jasmine so schlecht stand, aber er zuckte nur mit den Schultern und murmelte, dass Saint-Cyriaque für ihn in Ordnung sei. Es war jedoch zu spüren, dass es ihm scheißegal war, oder zumindest, dass er uns diesen Eindruck vermitteln wollte.

An diesem Morgen, als wir ihm helfen, sich auf dem Vordersitz im Auto einzurichten, wirkt er weder motivierter noch positiver gestimmt als drei Tage zuvor, und die Fahrt über herrscht angespanntes Schweigen, das immer wieder einmal vom eingeworfenen Geplauder der armen Mylène unterbrochen wird, die nicht die geringste Ahnung hat, dass ihr erstgeborener Sohn die Absicht hegt, seinem Leben ein Ende zu setzen, wie er es mir stets zuraunt, wenn er und ich uns unter vier Augen sehen. Ich kann es kaum erwarten, dass er abhaut, kann es kaum erwarten, dass er zweihundert Kilometer weit von uns entfernt ist, in der Obhut von Erwachsenen, die professionell darauf vorbereitet sind, die Situation zu meistern. Mir gelingt das nicht mehr. Ich kann nicht mehr.

In meiner Jackettasche vibriert mein Handy wegen all der Nachrichten und verpassten Anrufe von Maud, der ich seit vergangenem Jahr kein Lebenszeichen mehr gegeben habe. Um Maud kümmere ich mich später. Im Augenblick zählt nur, Thadée dort unterzubringen, wo sich für ein gutes Stück Zeit sein Leben abspielen wird.

Wir kommen an. Das Zentrum ist schick, alles ist in dunklem Holz und glänzendem Grün gehalten. Wir werden von Gilles Freundin empfangen, besagter Laure Guérini, die ich nur anblicken muss, um zu wissen, dass er was mit ihr hatte. Sie passt derart in ... sein Schema.

Gilles Muster? Die Spießerin mit einem Touch mehr oder weniger unterdrückter Vulgarität. Die niedliche Vierzigjährige, mit kaputtgeföhntem kastanienbraunem Haar, Perlenkette, einem Lächeln, das die himbeerrot bemalten Lippen spannt, zu stark epilierten Augenbrauen, lieblicher Intonation – Laure Guérini kriegt bei jedem Kästchen ein Kreuzchen. Und dann hat sie noch diesen Glanz von Unruhe in der Tiefe ihrer Pupillen, was Gilles, dieser Ackergaul, nicht bemerkt haben dürfte, wofür ich aber extrem sensibel bin, was zur Folge hat, dass ich sie während ihrer gesamten marktschreierischen Reklame über heimlich anglotze und mir vorstelle, was ich ihr nicht alles einführen würde in einem der funkelnden Winkel ihrer Klinik nach dem neuesten Schrei.

Zu meiner Entlastung sei erwähnt, dass ihr Enthusiasmus anstrengend ist, ein Enthusiasmus, der einem Lust macht, alles stehen und liegen zu lassen und sie zu bestrafen. Aber gut, ich habe eben erst die Entscheidung getroffen, mustergültig zu sein, also werde ich da jetzt nicht absichtlich gegensteuern. Ich bemühe mich, Laure zuzuhören, wie sie uns den Charme ihres Zentrums für Physiotherapie und Rehabilitation verkauft, ohne irgendein Zeichen der Erschöpfung oder Lüsternheit auszustrahlen. Ich muss den Anfang wohl versäumt haben, denn inzwischen ist sie bei der Balneotherapie angelangt:

»Wir haben ein großes Schwimmbad mit integriertem Laufbecken von acht Metern Länge, zwei unterschiedlichen Tiefen, zwölf Hydromassagedüsen und der Möglichkeit, eine Gegenstromanlage zu nutzen. Und natürlich ist die ganze Zeit über ein Krankengymnast anwesend: Thadée wird unter ihm vollkommen sicher arbeiten und von seinen Ratschlägen profitieren können, um seine Bewegungsfähigkeit zu optimieren.«

Während sie mit diesen Informationen prahlt, werfe ich einen Blick auf unseren Sohn, um zu prüfen, ob er meinen Ärger teilt – aber seit wir die glänzenden himmelblauen Flügeltüren von Saint-Cyriaque durchschritten haben, trägt er stets die gleiche abwesende und undurchdringliche Miene zur Schau. Mylène allein scheint der Rede von Laure Guérini aufmerksam zu folgen, und hebt von Zeit zu Zeit den Kopf, um ihr Interesse und ihre Zustimmung zu signalisieren.

Laure kommt auf die schwierige Frage der Anpassung einer Prothese zu sprechen. Ihrer Meinung nach hätte eine provisorische Prothese direkt am Tag nach der Amputation angelegt werden müssen, und ihre Stimme wird ein wenig schrill, während sie uns detailliert sämtliche Vorteile einer frühzeitig gesetzten Apparatur schildert:

»Man weiß inzwischen schon recht lange, dass man so der Bildung von Ödemen und diversen Komplikationen vorbeugt, ich denke hier vor allem an das Risiko einer Thrombose, außerdem werden damit auch orthopädische Schäden und eine Verzögerung der Narbenbildung in nicht gerade geringem Maße minimiert. Nun gut, ich will damit nur sagen, dass ich nicht genau verstehe, warum man das im Félix-Guyon unterlassen hat …«

Thadée hebt herablassend eine Augenbraue:

»Aber meine Vernarbung ist noch nicht mal abgeschlossen! Haben Sie meinen Stumpf gesehen? Der ähnelt einem Cheeseburger!«

Ich lache nervös auf bei diesem absurden Vergleich: Tatsächlich aber hat der Stumpf von Thadée mit diesem hier und da aufgeblähten Fleisch einerseits und der leicht klaffenden Knochennaht andererseits etwas von zwei runden Brotscheiben um eine undefinierbare Füllung herum.

Ohne ihre Fassung zu verlieren, trumpft Laure Guérini mit weiteren Argumenten auf:

»Aber man muss die Narbenbildung gar nicht erst abwarten! Du brauchst nur eine richtige Stütze, und da genügen eine gute elastische Kompressionsbinde und ein Kompressionsstrumpf mit der provisorischen Apparatur. Deine Narbenbildung wird umso besser verlaufen. Und wir werden natürlich je nach Heilungsgrad deines Restgliedmaßes die Prothese anpassen. Unser Prothesentechnikteam ist in ganz Frankreich als führend bekannt! Die Erarbeitung wie Herstellung unserer Prothesen ist vom ersten bis zum letzten Schritt computergestützt: Wir können sie millimetergenau anpassen!«

Von ihrem eigenen Elan angesteckt, kann sie es sich, nach einem mitleidsvollen Blick auf Thadée, anscheinend nicht verkneifen, noch hinzuzufügen:

»Na, immerhin bist du nicht an deinen oberen Extremitäten amputiert! Wäre das der Fall, hättest du die Vorteile einer myoelektrischen Prothese genießen können!«

Dieser Begriff scheint sie um einen Schlag euphorischer zu machen, und sie geht zur nächsten Runde über, ohne unsere Ermüdung und Gleichgültigkeit zu beachten. Selbst Mylène hat inzwischen aufgehört, so zu tun, als hörte sie zu. Schließlich geleitet uns Laure bis zum Zimmer, in dem Thadée die kommenden Wochen verbringen wird. Es ist großräumig und hell, aber eben doch nur ein Krankenhauszimmer mit einem Krankenhausbett, einem Infusionsständer, einer gegen die Wand gelehnten Gehhilfe und einem Rolltischchen, das bei Bedarf über das Bett ragen kann.

Der Form halber wirft Mylène einen Blick in das angrenzende Bad und lässt in Bezug auf den vom Fenster aus sich eröffnenden Blick ein zufriedenes Murmeln vernehmen: ein von majestätischen Bäumen durchsetzter Park, wo ich Patienten in Rollstühlen erblicke, die sich zu langweilen scheinen. Man möchte meinen, dass man in Saint-Cyriaque zwischen zwei Behandlungen der oberen Preisklasse seine Zeit totschlagen muss.

Ich lege Thadées Koffer auf eine Gepäckablage aus Chrom, und Mylène beginnt sofort, seine Kleider herauszunehmen, um sie auf die im Wandschrank baumelnden Bügel zu hängen. Thadée gibt protestierend zu verstehen, dass er das selbst machen werde, dass er alle Zeit dafür habe, dass wir uns besser auf den Rückweg nach Biarritz begeben sollten, und dass er uns am Abend anrufen werde.

Offensichtlich ist es Zeit für uns zu gehen. Mylène schließt ihren Sohn in die Arme, ohne dass er auf ihre Wärme reagiert. Ich begnüge mich damit, ihm irgendwie übers Haar zu wuscheln, und wir verlassen rückwärtsgehend mit einem letzten Lächeln, einer letzten Abschiedsgeste das Zimmer. Während wir zur Verwaltung gehen, um Thads Aufnahmepapiere zu vervollständigen, kommt mir die Erinnerung an seinen ersten Besuch in der Vorschule in den Sinn.

Da er ein Novemberkind ist, war er damals noch keine drei Jahre alt und schien uns doch ein wenig klein, um seinen Ranzen einzuweihen und den ganzen Tag fern von zuhause zu sein. Ich wollte ihn zusammen mit Mylène unbedingt begleiten, und so machten wir uns feierlich auf den Weg in die recht nahe gelegene Vorschule. Ich trug Zachée, und Mylène nahm Thad an der Hand, den sie natürlich ganz neu eingekleidet hatte und mit einem stolzen und zufriedenen Blick beäugte.

Wir durften mit ihm den Klassenraum betreten, und damit den Übergang einfacher gestalten. Um uns herum – ein einziges Vorzimmer zur

Hölle: schluchzende und heulende Kinder, die sich an ihre ebenfalls weinenden Eltern klammerten, während die Erzieherin sich heiser schrie, um sich uns vorzustellen und ein paar Ratschläge zu erteilen, Hinweise bezüglich der Ranzen, der Essenseinnahmen, der Wechselkleidung, und was weiß ich noch alles ...

Einige der Kinder, darunter auch Thadée, bildeten angesichts dieser absoluten Hoffnungslosigkeit die Ausnahme von der Regel: ein kleines Mädchen, das voller Zufriedenheit einen Karton Lego an sich gerissen, und ein kleiner Junge, der den Hasenstall für sich entdeckt hatte. Thadée klammerte sich fest an mein Bein, sah sich aber um, ohne besondere Anzeichen von Angst zu bezeugen. Im Augenblick, als wir uns anschickten zu gehen, hob er jedoch den Blick, folgte uns bis zur Tür und fragte mit hoffnungsvoller Stimme:

»Gehen wir nachhause?«

Ich kniete mich zu ihm hinunter und legte einen bestimmenden und vernünftigen Ton in meine Stimme:

»Nein, Thadée. Papa und Maman haben es dir erklärt: du bleibst bei der Erzieherin und den anderen Kindern. Heute fängt für dich die Schule an.«

»Nein.«

»Aber ja.«

Ich löste seine Finger einen nach dem anderen vom Ärmel meines Jacketts, und Mylène ihrerseits stimmte ihre immer gleiche Leier an:

»Und später dann wird Maman dich mit Zachée wieder abholen. Du wirst sehen, es wird dir hier gefallen. Es gibt hier ganz viele Spiele. Und schau, da ist sogar ein Hase.«

»Geht Zachée mit Maman nachhause?«

»Ja, weil Zachée noch klein ist. Du aber bist groß.«

Er schien schlagartig sein Interesse an der Frage zu verlieren, ging und setzte sich auf eine kleine Bank. Wir sind noch einmal zu ihm, wollten ihn herzen und unsere ermutigende Ansprache wiederholen, aber er tauchte in hartnäckiges Schweigen ab. Die Kinder um uns herum heulten noch heftiger, und ich spürte, dass Mylène es gern gesehen hätte, wenn Thadée ein wenig mehr Emotionen gezeigt hätte, wie etwa Jonas, der Sohn unserer Nachbarn und Freunde, den Letheils. Untröstlich, wie er war, hielt sich Jojo verzweifelt an den Rockschößen seiner Mutter fest, die sich bemühte, ihn zur Vernunft zu bringen, die aber auch, wie ich spürte, heimlich auf dessen Verzweiflung stolz war. Im Gegensatz dazu wirkten Thadées Schweigen und Gefasstheit suspekt, beinahe ehrenrührig: Wie nur konnte er sich, ohne zu leiden, so von uns lösen? Liebte er uns so wenig? Fühlte er sich zuhause so schlecht, dass ihm der Kindergarten summa summarum willkommen erschien?

Ich zog Mylène schließlich aus dem Klassenraum, aber uns beiden war das Herz ganz gram, wo wir ja unseren kleinen Sohn allein zurückließen. Wie heute. Denn auch heute lassen wir ihn allein zurück in einem unbekannten und möglicherweise feindlich gesinnten Universum. Und noch dazu trägt er dieselbe Miene zur Schau wie vor achtzehn Jahren, denselben gleichgültigen und leicht abwesenden Gesichtsausdruck. ›Ach, so ist das?‹, scheint er uns zu sagen, ›Na, dann, okay, dann ist das eben so. Aber bei diesem Spielchen werdet ihr verlieren‹.

Und es stimmt, er war immer sehr gut darin, uns teuer bezahlen zu lassen, was er als Verstöße gegen seine Person empfand. Seinen ersten Vorschultag, aber auch das eine Mal, als wir ihn nach Annecy mitgeschleppt hatten, während er von einem Sommer in Hossegor oder Seignosse träumte. Damals, da hatten er und Zachée sich durchgesetzt: Wir gewährten ihnen schließlich einen Surfkurs nach dem anderen, während Ysé uns seelenruhig auf die Hänge des Tournette folgte oder auf den Dent du Cruet. Ich hätte damals viel strikter sein sollen und, solange sie noch klein waren, darauf bestehen müssen, dass wir unsere Ferien immer als Familie verbringen, aber ich musste mich mit zwei Wochen gemeinsamem Skiurlaub zufriedengeben und ihnen den endlosen Sommer, den sie von mir verlangten, zugestehen.

Ich gebe zu, dass ich, ebenso wie Mylène, stolz war, sie auf den Wellen mit dieser unvorstellbaren Bravour besser und besser werden zu sehen. Wenn sie an keinem Wettbewerb teilnahmen, dann, weil sie einerseits verhältnismäßig spät angefangen hatten, andererseits, weil sie sehr schnell sehr groß geworden sind, diese Sportart aber eher Menschen von kleinerer Statur das Rennen machen lässt, auch wenn es die berühmten Ausnahmen gibt, wie Owen Wright. Und auch diesen Stolz, und niemand wird mir das ausreden können, bezahle ich, bezahlen wir teuer.

Im Wagen zurück nach Biarritz, den Mylène fährt, viel zu schnell für mein Gefühl, aber anscheinend tut es ihr gut, denke ich zum x-ten Mal an die arme Maud, an die zur Abwendung des Unheils von mir verstoßene Geliebte. Ich gäbe alles dafür, ihr diesen Besuch in Saint-Cyriaque erzählen zu können, mit ihr meine Verzweiflung und meinen Kummer zu teilen. Ich weiß, dass ich sie mit meiner Nachahmung von Laure Guérini zum Lachen bringen und sie eine mitfühlende Hand auf meinen Schenkel legen würde, sobald ich auf meine Seelenzustände wegen Thadée zu sprechen käme. Ich weiß auch, dass ihre Hand nicht zögern würde, sich einer anderen Stelle zu nähern, nicht zögern würde, mein unfehlbar zu ihr emporgerecktes Geschlecht zu suchen. Sie, ihr schönes Lachen, ihre weiten Arme, ihr heißer Bauch ... Aber Stop, Schluss mit all dem: back to life, back to reality.

Wie sehr habe ich es geliebt, jung zu sein … Ich fand es grandios. Und vor allem war ich mir jede Sekunde darüber bewusst, dass ich es war. Meine Jugend, das sei gesagt, dauerte sechs Jahre an, was alles in allem doch eher kurz ist.

Mit vierzehn begann ich, jung zu sein. Vorher war die Kindheit, und die Kindheit war ebenfalls gut, aber das ist eine andere Geschichte, und ich werde sie nicht erzählen. Nein, Ende der Unterstufe begann ich mich jung zu fühlen, als ich Cindy kennenlernte und meine Eltern sich bereit erklärten, mich ein wenig an der langen Leine zu lassen. Wie viele Zweitgeborene, genoss auch ich die Freiheiten, die sich mein älterer Bruder schwer erkämpfen musste. Und auf Thad ist Verlass, wenn es darum geht, zu kämpfen und nicht locker zu lassen. Wo er kämpfen musste, bin ich butterweich durch, ich war ihm stets auf den Fersen, wenn nicht sogar sein Schatten. Es hat mich nie gestört, in seinem Schatten zu stehen. Ich habe immer gewusst, dass er schöner war, begabter, strahlender.

Kurz und gut, mit vierzehn begann ich, intensiv mein Leben als Teenager zu leben. Meine neue Autonomie zu genießen, die Erlaubnis, auszugehen, auswärts zu essen, ins Kino zu gehen oder mit meinen Freunden ins Café, spät nachhause zu kommen, surfen zu gehen, ohne unter der Aufsicht von Erwachsenen zu stehen … Natürlich überwachten meine Eltern, vor allem meine Mutter, alles aus nächster Nähe, und dass ich ausgehen durfte, war an schulische Erfolge und die Verpflichtung geknüpft, sie stets wissen zu lassen, mit wem ich wohin ging. Was nichts daran änderte, dass sich mir die Welt mit ihren möglichen Entdeckungen und Zusammenkünften, die mir unendlich erschienen, eröffnete. Vom morgendlichen Erwachen an bis zu dem Augenblick, wo ich mich auf dieses oder jenes Bett warf, frohlockte ich, bebte ich die ganze Zeit über. Schlafen wollte ich eigentlich nie. Und ich bin tatsächlich ein guter Schläfer. Besser, ich war einer. Denn auch damit ist es vorbei. Wie mit meiner Jugend: vorbei, wo ich doch erst zwanzig bin.

Natürlich bin ich in gewisser Hinsicht noch immer jung. Mein Körper ist ausdauernd, biegsam, kraftvoll, und ich weiß, dass ich weiterhin diese freudvollen Momente haben werde, wo ich spüre, wie seine Muskeln reagieren, seine Bewegungen ineinanderfließen und aufeinanderfolgen, ohne zu ermüden. Mein Körper giert weiterhin nach Grenzüberschreitungen und starken Empfindungen. Er wird sie haben. Meine Energie ist ungebrochen.

Ich bin mir außerdem darüber im Klaren, am Anfang meines Lebens zu stehen. Und auch von diesem erhoffe ich mir freudvolle Momente und Erfolge. Auch wenn es nur bedeuten würde, mit Cindy zusammenzuleben, mit ihr bis ans Ende der Welt zu reisen, und immer wieder mit ihr zu schlafen – denn auch diese Lust ist unerschöpflich. Und sollten wir eines Tages eine Familie gründen, so glaube ich, dass ich ein guter Vater wäre. Auf jeden Fall habe ich in puncto Kinder viele Ideen und Prinzipien, die nur noch nach Anwendung verlangen.

Ich weiß auch, dass ich mein Medizinstudium erfolgreich beenden und den Arztberuf auf meine Art ausüben werde – ganz anders, als all diese Ärzte, die ich aufgesucht oder getroffen habe, Fabien etwa oder Gilles, die besten Freunde meines Vaters, die ich für richtige Vollidioten halte, selbst wenn ich sie mag.

Also, ja, in gewisser Hinsicht bin ich jung, natürlich. Die wahre Jugend jedoch, zu der ganz sicher ein gewisser Anteil Unschuld oder glückliche Unbewusstheit gehört, diese Art Jugend habe ich für immer verloren. Es kann sogar sein, dass sie an dem Tag endete, als ein Hai in den bewegten Wassern des Indischen Ozeans meinem Bruder das Bein ausriss, an jenem Tag, der so gut begonnen hatte und so schlecht enden sollte. Aber wahrscheinlich gilt das für alle Unglückstage: Sie beginnen wie alle anderen auch, man steht wie gewöhnlich auf, man argwöhnt nichts, man steuert frohen Herzens auf das Drama zu.

Thadée auf seinem Brett ahnte nichts. Er wollte nur tun, was er schon Hunderte Male getan hatte, eine letzte Welle reiten, diese perfekten Linkslaufenden noch ein wenig genießen. Es gab keine Haiwarnungen, keinen besonderen Grund, auf der Hut zu sein. Im Übrigen waren sie noch voll im Peak, auf Warteposition. Erwischt hat es Thad. Es hätte auch Sandro oder Paul erwischen können. Oder Cindy und mich. Nur waren Cindy und ich eben schon raus aus dem Wasser und machten auf dem Sand Dehnübungen, mit uns und der Welt im Einklang, völlig entspannt, wie man sich nach einer guten Session eben fühlt. Ich schaute zu ihr. Sie lächelte mich an, während sie mich bei meinen Bewegungen und meiner Atmung anleitete.

»Matsyasana!«

»Ne, komm, du bist verrückt!«

Matsyasana, die Position des Fisches. Cin kann sie mühelos einnehmen. Ich nicht. Ich bin steif wie ein Stück Holz, während sie seit der Mittelschule Yoga macht. Ich habe damit erst vor Kurzem angefangen und ich liebe es. Cindy ist eine gute Lehrerin. Falls sie die Prüfung zur Krankenschwester vermasselt, kann sie immer noch ein Yogastudio eröffnen.

Meine Jugend fand in dem Augenblick ihr Ende, als ich mich auf dem Sand verrenkte und Thadée vom Hai angegriffen wurde. Aber ich hatte es nicht sofort kapiert, auch wenn das Drama uns schlagartig in seine Tiefen zog, mit all den Schreien, dem Blut, der Gischt, den Druckverbänden, die Cindy anlegte, während sich mein Blick in den tödlich erschrockenen meines Bruders bohrte, während ich ihn ununterbrochen ermahnte, durchzuhalten, während ich ihm in Schlaufen wiederholte, dass die Ambulanz auf dem Weg war, dass alles sich zum Guten wenden würde, dass er ja lebte, Gott sei Dank lebte und intakt war.

»Habe ich mein Bein noch, bist du sicher? Ich fühle es nicht mehr! Bist du sicher?«

»Aber ja doch, schau, dein Bein ist da!«

»Ich will nicht hinsehen! Ich will nicht hinsehen!«

Diesen Satz hatte er, Thadée, ununterbrochen geschrien, während die übrigen Surfer, die überstürzt ans Ufer geeilt waren, genau das taten, was er nicht zu tun wagte: Das unfassbare Gemetzel betrachten, den Brei aus Fleisch, Blut und Knochen, zu dem das Bein meines Bruders geworden war.

An den Rest erinnere ich mich nicht mehr wirklich, den Krankenwagen, die Tragbahre, die Panik, die Ankunft am Krankenhaus in

Jérémies Campingbus, Cindys Hand in meiner, ihre Ruhe, als es um die Aufnahmeformalitäten ging, während ich fassungslos und durcheinander war.

Ja, meine Jugend endete an diesem Tag, aber wie hätte ich mir dessen bewusst werden sollen? All dies widerfuhr ja meinem Bruder, er war es, der angegriffen worden war, nicht ich. Ich war von dem, was eben erst passiert war, zerschlagen, völlig gebrochen, zu Tode erschrocken, und vor lauter Mitleid zerrissen, aber ich war heil. Ich sollte auf meinen beiden Beinen die Félix-Guyon-Klinik verlassen. Er nicht. Wir erfuhren es zwei Tage später, als dieses merkwürdige Männlein, Chandrialimana, uns zur Seite zog:

»Thadée muss amputiert werden. Wir haben es, wie gesagt, mit einer konservativen Behandlung versucht, aber ...«

Während er über Revaskularisation, einen temporären arteriellen Shunt, Ischämie, die Vena saphena und schwere osteoartikuläre Verletzungen sprach, versuchte ich verzweifelt, meine Erinnerungen an den Anatomiekurs wachzurufen, aber alles ging viel zu schnell, ich begriff nichts und ließ Cindy Fragen stellen und hörte den Antworten zu.

Wir sind eine Woche nach der Amputation ins Mutterland zurückgekehrt. Inzwischen war meine Mutter auf La Réunion angekommen, und auch wenn Thadée über ihre Anwesenheit und herzliche Fürsorge weder glücklich noch erleichtert zu sein schien, hat er sich doch kaum wahrnehmbar entspannt und wieder angefangen, ein wenig mit uns zu reden. Sehr wenig, aber doch ausreichend viel, um mir Hoffnung auf seine Wiederherstellung und eine Rückkehr zum Status quo ante zu machen.

Mein Bruder hatte nur noch ein Bein, das war furchtbar, aber immerhin gibt es haufenweise Amputierte, die ein ganz normales Leben führen. Sobald die Nachricht von Thads Amputation bekannt war, laberten uns Freunde und weniger nahe Bekannte die Ohren voll mit ihren Geschichten über einarmige Bergsteiger, Rumpfmenschen, die fähig sind, sich im Wasser vorwärts zu bewegen, ganz zu schweigen von einer Unmenge versehrter, aber aktiver Surfer: Als bildeten in dieser Sportart die Unversehrten die Ausnahme.

Nur wussten Thad und ich genau, dass jeder im Wasser beide Beine und Arme hat. Während unserer zehn Jahre auf dem Brett sind wir ihnen kein einziges Mal begegnet: all diesen Oscar Pistorius der Gleitsportwelt. Und doch wollte ich unbedingt glauben, dass mein Bruder wieder aufs Brett steigen und erneut die Empfindungen haben würde, die einem nur das Surfen liefern kann, weshalb ich über Wochen, ja Monate taub und blind all jenen Zeichen gegenüber war, die mir sagten, dass es ein für alle Mal Schluss war damit. Mit dem Surfen, aber auch mit der unschuldigen Freude am Leben und der Liebe.

Ich liebte ihn. Wie sehr nur habe ich ihn geliebt ... Und auch sie, diese bedingungslose und reine Liebe, die mich an meinen älteren Bruder band, werde ich nie mehr verspüren. Niemand sonst löste in mir so viel Bewunderung aus, so viel leidenschaftlichen Willen zur Nachahmung und Ergebenheit. Er war mein Gott – und warum hätte er es nicht sein sollen? Ich kenne so gut wie keine Menschen, die von Thadée nicht fasziniert gewesen wären, vor seinem Unfall.

Zunächst einmal imponierte er natürlich durch seine sensationelle Schönheit. Was sehr ungerecht ist, war es doch nicht sein Verdienst, so schön zu sein, die Leute aber drehten sich immer nach ihm um, wenn er an ihnen vorbeiging. In der Schule war das sogar lachhaft, all diese Girls, die erröteten und rumglucksten, sobald er auftauchte.

Er profitierte davon, ganz klar. Ich kannte meinen Bruder immer nur umgeben von sehr schönen Mädchen. Er neigte sogar dazu, sie ausschließlich nach diesem Kriterium auszuwählen, weshalb er auch recht häufig auf richtig blöde Kühe stieß. Im Vergleich zu Solène oder Lisa, die im Herzen meines Bruders Jasmine vorausgingen, stellt Letztere regelrecht ein Wunder an Intelligenz und Freundlichkeit dar, wobei sie in diesen Dingen wirklich nur durchschnittlich begabt ist.

Solène war besonders abscheulich. Sie hatte sich meinen Bruder mit ihrer Pseudokarriere als Model geangelt, ihren Traummaßen, ihren großen Augen und ihren vollen Lippen, aber sie war hoffnungslos leer, dumm und armselig. Und Lisa, die ihr folgte, verbarg ihr Spielchen nur etwas gekonnter, am Ende aber war sie ebenfalls vollkommen unfähig, weiter zu blicken als bis zur Spitze ihrer bezaubernd kleinen Nase. Jasmine immerhin liebt Thadée. Auf jeden Fall liebte sie ihn, bis er sie aus seinem neuen Leben als Einbeiniger rauswarf. Ein Leben, wo er anscheinend weder der Liebe noch der Freundschaft noch irgendeiner anderen Art schöner Empfindungen Raum lässt.

Seit er ins Mutterland zurückgekehrt ist, erkenne ich meinen Bruder nicht wieder. In Wahrheit hat die Veränderung sicherlich bereits im Krankenhaus begonnen, als er sich seiner Amputation bewusst wurde, aber ich war damals selbst viel zu schockiert, war von widerspruchsvollen Gefühlen viel zu bewegt, von Unruhe, Mitgefühl, Hoffnung, als dass ich das Ausmaß hätte erkennen können.

Seit dem Unfall sind sechs Monate verstrichen, ohne dass auch nur eine der Verbesserungen eingetreten wäre, die ich mir so sehr erhofft hatte. Gewiss, Thadée hat seine Prothese und kann sich offensichtlich ohne größere Schwierigkeiten fortbewegen, aber er weigert sich hartnäckig, den weiteren Verlauf seines Lebens in die Hand zunehmen. Er geht wenig aus, trifft so gut wie niemanden und verbringt seine Zeit im Internet. Er surft, das ja, aber auf höchst seltsamen Seiten, Seiten, denen er vor seiner Amputation nicht die geringste Aufmerksamkeit geschenkt hätte. Ich habe mir mehrmals den Verlauf seiner Internetaktivitäten angesehen und war jedes Mal regelrecht verstört, ja niedergeschlagen vom Inhalt seiner Suche: Neue Weltordnung, Staatslügen, Geheimgesellschaften, *false flag*, ganz zu schweigen von einer Reihe merkwürdiger Akronyme wie HAARP oder PRISM, kurz, mein Bruder ist anscheinend in den Brunnen der Verschwörungsmystiker gefallen und steigt aus diesem nur heraus, um andere alternative Seiten aufzusuchen, die, für einen, der meinen Bruder kennt und der weiß, dass dessen politisches Bewusstsein immer schon gegen null tendierte, zwar weniger beklemmend, aber doch sehr überraschend sind. Er dürfte zudem wissen, dass ich in seinem Computer rumwühle, da er häufig den kompletten Tagesverlauf löscht. Als würde er noch andere Recherchen tätigen, die noch geheimer und zwielichtiger sind.

Er scheint nicht willens, seine Studien wieder aufzunehmen, obwohl er sich dazu verpflichtet hatte, nach seinem Sabbatjahr die Vorbereitungsklasse in Angriff zu nehmen. Letztes Jahr waren unsere Eltern sehr irritiert, da er weder an der Centrale noch an der X angenommen wurde, wo er doch immer verblüffend gute Noten nachhause gebracht hatte. Nun ja, er hat denselben Coup auch bei seinem Abi gelandet, das er nach einem brillanten Abschlussjahr nur knapp geschafft hat. Ein weiterer Quell der Irritation und Enttäuschung für unsere Eltern war, dass er lieber in Pau Math sup[6] studieren wollte, als in Bordeaux auf die Montaigne zu gehen, in der die Besten eines jeden Jahrgangs aus dem gesamten Baskenland landen. Er schützte seinen Widerwillen gegen jegliche Form von Druck und Wettkampf vor und drohte, seinen Bildungsweg zu beenden, wenn man ihm Knüppel zwischen die Beine werfen würde. Das hat für Szenen und schallendes Gebrüll zwischen ihm und den Eltern gesorgt, aber er gab nicht nach und führte anschließend zwei Jahre lang sein kleines Leben in Pau, wobei er am Wochenende nachhause kam, um Jasmine zu sehen und zu surfen. Wenn ich mich über ihn lustig machte, dass Pau nun wirklich nicht das Zentrum der Welt sei, zuckte er nur verächtlich die Schultern, oder spielte mir den Ball zurück und warf mir Ehrgeiz und Konformismus wegen meines Studiums vor:

»In Pau zumindest habe ich nicht ständig die Eltern an der Hacke. Hast du nicht die Schnauze voll davon, dass Mimi dir aufs Klo folgt, um zu prüfen, ob du auch schön Kacka gemacht hast? Ach sorry, ich vergaß, du liebst das ja, es gefällt dir ja, du bist gern ein Muttersöhnchen. Und noch dazu studierst du genau das, was sie wollen. Medizin … Du machst Papas Traum wahr: ist dir das eigentlich klar?«

Ja, es ist mir klar. Papa war im ersten Jahr Medizin gescheitert, das ist kein Geheimnis, für niemanden. Er sattelte auf Arzneikunde um, was nicht bedeutet, dass er seinen Job nicht lieben würde. Ich bin vielleicht das Produkt meiner Erziehung, aber das ist man immer, und Medizin ist ebenso mein eigener Traum wie der meiner Eltern. Und wo wir schon dabei sind, ich sehe nicht, wie eine Bewerbung an der Centrale oder der X ein Beweis für Antikonformismus und ein Zeichen der Emanzipation sein sollte. Aber das mit Thadée zu diskutieren wäre sinnlos, der die fleischgewordene Böswilligkeit ist und auf sehr dreckige Argumente zurückgreifen kann, wenn ihm dies ermöglicht, das letzte Wort zu haben.

Ich habe auch beobachtet, wie er sich mehr und mehr von seinen Freunden abkapselte – Freunde, die auch meine sind, und mit denen wir die ganze Schulzeit teilten: Arthur, Mathilde, Swan, Théo, Kenza, Samule, Hugo, Xabi, Aymeric, und so weiter und so fort. An jenem Tag, als er nach Pau ging, hat er um sich herum ein Vakuum erschaffen, aber ich brauchte Zeit, es zu begreifen. Im Übrigen haben nur wenige nach seinem Unfall Notiz von diesem genommen, und noch weniger haben ihn zuhause besucht. Merkwürdig für einen Typen, der auf der Schule extrem beliebt war, stets im Zentrum der Aufmerksamkeit, stets zur Stelle, stets zur rechten Zeit am rechten Ort, auf der richtigen Party, am richtigen Spot ...

Aber wenn diese letzten beiden Jahre ihn von uns auch entfernt haben, so blieb er doch Thadée, und ich richtete es so ein, dass ich Zeit mit ihm verbringen konnte, wenn er an den Wochenenden nachhause kam, um seine Schmutzwäsche zu waschen und nach einer Woche Kebab und McDonald die Gerichte von Mi zu essen. Wir gingen weiterhin zusammen aus, gingen laufen oder schwimmen. Allerdings surfte er nicht mehr mit mir. Thadée war immer schon er selbst, heute jedoch realisiere ich, dass sich etwas, und zwar schon vor langer Zeit, an ihm verändert hat, dass sich etwas unerklärlicherweise verhärtet hat, oder unerklärlicherweise verspannt, ich weiß es nicht. Etwas, das ich damals wie heute nicht in der Lage bin zu beschreiben oder zu erklären.

Der Thadée von heute, der Behinderte, der menschenfeindliche Computerfreak, der sich in sein Zimmer verkriecht und bei jeder in seiner Gegenwart gehaltenen und von Optimismus getragenen Rede hämisch grinst, dieser Thadée, ich habe, so scheint mir, seine Existenz vor langer Zeit bereits geahnt, mich aber dagegen gewehrt, dass er meinen Bruder ersetzt, ja, schlicht und einfach dessen Image beschädigt: Ich hatte ihn während meiner gesamten Kindheit abgöttisch geliebt und war nicht bereit, von meinem Helden abzulassen.

Inzwischen ist Sommer, oder beinahe Sommer. Die Leute drängen sich auf den Terrassen der Cafés und Hotels, und die Strände sind voll, trotz einer Wassertemperatur von sechzehn Grad. Ich bin mit meinem Examen fertig, und anders als im letzten Jahr muss ich keine Praktika absolvieren. Auch wenn ich theoretisch haufenweise Kurse überarbeiten müsste, kann ich doch endlich aufatmen. Cindy und ich haben vor, zwei Wochen in Portugal zu verbringen. Und nur zu surfen. Vielleicht noch ein wenig tauchen: Es scheint, als sei es möglich, an der Küste von Sagres Delphine und Wale zu beobachten. Wir wollen sogar bis nach Nazaré fahren, um zu sehen, ob die Wellen dort wirklich so riesig sind, wie man sagt. Aber ich gebe offen zu, dass ich nicht wirklich ruhigen Herzens losfahre, sollte es mir nicht gelingen, Thadée zuvor noch aus seiner Depression zu reißen. Denn mir wird niemand ausreden können, dass das, was er uns da liefert, eine gewaltige Depression ist, die man, bei allem, was er durchmachen musste, sehr gut nachvollziehen kann. Ein Bein, das wächst nicht nach, aber eine Depression lässt sich behandeln, und ich werde alles dafür tun, meinen Bruder zu überreden, jemanden aufzusuchen. Letztendlich hat er sich nie lange bitten lassen, XTC zu schlucken, also kann er es mit Pillen wie Zoloft genauso machen. Ich bin mir sicher, dass ihm ein wenig Chemie helfen wird, diese Hürde zu meistern. Und was das Glück betrifft, das sehen wir dann.

*

Ich stecke das Handy zurück in meine Hosentasche und wende mich Cindy zu:

»Rate mal, wer das war! Du wirst niemals darauf kommen!«

»Wer war's?«

»Jéré! Jérémie aus La Réunion!«

»Oh.«

Eins ist sicher, Cindy bringt nichts aus der Fassung und sie nimmt die Dinge, wie sie eben kommen.

»Er ist in Biarritz! Zusammen mit Anouk! Halt dich gut fest: Sie wollen hier leben. Also, zumindest für einige Zeit.«

»Oh.«

»Komisch, was? Man kann sich die beiden nicht wirklich woanders als auf ihrer Insel vorstellen, oder? Aber weil man da nicht mehr surfen kann ... Ich glaube, dass die Behörden sogar das Baden verboten haben. Mit Ausnahme von der Lagune. Es gab nach dem Angriff auf Thad noch zwei weitere.«

»Ich weiß.«

»Ich glaube, Jéré hat sich erhofft, die Verbote würden nicht zu restriktiv sein, so dass er noch arbeiten könnte. Aber anscheinend ist das Gegenteil der Fall, es kommen auch keine Surfer mehr. Er hat Margouillats komplett dicht gemacht und kommt mit Anouk her.«

»Was will er hier? Eine Surfschule aufmachen?«

»Spinnst du? Es gibt ja schon genug. Die Ortsansässigen würden ihm niemals erlauben, sich hier niederzulassen. Nein, anscheinend hat er einen Job im Hotel gefunden. Er will einfach nur surfen, und weiß, dass er das hier das ganze Jahr über kann. Anouk wird irgendeine Ausbildung anfangen. Medizinische Assistentin oder so was. Und sie möchte einen Tattoo-Laden aufmachen, ist einfach ihr Ding, weißt du ja.«

»Jo, er täte gut daran, in einen ordentlichen Neo zu investieren, ein 5/4 sollte es schon sein. Ansonsten wird man ihn nicht so häufig im Wasser sehen, den guten Jéré. Warum hat er dich überhaupt angerufen? Ihr seid ja nicht gerade dicke miteinander.«

»Ich denke mal, dass die in Biarritz niemanden kennen. Er möchte was über die Spots in der Gegend wissen.«

»Schick ihn zur Grande Plage. Da ist die einzige Schwierigkeit das Parkproblem. Er wird dort nur auf leichte Wellen stoßen.«

»Du bist hart: Jéré ist gut.«

»Nicht so gut, wie er denkt. Nein, warte, schick ihn nach Angelt, an den Strand von VVF. Und sag ihm nichts von der Felsbank: Lass ihn in die Falle laufen.«

»Cindy, im Margouillats hat er sich für uns echt ins Zeug gelegt, damit wir tolle Sessions haben! Seine Tipps waren immer richtig gut: Der hätte es nie zugelassen, dass wir uns an irgendwelchen Felsbänken die Fresse polieren!«

»Nein, er hat nur zugelassen, dass dein Bruder vom Hai gebissen wurde!«

»An dem, was Thad passiert ist, ist niemand schuld, und das weißt du. Warum bist du nur so stinksauer auf den armen Jéré?«

Sie zuckte plötzlich mit den Schultern und begann laut zu lachen:

»Der Typ ist mir echt egal. Und seine Süße auch. Die stören mich nicht. Zeig ihm die besten Spots, wenn du unbedingt willst. Nur sollte er vor den Locals nicht so rumprahlen. Kannst du dir Jérémie in Les Cavaliers vorstellen? Was der da einkassieren müsste?«

»Okay. Wenn wir zusammen was trinken, dann bringst du dich ein, ja? Du bist nett zu ihnen, okay?«

»Jo, versprochen.«

Cindy ist hart. Wenige Leute finden in ihren Augen Gnade. Manchmal frage ich mich, wen sie wirklich liebt. Abgesehen von mir, ihrem kleinen Bruder, und ihrer Großmutter mütterlicherseits, bei der sie seit vier Jahren lebt. Sie ist von ihren Eltern weg, als wir im letzten Schuljahr waren. Sie packte ihre Tasche, verließ das Haus der Familie und setzte niemals mehr einen Fuß hinein. Ich wusste davon erst am Tag darauf, und am Tag darauf war sie genau wie immer, weder wütend noch in Angst vor dem, was ihr bevorstand: die Frage etwa nach ihrem Unterhalt, da sie ihrer Großmutter nicht völlig auf der Tasche liegen wollte. Und tatsächlich ist es ihr immer gelungen, kleinere Jobs zu finden, Kinder, auf die sie nach den Kursen aufpassen konnte, oder ein paar schwarz bezahlte Stunden als Putzfrau. Und jetzt, da sie erwachsen ist, arbeitet sie als Kellnerin im Biarritz-Diner. Ich gehe da ab und an hin, und es ist schon komisch, sie im weißen Rock und weißer Schürze zu sehen, sie, die immer nur Hosen und T-Shirts trägt. Aber anscheinend macht sie ihre Arbeit gut, und ihr Chef ist mit ihr zufrieden.

Cindy ist hart, weil man immer hart zu ihr war. Ihre Eltern sind Vollidioten. Ich habe sie in sechs Jahren nur zweimal gesehen, und das hat gereicht, um mir ein Bild zu machen. Man muss sich schon fragen, wie Cindy es schafft, sich nicht von deren scheiß Vorstellungen anstecken zu lassen. Wenn wir darüber reden, sagt sie mir in der Regel, dass ihre Eltern *Frankreich sind*, ein gewisses Frankreich, alles andere jedenfalls als das gehobene Biarritzer Bürgertum, in das ich hineingeboren wurde und in dem ich immer gelebt habe. Wobei meine Eltern auch noch nett sind, Leute, bei denen man sich kaum vorstellen kann, dass sie Scheiße bauen oder Sauereien von sich geben.

»Man weiß nie, zu was die Leute alles fähig sind, Zachée. Aber es stimmt, deine Eltern sind nice.«

»Sie sind mehr als nur nice, oder? Meine Mutter ist eine Heilige!«

»Pfff.«

»Ich weiß, dass sie dich nervt. Mich manchmal ja auch. Aber trotzdem.«

»Ich mag deinen Vater lieber. Er ist weniger lästig.«

»Auch er ist ein Heiliger. Ein wenig starrsinnig, aber das ist auch sein einziger Makel.«

»Wenn du meinst!«

»Wie jetzt? Nur weil es meine Eltern sind, aber ich wüsste wirklich nicht, was man ihnen vorwerfen könnte!«

Sie zuckt wie immer mit den Schultern, wenn sie ein Gespräch beenden will. Und das passiert bei Cindy ziemlich häufig. Unterhaltungen nerven sie. Als würde sie den Worten misstrauen. Aber das passt perfekt, denn ich bin unglaublich redselig und sie hört immer zu. Sie schenkt mir ihre Aufmerksamkeit, voll und ganz. Was wenige Leute können. Im Allgemeinen tun sie nur so, als ob sie zuhörten, in Wirklichkeit aber warten sie darauf, das Wort zu ergreifen. Cindy ist anders. Sie ähnelt übrigens auch niemandem, zeigt nie Reaktionen, wie man sie erwartet hätte, und überrascht mich jedes Mal aufs Neue. Im Positiven, um genau zu sein. Und auch das ist selten. Der Großteil der Leute enttäuscht einen am Ende doch. Gut, ich sage das so, und gleichzeitig bin ich unfähig, eine

Enttäuschung länger mit mir herumzutragen, unfähig, ewig auf die Leute sauer zu sein. Am Ende finde ich für alle mildernde Umstände. Und ich sehe auch lieber ihre guten Seiten als ihre Fehler. Cindy kommentiert das gern ironisch:

»Du bist zu nett. Und du weißt ja, aus meinem Mund ist das kein wirkliches Kompliment.«

»Du bist ja auch ein echtes Biest.«

Sie sieht mich an. Ihr klarer, nie blinzelnder Blick. Sie lächelt schließlich, und wir wechseln das Thema. Unterhaltungen nerven sie, und sie nerven sie umso mehr, wenn sie sich um unsere jeweiligen Charaktere drehen. Cindy hat für Psychologie keine Zeit. Sie steht auf Handlungen. Sie mag, wenn was getan wird: surfen, laufen, handwerkeln, fahren, gärtnern, was reparieren ...

»Du bist in Wahrheit ein Typ.«

»Jo, und du meine Süße.«

Bloß ist sie durch und durch weiblich. Ich hatte das unglücklicherweise mal Thadée gegenüber geäußert, an irgendeinem Tag weit vor seinem Unfall, als er mit mir über Jasmine sprach – Jasmine, und ihre Forderungen, ihre Launen, ihre Weinerlichkeit ... Er sagte zu mir, dass er sie nervtötend fand, aber dass ihm das eine schmeichelhafte Position eingebracht hätte: die des Beschützers, Retters, Ritters. Für Jasmine gibt es immer irgendwelche Heldentaten zu vollbringen, auch wenn besagte Heldentaten nur bedeuteten, eine Spinne plattzumachen oder eine vegetarische Pizza aufzugabeln.

»Ich denke mal, bei Cindy hast du solche Probleme nicht.«

»Aber nein, mit Cindy habe ich gar keine Probleme.«

Meine Antwort ließ ihn zum Tagträumer werden – für wenige Augenblicke.

»Tja, soll ich dich nun darum beneiden oder beklagen? Auch wenn Jasmine eine echte Nervensäge ist, langweilen tue ich mich mit ihr nie.«

»Hast du den Eindruck, ich würde mich mit Cin langweilen?«

»Ich jedenfalls würde mich mit ihr langweilen.«

»Du bist ja auch nicht ich. Ich steh nicht auf Dramaqueens. Ich stehe auch nicht auf Girls, die zu sehr das Girl raushängen lassen, weißt du. Die wie aus dem Ei gepellt sind, mit ihren niedlichen lackierten Nägeln, ihren niedlichen unschlagbaren Klamotten, ihren sorgsam geglätteten Haaren. Die Unterkühlten.«

»Du magst einfach keine echten Frauen! Auch besser für Cindy, die ja ein richtiger Kerl ist.«

»Dass du dich da mal nicht täuschst. Cindy ist weitaus mehr Frau als die meisten Mädels, die wir kennen. Sie ist sogar von allen, die wir so treffen, die einzige Frau. Die anderen ... die anderen sind *Mädchen*. Bestenfalls. Rotznasen, fast immer. Oriane, Mathilde, Kenza, Adèle ... Die haben nicht einmal die Reife von Ysé. Die können nur ihre Nabelschau betreiben und rumheulen. Das ist nicht böse gemeint, he. Ich mag sie gern, alle von ihnen, ehrlich. Aber erzähl mir nichts von Weiblichkeit.«

Ich sah, dass meine Rede ihn wütend machte. Als hätte ich mich einer Überlegenheit ihm gegenüber gerühmt. Wo wir doch nur über unsere Liebsten gesprochen haben. Was konnte ich dafür, dass seine Braut weinerlich, unreif und egozentrisch war? Objektiv gesehen war sie ja extrem sexy, eine von denen, der alle Typen schmachtend hinterherschauen. Das musste ich ihm zugestehen. Und im Übrigen mochte ich Jasmine. Ich war ihr sogar dankbar, dass sie meinen Bruder ertrug. Der ein wirkliches Arschloch sein kann.

Er grinste hämisch und grummelte irgendwas über Cindys Weiblichkeit. Aber gut, ich wollte mich nicht mit ihm streiten. An jenem Morgen gingen wir in Bidart surfen. Wir entschieden uns für die Plage du Centre, die wir beide mögen. Louis und Ferdinand waren bereits da. Sie hatten uns schon im Vorhinein mitgeteilt, dass die Bedingungen perfekt waren. Die Plage du Centre ist ein sehr eigenwilliger Spot. Die Wellen können hier von einem auf den anderen Tag verschwinden. Man muss wirklich alles im Auge behalten: Gezeiten, Wind, Sandbänke. Damals war es optimal, wir vier trafen uns auf dem Parkplatz und wachsten unsere Bretter. Das Wasser hier ist *glitschig*. Ferdinand meinte, dass es am Tongehalt des Felsens läge, der immer weiter abrutscht. Außerdem verläuft mitten durch den Strand ein Damm. Ein merkwürdiges Ding, von den Deutschen erbaut. Es produziert Strömungen. Muss man damit umgehen können. Aber okay, wenn es erstmal gut ist, ist es richtig gut. Die Wellen sind da, richtig schöne rechtslaufende. Auch linkslaufende. Und ein großartiger Blick auf den Felsen, vom Wasser aus. Ich vergaß Thadées sarkastische Äußerungen dann sehr schnell, und wir hatten eine gute Session, die wir abbrachen, als zu viele Leute im Wasser waren. Das ist das Ding mit den Wellen von Bidart Centre: Mitten am Tag gehen die Clubs ins Wasser, der Spot wird übervoll, das ist der Augenblick, wo man am besten einen trinken geht.

*

Wir treffen Jérémie und Anouk auf der Terrasse des Unik. Ich finde es komisch, sie an diesem Ort zu sehen, der mir so vertraut ist und den die beiden zum ersten Mal aufsuchen. Während alle hier in ihren Sommerklamotten stecken, wirken die beiden völlig durchgefroren. Anouk hat sich sogar in eine Art Leinenplaid gehüllt.

»Und, wie geht's den Touristen?«

»Schon recht gut. Uns ist nur kalt. Bei euch ist ja Winter.«

»Im Ernst? Das Wetter ist doch großartig! Es ist mindestens drei Grad wärmer als üblich zu dieser Zeit!«

Wir quatschen eine Zeitlang darüber. Über das Wetter reden gerne Leute, die sich nichts zu sagen haben. Die beiden haben sich nicht verändert. Wir auch nicht, nehme ich an. Gleichzeitig aber ist so viel passiert in diesen letzten sechs Monaten, dass es mir beinahe lieber wäre, unsere Gesichter trügen Brandmale davon.

Anouk erkundigt sich schließlich nach Thadée, aber ich habe den Eindruck, sie tue es nur der Form halber und halbherzig. Und so antworte ich ihr auf die gleiche Weise: der Form halber und halbherzig. Das schreckliche Geheimnis der Metamorphose meines Bruders behalte ich für mich. Hört man mir zu, geht es Thadée so gut wie eben möglich. Er erholt sich, er läuft, bald schon wird er surfen. Und hopp, na bitte, schon reden wir übers

Surfen. Es ist ohnehin das Einzige, was Jérémie interessiert. Als hätte sie sich darauf vorbereitet, spielt Cindy mit und gibt ein paar Standardinfos preis. Sie erwähnt Parlementia, Uhabia und die drei Wellen von Cenitz ...

»Schau, wir sind hier im Baskenland, aber wenn du die besten Beach-Brakes der Welt haben willst, musst du wohl oder übel nach Les Landes. Vor allem nach Santosha. Oder Oste. Auch nach La Gravière. Das ist der Lieblingsspot von Thadée. In La Gravière kannst du echt was erleben. Aber ich warne euch, da ist es immer total überfüllt.«

»Komm schon, ihr kennt bestimmt ein paar Ecken, die nicht grade China sind ...«

»Klar, wir haben unsere Geheimecken, aber über die redet man nicht.«

So sehr Jérémie auch insistiert, Cindy rückt mit nichts raus. Ihr Gespräch wechselt ins Technische. Sie reden über Seegang, Gezeiten, Windrichtungen, Wellenhöhe, Thrusters, Singles ... Ich klinke mich aus, nutze die Tatsache, dass Cindy entschieden so wirkt, als wolle sie reden, um Anouk heimlich anzustarren. Ich habe sie seit jenem katastrophalen Abschiedsabend, den Jéré für den letzten Tag unseres Aufenthalts organisiert hatte, nicht mehr gesehen. Da ich damals viel getrunken und geraucht hatte, weiß ich nicht, ob meine Erinnerungen exakt sind, aber ich weiß noch sehr gut, dass ich sie etwas angebaggert habe. Einfach so. Der Lust halber. Um zu sehen, ob ich bei einem so schönen Mädchen wie ihr landen konnte. Und auch, um Jéré ein wenig zu nerven. Aber ohne die geringste Absicht, zur Tat zu schreiten. Cindy reicht mir. Besser noch: Sie erfüllt mich. Das zu sagen ist richtig dämlich, aber ich stehe dazu. In sechs Jahren gab es nur diese eine Nacht auf La Réunion, wo mir der Gedanke kam, mal woanders zu landen. Und selbst das war keine echte Versuchung. Es war nur so, dass ich mich plötzlich in Anouks Armen sah, mir vorstellte, dass ich sie ficken würde, wie ich zuvor Cindy gefickt habe. Und klar, diese Vorstellung erregte mich. Aber ich verbannte sie auch gleich wieder aus meinem Geist. Mein Geist gehört Cindy, mein Körper ebenfalls. Es war nicht besonders schwer, die Erregung zu unterdrücken. In gewisser Weise geschah es ohne mich, ohne dass mein Wille hätte eingreifen müssen. Von Verdienst also keine Spur.

Aber gut, ich hatte getrunken, alle tanzten, die Atmosphäre war geladen, ich fühlte mich wegen meines Bruders völlig hoffnungslos und zugleich war ich froh, am nächsten Morgen aufzubrechen. Ich war auch wütend. Auf Jérémie und seine Weigerung, Thad gegenüber ein Minimum an Zuneigung und Mitleid auszusprechen. Er verhielt sich, als hätte Thadée verdient, was ihm widerfahren war. Ich wusste, dass vor meiner Ankunft auf der Insel irgendetwas zwischen den beiden vorgefallen war, aber der Unfall hätte eigentlich alle Feindseligkeit in Luft auflösen müssen. Und da eben, Erregung hin oder her, bin ich los, und tanzte mit Anouk. Sie war einfach zu schön. Zu provokant, wenn auch unbewusst. Auch sie wollte ich bestrafen. Oder meine Mutter, die da war und über mich wachte, über mich und meinen Alkoholkonsum, als wäre ich noch immer dreizehn.

Gut, ich war in einer Verfassung, in der man Dummheiten begeht, nur, dass ich keine beging. Ich habe nichts anderes getan als Anouk ein wenig zu erregen, damit auch sie sich in Gefahr wusste, damit auch sie sich fragte, wie es wohl in meinen Armen wäre. Ich besitze nicht die sensationelle Schönheit meines Bruders, bin mir aber der Wirkung bewusst, die ich auf Frauen haben kann.

Es ist Cindy, die mir das klar vor Augen führte, sie tat es sehr einfach und sehr deutlich, so wie sie es bei allen Dingen tut. Es war ganz zu Beginn unserer Beziehung, im Sommer, der unserem Eintritt in die Oberstufe vorausging. Es war das erste Mal, dass ich wirklich mit einem Mädchen ›ging‹, das erste Mal auch, dass ich richtig verknallt war, alles war neu, überwältigend, magisch. Ich war auf dieses Mädchen zugegangen, das ich großartig und beeindruckend fand. Ich trug dick auf, und gegen alle Erwartungen gefiel ich ihr. Aber für eine gewisse Zeit plätscherte unsere Beziehung irgendwie dahin, nahm zögerlich mal diese, mal jene Form an, und so begab ich mich gern in die Position des seinen Stern anbetenden Wurms. Cindy erschien mir viel reifer, viel selbstsicherer und charismatischer als ich, und ich konnte mir einfach nicht vorstellen, dass sie mich mögen würde. Bis sie mir eines Tages ins Gesicht lachte. Ich glaube, ich geißelte mich damals wieder einmal wegen irgendwas oder erging mich in einem Gestammel meiner Bewunderung für sie, egal, sie begann laut zu lachen:

»Nein, also wirklich, hör auf damit, Zachée! Schaust du denn nie in den Spiegel? Weißt du eigentlich, dass die Mädels aus der Klasse dich zum schönsten Typen der Schule gewählt haben?«

Nein, wusste ich nicht, und ich fiel aus allen Wolken. Sie sprach im selben Tonfall weiter, amüsiert und zugleich leicht ärgerlich:

»Und außerdem nervt mich, dass du dauernd sagst, wie sehr ich dies oder das sei. Ich mag es nicht, wenn du mir irgendwas über mich erzählst. Es sei denn, es gibt Probleme, da kannst du echt ohne zu zögern reden. Aber glaube bloß nicht, du müsstest mir sagen, dass du meine Augen liebst oder meine Brüste, und dass ich wirklich schön sei oder was auch immer. Ich brauch das wirklich nicht!«

»Aber wenn ich deine Augen doch liebe! Und deine Brüste!«

»Na, schön, gut, jetzt hast du's ausgesprochen. Kein Grund, es noch mal und noch mal zu tun.«

»Ich dachte, es gefällt dir, wenn ich dir Komplimente mache. Jeder mag das.«

»Tja, ich nun mal nicht. Und ich will auch keine machen. Also hör gut zu, denn was ich dir jetzt sage, werde ich nie mehr wiederholen: du bist hyperschön, jeder weiß das, und in der Schule bist du extrem gut, du fährst immer die besten Noten ein, selbst in Gesundheitskunde, du musst also niemanden um was beneiden, und vor allem Dingen nicht mich.«

Sie schüttelte komisch den Kopf, ihre blonden Strähnen schaukelten vor ihrem Gesicht, regelrecht zornig für den Moment. Sie sollte sich bald schon Dreads wachsen lassen, aber damals war sie frisiert wie alle anderen auch. Ich liebte sie, sie liebte mich, und ich brachte sie mit einem Kuss zum Schweigen, und tatsächlich haben wir von da an nie mehr über unsere gegenseitigen Reize gesprochen. Ich wurde nur etwas aufmerksamer, was die Art und Weise betrifft, mit der die anderen Mädchen mich anschauten, und ich begriff, dass Cindy recht hatte: Ich gefiel ihnen. Ich hätte es wie mein Bruder machen können, ich hätte eine nach der anderen flachlegen können, allein, es interessierte mich nicht. Interessiert mich bis heute nicht.

Selbst Anouk zu verführen, hatte ich keine Lust. Aber ich bin mir sicher, dass Thad es versucht hat, und dass dies auch der Grund ist, warum Jérémie ihm nicht verzeiht. Er sitzt hier, mir gegenüber, Jérémie, dieser Haudegen. Eine echte Karikatur eines Surfers, mit seinen sonnenblondierten Strähnen, seiner Ray-Ban Wayfarer, seiner permanent sonnenverbrannten Nase und Wangenpartie, weil er sich das ganze Jahr über von UV-Strahlen bombardieren lässt, vom Salz, dem Wind, der Gischt ganz zu schweigen: Das Surfen, wenn man nicht höllisch achtgibt, ramponiert einen. Jérémie wirkt sehr viel älter, als er ist, während Anouk unter der Masse ihrer schweren dunklen Locken wie ein Kind wirkt. Sie wirkt tatsächlich fragil, hilflos. Ich frage sie, wie sie Biarritz und das Baskenland findet, aber es stellt sich heraus, dass sie noch kein Auto besitzen und bislang nichts gesehen haben. Sie findet Biarritz cool, aber sie hat Angst, sich nicht an das Klima gewöhnen zu können, Angst, keine Freunde zu finden, Angst, dass ihre Ausbildung nicht ihren Erwartungen entspricht, Angst, keinen Job in einem Tattoo-Salon zu finden, was ihr aber vor allem gefallen würde.

»Na, du scheinst mir voller Ängste zu sein.«

Sie wickelt das Plaid fester um sich und lächelt unsicher. Sie wird sich wohl fragen, ob ich mich über sie lustig mache oder nicht. Tue ich tatsächlich nicht. Ich verstehe sie. La Réunion zu verlassen, dürfte für sie, die immer dort gelebt haben, einen großen Schritt bedeuten. Im Übrigen sind ihre Gründe komplexer, als es scheinen will. Klar, da gibt es das Surfen, aber wenn ich sie so miteinander reden höre, verstehe ich, dass sie Lust auf eine Veränderung hatten, und sich fragten, wenn nicht jetzt, wann dann. Jérémie ist dreißig Jahre alt, Anouk vierunddreißig, sie sind noch jung, flexibel, anpassungsfähig. Das Mutterland bietet ihnen vielleicht Möglichkeiten, die sie auf La Réunion nicht haben – bei einer Arbeitslosenquote von fast 30 Prozent. Auf jeden Fall kommt das am Ende unserer Unterhaltung heraus, die anfangs etwas angespannt war, schließlich aber entspannt und herzlich. Jérémie gibt hier weniger den Schlaumeier als dort unten, und das macht ihn weitaus sympathischer. Was Anouk betrifft, so ist sie sich gleichgeblieben, will heißen, im Wesentlichen freundlich, gewillt, alles gut zu machen, die rechten Worte zu nutzen, niemanden zu kränken. Abgesehen von ihrer einzigartigen Schönheit hat mich genau das bei ihr so umgehauen, damals vor sechs Monaten.

Wir verabschiedeten uns voneinander mit dem Versprechen, uns wiederzusehen. Heute bin ich der Ortsansässige und sie die Touristen: Ich habe Lust, ihnen die Eingewöhnung in diese Gegend von Frankreich zu erleichtern, in der ich aufgewachsen bin und die ich liebe. Biarritz ist mehr als nur der Ruf, den man manchmal über es verbreitet: eine in sich selbst versunkene Kleinstadt, allem gegenüber, was nicht baskisch ist, intolerant und letztlich doch recht bürgerlich mit seinem Golfplatz, seinem Kasino und seinen Seniorenresidenzen.

Ich stelle fest, dass Anouk und Jérémie mir auch nicht ansatzweise vorgeschlagen haben, Thadée einmal besuchen zu wollen, mit dem sie ja immerhin über sieben Monate näher zu tun hatten, während Cindy und ich nur zwei Wochen lang im Margouillats waren.

Na ja, Thadée würde sich wahrscheinlich weigern, sie zu empfangen. Mit Beginn der schönen Tage hat sich sein Wunsch nach Abkapselung und seine Weigerung, mit anderen zu kommunizieren, nur noch verstärkt. Oder aber ich bin den Umständen gegenüber nicht feinfühlig genug: Die Leute um Thadée herum bewegen sich, sie gehen aus, planen ihre Wochenenden oder ihre Sommerferien. Meine Eltern fragen sich inzwischen auch, ob sie ihr eigentliches Vorhaben, mit Ysé im August nach Annecy zu fahren, nicht lieber ändern sollten. Meine Mutter hat richtiggehend Angst, Thadée für drei Wochen allein zu lassen, und versucht nun, ihn zu überzeugen, sie zu begleiten:

»Is' gut, vergiss es. Ich sehe nicht, dass ich mit Mama-Papa in den Urlaub fahre: Dafür bin ich einfach zu alt!«

»Thadée, du bist noch nicht einmal zweiundzwanzig! Du könntest ohne Weiteres mit uns nach Annecy kommen! Schau dir Léo an: Der fährt mit seinen Eltern nach Thailand!«

»Léo ist ein erbärmlicher Loser!«

»Dich hier allein zu wissen, bereitet mir Sorgen: Was, wenn dir etwas zustößt?«

»Was soll mir Schlimmeres zustoßen, als mein Bein zu verlieren?«

»Aber was, wenn du hinfällst, wenn du nicht mehr hochkommst?«

»Mach dir keine Gedanken, irgendwann werden die Nachbarn es schon riechen: Im Sommer verwest man recht schnell!«

»Du bist widerlich!«

»Und du nervst! Außerdem ist Zach die meiste Zeit über hier!«

Da ich bei dieser unangenehmen Unterhaltung anwesend war, warf mir meine Mutter einen alarmierten Blick zu:

»Aber Zachée fährt weg, hat er dir nichts gesagt?«

»Ach ja, fährst du weg? Wohin?«

»Cindy und ich fahren nach Portugal, für zwei Wochen.«

Ich konnte sehen, wie sein Gesicht zusammenbrach, bevor er sich wieder fing und in einem Ton, den er neutral erscheinen lassen wollte, der aber seine Frustration verriet, fragte:

»Ihr geht also surfen?«

»Ja, klar, ein wenig.«

»Ein wenig, hör mir auf! Du wirst die Wellen deines Lebens mitnehmen, gigantische Wellen, Wellen von zwanzig Metern!«

»Du spinnst! Wellen von zwanzig Metern interessieren mich nicht die Bohne! Und warum nicht gleich dreißig, wenn wir schon dabei sind! Nein, nein, wir wollen nur zwei ruhige Wochen miteinander verbringen, Cindy und ich.«

»Wenn du mit Cindy zwei ruhige Wochen schieben willst, würdest du nicht nach Portugal fahren! Ihr wollt nach Nazaré, stimmt's?«

»Nein, wir fahren nach Sagres. Nazaré ist reines Selbstmordkommando.«

»Erinnerst du dich noch, als wir klein waren, da hatten wir uns vorgenommen, die Welle von Nazaré gemeinsam zu reiten ...«

Ich erinnere mich, natürlich erinnere ich mich. Ich habe zuvor gesagt, dass die Kindheit eine andere Geschichte sei, aber mir wird klar, dass mein Bruder meine Kindheit war, und dass von ihm zu reden bedeutet, zu ihr zurückzugehen. Nachts kroch ich häufig zu ihm ins Bett und wir sprachen mit gedämpfter Stimme unter der Decke. Stunden, in den wir die Heldentaten unserer Lieblingssurfer verglichen, Stunden, in denen wir uns unsere zukünftigen Reisen ausmalten, und riesige Wellen, die wir zu zweit meistern wollten. Wir berauschten uns an mythischen Namen wie Teahupoo, Cow Bombie, Jaws, Mavericks, Mullaghmore, und Nazaré, natürlich …

Ich musste erst aus nächster Nähe sehen, was es bedeutet, sich eine Monsterwelle vorzunehmen, um zu begreifen, wie unglaublich furchteinflößend das ist. Es war das Jahr meines sechzehnten Geburtstags. Es hieß, die Welle von Belharra wäre nach drei Jahren Schlaf wieder erwacht, und so zogen wir zusammen mit Freunden aus dem Surf-Club nach Socoa, um dort die besten Plätze zu kriegen. Thadée und Cindy waren dabei, klar, aber auch Maxime, Robinson und Arthur.

Man raunte, die Größen des Surfens seien zusammengekommen, was zu unserer Aufregung noch hinzukam und bei gewissen Typen, darunter auch, na klar, Thadée, Anlass zu echter Prahlerei gab. Allerdings war der Einzige, der sein Board und seinen Neo mithatte, Maxim, unser Lehrer. Gedrängt auf der Rückbank seines Vans, war uns vollkommen klar, dass keiner von uns das Niveau besaß, es mit Belharra aufzunehmen.

Max ließ uns an der Küstenstraße des Felsens zurück, um selbst zum Strand zu fahren, und ich sah mit einem kleinen Stich im Herzen dem Van nach, wie er sich entfernte. Er hatte uns gesagt, dass er ins Wasser gehen würde, und dabei durchblicken lassen, dass er noch nicht sicher war, ob er sich wirklich bis zum Peak der Welle schleppen lassen wollte. Hier muss man wissen, dass man sich zu XXL-Wellen hinziehen lässt, und nicht auf sie zupaddelt. Es sei denn, man selbst ist ein Monster, wie etwa Shane Dorian oder Nathan Fletcher. Der Vorteil beim Jet-Ski besteht darin, dass du an die perfekte Stelle des Peaks geführt wirst und bereits die Geschwindigkeit hast, die du brauchst, um mit so einem Koloss fertig zu werden, außerdem muss man keinen Take-Off mehr hinlegen, da man ja schon auf seinem Brett steht. Und es ist dann auch der Jet-Ski, der einen wieder aufsammelt, wenn man die Schleuder verlässt – falls man sie verlässt.

Belharra, das ist eine Welle, die weitab vom Strand bricht, etwa gut zwei Kilometer draußen im Meer. Und so zog ich das Fernglas meines

Vaters hervor, das er damals in den Bergen genutzt hatte, um uns die Murmeltiere und Gämsen zu zeigen. Ein Berg ... Das war genau der Eindruck, den diese Wellen auf mich machten, als ich sie nun beobachtete. Das Line-up erschien mir schlecht definiert und sehr langgestreckt: Keiner der Typen im Wasser zwang sich zu irgendeiner Gefahr, sie alle waren jeweils gut hundert Meter voneinander entfernt. Klar, dass das für uns eine Abwechslung zur baskischen Küste war ... Gute zwei Stunden lang beobachtete ich eine Bande Verrückter, die diesen gigantischen schwarzen, instabilen Wassermassen trotzten, auf denen sie selbst winzig klein wirkten. Ich erkannte niemanden, weder Maxim noch Alatz, seinen Jet-Ski-Kumpel, aber bei jedem Wipe-Out hatte ich den Eindruck, mit den Typen zusammen niederzugehen und eine Ladung schaumiger Kaskaden ins Gesicht zu kriegen. Man sah sie dann auch nicht wieder sofort hochkommen, einige von ihnen blieben sogar zwei aufeinanderfolgende Wellen unter Wasser, bevor sie vom Jet-Ski gesichtet und wieder zum Shore-Break gebracht wurden.

Dann irgendwann führte Cindy ihre Hand in meine Daunenjacke und ich drückte sie sehr fest:

»Ist dir kalt?«

»Ja, etwas, aber geht schon.«

»Hast du gesehen, die Typen sind echt krass, was?«

»Mmm ... Keine Ahnung. Ich glaube, ich kann sie verstehen.«

Ich blickte sie erstaunt an. Ihre Nase, ihre Nase, die ich so liebe, weil sie wie ein Blitz klar und grade ist, war rot vor Kälte, und ihre Augen glänzten vor lauter Aufregung, die sie vor mir gar nicht erst verbarg.

»Sag mir nicht, du glaubst, das zu können.«

»Ich bin noch nicht so weit. Aber ich hoffe, eines Tages werde ich es sein.«

»Aber Cindy, Wellen wie diese sind nicht surfbar.«

Lachend wies sie in Richtung offenes Meer, hinaus zu den riesigen Wellen, die unaufhörlich aufstiegen:

»Der Beweis liegt vor dir!«

»Ich meine damit, nicht für Sonntagssurfer wie uns.«

»Sprich von dir!«

»Und außerdem kenne ich keine einzige Frau, die Monsterwellen surft.«

»Die gibt es. Und wenn es sie nicht gibt, dann bin ich die Erste.«

»Im Ernst?«

Die Antwort kannte ich bereits: Cindy meint alles ernst, und redet nie nur so daher. Sie hat meine Gefühlsregung gespürt und sich beeilt, es mir klar und deutlich zu sagen:

»Ich werde dafür trainieren, Zachée. An Belharra kommst du nicht so ohne weiteres dran. Ich muss zunächst noch richtig Fortschritte machen, das ist mir klar. Aber unmöglich ist es nicht. Und ich habe Lust darauf, wirklich. Schon lange. Das wirkt einfach zu gut, weiß nicht, zu stark, zu keine Ahnung was!«

»Aber wir haben nie darüber geredet!«

»Ich rede jetzt darüber. Und ich rede darüber, weil ich will, dass wir es zusammen machen.«

Ich lachte, um mein Erstaunen und meine Fassungslosigkeit zu kaschieren. Ans Surfen von Monsterwellen habe ich nie ernsthaft gedacht. Ich habe davon geträumt, gewiss, aber ich habe nie gedacht, dass es was für mich oder Cindy sein könnte.

Wir fünf begannen mit dem Abstieg hinunter nach Socoa, in schnellen Trippelschritten, um uns aufzuwärmen nach diesen zwei oben an der Felskante verbrachten Stunden. Wir trafen Max und Alatz in einer Hafenbar. Sie waren mit dem Jet-Ski bis fast auf den Peak der Welle gefahren, hatten aber lediglich den anderen zugesehen:

Der schlimmste Swell, den ich je erlebt habe. Oh Mann. Die Wellen waren gut fünfzehn Meter hoch.

»Fünfzehn Meter? Das würde mich wundern ...«

»Ich schwör's dir: Es wird einem erst bewusst, wenn man da oben ist. Die sind ungeheuerlich.«

»Jo, schon klar, aber fünfzehn Meter, da übertreibst du dann doch ...«

Maxime schüttelte fatalistisch den Kopf ...

»Hör mal zu, ob nun fünfzehn Meter oder nicht, egal, wir haben ganz klar gespürt, dass das echt riesig ist und wir dafür einfach nicht gut genug sind. Außerdem war das Wasser eiskalt ...«

»Oh Mann, hast du den Typen im roten Neo gesehen, wie der ins Wasser gefallen ist! Den muss die Wucht der See ganz schön erwischt haben ... Sah' aus, als wär' der von 'nem Haus runtergestürzt.«

»Ja, den hat's richtig geknallt!«

»Bei solchen Wellen erreichst du eine Geschwindigkeit von mindestens fünfzig Stundenkilometern, mindestens!«

»Stell dir vor, du bist auf einer Skipiste, einer schwarzen, voller Höcker, mit denen du zu kämpfen hast ...«

»Er wurde gefilmt, oder?«

»Ja: eine Gruppe Australier hat ein Video gemacht.«

»Wer war der Typ? Kennst du ihn?«

»Nein, aber der kannte sich echt aus. Alatz meinte, der sei ein alter Hase, gute vierzig etwa.«

»Ein Australier?«

»Ja, ja. Na ja, danach war er jedenfalls nicht mehr dabei.«

»Wundert mich nicht. So ein Wipe-Out und du bist richtig groggy.«

»Wer echt erstaunlich gut war, ist Iban.«

»Der Kumpel von Arthur? War er da?«

»Ist er immer. Jedes Mal, wenn Belharra abgeht.«

»Na ja, ist ja auch nicht grade schwer: Der kommt aus Hendaye. Er muss nur vor seine Tür treten ...«

»Hast du gesehen, was der hingelegt hat? Echt krass, der Typ. Der zieht das durch, völlig ruhig, so nach dem Motto, ich mach das jeden Tag.«

»Tja, der muss trotzdem richtig sauer gewesen sein, ich weiß nicht, ob du's gesehen hast, aber als er zu sehr im Inneren der Welle war, wurde er von ihr verschluckt.«

»Klar haben wir das gesehen! Mann oh Mann, wir dachten schon, der kommt nicht wieder.«

»Wie der das hingekriegt hat!«

Hier muss man wissen, dass Surfer nach einer Session stundenlang reden, immer und immer wieder auf diese oder jene Welle zurückkommen, auf dieses oder jenes Manöver, und natürlich auf diesen oder jenen Wipe-Out. Das gehört zum Spaß am Surfen einfach dazu, aber merkwürdigerweise langweile ich mich recht schnell bei dieser Art von Unterhaltungen. Cindy hingegen weigert sich schlichtweg, an ihnen teilzunehmen, zieht sich zurück und hört nur zu. An jenem Tag hatte Thadée sich in den Kopf gesetzt, sie zu sticheln. Offensichtlich hatte er unsere Unterhaltung am Felsen mitangehört:

»Cindy, du willst also Monsterwellen reiten?«

»Ich denke darüber nach.«

»Aber mein armes Mädchen, meinst du, du wärest Ramón Navarro?«

»Es dürfte mir schwerfallen, mich für ihn zu halten, wo ich nicht einmal weiß, wer das ist.«

»Ein Surfer von Monstern. Ein echter. Einer, der die wahren Rampen nimmt, während du dich im Schaum amüsierst.«

»Aber ja wohl gut möglich, dass Ramón Navarro sich anfangs auch nur im Schaum amüsiert hat, wie jeder von uns.«

»Ganz gewiss, nur eben nicht an der Grande Plage!«

»Gut möglich, dass ich an der Grande Plage angefangen habe und in Teahupoo enden werde.«

Angesichts dieser ruhigen Selbstsicherheit verschluckt sich Thadée beinahe an seinem Bier.

»Du solltest vielleicht dein SUP mal sausen lassen.«

»Weißt du was? Ich habe die Absicht, Belharra mit dem SUP zu machen.«

»Armes Mädchen: Du wirst mit deinem Paddel wie eine Idiotin wirken.«

Cindy hat die Begabung, meinen Bruder auf hundertachtzig zu bringen. Ich weiß nicht, wie sie es macht, aber sie schafft das im Handumdrehen. Vielleicht, weil es ihr im Grunde egal ist. Sie lässt ihn meist mitten in einem Wortgefecht stehen, womit er dann das letzte Wort hat, und das ist meist derart verletzend, dass er sich auf die Zunge beißt. Bei Cindy das letzte Wort zu haben, bringt rein gar nichts: Sie lächelt einen ruhig an, nicht im Geringsten berührt von der letzten Erwiderung, plötzlich vollkommen gleichgültig gegenüber dem Gesprächsstoff. Und auch wenn sie nicht so wirkt, als suchte sie Ärger, unterstelle ich ihr doch, dass sie ganz genau weiß, wie sie auf den armen Thadée wirkt.

*

Vier Jahre sind vergangen, seit ich Belharra zum ersten Mal gesehen habe, und ich muss sagen, dass das, was mir damals unmöglich erschien, heute doch um einiges vorstellbarer ist. Ich denke immer häufiger darüber nach, Belharra und andere XXL-Wellen zu surfen. Nur ist dies ganz einfach das Letzte, was ich meinem Bruder gegenüber zugeben möchte. Einerseits, weil er es nicht unterlassen würde, meine Vorhaben in den Dreck zu ziehen, andererseits, weil er noch nicht bereit ist, auf ein Brett zu steigen. Das Surfen ist zwischen uns sogar zum Tabu geworden. Er weiß genau, dass ich an allen Wochenenden surfe, fragt aber nie, wie meine Sessions waren, und ich vermeide, das Thema mit ihm anzusprechen. Und doch könnte er damit wieder anfangen. Es gibt Prothesen, die auf Gleitsportarten und insbesondere aufs Surfen ausgerichtet sind. Meine Eltern lassen es sich nicht nehmen, ihn von Zeit zu Zeit daran zu erinnern. Meine Mutter durchlief zunächst eine Phase vehementer Ablehnung gegenüber dem Surfen und allem, was damit zu tun hat. Ich weiß, dass sie es sich nicht verzeiht, uns an der Surfschule angemeldet zu haben, als wir neun und zehn Jahre alt waren. In den Wochen, die auf den Unfall folgten, konnte sie gar nicht ausreichend harte Worte verlieren, um all die Verrückten zu verunglimpfen, die den Wellen trotzen, den Strömungen, den Felsen, den Haien ... Das ist heute anders: Sie spürt, dass das Leben an dem Tag wieder seinen Lauf aufnehmen wird, an dem ihr erstgeborener Sohn auf einem Parkplatz sein Brett wachsen wird.

Mein Vater und sie verbringen ihre Zeit im Internet damit, eine Dokumentation über die Procarve II, das Mauch-Knie oder den Variflex-Fuß zusammenzustellen. Vergebliche Mühe: Thadée wirft keinen Blick darauf und behauptet, mit seiner aktuellen Prothese zufrieden zu sein. Nur, dass diese vollgestopft ist mit Mikroprozessoren, die sich schlecht mit Wasser und schon gar nicht mit Salzwasser vertragen.

So sollte klar sein, warum ich mich hüte, meinem Bruder mitzuteilen, dass Cindy und ich uns nun wirklich Monsterwellen vornehmen wollen. Damit wir uns recht verstehen, »Monsterwellen« für sich genommen will nicht viel heißen. Einer der weisesten Ratschläge, den Maxime uns erteilt hatte, als wir mit dem Surfen anfingen, war, dass wir auf unser Gespür hören sollten:

»Wenn dir angesichts einer einsfünfzig hohen Welle flau im Magen wird, so passe: Sie ist dann zu schwer für dich. Es ist sowieso nie eine Frage der Höhe: Du kannst einen eineinhalb Meter hohen Brecher haben, der dir richtig auf den Sack geht, und dann viel größere, aber weitaus weichere Wellen, ohne kantige Schulter, die du problemlos reiten kannst.«

Im Sommer, als wir achtzehn waren, verbrachten Cindy und ich verhältnismäßig viel Zeit in Guéthary. Wir gingen sogar raus, ohne den Swell zu checken: Zwischen der Rechtslaufenden von Parlementia und der Linkslaufenden von Avalanche fanden wir immer unser Glück, auch wenn wir jedes Mal Stunden über Stunden mit Paddeln verbrachten. Vor allem für die Avalanche, deren Take-Off mindestens einen Kilometer draußen im Meer liegt.

Es war den ganzen Sommer über schön und wir genossen ideale Voraussetzungen: ein stets glassy Spot, ein ununterbrochener Wellengang, massig Leute im Wasser, ohne dass es am Peak Krieg gegeben hätte, und vor allem Wellen, die bis zu fünf, sechs Meter erreichen konnten, sich aber ohne viele Trümmer reiten ließen. Ein Traum.

In jenem Sommer ließ sich Cindy mit Roy ein, einem gestählten neuseeländischen Schauermann, der ihren Stil mochte und ihr Tipps gab für ihre Fortschritte. Zudem war er um die ganze Welt gereist und brachte uns mit seinen heißesten Surf-Tipps zum Träumen. Ihm zufolge waren Raglan und Gisborne tatsächlich das Gelbe vom Ei:

»Ach echt, die Kiwis surfen?«

»You don't even imagine!«

»Und Hawaii? Warst du da?«

»Klar! Und you know what, Parlementia erinnert mich sehr an Sunset-Beach.«

»Wirklich? Na dann, dann müssen wir erst gar nicht nach Hawaii, wie's aussieht!«

Cindy zwinkerte mir zu, als wollte sie sagen: Siehst du, wir sind hier am rechten Fleck, wir haben hier die schönsten Wellen der Welt: Selbst die Neuseeländer kommen zu uns. Ende August dann verließ uns Roy mit einem herzlichen Hug und ermutigenden Worten:

»You're good, guys. You're really good. Especially you, baby-girl.«

Er schloss Cindy in seine Arme, wobei er seinen Schritt gefährlich dicht an den goldbraunen Bauch meiner Freundin brachte. Nicht von gestern, befreite sie sich lachend aus seiner schmierigen Umarmung. Was nichts daran ändert, dass er recht hatte: Innerhalb eines Sommers haben wir beide meisterhafte Fortschritte gemacht, sie aber, sie war richtig gut. Und heute ist sie schlichtweg beeindruckend. Sie hat Thad weit hinter sich gelassen. Er weiß es, würde sich jedoch lieber verrenken als es zuzugeben, aber wie auch immer, seit dem Unfall ist jeder Wettbewerb zwischen den beiden vorbei. Laut Jéré, mit dem ich darüber sprach, könnte Thadée mit einer entsprechenden Prothese tatsächlich surfen, würde aber nie mehr sein früheres Niveau erreichen:

»Wohlgemerkt, er würde nicht bei null anfangen, klar, er wäre weitaus besser als viele andere Typen, aber tja, mit den Aerials wäre es vorbei.«

»Das soll wohl ein Witz sein! Ich glaube kaum, dass Thad surfen würde, ohne seine Manöver machen zu können.«

Jéré wirkte ratlos.

»Hör zu, Großer, ich kann dazu auch nicht mehr sagen, ich kenne einfach keinen Surfer, dem ein Bein fehlt, aber ich denke mal, es dürfte schwierig werden, einen Flip mit Prothese zu versuchen.«

Ich wechselte lieber das Thema. Bevor er allerdings irgendwas versuchen sollte, müsste mein Bruder überhaupt mal wieder vor die Tür wollen, zum Strand runter, schwimmen gehen, und dann irgendwann auch wieder aufs Brett. Aber es stimmt schon, Thads Surfstil ist sehr luftig und spektakulär. Am meisten liebt er es, von der Welle abzuheben und seine Manöver und Drehungen aneinanderzureihen. Jéré gleicht ihm darin. Cindys Surfstil ist das genaue Gegenteil. Obwohl sie vom Skaten kommt und man nur darauf warten darf, dass sie die Figuren im Wasser wiederholt, die sie auf dem Beton gelernt hat. Aber die lange, weite Gleitbahn war ihr schon immer lieber als irgendwelche Manöver: Sie verliert niemals den Zug der Welle, sie vermählt sich mit ihr, verschmilzt mit ihrer gleitenden Masse, ahnt ihren Sog, sieht ihr Brechen voraus. Thad ist gut, Jéré noch besser, aber die beiden können etwas Aggressives ausstrahlen, ganz so, als wollten sie die Wellen zerreißen mit ihren Rollers, Floaters und nervösen Landungen. Cindy erschafft was ganz anderes, letztlich liebt sie das Surfen nach alter Schule: auf ihr Longboard steigen, den Hang ten machen, hop, die Zehen für den Moment einer schwebenden Sekunde über der Nose, bevor sie den Shore-Brake mit seiner aufschäumenden Gischt erreicht.

Was mich betrifft, so bin ich zwischen zwei Stilen unentschieden: Ich ziehe weniger Show ab als mein Bruder, ohne jedoch die Anmut, den Fluss, den Erfindungsreichtum meiner Liebsten zu haben.

Anmut hin oder her, ich fühle mich bereit, Monsterwellen zu surfen. Cindy hat mich davon überzeugt, vor allem aber hat sie mich mental und physisch darauf vorbereitet. Die mentale Vorbereitung ist ihr Ding: Zusätzlich zum Yoga hat sie sich mit autogenem Training befasst, und ich muss sagen, dass meine anfängliche Skepsis durch unsere Fortschritte pulverisiert wurde. Wir hatten uns anfangs dutzendweise Videos angesehen: Nazaré, Jaws, Pipeline, Surfen von Monsterwellen, das ist echt faszinierend und an Bildern dazu fehlt es auf YouTube nicht.

Wir beide durchliefen eine recht zwanghafte Phase, in der wir mehr Zeit damit verbrachten, uns die Manöver von Mark Mathews oder Tikanui Smith anzusehen, als uns selbst der Welle zu stellen. Langsam, aber sicher jedoch nahmen wir die Gewohnheit an, mental überall zu surfen, uns Take-Offs vorzustellen, uns Flugbahnen zu visualisieren, während wir liefen, skateten, Rad fuhren. Selbst während der Kurse an der Uni passierte mir das manchmal, und ich musste mich regelrecht zusammenreißen, damit nicht mein ganzer geistiger Raum von immer monströser werdenden Wellen überschwemmt wurde, die ich rücklings ritt.

Da wir parallel dazu im Schwimmbad Tauchen trainiert und unsere Arme in der Muckibude auf Vordermann gebracht hatten, gewannen wir an Selbstvertrauen, und nach ein paar Monaten war das Undenkbare denkbar geworden: Ich sah mich ununterbrochen eindrucksvolle Wellen hinuntersausen, ihrem Brechen ausweichend, den tosenden Ozean besiegend.

Zu diesem Zeitpunkt begannen wir auch, uns Wellen zu stellen, die, ohne wirklich mächtig zu sein, uns doch Angst einflößen konnten, und von denen wir uns nie vorgestellt hätten, sie eines Tages surfen zu können. Cindy brachte mir bei, mich von der Angst nicht niedermachen zu lassen, im rechten Moment die richtigen Gefühle zu versammeln, diese Mischung aus Selbstvertrauen und Erregung, die mir erlaubte, die Spannungen aufzulösen, und mit der Welle, dem Wellengang, der Gischt zu spielen, wo ich mich früher vor lauter Angst nur verkrampft hätte.

Wir sind sogar mehrmals nach Belharra zurückgekehrt. Den Ortsansässigen zufolge ist die Welle seit drei Jahren nicht wieder erwacht, aber, glauben Sie mir, selbst schlummernd bleibt sie eine Herausforderung, und das erste Mal, als wir sie in Angriff nahmen, haben wir es nicht weit gebracht.

Und jetzt, jetzt ist es wirklich denkbar geworden, dass wir im Sommer Nazaré versuchen. Natürlich werden wir uns nicht, sollten die Wellen wirklich gigantisch sein, bis zum Peak vorwagen, aber an einem mythischen Spot einige XL-Wellen zu nehmen, gehört doch zu unserem Plan.

Thadée weiß nichts davon. Letztendlich sind wir die letzten zwei, drei Jahre kaum gemeinsam gesurft. Trotzdem sind ihm unsere Fortschritte nicht entgangen, und ich frage mich sogar, ob sein Surf-Trip nach La Réunion nicht dem Wunsch entsprang, uns auf diesem Gebiet ein-, wenn nicht sogar zu überholen. Zwischen einem Typen, der über sechs Monate lang jeden Tag surft, und einem, der sich mit ein paar Sessions am

Wochenende zufriedengibt, geht die Schere ziemlich schnell auseinander. Als wir auf der Insel ankamen, hatte er im Übrigen eiligst dafür gesorgt, dass wir seine Fortschritte bewundern konnten, und eine ganze Reihe Manöver hingelegt: Snaps, Aerails, Rollers, Floaters, Switch-Foot und so weiter und so fort. Er und Jérémie haben sich genau darin gefunden, in diesem Hang zur Wichtigtuerei und dieser verschärften Form von Wettkampf.

Im Gegensatz zu meinem Bruder bin ich kein Freund des Wettstreits: Meine Ängste und Blockaden zu überwinden, interessiert mich um einiges mehr, als meine Freunde zu übertrumpfen. Typen vom Schlage Thadées amüsieren mich eher als dass sie mich stören. Ich habe gelernt, bei ihrem Spielchen nicht mitzumachen – die einzige Methode, vor ihnen Ruhe zu haben.

Ich war meinem Bruder gegenüber stets loyal, habe ihm stets den Vortritt gelassen. Ich wusste immer, dass er allen Raum und alles Licht für sich brauchte, und dass es für ihn wesentlich war, in allem als Bester anerkannt zu sein. Mit anderen Eltern wäre mir dieser Platz des ewig Zweiten vielleicht schwerer gefallen, aber unsere haben stets darauf geachtet, dass ich von meinem brillanten Bruder nicht in den Hintergrund gedrängt wurde, so dass ich es tatsächlich schätzte, der Jüngere zu sein, derjenige, der nicht als Beispiel herhalten musste, und von dem man vielleicht sogar etwas weniger erwartete.

Der Unfall ereignete sich zu dem Zeitpunkt, als ich die Entscheidung gefällt hatte, im Allgemeinen und insbesondere meinem Bruder gegenüber weniger cool zu sein, weniger entgegenkommend. Ich hatte die Schnauze voll davon, ihn zu schonen, ihm seine untragbaren Äußerungen und Handlungen durchgehen zu lassen. Ich glaube, Cindy hatte mir hier als Prüfstein gedient. Ohne dass sie je mit mir darüber gesprochen hätte, spürte ich doch immer wieder ihre Verzweiflung, ja, ihre stillen Rachegelüste Thadée gegenüber. Er verhält sich zu ihr, das muss gesagt sein, grenzwertig, er reizt sie permanent, stichelt, versucht, sie niederzumachen. Und so sehr ich es auch hinnehme, von ihm verbal eins in die Fresse zu kriegen, so wenig ertrage ich es, wenn er Cindy ins Visier nimmt. Wenn wir uns in den letzten Jahren mal gestritten haben, dann wegen ihr, da ich sie sofort in Schutz nahm – wobei sie sich, nebenbei gesagt, sehr gut selbst verteidigen kann.

Nach dem Unfall allerdings legte ich den Rückwärtsgang ein. Thadée gegenüber schweige ich wieder: Ich reagiere nicht auf seine Dummheiten, auf sein sarkastisches Gelächter, auf seine Zwischentöne – auf all seine kleinen Gemeinheiten, an die er mich gewöhnt hatte und die mir unerträglich geworden waren. Ich vermeide die gefährlichen Themen: Jasmine, das Studium, das Surfen … Und so zögerte ich auch, Thad von Anouks und Jérémies Aufenthalt in Biarritz zu erzählen. Aber entgegen meiner Erwartung nahm er es gut auf:

»Ah, dieses Arschloch ist hier? Hat er die Schnauze voll davon, seine Kunden zwischen Tiger- und Bullenhaien Slalom fahren zu lassen?«

»Das Surfen wurde auf La Réunion verboten, wie du weißt. Und Jérémie kann ohne Surfen nicht leben.«

»Jo, das behauptet man leicht. Ich könnte das von mir auch behaupten. Aber schau, ich lebe. Oder besser, ich überlebe.«

»Thadée, du allein entscheidest, wieder normal leben zu wollen.«

»Du mischst dich da nicht auch noch ein.«

»Doch, tue ich, ganz bestimmt. Verdammte Scheiße, schau dich mal an, du bist gar nicht mehr wiederzuerkennen, weil du deinen Arsch so gut wie nie hochkriegst.«

Es stimmt, er ist kaum noch wiederzuerkennen: In den letzten sieben Monaten hat er zehn Kilo zugenommen und seinen Teint ebenso verloren wie sein strahlendes Blond, die er dem Doppeleffekt von Sonne und Meer zu verdanken hatte. Außerdem lässt er sich sein Haar nicht schneiden, er wäscht es so gut wie gar nicht mehr, und so hängt es in fettigen, wirren Strähnen an ihm herab.

Er blickt mich finster an, zum ersten Mal seit dem Unfall jedoch entfacht sich in seinen Augen etwas, eine Art unbestimmter Glut.

»Was soll ich deiner Meinung nach denn tun?«

»Du solltest ausgehen, laufen, dich bewegen, ins Wasser gehen. Es ist schon richtig warm, wirklich. Und du solltest mal wieder mit ein paar Freunden im Unik ein Bier trinken.«

»Mit welchen Freunden? Mich kommt kaum wer besuchen, ich weiß nicht, ob dir das aufgefallen ist.«

»Du hast dich ein wenig abgekapselt, oder?«

»Wenn du meinst ...«

»Also gut, kommst du?«

»Wie, ob ich komme?«

»Cindy, Jordy und ich, wir gehen zum Cavalier.«

»Geht ihr surfen?«

»Wir dachten eher an den Skatepark. Jordy hat angefangen zu skaten. Baden gehen können wir trotzdem, falls du Bock darauf hast.«

»Okay.«

Ich traute meinen Ohren nicht, tat aber so, als wäre alles normal, und gab ihm Zeit, sich vorzubereiten. Zwei Stunden später waren wir vier am Cavaliers. So wie ich, ließ sich auch Cindy nichts anmerken, als sie Thadée auf sich zukommen und auf die Rückbank ihres alten Yaris klettern sah. Ich zog meinen Sitz so weit wie möglich nach vorn, Thadée ließ sich längs auf der Rückbank nieder, um sein rechtes Bein ausstrecken zu können. Der arme Jordy schielte auf die so ausgestellte Prothese, drückte sich gegen die Tür und schwieg die ganze Fahrt über.

Kaum waren wir im Skatepark angekommen, blieb er neben uns sitzen, sein nagelneues Bord an die Brust gedrückt. Das Skaten war Cindys Idee. Sie meinte, ihr Bruder sollte damit anfangen, und bringt es ihm seit einiger Zeit auch bei, damit er keine allzu schlechte Figur abgibt. Bislang hat er sich noch nicht unter andere Skater gewagt, ihm scheint diese Vorstellung nicht wirklich zu behagen.

Jordy ist zehn Jahre alt. Cindys Eltern haben ihn spät bekommen – und wider alle Erwartung, hassen sie einander doch und verschwenden ihre Zeit damit, sich gegenseitig fertigzumachen. Cindys Hypothese lautet, dass sie im Augenblick der Zeugung des armen Jordy stinkbesoffen gewesen sein mussten. Als sie von zuhause weg ist, hätte sie ihn beinahe mit zu ihrer Großmutter genommen, anstatt ihn bei völlig entkräfteten, ja stark toxischen Eltern zurückzulassen. Aber sie war damals sechzehn, er sieben, es war schlicht nicht möglich.

Trotzdem, sie hat es mir schon lange angekündigt: An dem Tag, an dem sie eine Arbeit findet, wird Jordy bei ihr leben, und das ist nicht verhandelbar. Es trifft sich gut: Ich mag diesen Knirps beinahe genauso gern wie meine eigene Schwester. Ysé. Die beiden sind gleich alt, aber der Unterschied zwischen ihnen ist frappierend und für Jordy grausam. So sehr meine Schwester fein ist, körperlich wie geistig lebendig, so sehr ist dieser arme Jordy schwer, plump, mit sich selbst belastet. Cindy ist noch immer stinksauer auf ihre Eltern, die ihn mit Scheiße vollgestopft und unerträglich gemästet haben.

»Mit mir haben sie das Gleiche gemacht. Essen heißt für meine Mutter: Spaghetti carbonara, Fritten, Nuggets, das pure Gegenteil von Fasten! Und als Nachtisch Eis und Cookies. Und dann ziehen die sich auch noch literweise Cola rein. Und niemand sagt zu Jordy, dass er sich mal zurückhalten soll: Wenn er drei Jogurts essen will, isst er drei Joghurts; wenn er die Packung Kekse aufessen will, isst er sie auf. Und da soll er nicht fett werden wie ein Schwein!«

Und es stimmt, Jordy ähnelt einem Milchferkel mit seiner rosigen Schnauze, seinen gutmütigen Augen und seinem kleinen fleischigen, flaumigen Körper. Und wenn er seinen schwabbelnden Wanst auch unter XL-T-Shirts versteckt, seine Fettleibigkeit lässt sich zu Cindys großem Kummer nicht kaschieren.

»Verdammte Scheiße, Jordy, du hast schon wieder zugelegt. Kannst du nicht ein bisschen besser darauf achten, was du in dich hineinfrisst? Was habe ich dir denn gesagt?«

»Ja, aber ich mag einfach kein Gemüse.«

»Streng dich halt an.«

»Maman hat gesagt, dass Fritten Gemüse sind.«

»Ich weiß, was Maman sagt. Spielst du denn zumindest noch Volleyball?«

»Nö.«

»Warum denn nicht?«

»Mir tun die Knie weh. Ich kann nicht mehr springen.«

Gespräche wie diese haben Cindy und ihr Bruder jedes Mal, wenn sie sich sehen, also beinahe an allen Wochenenden, da sie versucht, ihn so häufig wie möglich aus dem familiären Schlammloch zu ziehen.

Man kann nicht behaupten, dass zwischen ihm und Ysé die Sache rund liefe. Sie ist zu stark für ihn, er ist sich dessen bewusst und schwankt zwischen Faszination und mieser Laune. Anfangs versuchte sie noch, ihm ihr japanisches Zeichenpapier zu leihen, oder ihn mit ihrer Leidenschaft für Insektenkunde anzustecken, als sie sich eine Zeitlang für Schmetterlinge und Käfer begeisterte, aber er kann weder gut zeichnen, noch interessiert er sich für Insekten, außer wenn es darum gehen sollte, einen Ameisenhaufen zu fluten oder eine Küchenschabe zu zerquetschen.

Und doch ist er ein netter Junge, und hinter seinen noch unausgegorenen Zügen, hinter seinen konformistischen und naiven Äußerungen erkenne ich den guten Kerl, der er als Erwachsener sein wird – wenn seine Eltern ihn nicht verpfuschen.

Im Moment tut es weh, ihn anzusehen, wie er sich, so rosa und verschwitzt unter der mitleidslosen Junisonne, davor scheut, mit den anderen im Park zu skaten. Und doch weiß er, laut Cindy, wie's funktioniert. Sie findet ihn sogar begabt.

»Also, Jordy, was ist jetzt?«

Er sagt in weinerlichem Tonfall, dass ihm warm sei, dass er Durst habe und letztendlich nicht skaten wolle. Ich spüre Cindys Verzweiflung, sehe aber, wie sie versucht, ruhig zu bleiben. Jordy kriegt zuhause genug auf die Fresse, es bringt also nichts, ihn anzubrüllen.

»Willst du lieber schwimmen?«

»Ja.«

Thadée wohnte diesem Wortwechsel bei, ohne sich an ihm zu beteiligen, hat sich aber ruhig von dem Mäuerchen erhoben, auf dem er saß, um mit uns zum nahegelegenen Strand zu humpeln. Ich lasse ihn gern etwas Vorsprung gewinnen, und wühle nur dem Schein nach in meinem Rucksack, in den ich unsere Sachen gestopft habe. Er hinkt, natürlich. Man hatte ihn darüber aufgeklärt, dass er es ein Leben lang tun werde, dass das

Hinken aber im Laufe der Zeit abnehmen würde. Er trägt eine unförmige Bermudashort für Surfer, sodass jeder sehen kann, dass er eine Prothese hat. Und die will weder ästhetisch sein noch täuschend echt wirken. Ich weiß, dass man ihm eine Silikonbeschichtung vorgeschlagen hat, bei der die Farbe und Textur seines Fleisches wunderbar imitiert wird, er diese aber äußerst vehement von sich wies:

»Eine Prothese fürs Sozialleben nennen die das! Was eigentlich lässt die glauben, dass ich noch Lust hätte, ein Sozialleben zu führen?«

Er könnte sich mal fragen, was das mit uns macht, wenn wir ihn so auf dieser Art Rohr wie ein verfluchter Captain Hook rumstapfen sehen. Aber anscheinend sind wir seine geringste Sorge, wir, seine Familie. Er hat sich vollkommen in sein Leid zurückgezogen, sich verschlossen in eine kleine Blase aus Groll und Zynismus, in der wir nicht existieren.

Am Strand gebe ich mir Mühe, die Handtücher auszubreiten, die noch frischen Bierdosen rauszuholen und Jordys Leibesfülle einzucremen, während ich ihm klare Anweisungen erteile:

»Schwimm nicht zu weit raus, du weißt, dass es hier Strömungen gibt.«

Er hebt merkwürdig begeistert den Kopf:

»Ja! Weiß ich! Es ist sogar ein Mann ertrunken, haben sie in den Nachrichten gesagt!«

»Er ist nicht hier ertrunken.«

»Ist er doch!«

Jordy hat neben seinem Übergewicht auch noch eine schrille Stimme, deren Höhen unangenehm in den Ohren dröhnen. Ich merke sofort, dass Thadée genervt ist und bemühe mich, Jordy so schnell wie möglich ins Wasser zu zerren. Er trippelt hinter mir her, die Wülste an Hüfte und Bauch schwabbeln plump über seine viel zu kleine Badehose.

Als Cindy uns in die Wellen folgt, ist sie regelrecht entrüstet:

»Verdammte Scheiße, sie könnten ihm echt mal 'ne Badehose in seiner Größe kaufen!«

»Ich hab zuhause massenweise, ich werd ihm eine geben, mach dir keine Sorgen.«

»Schau ihn dir an, das ist echt peinlich!«

Und tatsächlich liefert Jordy in seiner ihm ins Fleisch schneidenden Badehose und mit der kindlichen Freude, mit der er in den Wellen tobt, springt und taucht, ein ziemlich groteskes Schauspiel – was einer Bande gleichaltriger Knirpse nicht entgeht, die auch sofort grinsen und sich über ihn lustig machen. Walross, Seeelefant, Ohrenrobbe, die Qual der Wahl an möglichen Meeresmetaphern ist ihnen eine pure Freude, und sie genießen es. Zum Glück kommen große Wellen rein und entlocken den Badenden laute Freudenschreie, die das Gespött der Knirpse übertönen – auch wenn es Cindy nicht entgangen ist.

Weiter hinten am Peak bemerke ich eine Staffel Surfer, Body-Boarder und Stand-up-Paddler. So ist das jeden Sonntag. Und doch ist Les Cavaliers kein Strand für Anfänger. Man hat es eher mit aggressiven Wellen zu tun, und ich habe mir hier einige denkwürdige Wipe-Outs eingefangen.

Jordy kommt plötzlich auf uns zu, seine wulstigen Lippen beben:

»Gehen wir?«

»Wie, jetzt? Hast du schon genug?«

Er blickt zu Boden, aber zu spät: ich kann die schweren Tränen sehen, die aus seinen Augen kullern. Auch Cindy begreift sofort, was los ist, und fasst ihren Bruder herzlich an den Schultern:

»Gut, komm, wir gehen zurück zu Thadée. Und wenn du Hunger hast, essen wir ein Eis. Minze-Schokolade, wie du es liebst. Oder ein Magnum Vanille.«

Doch selbst diese verlockende Aussicht kann ihn nicht aufheitern. Ich habe keine Ahnung, was genau er gehört oder verstanden hat, aber er ist sichtlich verletzt und schlurft hinter uns her, bis wir unseren Platz mit den Badetüchern erreichen, wo sich Thadée nicht von der Stelle gerührt hat. Während Cindy entschlossen ihren Bruder hätschelt und seine Schirmmütze zurechtrückt, wird mir der Zustand unserer beiden Körper bewusst. Das Surfen, das Yoga und ein Jahr sanftes Krafttraining haben uns in Bestform gebracht. Im Gegensatz zu dem ihres Bruders ist Cindys Bauch ein gehämmertes, goldflaumfunkelndes Felsplateau; ihre Schultern sind rund, fest, glatt; ihre Bänder zeichnen sich deutlich in ihren

Kniekehlen ab und ihr Hintern wölbt sich köstlich in ihren Shorts. Was mich betrifft, so stelle ich klar fest, dass ich der Vorstellung entspreche, die sich jeder von einem Surfer macht: ein kerniger Typ, gebräunt, das Haar von Sonne und Salz gebleicht. Ich denke so gut wie nie über mein körperliches Erscheinungsbild nach, aber hier, zwischen diesem armen Jordy, der still unter seiner Schirmmütze weint, und dem erschlafften Thadée an meiner Seite, bin ich doch gezwungen, darüber nachzudenken. Umso mehr, als ich den Blick meines Bruders auf meinem Hintern ruhen fühle, auf meinem Oberkörper, meinen Beinen. Er hat mich schon lange nicht mehr in Badehose gesehen, und es dürfte ihm klar werden, dass ich an Muskeln zugelegt habe. Er hat seine verloren, natürlich. Nicht nur dass sein rechter Schenkel verkümmert ist, sein ganzer Körper macht den Eindruck, weniger kompakt und fest zu sein. Zudem sind seine Augen merkwürdig verquollen und rot umrandet. Gleichgültigkeit an den Tag legend, werfe ich ihm einen schnellen Blick zu, und was ich, bevor er seinen Ausdruck unter Kontrolle hat, in seinen Augen lese, verschlägt mir den Atem: Hass. Purer, von Verzweiflung kaum gedämpfter Hass.

Mich zu Cindy umwendend, vergrabe ich mein Gesicht in ihren Nacken und hauche ihr zu: »Rette mich!« Sie reagiert nur mit einer kaum wahrnehmbaren Anspannung ihres ganzen Körpers, und der Täuschung halber nehme ich eine ihrer Locken in den Mund und sauge das Meerwasser aus ihr heraus, mit dem sie vollgesogen ist.

»Mmmh! Köstlich! Jordy, hier, musst du mal probieren! Das schmeckt besser als jedes Magnum! Mmmh!«

Jordy schnäuzt sich sein Näschen und blickt mich erst erstaunt, dann herzlich lachend an, da ich übertreibe und so tue, als würde ich mir die Lippen genüsslich lecken. Merkwürdig doch, wie einfach Kinder vom Weinen zum Lachen wechseln können und umgekehrt. Jordy hat schon vergessen, dass er eben erst als Walross beschimpft wurde, und es gelingt mir, ihn wieder ins Wasser mitzunehmen. Ich weiß, wie sehr Cindy sich wünscht, dass er sich körperlich verausgabt, damit er zumindest etwas von all dem Fett verliert, das er der Nachlässigkeit seiner Eltern zu verdanken hat. Während wir so in der Gischt und unter der Sonne herumspringen, wir beide wie benommen vom Geschrei um uns herum und dem Rauschen des Windes in unseren Ohren, diesen Strandgeräuschen in ihrer großen Fülle, die meine Kindheit begleiteten und die ich über alles liebe, spüre ich doch, wie schmerzhaft mir das Herz verkrampft. Ich bin keine zehn Jahre mehr alt, und um vergessen zu können, was ich in den Augen meines Bruders gelesen habe, muss Zeit vergehen.

Merkwürdigerweise scheint dieser erste Ausflug nach Monaten der Zurückgezogenheit auf Thadée die Wirkung eines Elektroschocks zu haben. Falls diese Wirkung nicht doch eher und leider dem grausamen Vergleich unserer in der Sonne ausgestreckt daliegenden Körper geschuldet ist. Er ging vor sich hin brummend nachhause, darüber fluchend, dass in die Fuge seiner Prothese Sand gedrungen sei und das seinen Stummel irritiert habe, noch am selben Abend aber ließ er uns wissen, dass er sich eine zweite Prothese anfertigen lassen wollte, eine für Sport geeignete, besonders für Gleitsportarten.

»Ich werde mich körperlich wieder fit machen. Laufen, schwimmen. Und das Surfen, na ja, das werden wir sehen, aber warum eigentlich nicht?«

Die Eltern haben die ganze Zeit auf nichts anderes gewartet, und ich sah deutlich, wie Mi Tränen in die Augen traten, als er uns seine Entscheidung kundtat.

Schon am nächsten Morgen ging er zum Friseur und kam mit kurz geschnittenem, beinahe geschorenem Haar zurück. Den ganzen Tag über machte er sich in seinem Zimmer zu schaffen, räumte auf, reinigte, lüftete diesen in den letzten sechs Monaten zur Kloake verkommenen Raum, Monate, während derer er sich Kippe um Kippe, Joint um Joint rauchend eingesperrt hatte und so völlig ungeniert alle elterlichen Verbote überschritt, ohne dass auch nur irgendwer gewagt hätte, dagegen etwas zu sagen.

Wenn ich behaupte, dass meine Eltern sich seit dem, was wir den »Unfall« nennen, verändert haben, so ist das untertrieben – mangels eines besseren Ausdrucks. Vor allem was meine Mutter betrifft. Sie, die derart strikt, derart prompt und in gewissen Fällen sogar regelrecht übergriffig war, wenn es galt, unsere Verstöße zu geißeln, sie heißt nun, man höre und staune, die unter ihrem Dach unzulässige Abweichung von der Norm gut: rauchen, trinken, sich nicht waschen, im Bett rumhängen ... Dass Thadée das alles heute erlaubt ist, besagt viel über die Gefühle, die sie empfindet, die wir alle empfinden, diese Mischung aus Mitleid und Schuldgefühl, die uns dazu drängt, das Inakzeptable zu akzeptieren.

Ich habe mehrmals versucht, mit ihr darüber zu sprechen, mit ihr und auch mit meinem Vater, mehrmals habe ich ihnen zu sagen versucht, dass wir Thadée möglicherweise einen Bärendienst erwiesen, wenn wir zulassen, dass er sich so in sein zugequalmtes Schlupfloch verkriecht. Und dass wir Ysé mit diesem Bruder kein gutes Vorbild liefern würden, mit diesem aus der Schule, aus dem gesellschaftlichen Leben herausgefallenen Bruder, der keine der Regeln mehr befolgt, denen uns unsere Eltern ein ganzes Leben lang streng unterwarfen: tägliches Duschen, feste Essenszeiten, sinnvoll genutzte Freizeit.

Aber auch mein Vater hat sich verändert. Erstens ist er sehr viel häufiger zuhause: Er geht später zur Arbeit, macht früher Feierabend, und kommt sogar mittags heim, um mit meiner Mutter zu essen. Auch joggt er weniger. Vor dem Unfall, da widmete er dreiviertel seines Wochenendes seinem sakrosankten *Running*. Gewiss, er verbrachte schon immer wenig Zeit mit der Familie, und meine Mutter warf ihm das auch gerne vor, aber zumindest kam er dann entspannt nachhause, anstatt permanent gereizt zu sein, wie es jetzt der Fall ist. Im Übrigen ist er anwesend, ohne präsent zu sein. Die meiste Zeit starrt er ins Leere und schenkt uns nur eine zerstreute Aufmerksamkeit.

Man spürt, dass er sich seit Thadées Unfall vorgenommen hat, uns von nun an mehr Zeit zu widmen, ein besserer Vater und besserer Ehemann zu sein. Man spürt es, weil sein neues Verhalten etwas Erzwungenes und Künstliches hat. Er fragt uns, Ysé und mich, voller Sorge, wie unser Tag gelaufen sei, aber er hört kaum zu, äußerst sich nur mit hohlen und konventionellen Phrasen über die Notwendigkeit, gut zu arbeiten und während des Unterrichts aufzupassen. Was bei Ysé ja noch angeht, aber bei mir, der ich im zweiten Jahr Medizin bin ...

Auch zwingt er sich, Tag für Tag ein kurzes Gespräch mit Thadée zu führen, aber ich habe den Eindruck, dass Thad sich ihm genauso wenig öffnet wie mir. Er wirkt danach meist noch mutloser, zeigt eine noch betrübtere Miene. Auch scheint mir, dass er sich gehen lässt. Er, den ich immer nur gestriegelt und gebügelt kannte, äußerst korrekt in seinen Bundfaltenhosen und enganliegenden Oberhemden, er trägt inzwischen unter der Woche die Klamotten, die er sonst den Sonntagen vorenthielt, sprich Jeans und Sweaters. Und er trinkt. Ach, nicht viel: ein Glas Wein zu Tisch, einen Whiskey, wenn er heimkommt, aber na ja. Cindy hat mich ausgelacht, als ich ihr davon erzählte:

»Wenn's nicht mehr ist, dann mach dir mal keine Sorgen! Du willst nicht wissen, was meine Mutter an einem einzigen Tag alles in sich reinschüttet! Und bei meinem Vater ist's noch schlimmer! Tja, ganz einfach, ich wüsste nicht, wann ich die beiden das letzte Mal nüchtern gesehen habe!«

»Cin, mein Vater trank nie beim Essen! Und erst recht nicht abends, wenn er nachhause kam! Das ist neu, verstehst du! Würdest du dir da keine Sorgen machen?«

Meine Mutter hat auch ihren Schlag abgekriegt, klar. Nicht, dass sie sich in ihrem Kleidungsstil gehen lassen würde, nein, im Gegenteil: Wenn mein Vater dazu tendiert, sich zu vernachlässigen, so reagiert meine Mutter mit einem Auswuchs an Eifer, übertreibt mit ihrer Schminke und ihren Föhnwellen, kombiniert sorgsam Jacken mit Hosen und Schuhen, als dürfte man keinen Geschmacksfehler durchgehen lassen. Das Ergebnis ist ... aggressiv. Außerdem machen Make-up und Föhnwellen sie älter, aber wie soll man ihr das mitteilen, ohne sie zu kränken? Ich denke mal, dass ihr es eine gewisse Sicherheit schenkt, wenn sie ihre Twinsets bügelt, in ihre gründlich gewachsten Pumps schlüpft und ihre Lippen gewissenhaft weinrot bemalt, was ihr überhaupt nicht steht – meine Mutter ist ungeschminkt viel hübscher.

Kurz, ich nehme es Thadée übel, dass er die Menschen nicht mehr schont, die ihn lieben, und dass er nicht sehen will, wie die ganze Familie seit seiner Amputation aus dem Leim geht. Abgesehen von Ysé, natürlich. Ysé hat die letzten sechs Monate durchlaufen, ohne dass sie besonders mitgenommen wirkt. Ganz so, als würde sie Thadée nicht lieben. Übrigens hat sie mich, wenn ich es mir recht überlege, immer offen bevorzugt, indem sie mich mit merkwürdigen Geschenken überhäufte, Geschenke, von denen nur Ysé denken kann, dass sie mir gefallen würden, mir oder wem auch immer: eine getrocknete Eidechse, eine lackierte Kastanie, die Zange einer Krabbe am Ende einer Schnur ...

»Ja, hübsch, aber was soll ich damit anstellen?«

Sie schaut mich jedes Mal mit großem Interesse an, als ob mein Geschmack für sie nicht nachvollziehbar wäre:

»Wie jetzt? Gefällt es dir nicht?«

»Nein, um es dir klipp und klar zu sagen, es gefällt mir nicht. Ich finde es sogar ein bisschen ekelhaft. Außerdem stinkt es!«

»Das liegt daran, dass es noch nicht ausreichend verrottet ist: Ich werde es noch zwei oder drei Tage in die Sonne legen, und dann gebe ich es dir wieder, ja?«

»Du kannst deine widerliche Krabbenzange behalten.«

Sie lacht, und zwar kein bisschen beleidigt:

»Wäre dir die abgestreifte Haut einer Zikade lieber? Ich habe eine, die ich für deinen Geburtstag aufbewahrt habe, aber ich kann sie dir auch jetzt schon geben, wenn du magst.«

»Ysé, ich hatte schon das Vergnügen mit deiner Collage aus Distelfinkfedern, also besten Dank, aber nein.«

»Du magst meine Geschenke einfach nicht.«

»Niemand mag deine Geschenke, deine Geschenke sind schräg.«

»Gut, dann werde ich ein Porträt von dir machen, mit meinen Poscas.«

Die Poscas sind ihre Superfilzstifte, und sie erzielt mit ihnen wirklich erstaunliche Ergebnisse, aber ihre Porträts sind im Allgemeinen schaurig.

»Nein! Kein Porträt! Das letzte Mal hast du mir eine Art Totenkopf gemalt. Du solltest nur Selbstporträts anfertigen.«

»Okay. Ich mache ein Selbstporträt und gebe es dir. Es ist dann dein Geschenk.«

»Aber warum nur willst du mir unbedingt ein Geschenk machen?«

»Weil du traurig bist und ich dich trösten will.«

Und hopp, schon macht sie auf dem Absatz kehrt. Es ist merkwürdig, dass sie spürt, dass ich traurig bin – unglücklich wäre ein zu starkes Wort. Weder mein Vater noch meine Mutter haben die Krise mitbekommen, die ich seit Thadées Rückkehr durchlaufe. Ihr eigener Kummer nimmt sie völlig in Beschlag. Aber gut, ich will hoffen, dass Thadée endlich in den Startlöchern steht und sich die Kollateralschäden nicht weiter ausweiten. Ich will es hoffen, aber es wird seine Zeit brauchen, bis meine Angst ihren Würgegriff löst.

Meine neue Prothese ist da. Eine Procarve der neuesten Generation. Knie Mauch. Fuß Variflex. Hurra. Allein die Kosten für das Knie lassen einen beschissen arm aussehen, ha, ha! Die Kasse übernimmt zwei Prothesen, also bitte. Und die Eltern haben mich damit überrascht, mir ein umgebautes Auto zu schenken. Ein Renault Clio Gebrauchtmodell mit Automatik und linkssitzendem Gaspedal. Ich sehe in ihren Augen, ihren vor Hoffnung glänzenden Augen, dass sie glauben, ich seit jetzt bereit für mein neues Leben. Was fehlt zu meinem Glück, he? Auf was warte ich noch, um glücklich zu sein? Tja, was mir fehlt, was mir genommen wurde, wird von keiner Kasse ersetzt. Und lässt sich im Übrigen auch nicht kaufen. Mein Verlust ist endgültig. Wenn sie, sie alle, das kapieren würden und aufhörten, mir auf den Sack zu gehen, würde ich mich sehr viel besser fühlen.

Aber ja, es ist wahr, die Aussicht, wieder fahren zu können, von zuhause abhauen zu können, ohne von Mylène oder Jérôme eskortiert zu werden, ist eine echte Erleichterung. Ich muss zu ihrer Entlastung sagen, dass sie sich nie dagegen gesträubt haben und mir zudem schon bei meiner Rückkehr aus Saint-Cyriaque ein umgebautes Auto angeboten hatten. Ich war derjenige, der nicht bereit war. Nicht bereit, mich hinters Steuer einer Behindertenkarre zu setzen. Und ich bin mir dessen auch jetzt noch nicht ganz sicher. Aber sechs weitere Monate eingesperrt in meinem Zimmer, und ich werde krepieren. Buchstäblich.

Krepieren ist eine Option, die ich ernsthaft in Erwägung gezogen habe. Und dass mir niemand komme und sage, ich hätte Glück im Unglück gehabt. Dass ich beide Beine oder beide Arme hätte verlieren können. Oder gar alle meine Gliedmaßen, ja, warum auch nicht? Das hat's schon gegeben. Ich wäre dann jetzt ein Rumpfmensch. Meine Eltern hätten mich zärtlich von einem Zimmer ins nächste getragen, und sorgsam darauf geachtet, dass es mir nicht möglich wäre, mir das Leben zu nehmen. Wie eigentlich würde man das anstellen, sich das Leben nehmen, wenn man weder Beine noch Arme hat? Schreit man den ganzen Tag lang, dass man sterben möchte? Rechnet man mit der Verzweiflung der anderen? Mit dem Augenblick, wo sie am Ende sind, wo auch sie wollen, dass das aufhört, dieses Leben, das keines ist? Zum Glück bleiben mir ein Bein und zwei Arme. Ich kann mich erhängen, mich von einer hohen Brücke stürzen, eine tödliche Dosis Stilnox oder Imovane schlucken. Mylène hat die in der Schublade ihres Nachtschränkchens. Sie nimmt sie seit unserer Rückkehr aus La Réunion. Soweit ich weiß, hat sie vorher nie welche nötig gehabt. Arme Mylène. Sie erspäht in meinen Blicken und der kleinsten meiner Äußerungen, ob das Leben nicht wohl bald wieder beginnen mag. Meines wie ihres. Aber das wird es nie mehr.

Etwas geht seinen Gang, ja. Aber das würde ich nicht Leben nennen. Ich habe ernsthaft versucht, mit Jérôme darüber zu reden. Ihm verständlich zu machen, dass ich das nicht will, diese Hässlichkeit, diesen abstoßenden Stumpf, diesen permanenten und gegen Tabletten resistenten Schmerz, diese Unmöglichkeit, zu laufen, mich zu bücken und so weiter und so fort. Das mit dem Schmerz hat er kapiert. Aber der Schmerz war nicht das Schlimmste. Und im Übrigen haben die Analgetika zu wirken begonnen, falls nicht eher meine Nervenenden begriffen haben, dass da kein Bein mehr ist, das wehtun könnte. Ich habe keine Schmerzen mehr, was noch schlimmer ist. Und ich habe aufgehört, darüber zu reden. Nur noch dann und wann mal, um sie zu nerven. Denn es gibt keinen Grund, dass ich der Einzige sein soll, der leidet. Und es gab auch keinen Grund, dass mir das passieren musste und nicht ihnen. Umso mehr als meine Eltern nichts dagegen gehabt hätten, statt meiner amputiert worden zu sein. Mylène hat es mir häufig genug wiederholt, als ich noch im Felix-Guyon war – mit tränenerfüllten Augen, mit Händen, die sich an meine klammerten, mit einer unerträglich weinerlichen Stimme, die wieder und wieder wiederholte:

»Mein Liebling, wenn du wüsstest, wie sehr ich das statt deiner ertragen möchte! Ich gäbe mein Bein, wenn du deines behalten könntest!«

Mir ihr Bein zu geben, damit man es mir transplantiere, ich glaube gern, dass sie es getan hätte, dass sie es auf der Stelle tun würde, wenn es denn möglich wäre: Nur soll sie ja nicht glauben, dass es sich dabei um ein heroisches oder erhabenes Opfer handelte. Meine Mutter ist einundfünfzig: sie braucht ihr Bein weniger als ich, der ich einundzwanzig bin. Ich bin mir sogar ziemlich sicher, dass ihr eine kleine Amputation nicht unrecht wäre. Das würde ihr einen guten Grund liefern, sich beklagen zu können. Zudem würde sie eine Zeitlang im Krankenhaus verbringen, Gegenstand der aufmerksamen Fürsorge der Mediziner und Krankenschwestern. Denn sie liebt es, wenn man sie bemitleidet und sich um sie kümmert. Ich kann die vielen harmlosen Eingriffe schon gar nicht mehr zählen, die sie im Laufe der Jahre aneinandergereiht hat, wo sie ja so gern im Krankenhaus ist: Ablation von Knötchen und diversen Zysten, Korrektur der Nasenscheidewand, Abhobeln eines Knochenauswuchses ... Mylène ist in dieser Hinsicht äußerst erfinderisch. Vorsicht, ich sage nicht, dass sie sich das ausdenkt, und auch nicht, dass sie wegen eingebildeter Krankheiten Ärzte konsultiert. Es ist ganz einfach so, dass meine Mutter, wo andere alles dafür tun würden, einen chirurgischen Eingriff zu vermeiden und sich mit ihren schmerzlosen Zysten und leicht schrägen Nasen abfinden, sofort eine Klinik oder ein Krankenhaus aufsucht. Es ist ihre Lust. Oder ihr Laster. Oder ihre Neurose. Ich weiß es nicht und es ist mir auch egal. Ich sage nur, dass das Leben ungerecht ist, hätte doch eine Oberschenkelamputation meine Mutter sehr glücklich gemacht, während sie mein Leben ins Bodenlose stürzte.

Mein Leben im Bodenlosen. Auch wenn die erste Zeit nach dem Unfall und der Operation nicht so schwer gewesen wäre, so schmerzhaft bedrückend, so wäre dies doch der Ausdruck, der es am besten bezeichnete. Mein schwebendes Leben, ohne Halt. Mein neues Leben, so losgelöst von meinem früheren Leben, so fern von meinem erträumten Leben. Mein Leben ohne etwas, das mich an es binden könnte, kein Verlangen, kein Vorhaben. Mein Leben ohne jegliche Lust, es zu leben.

Man hatte mir versichert, dass ich mich darin einfinden würde, aber das ist nie geschehen. Stattdessen stellte sich eine Form von Akzeptanz ein, eine sehr relative Akzeptanz dessen, was mir widerfährt. Ein Wille, mein Leid umzubilden. Also: Ja zur zweiten Prothese, Ja zum Auto für

Behinderte, Ja zur Wiederaufnahme sportlicher Aktivitäten und sogar Ja zu einem Sozialleben. Aber mein Zorn ist unversehrt.

*

Als Zach mir verkündete, dass Anouk und Jéré in Biarritz seien, machte sich in meinem Kopf, meiner Brust, meinem Bauch zunächst Leere breit. Dann war der Zusammenhang plötzlich wieder da, und ich spürte meinen Stumpf unangenehm kribbeln, als hätte er sich plötzlich mit Blut vollgesogen. Ich saß da, ohne Prothese, und begann, ihn mechanisch abzutasten, meine Finger mal hier mal dort sanft an die Verkrustungen der Narbe oder an das noch rote und aufgedunsene Fleisch legend. Ich leide nicht, aber ich lebe in permanenter Unbehaglichkeit mit diesem unnützen und lästigen Stück Bein, mit dieser Prothese, die ich hasse, mit der Pflege, die ich diesem monströsen Auswuchs widmen muss, zu dem mein Bein geworden ist. Cremes, Massagen, wenn ich's vergesse, erinnert mich mein Stumpf mit Nässen, Irritationen und Juckreiz schmerzlich an seine Existenz.

Kurz, ich bin da, bin leicht niedergeschlagen, während Zach, auf ungezwungene Weise vor sich hin quasselnd, mir Anouks Pläne mitteilt, und auch die von Jéré. Aber ich kenne ihn, ich kenne meinen Bruder, und ich weiß, dass er unauffällig herausfinden will, wie ich die Nachricht wohl aufnehme. Er weiß nicht wirklich, welcher Natur mein Verhältnis zu Jérémie war, er war zu kurz auf La Réunion, als dass er sich eine genaue Vorstellung davon hätte machen können, aber direkt nach seiner Ankunft hatte er deutlich gespürt, dass wir beide uns mit gezückten Messern begegneten. Er dürfte ebenso ahnen, dass Anouk ein Baustein unserer Rivalität ist. Er sah sehr wohl die Art und Weise, wie ich sie anschaute, die Art und Weise, wie ich mich nicht zurückhalten konnte, sie anzuschauen. Selbst als Jasmine dann ankam, fiel es mir schwer, eine gute Figur zu machen und das quälende und brennende Begehren zu verhehlen, das Anouk, diese dumme Kuh, in mir auslöste.

Was über Anouk sagen, um dem gerecht zu werden, was sie lostritt? Ich kannte so viel schönere, an erster Stelle Jasmine, aber Anouk ist jenseits von schön, und ich denke mal, dass auch Zach, dass auch er das gespürt hat. Am Tag nach seiner Ankunft im Lager hat er mich beschwatzt, wobei ihm die Augen beinahe aus den Höhlen traten:

»Oh Mann, oh Mann, wer ist denn dieses Mädel, diese Anouk?«

»Die Kleine von Jéré? Jo, haste gesehen, wie geil die ist!«

»Geil? Scheiße, Mann, die ist echt Bombe! Was für ein scharfer Arsch ...«

»Und erst die Titten? Haste ihre Titten gesehen?«

»Klar, hab ich. Aber du kennst mich, ich steh nicht so sehr auf große Brüste.«

»Jo, na ja, ich auch nich'. Anouks Titten aber ...«

»Meinste, kann man die klarmachen?«

»Hey Großer, du bist mit Cindy hier, dreh' mal nich' durch.«

Wenn mir die Vorstellung nicht so unerträglich gewesen wäre, dass mein Bruder es mit Anouk triebe, ich hätte es tatsächlich geil gefunden, wenn er seiner Braut fremdgegangen wäre. Cindy ist eine dumme Gans und verdient das Schlimmste. Das wäre für sie ein echter Schlag in ihre scheiß Fresse einer Weißen mit Dreads gewesen und hätte ihr mal gezeigt, wo's langgeht. Nur hatte sich Zach leider wieder sofort gefasst, er lachte und sagte kurzerhand:

»Das habe ich nur so dahingesagt. Ich habe überhaupt keine Lust, mit 'ner anderen rumzumachen. Mir genügt meine Liebste. Und ich habe auch keine Lust, 'nem anderen seine auszuspannen. Anouk ist nur einfach echt großartig. Wobei Julia auch nicht schlecht ist.«

»Wenn man darauf abfährt, auf so unrasierte Berlinerinnen in Birkenstocks, na dann, klar.«

So sehr ich auch Anouks Reize ironisierte und den Typen spielte, den das nicht besonders juckte, so habe ich doch vom ersten bis zum letzten Tag meines Aufenthalts auf der Insel nur an sie gedacht.

Und doch habe ich, mein Gott, alles andere gemocht: La Réunion, da war ich sofort Feuer und Flamme. Vom Surfen hoch direkt ins Gebirge etwa, das lässt mich durchdrehen. Und für so was war Jérémie einfach gut. Und wenn er mich auch nicht riechen konnte, so hat er doch bei mir sein Ding durchgezogen wie bei allen anderen auch. Er liebt seine Insel und will, dass man sie erkundet, weshalb er mich auch an unfassbare Orte schleppte, ohne dass ihn irgendwas dazu verpflichtet hätte. Alles in allem war ich auch nur einer seiner Mieter. Ich zahlte für eine Hütte und die Surfausrüstung, und das war's.

Ich glaube, dass mein Lieblingsort dort die Plaine des Sables ist. Auch wenn ich Jérémie unterstelle, dass er mir damit die Hölle auf Erden bereiten wollte: Er hatte mich nicht vorgewarnt, dass wir stundenlang über einen Teppich aus roter und schwarzer Schlacke gehen würden, auf dem es nicht die geringste Spur von Vegetation gab, und nur hier und da mal verbleichte, in der Erde steckende Stöcke. Es war für mich höllisch, aber ich fand es geil, diese glitzernde Lava, dieser Geruch bis zur Weißglut erhitzter Steine, diese unendliche Weite von nichts als Mineralien ...

Mir bot die Insel also reichlich viel, um mich körperlich wie geistig zu beschäftigen, und damit sind die unglaublichen Surfsessions noch nicht angesprochen, die mich in Anspruch nahmen. Aber, nichts zu machen, ich hatte Anouk permanent im Kopf. Ne echte Krankheit. So wie das Denguefieber oder Chikungunya, oder irgendein Arbovirus, wie es sie haufenweise auf La Réunion gibt. Nur ein Virus kann erklären, warum ich von dieser Frau derart besessen war, wo ich doch Jasmine, dieser blöden Kuh, gehörte. Ich nenne sie heute eine blöde Kuh, vor sechs Monaten aber war ich noch richtig verknallt in sie und glücklich über das Pärchen, das wir bildeten. Was mich nicht davon abhielt, sie mit anderen zu betrügen, aber das waren immer nur One Shots, simple Schwanz-rein-Schwanz-raus-Dinger, denen weder die Tussen noch ich besondere Bedeutung beimaßen. Und wenn eine der Tussen sich dann doch einfallen ließ, in diesen Abenddates mehr zu sehen als nur das, ließ ich sie das derart bitter spüren, dass sie sich anschließend davor hüteten, mir noch einmal zu begegnen oder Scherereien zu bereiten. Ich konnte mich läufigen Tussen gegenüber schon immer als gefährlich erweisen.

Bei Anouk war das leider anders. Meine Geilheit auf sie war auf Anhieb intensiver und viel heftiger, als wenn ich mal 'ne kleine Mieze an 'nem Abend flachlegen wollte. So sehr ich auch wusste, dass Jéré im Spiel war, und wie sehr ich auch begriff, dass Anouk an mir kein wirkliches Interesse zeigte, ich musste sie einfach anmachen. Anfangs noch verhalten, dann immer deutlicher. Und zwar so deutlich, dass Jérémie mich schonungslos zurechtstutzte, und da war seit meiner Ankunft noch nicht einmal ein Monat vergangen. Ich habe den verletzten Tugendhaften gemimt, aber er hatte tatsächlich recht: Ich wollte seine Braut. Die Beziehung zu Jéré, diesem Arschloch, war ab diesem Moment natürlich angespannt. Ich muss zugeben, dass er positiv geblieben ist und letztendlich auch ziemlich korrekt, aber wir sind trotzdem einige Male richtig aneinandergeraten. Und auch wenn die Vorwände jedes Mal andere waren, so wussten wir doch beide sehr genau, was sich hinter den Vorwürfen verbarg: Angeblich hätte ich allen Leuten die Wellen gestohlen, hätte mich im Lager um nichts gekümmert, sämtliche Arbeiten den anderen aufgehalst, hätte meine gebrauchten Tassen rumliegen lassen, genauso wie meine Schmutzwäsche, und bla bla bla. In Wahrheit war er sauer auf mich, weil ich seine Braut scharf fand und es auch reichlich wenig verbarg. Aber gut, das hätte alles in allem so lala laufen können, all jene Momente inbegriffen, wo er auf mich sauer war, und jene, wo er, vom Rum gestärkt, mir um den Hals fiel und mir versicherte, ich wäre sein superguter Kumpel.

Und dann eben gab es dieses eine Mal, wo ich den Kopf verlor. Es war ein Samstagabend, drei Wochen vor meinem Unfall. Es war zu einer Party gekommen. Wie eigentlich jeden Samstagabend. Es hatte immer einen guten Grund gegeben, eine gute Gelegenheit, um zu trinken, zu rauchen, zu tanzen: Irgendwer kam im Lager an, verließ es, oder kam wieder zurück. An jenem Abend waren es Paulo und Thiago, zwei Brasilianer, die ihre Abreise mit einer Feijoada feiern wollten. Anouk hatte das Dessert zubereitet, Jambolana-Tartes, eine Arte Pflaume aus der Region. Sie erregt mich, doch ich muss auch zugeben, dass sie etwas von einer Oma hat, einer Oma, die es liebt zu kochen, alles in Schuss zu halten, den Laden zu schmeißen – im vorliegenden Fall eine Strohhütte. Im Lager war sie ständig dabei, die Waschmaschine anzuwerfen, nasse Klamotten aufzuhängen, Maniok- oder Romazava-Pfannkuchen zu backen. Ich habe sie nur selten am Strand gesehen und noch seltener auf einem Surfbord.

An jenem Abend saß sie mir gegenüber direkt auf dem Boden, ihre ein wenig schweren, aber nicht enden wollenden Beine genau in meiner Visierlinie. Ihre Shorts standen offen, so dass ich die perlmuttfarbige Borte ihres Höschens sehen konnte. Ich sollte sie im Übrigen kurz darauf wieder zu Gesicht bekommen. Sie kaute unschuldig ihr Stück Tarte, und die Pflaume hatte ihr leicht die Lippen geschwärzt. Ich näherte mich ihr und nutzte dabei die Tatsache, dass viele von uns aufgestanden waren, um auf Jérés Laptop Musik zu machen, und jeder mit gehisstem USB-Stick seine eigene Playlist spielen wollte. Ich hörte sie brüllen, mal auf Englisch, mal auf Französisch.

»Das ist unsere Party, also machen wir auch unsere Musik, okay?«

»Komm, wir hören jetzt schon mehr als eine Stunde deine scheiß brasilianische Musik!«

»Leg mal was Vernünftiges auf: Jack Johnson!«

»Aer!«

»Jo: Floats My Boat!«

»The Rain!«

Anouk sah mich argwöhnisch an:

»Was willst du?«

»Mit dir reden.«

»Du nervst mich, Thadée: Wir haben bereits geredet.«

»Nicht genug.«

»Für meinen Geschmack schon.«

»Deine Lippen sind ganz schwarz.«

Die Geste aufs Wort folgen lassend, strich ich ihr zart mit der Hand über ihren Mund. Sie erhob sich mit ihrer üblichen Gelassenheit und gesellte sich zur Gruppe der Brüllenden. Jérémie hatte nichts bemerkt.

Später am Abend dann, als die Party ihren Höhepunkt erreicht hatte, den einen Moment, wo die Dinge kurz davor sind, zu kippen oder sich wieder zu beruhigen – beide Optionen lagen noch im Raum des Möglichen – sah ich, wie sie sich heimlich wegstahl in Richtung eines kleinen Wäldchens, dessen Bäume dicht beieinander standen, beinahe schon wie Unterholz. Jéré hätte mir die Namen all dieser Bäume nennen können, aber jetzt, in diesem Moment, hatte ich keinerlei Lust, dass er kam und mir sein Agrarwissen ausbreitete. Leicht schwankend bahnte sich Anouk den Weg ins Dickicht der Bäume. Als sie sich weit genug vom Lager entfernt wähnte, ließ sie ihre Shorts und ihr Höschen über ihre überwältigenden Beine gleiten und hockte sich hin, um zu pinkeln. Sie hätte das auf der Gemeinschaftstoilette machen können, aber ich ahnte, dass sie die friedliche Einsamkeit genießen wollte, die ihr der Wald bot. Die Musik drang kaum noch bis zu uns vor, die Geräusche der tropischen Nacht hatten wieder Oberhand gewonnen, dieses für mich so magische und rätselhafte Zirpen allüberall: Insekten oder Amphibien, auch hier hätte Jéré mich aufklären können, aber ich dankte dem Himmel, dass er nicht da war, frohlockend über das Schauspiel, das seine Süße mir bot, der Urin, der dicht zwischen ihren geöffneten Beinen hervorschoss, der Ausdruck erregten Träumens, der ihr zum unergründlichen Laubdach hin gehobenes Gesicht umschwebte, hin zu all diesen schwarzen und duftenden Palmen, die sich zu ihr herabbeugten, als wollten sie ihr huldigen. Ich war nah genug, um sehen zu können, wie der Strahl die Haare ihrer Möse verdrillte, und um den strengen Geruch ihrer Pisse zu riechen. Sie erhob sich langsam, suchte mit ihren Augen nach etwas, erblickte ein samtenes Blatt, das sie nutzte, um sich trockenzuwischen. Die Shorts und das Höschen lagen noch verwickelt um ihre Knöchel herum, und mir fiel auf, und nicht zum ersten Mal, dass sie das besondere Geschick besaß, sich in Mädchenklamotten zu kleiden: Oberteile mit dem Kopf von Mickey-Maus, Shorts aus Frottee, und hier jetzt noch dieses Höschen mit leicht verwaschenen roten Blumen. Ich ließ ihr nicht die Zeit, sich wieder anzuziehen und packte sie heftig, drückte sie brutal gegen den erstbesten Baum. Ihre Lippen rundeten sich zu einem Ausdruck der Verwunderung und des Schmerzes, und ich sah, dass auch ihre Zunge von den Früchten blau war. Ich versuchte sofort, ihre noch feuchte Muschi zu streicheln, aber sie stieß mich mit aller Kraft von sich:

»Verpiss dich!«

Ich vermehrte den Druck, den ich auf sie ausübte, und verspürte mit köstlicher und unerträglicher Schärfe den doppelten Widerstand ihrer vollen und warmen Brüste unter ihrem leichten Tanktop. Sie zappelte, aber mit nachlassender Überzeugung, was ich nutzte, um sie aus aller Nähe anzustarren und mich in ihren goldbraunen Augen zu verlieren. Bei den meisten Menschen befindet sich die Iris genau in der Mitte der Lederhaut, bei Anouk aber scheint die Iris verschoben zu sein und lässt eine große weiße Mondsichel im unteren Teil des Auges sichtbar werden, was ihr einen merkwürdigen Ausdruck verleiht, als würde sie schlafen. Meine Hand schmeichelte sich erneut zwischen ihre Beinen ein, womit ihre Energie wieder aufflammte:

»Thadée, es reicht! Hör sofort auf damit!«

Ob ihre wehleidige Stimme, ihr heftiger Atem an meinem Ohr, der feuchte Film auf ihrer Haut, ihr Duft, das immer stärker werdende Zirpen dieser verdammten Wanderheuschrecken oder das Quaken der Frösche – was genau mich hat durchdrehen lassen, weiß ich nicht, aber ich hatte plötzlich nur noch ein Ziel vor Augen: sie ficken, sie ficken, sie ficken! Sie weiterhin gegen den Baum drückend, befreite ich mich mehr schlecht als recht von meiner Jeans und versuchte, den Widerstand ihrer Schenkel zu erzwingen, die inzwischen schweißfeucht waren. Irgendwann in diesem verbissenen und schweigsamen Kampf begriff ich, dass ich nicht an mein Ziel gelangen würde. Die schweren Düfte um uns herum wurden intensiver, und ich erkannte in diesem Moment ohne jeden Zweifel den des Styrax wieder, den zu identifizieren Jéré mich gelehrt hatte. Mir wurde klar, dass es gerade der Stamm eines großen Styrax war, gegen den ich diese arme Anouk gedrückt hielt, die sich noch immer wehrte und mir das nahe Paradies ihrer Möse und Brüste verbot. Sie hätte schreien können, und man hätte es vom Lager aus gehört, aber sie tat es nicht, sondern starrte mich lediglich erschrocken und beinahe angewidert an. Ich glaube, dass es dieser offenkundige Ekel war, der mich schließlich komplett kippen ließ. Ich bin es nicht gewohnt, bei Mädels welchen hervorzurufen, und erst recht nicht, von ihnen zurückgestoßen zu werden. Für gewöhnlich sind eher sie es, die mich abturnen, und ich derjenige, der sie von sich stößt – oder auch nicht.

Unaufhaltsam schlossen sich meine Hände um ihren Hals, den so fragilen und so hellen Hals dieser hysterischen Idiotin. Ich weiß nicht genau, was mir dabei durch den Kopf ging, vielleicht die Idee, sie zu entkräften, ihr den Sauerstoff zu nehmen, damit sie mir nicht länger widerstehen konnte. Erregt wie ich war, hätte ich nur fünf Minuten gebraucht, um sie richtig fertig zu machen und mich in ihr zu entladen. Ich sah bereits, wie sich ihre Lippen unter dem Druck blähten, wie ihre Augen hervortraten, und ich nutzte es, um ihre Schenkel mit einem Knietritt zu öffnen. Im selben Augenblick jedoch biss sie mir jäh ins Kinn. Das war das Dümmste, was sie tun konnte, denn mit einem Mal rückte mein Wahn, sie ficken zu müssen, in den Hintergrund. Plötzlich ging es nicht mehr darum, sie durchzunehmen, sondern zu massakrieren. Ich glaube, ich muss eine Art Geistesabwesenheit gehabt haben, als wäre eine wuchtige Welle zusammengeschlagen, eingeschlagen auf mich mit Tonnen von Weißwasser. Mein Blick vernebelte sich. Anouk nutzte die Gelegenheit, um sich zu befreien, und lief Richtung Lager.

Ich versuchte nicht, sie einzufangen. Ich war ja nicht nur kaputt, ich hatte auch noch mit den Bildern einer unerträglichen Gewalt zu kämpfen: Anouks Gesicht, von meinen Faustschlägen zerschunden, ihre wundgeschwollenen Brüste, ihre blutende Möse. Wie ein Idiot, aufrecht noch immer auf meinen zitternden Beinen, ejakulierte ich an den schuppigen Stamm des Styrax.

Ohne nachzudenken bin ich zurück zum Lager, wo die Party noch im vollen Gang war. Mein Blick kreuzte sofort den von Anouk, die an der Wand der Gemeinschaftshütte gelehnt dastand. Sie maß mich mit Blicken, in die sie alle Kampfbereitschaft legte, und da wusste ich, dass sie nichts sagen würde.

Am nächsten Morgen, als ich aus einer starren Nacht voller Träume auftauchte, die ebenso barbarisch und rotgetränkt waren wie mein Ausbruch von Wahnsinn vom Vorabend, hing sie gerade mit ihrer üblichen Lässigkeit Wäsche auf. Ihr Hals trug noch die Spuren meiner versuchten Strangulation, aber sie blickte mich mit derselben Gleichgültigkeit an wie immer. Später dann am Tag, als sie sich draußen duschte, konnte ich sehen, dass die Zweige des Styrax die milchige Haut ihres Rückens zerkratzt hatten. Ich selbst hatte ein ekelhaft ramponiertes Kinn und ich frage mich, warum niemand es bemerkte und einen Zusammenhang herstellte.

Anouks pralle Kurven glänzten unter dem Wasser und der Seife. Kleine Blasen glitten langsam über ihre gebräunten Beine, ihr schweres schwarzes Haar schmiegte sich nah an das Relief dieser Schädelhülle, die ich immer aufbrechen, wie eine überreife Mango entzweibrechen wollte. Sie schloss unter dem Strahl des Wassers ihre Augen, im vollen Bewusstsein, dass ich sie beobachtete.

Ich musste mich setzen. Am Ende war das, was am Vorabend geschehen war, kein Ausbruch von Wahnsinn. Es sei denn, der Wahnsinn ging weiter und sollte mich so lange verfolgen, wie ich der Versuchung in Person dieser viel zu schönen und viel zu erregenden Braut ausgesetzt war.

Aus Gründen, die ich kaum nachvollziehen konnte, hatte Anouk nicht vor, mich zu denunzieren. Gut möglich, dass sie nicht begriff, was sich im duftenden Schatten des Styrax abgespielt hatte. Gut möglich, dass sie nicht wusste, dass sie dem Tod entkommen war, wenn auch nur knapp. Gut möglich, dass sie schlicht dachte, einen Kerl von sich gestoßen zu haben, der etwas heftiger und insistierender war als die anderen. Anouk ist es gewöhnt, mit heftigen Kerlen umzugehen und Annäherungsversuche abzuschmettern. Es könnte sogar sein, dass sie die Gewalt und den Tod gewöhnt ist, denen man nur mit knapper Not entgeht. Diese Idee kam mir später, als Mi einmal wie beiläufig in meiner Anwesenheit auf Anouks Familiengeschichte anspielte. Eine heftige, wie's scheint. Ich weiß nicht genau, was meine Mutter diesbezüglich wusste, denn sie redete wirklich nur ganz nebenbei darüber und so, als wäre auch ich auf dem Laufenden, aber das könnte die unerklärliche Duldsamkeit, ja Passivität dieses merkwürdigen Mädchens erklären. Bei weitaus weniger hätte jede andere Tusse geredet, Vergewaltigung beklagt. Sie nicht.

In diesem Augenblick traf ich die Entscheidung, meinen Aufenthalt auf La Réunion zu verkürzen. Mein Bruder und seine Braut sollten zwei Tage später ankommen und für zwei Wochen auf der Insel bleiben: Ich wollte es so drehen, dass ich mit ihnen zurück nach Biarritz flog, und rief noch am selben Tag Mi an, um sie über die Änderung meiner Pläne zu informieren. Anouk hatte vielleicht die Absicht, so zu tun, als wäre nichts gewesen, mir aber war klar, dass wir nur haarscharf einer Katastrophe entkommen waren.

Was schließlich geschah, ist eine andere Katastrophe. Und ich habe mir inzwischen mehrmals gesagt, dass ich meine offene Rechnung mit dieser dämlichen Anouk hätte begleichen sollen, als ich noch beide Beine hatte. Aber jetzt ist sie ja in Biarritz, und wer weiß? Gut möglich, dass ich die Gelegenheit habe, ihr zu zeigen, was ich auf nur einem wert bin.

Mich wieder aufleben lassen. Damit wäre die Wirkung benannt, den diese zwei in Portugal verbrachten Wochen auf mich hatten: Mich wieder ans Leben glauben zu lassen, an die Natur des Menschen, die Liebe, die Freundschaft, mich selbst. Rückblickend denke ich, dass auch ich eine Art Depression durchlaufen habe. Als ob Thadée uns alle in sein schwarzes Loch gesogen hätte: mich, die Eltern, und auch, wahrscheinlich, Jasmine. Nach ihrer Trennung, deren genauen Zusammenhang ich nicht kenne, wollte ich sie manchmal anrufen, um mir ein Bild zu machen, um es zu verstehen. Um sie zu trösten, wegen all der Übel, die Thadée ihr sicherlich angetan hatte. Diese Übel, die er, seit nunmehr sechs Monaten, so perfide genau auszuströmen versteht. Aber das hätte die Dinge nur verkompliziert. Exit Jasmine.

Inzwischen geht es Thadée besser. Während wir in Portugal waren, habe ich ihn regelmäßig angerufen, um zu fragen, wie's ihm geht, und ihm von mir erzählt. Ich habe natürlich darauf geachtet, meine Begeisterung zu drosseln, und so vor allem die Tatsache unterstrichen, dass die Spots übervölkert waren und die Wetterbedingungen nicht die besten. Aber bei mir hat Thad eine Art siebten Sinn:

»Komm schon, du hast einen Mordsspaß, sag mir nicht das Gegenteil. Ich hör's an deiner Stimme.«

»Nein, ja, also, das hängt von den Tagen ab.«

»Hast du echt so richtig fette genommen?«

»Nein, keine Monster. Dafür bin ich nicht gut genug.«

»Da habe ich anderes gehört.«

»Won wem?«

»Léo. Er hat euch in Parlementia gesehen, Cindy und dich. Er sagt, ihr seid wahre Bestien.«

»Léo hat überhaupt keine Ahnung.«

»Erzähl keinen Scheiß. Ich freue mich doch für dich. Ich kapier' nur nicht, warum du's mir nicht schon längst erzählt hast.«

»Was erzählt?«

»Du zeigst es mir, wenn du wieder hier bist, okay?«

»Wenn du magst, aber dass du mir nicht enttäuscht bist: Wir sind nur besser geworden, mehr nicht. Vor allem Cindy.«

»Hör zu, weißt du was? Sobald ich die neue Prothese habe, machen wir das wieder zusammen, okay?«

»Super, ja klar, sicher.«

Und es stimmt: Nichts würde ich lieber sehen, als dass mein Bruder auf seinem Brett zurück zu seinen Gefühlen findet. Ich bin mir sicher, dass er die Lust am Leben durch diese elementare Freude wiederentdeckt: zu gleiten, zu schweben, schöne Tubes zu reiten, den Wind zu spüren, die Gischt, die Sonne auf seiner Haut. Wenn er wieder anfinge zu surfen, würde er aufhören, diese blasse Spinne zu sein, die sich über unseren Köpfen verkrochen hat, oben, in seinem Zimmer unterm Dach. Er würde aufhören, dieses Toxin abzusondern, von dem die ganze Familie schleichend vergiftet wird.

Ich habe mich nach diesen zwei fern von seinem Unheil verströmenden Dunstkreis verbrachten Wochen vor einem Wiedersehen gefürchtet, aber sein Entschluss, die Dinge wieder in die Hand zu nehmen, bestätigt sich und er wirkt besser als bei meiner Abreise. Da auch die Eltern ihrerseits entschieden hatten, wegzufahren, hatte er das Haus für sich allein, und die Einsamkeit tat ihm anscheinend gut. Ohne unsere Mutter an seiner Seite hat er an Selbstständigkeit gewonnen, und ich sehe, dass er tatsächlich imstande ist, ein wenig zu putzen, aufzuräumen, zu kochen, auch wenn es ihm schwerfällt, sich zu bücken und er sich nicht mehr niederknien kann. Cindy glaubt wie ich, dass er eine Hürde genommen hat, aber sie bleibt misstrauisch und wartet lieber ab, bevor sie sich freut:

»Jo, er ist aus seinem Zimmer raus, okay: Aber er sieht furchtbar aus.«

»Wirklich, findest du? Ich finde, er sieht wie früher aus. Abgesehen von der Frisur ...«

»Habt ihr euch ein wenig unterhalten? Was wird er machen, wenn das Semester beginnt?«

»Zu früh, um das mit ihm zu bereden, oder?«

»Wie oft werdet ihr das noch wiederholen? Deine Eltern sagen auch permanent, dass es zu früh sei, dass man ihn nicht drängen dürfe, ich denke, dass die Zeit reif ist, und er was tun muss. Wenn er das Semester verpennt, wird er am Ende der Depp sein: Wir alle werden unser Ding machen, du, ich, seine Kumpels, und er, was wird er tun, außer sich den lieben langen Tag einen runterzuholen? Warum geht er nicht wieder nach Pau? Sollte er nicht eigentlich seine Classe prépa in Angriff nehmen?«

»Keine Ahnung. Darüber spricht er nicht.«

»Auf jeden Fall war das echt seltsam, was er da abgezogen hat. Sein Studium zu unterbrechen, nach La Réunion abzuzischen, um ein Jahr später zurückzukommen. Die Plätze für Mathe sind rar: Ich kann mir einfach nicht vorstellen, dass die ihn wieder genommen hätten.«

»Du kennst Thadée. Er muss es denen irgendwie verkauft haben.«

»Ich kenne Thadée, und ich glaube, dass er euch allen richtig was vorgemacht hat.«

»Schau mal, Cindy, vielleicht hat er uns was vorgemacht, vielleicht auch nicht, aber ich will ihn damit im Moment nicht nerven. Ich will nur mit ihm gemeinsam was unternehmen, mal wieder mit ihm ausgehen, Leute treffen. Wenn es ihm tatsächlich besser geht, werde ich sehen, was es mit seinem Studium auf sich hat. Aber das hat nicht wirklich Priorität.«

»Wieso? Bloß weil einer nur ein Bein hat, muss er plötzlich nichts mehr aus seinem Leben machen?«

»Ich glaube, er dachte bis letzten Monat noch, keines mehr zu haben, kein Leben.«

Sie mustert mich mit unergründlicher Miene. Sie und Thadée hatten nie ein wirklich gutes Verhältnis, aber ich spüre, dass sie sich, wie wir alle, seit dem Unfall Mühe gibt. Und natürlich hat sie unser Vorhaben mit den Monsterwellen ihm gegenüber ebenso wenig erwähnt wie ich. Tatsächlich ist er es, der uns damit nervt, der das Thema ununterbrochen aufs Tapet bringt.

»Und, wie war Nazaré? Habt ihr ordentlich was einkassiert?«

»Für Nazaré sind wir viel zu kleine Player. Wir waren da, haben aber kaum Sessions gemacht. Wir haben eher zugeschaut als alles andere.«

»Und die Wellen, wie hoch waren die?«

»Keine Ahnung, Thad, das ist schwer einzuschätzen.«

»Wie seid ihr zu ihnen, seid ihr gepaddelt?«

Wie es ihm klarmachen ... Nein, wir sind nicht gepaddelt. Wir begriffen schnell, dass wir zum Tow-in wechseln mussten, wenn wir besser werden wollten. Nach nur zwei Tagen hatten wir uns erkundigt, wo man einen Jet-Ski ausleihen konnte. Anfangs noch zögerlich, war Cindy schließlich einverstanden. Man muss wissen, dass sich zwischen einem Surfer, der Monsterwellen reitet, und dem, der ihn per Jet-Ski zur Welle zieht, etwas sehr Intensives einstellt. Und selbst wenn es Zeit braucht, bis man sich synchronisiert hat und einander auf dem Wasser versteht, sobald man es raus hat, ist es grandios. Cin und ich wechselten uns ab, sodass wir beide gleich viel surfen konnten, und am Ende des Tages waren wir das ideale Gespann. Abgesehen davon weiß ich, dass sie die Hoffnung nicht aufgibt, Monsterwellen allein mit der Kraft ihrer Arme zu erreichen, ohne dass sie jemand an der perfekten Stelle abkoppeln müsste. Ein Jet-Ski ist alles andere als ökologisch, und Cindy ist in dieser Hinsicht sehr viel gewissenhafter als ich.

»Ist dir eigentlich klar, wie viel Diesel wir bei nur einer Session verbrennen?«

»Ja, ich weiß. Aber meinst du, wir hätten all das auch ohne Jet-Ski hingekriegt?«

»Es gibt Leute, die machen es ohne.«

»Schon klar, sobald wir deren Niveau haben, sagst du mir einfach Bescheid. Diese Typen machen nichts anderes. Für die ist Surfen ihr Leben. Sie verbringen ihre Zeit damit, der größten Welle hinterherzueilen, um so viele Sessions wie möglich mitzunehmen. Siehst du dich da etwa? Siehst du dich etwa an einem Tag in Cow Bombie, und tags darauf beim Red Bull Cape Fear und die Woche drauf dann im Flieger Richtung Hawaii?«

»Nein, das ist nicht wirklich mein Ding.«

Und doch war sie in Nazaré die Beste. Und nicht nur die Beste unter den Frauen. Ne ganze Menge Kerle kamen auf sie zu, um sie zu fragen, seit wann sie Monsterwellen surfe, ob sie an Wettkämpfen teilnahm, und um ihr zu gratulieren, dass sie einen schönen Stil habe und so weiter und so fort. Meine Freundin ist megabegabt fürs Surfen. Mir hingegen, mir reicht es zu meinem Glück, das alles mir ihr zu teilen, jedes Mal ein wenig besser zu werden, mit ihr zusammen und dank ihrer.

*

Ich war heute mit Léo was trinken. Auch wenn wir beide uns seit dem Abi, das er noch immer nicht in der Tasche hat, weniger sehen, mag ich ihn gern. Wir ähneln einander, ja, wirklich. Léo ist, so Cindy, wie ich, nur weniger perfekt. Er ist, wie ich, zerstreut, beinahe geistesabwesend, aber bei ihm nimmt das katastrophale Züge an: Er vergisst und verlegt alles, begeht eine Dummheit nach der anderen, kommt permanent zu spät, vertut sich in der Uhrzeit, den Tagen, den Orten ... Körperlich ähneln wir uns auch, aber er ist größer als ich, beinahe schlaksig, und hat so gut wie keine Muskeln. Klar, er verabscheut jede körperliche Aktivität. Als wir noch jünger waren und sehr eng befreundet, kam er häufig mit uns mit zum Strand, ins Wasser aber ging er nur selten und wenn, dann höchstens bis zur Hüfte, um sich zu erfrischen. Keine Rede also vom Surfen. Er war immer begeistert und sprach uns Mut zu, lobte unsere Fortschritte und bejubelte unsere Heldentaten, aber es kam ihm nicht einmal in den Sinn, auch nur das Bodyboard auszuprobieren.

Schon als Kind nahm Léo uns gegenüber eine merkwürdige Position ein: die des Fans, des leidenschaftlichen und faszinierten Bewunderers, der sich nur erhofft, im Kielwasser seiner Idole geduldet zu werden. Bei mir ging das ja noch an, aber es war wirklich das Letzte, was er bei Thadée hätte tun dürfen, der ihn immer hinterhältig runtermachte, ohne dass Léo daran Anstoß genommen hätte.

Léo ist ein Kindheitsfreund, aber keiner, den wir uns ausgesucht hätten: Da er der Sohn von Freunden unserer Eltern ist, Grégory und Maud, wurde er uns in gewisser Weise aufgedrückt. Und doch fällt es einem leicht, sich mit ihm zu verstehen. Seine Passivität nervt, aber er kann richtig lustig sein, und vor allem ist er stets hilfsbereit, aufopferungsvoll, konziliant. Er war einer der wenigen, die Thadée nach seinem Unfall besuchten. Merkwürdigerweise waren alle anderen Freunde ferngeblieben. Louis, Vivien, Ferdinand, Aymeric, Swan ... Ja sicher, Thad hatte die meisten schon aus den Augen verloren, aber ich dachte, die Schwere der Situation hätte dafür gesorgt, dass sie wieder aufkreuzten. Tja. Abgesehen von Léo war kaum wer da. Weder Freunde aus der Schule noch vom Surfen. Und noch weniger die aus der Classe prépa. Diejenigen, die kamen, Maxime, Jules, Kenza, sind eher mit mir befreundet als mit Thadée, und ich glaube, dass sie es mehr meinetwegen taten als aus Freundschaft zu ihm.

Léo jedoch war da. Thad empfing ihn, als wäre er ein Elefant im Porzellanladen, was Léo aber nicht entmutigte, er besuchte meinen Bruder nach dessen Reha sofort wieder. Ahnt er, dass Thad ihn seine *bitch* nennt, und richtig schlimm über ihn redet?

»Dieser stinkende Müll! Keine Ahnung, wie du den ertragen kannst.«

»Er ist witzig, das musst du ihm schon lassen!«

»Mich bringt der nicht zum Lachen. Und seine scheiß Fresse will ich nicht mehr sehen. Er soll nicht mehr herkommen, sag ihm das.«

Gut, das war, bevor Thadée mir seinen langen Aufstieg aus der Hölle angekündigt hat. Heute, mehr als ein Jahr nach dem Unfall, zeigt er sich deutlich weniger bissig. Tatsächlich haben die Dinge zu ihrer Ordnung zurückgefunden, außer dass Thad die Wiederaufnahme seines Studiums noch einmal verschoben hat, trotz der heftigen Proteste meiner Eltern:

»Du bist zweiundzwanzig! Du kannst nicht einfach dasitzen und den Zug abfahren lassen, ohne einzusteigen!«

»Welchen Zug? Es ist ja nicht gerade so, als hätte ich nie was getan! Ich habe ein naturwissenschaftliches Abi und zwei Jahre Classe prépa. Damit kann ich an jede Uni und viele Hochschulen!«

»Seit wann willst du denn an eine Uni? Wolltest du nicht noch einmal die Concours versuchen?«

»Nein.«

»Aber was genau willst du dann?«

»Dass man mich in Ruhe lässt.«

An diesem Punkt der Unterhaltung werfen meine Eltern meist das Handtuch. Ich kann es kaum glauben. Sie, die uns immer unter Druck gesetzt haben, damit wir die Besten werden, die Ersten, die Brillantesten, die Aktivsten: Sie, für die immer nur Anstrengung, Arbeit, Disziplin und Ehrgeiz zählten, sie lassen tatsächlich meinen älteren Bruder seit inzwischen fünfzehn Monaten 'ne ruhige Kugel schieben. Tatsächlich behandeln sie ihn mit äußerster Vorsicht und extremer Rücksichtnahme, als hätten sie es mit einem leicht explosiven und gefährlichen Produkt zu tun. Was auch ich summa summarum schon immer getan habe, wie mir nun klar wird: Den Unfall habe ich dafür gar nicht erst gebraucht.

Heute hat sich die Natur unseres Verhältnisses verändert. Ich schone ihn zwar noch, aber aus Mitleid, und nicht, weil ich ihn weiterhin fürchten würde. Er ist intelligent genug, das zu spüren, und er strengt sich an. Er ist weniger arrogant, weniger schroff, weniger absichtlich verletzend. Zumindest Cindy und mir gegenüber. Und das fügt sich gut, denn ich war einfach nicht mehr bereit, ihn immer Cindy die Schuld zuschieben zu lassen. Unfall hin oder her, ich war so weit, ihm eine reinzuhauen, für den Fall, dass er mit seinen üblichen Spielchen weitergemacht hätte, diesen kontinuierlichen Sticheleien, diesen subtil anzüglichen Kommentaren. Aber damit ist es vorbei. Vielleicht ist dem Hai gelungen, woran die Erziehung meiner Eltern gescheitert ist. Denn sie haben, auch wenn es ihnen nicht bewusst ist, bei Thads Erziehung versagt: Er hat ihre Idealvorstellung von Altruismus und Menschenfreundlichkeit nie angenommen. Achtung, meine Eltern sind weit davon entfernt, so tolerant und großzügig zu sein, wie sie es predigen, aber ich sah doch immerhin, wie sie sich stets bemühten, gute Menschen zu sein, und ich bewundere sie dafür – was mich aber nicht davon abhält, auch ihre Schwächen wahrzunehmen, ihr unerschütterliches Gefühl, was Besseres zu sein, ihr Elitedenken und ihr unbewusstes Sektierertum, ihre kleinen Schäbigkeiten …

Bei Thadée verhält es sich vollkommen anders. In gewisser Weise interessierte es ihn nie, ein gutherziger Typ zu sein. Er hat es nicht einmal versucht. Das wird mir erst jetzt bewusst, und dass ich das nun, im Rückblick, klarer sehen kann, ist nur der Tatsache geschuldet, dass er kürzlich erst angefangen hat, sich zu bessern. Als hätte die Amputation ihn endlich menschlicher gemacht. Vielleicht, weil der Verlust seines Beines ihn jetzt zur Gruppe der Versehrten, Invaliden, Schwachen, kurz, zu all jenen zählen lässt, die er immer schon verachtet hat – oder die er offenkundig seinen Ekel spüren ließ. Um das Ausmaß von Verlust und Niederlage zu begreifen, das mein Bruder erfahren hat, muss man sich vorstellen, wie sehr er von seiner Kraft, seiner Gesundheit, seiner athletischen Fähigkeit und seiner sensationellen Schönheit profitierte; wie sehr er das Gefühl hatte, auf alles ein Anrecht zu haben, ganz so, als gehörte er einem Geschlecht von Übermenschen an, dem andere den Treueeid schwören müssen, weil sie sich ansonsten seinen Anklagen und äußerst verletzenden Eigenschaften ausgesetzt sehen müssten.

Ich weiß das nur zu gut, da ich mit seinen extrem ungerechten Gesetzen leben musste, zuerst, ohne es zu wissen und zu verstehen, dann aber mir dessen bewusst und es akzeptierend – weil ich ihn liebte. Außerdem wollte ich meine Ruhe haben. Ich konnte mich unter Machtverhältnissen noch nie entfalten. Heute bin ich bei Weitem der Stärkere von uns beiden, aber er kann auf meine Milde zählen, auf meine Unterstützung und meinen Schutz. Im Gegensatz zu ihm habe ich nicht den geringsten Hang zum Despotismus oder Sadismus. Aber wer weiß, vielleicht hat er den seinen ja verloren, vielleicht ist dem Hai ja gelungen, worin ein normales Leben gescheitert wäre: Thadée demütiger zu machen, nachsichtiger, anderen gegenüber offener; aus ihm den Bruder zu machen, den ich mir immer erträumt habe, während ich es permanent mit seinem nicht nachvollziehbaren Mangel an Empathie zu tun hatte?

Der Hai. Zu behaupten, er durchjage noch immer meine Nächte und Tage, wäre untertrieben. Man hat den, von dem ich gebissen wurde, bis heute nicht gefunden. Man weiß auch nicht, um welche Art es sich handelte. Aber ich vermute, dass es ein Bullenhai und kein Tigerhai war. Beide waren in die jüngsten Angriffe auf La Réunion verwickelt, doch ich hatte, kurz vor dem Angriff, das Gefühl, um mein Brett herum würden mehrere dunkle Schatten streifen. Mir blieb nicht einmal die Zeit, Angst zu bekommen, als rätselhafterweise aus den Tiefen heraus mein Bein gepackt wurde. Noch am selben Tag, eine Stunde nach dem Angriff, wurden drei Bullenhaie, zwei Weibchen und ein Männchen, in der Nähe der Roches Noires erblickt, zwei Kilometer entfernt vom Spot, wo ich gesurft hatte.

Sobald ich dazu fähig war, sah ich mir im Internet stundenlang Videos von Haiangriffen und Bilder von Bissen an. Wobei »Bisse« im vorliegenden Fall ein Euphemismus ist. Was man im Internet sieht, sind keine Bisse, sondern Leichen. Auf dem Foto, das mich am meisten irritierte, waren von einem Typen nur die Schienbeine übrig, seine Schuhe und Teile der Wirbelsäule, an der noch einige Fleischfetzen hingen. Anfangs musste ich mich vom Computer abwenden und mich hinlegen, so übel war mir. Doch meine Akzeptanzschwelle für Horrorbilder ist außerordentlich hoch: Ich sah mir schon immer gern grässliches Zeugs an. Bereits mit neun Jahren glotzte ich Videos über Unfälle oder standrechtliche Erschießungen, aber natürlich nur heimlich. Zach weiß das alles irgendwie, aber er hat keine Ahnung, wie weit das bei mir geht. Meine Eltern hingegen haben von der Welt, in die ich tief eingetaucht bin, nicht die geringste Ahnung. Ihnen ist es lieber, die Realität zu verdrängen. Denn in der Realität wird gemordet, wird gefoltert, werden Köpfe abgehackt. Ja, man zerrt sogar einen Fötus aus dem Bauch seiner noch lebenden Mutter. Warum verschließt der Großteil der Menschen so gern die Augen vor den Tatsachen? Das ist ein Rätsel, das mich vollkommen kalt lässt.

Damit will ich nur sagen, dass mich ein zerfetzter Leichnam an irgendeinem Strand nicht im Geringsten hätte berühren dürfen. Tja, jetzt war ich zum ersten Mal persönlich betroffen. Mein Fleisch klopfte noch heftig infolge der Operation, mein Blut brodelte noch im Sand und in meiner Erinnerung, mein Hirn dröhnte noch von meinen eigenen Schreien wieder, unter denen Sandro mich zurück zum Shore-Brake gebracht hatte. Inzwischen bin ich diesbezüglich unempfindlich geworden, und Bilder wie diese wurden für mich zum Dope und verdrängten die Videos übers Freischneiden von Verkehrsunfallopfern und das Durchschneiden von Kehlen – meine Vorliebe vor dem Unfall.

Ich glotze auch Videos über Haie. Solche, wo sie Menschen angreifen, klar, aber nicht nur. Ich bin ein echter Spezialist für ihre Lebensweise geworden. Und merkwürdigerweise fühle ich mich, je mehr ich über Haie lerne, ihnen näher und vergesse den zu verfluchen, der mein Bein fraß. Die Vorstellung, ihre Ausrottung zu empfehlen, wie einige Surf-Vereine es verlangen, liegt mir fern. In gewisser Hinsicht habe ich tatsächlich den Eindruck, die Funktionsweise der Haie besser zu verstehen als die meiner Mitmenschen. Ihre Art zu vögeln etwa ist total faszinierend. Das Männchen klammert sich an das Weibchen, indem es sich an ihm festbeißt, und es kommt selten vor, dass sich das Weibchen daraus ohne Risswunden an seinen Seiten oder Brustflossen befreit. Ganz zu schweigen von den inneren Verletzungen, die ihm das Pterygopodium zufügen dürfte, ein Ding, halb Schwanz halb Flosse, das mit kleinen Widerhaken versehen ist. Aber da die Natur gerecht ist, ist die Haut des Weibchens doppelt so dick wie die des Männchens. Das gilt natürlich auch für die Spezies Mensch: Man wähnt zu Unrecht, dass Frauen fragil seien, gibt es doch für das, was sie einkassieren können, keine Obergrenze. Ein Blick auf Anouk genügt. Ich habe sie beinahe vergewaltigt oder ihr sogar Schlimmeres zugefügt, und schon am nächsten Morgen stolzierte sie in ihrem Bikini herum und säuberte die von ihrem Macker gefangenen Tintenfische. Sie schien mir nicht gerade traumatisiert. Aber mein letztes Wort ist noch nicht gesprochen, und Anouk sollte besser wachsam sein.

Während ich mich über Haie schlaumachte, habe ich eine ganze Menge anderes Zeugs gelernt. Etwa dass ein Bullenhai vom Salzwasser ins Süßwasser wechseln kann. Soweit ich begriffen habe, verfügt er über eine Drüse, die ihm ermöglicht, Salz einzulagern und es dann in das Süßwasser einzuspeisen, das er aufnimmt. Noch verrückter, die Embryos der Haie fressen sich gegenseitig im Bauch ihrer Mutter – als begänne die natürliche Auslese schon vor der Geburt. Und klar sind es die Schwächsten, die gefressen werden. Es ist anscheinend auch so, dass die überlebenden Babys im Allgemeinen vom selben Vater abstammen, demjenigen, der die zähesten Gene hat. Das Weibchen, muss man wissen, ist nicht sehr wählerisch und lässt sich in der Regel von mehreren Männchen befruchten, um seine Ruhe zu haben. Man nennt das Polyandrie aus Bequemlichkeit. Ich kenne haufenweise Tussen, die das ebenso handhaben. Ich bin mir nicht einmal sicher, ob sie überhaupt gern bumsen, aber wenn man sie ausreichend anmacht, geben sie am Ende auf, weil das einfacher ist, als Widerstand zu leisten.

Aber gut, im Augenblick habe ich keine Lust, wen auch immer anzumachen. Selbst bei Anouk bin ich mir nicht sicher, ob sie noch auf mich wirken würde. Seit dem Unfall ist mein Trieb auf null runter. Bei Jasmine hätte das am Ende ein Problem bedeutet, aber unsere Beziehung ist zum Glück entzweigegangen. Nun denn, was mich im Moment am meisten erregt, sind noch immer Videos über Haiangriffe. Ich könnte mir über meine geistige Gesundheit Sorgen machen, aber selten habe ich mich so klarsichtig gefühlt. Diese Sachen zu glotzen, zu sehen, dass andere und nicht ich auf ihrem Brett umgekommen sind, ist meine Methode der Genesung, und dass mir niemand komme und sage, ich sei pervers. Ich weiß, wo die wahrhaft Perversen stecken.

Das letzte Mal, als ich Zachée sah, habe ich ihn fest, sehr fest an mich gedrückt. Nicht, dass ich auch nur die geringste Vorahnung gehabt hätte, was ihm zustoßen würde, aber er ging mit seinem Bruder für eine Woche weg und ich sagte ihm Adieu. Ich wusste nicht, dass es für immer sein sollte, aber das weiß man ja so gut wie nie, und wenn es sich um einen Jungen von gerade mal einundzwanzig Jahren handelt, gibt es keinen Grund, an das Schlimmste zu denken. Ich sah zu, wie sie in Thads Auto stiegen. Zachée war inzwischen daran gewöhnt, es auch zu fahren, und die beiden wollten sich auf dem Weg bis Nazaré abwechseln.

Und ja, es war Thadée schließlich gelungen, Zachée davon zu überzeugen, ihn dorthin zu begleiten. Sie wollten einen Surftrip unter Brüdern machen, ein Ding, von dem sie schon als Kinder geträumt hatten, ohne den Traum je umgesetzt zu haben. Ich spürte deutlich, dass Zachée trotz allem leicht verlegen war, als er mir dieses Vorhaben darlegte, das mich ausschloss:

»Cindy, sei nicht sauer, bitte. Ich glaube, er will das mit mir allein machen. Er meinte, dass er zu mir zurückfinden, unsere Bindung wieder enger knüpfen möchte. Und dann denke ich mal, dass es ihn frustrieren dürfte, in deiner Gegenwart zu surfen: Er ist richtig zurückgefallen, weißt du.«

»Letztes Wochenende war er nicht frustriert.«

»Stimmt, aber jetzt will er es wagen, Monsterwellen zu surfen, also nicht wirklich richtig, richtig große, aber nun ja, eben schon so drei Meter, verstehst du …«

»Nein, verstehe ich nicht.«

»Na ja, Monsterwellen sind ja deine Spezialität, also, keine Ahnung, ich glaub, er fühlt sich dabei nicht richtig wohl, und vielleicht geht er am Ende nicht einmal ins Wasser und kriegt Bammel, da wäre es für ihn einfacher, wenn du nicht dabei wärst …«

Ich sah, wie mein Freund versuchte, sich herauszuwinden, und das mit richtig schlechten Argumenten, die ihm sein Bruder eingeflüstert haben dürfte. Die Wahrheit war eine andere, Thadée wollte mich weder in Portugal noch in Biarritz noch sonstwo dabeihaben. Selbst auf La Réunion zog er eine Fresse, als er mich in Zachées Kielwasser ankommen sah. Ich habe seine Feindseligkeit immer gespürt, und sie war mir immer egal. Jetzt aber, klar, ging es mir gegen den Strich: Diese Ferienwoche hätte ich gern mit Zach verbracht. Wir wären hiergeblieben, in aller Ruhe, hätten gesurft, ja, aber nur in der Umgebung. Les Cavaliers, Uhabia, Parlementia, La Gravière hätten zu meinem Glück genügt. Umso mehr, als wir uns mit Anouk und Jérémie seit ihrer Ankunft richtig angefreundet und viel zu dritt gesurft haben. Wenn das Wetter schön ist, begleitet uns Anouk, bleibt aber am Strand oder im Café und zeichnet in ihren stets mitgeschleppten Notizheften. Jérémie behauptet, sie surfe eigentlich ganz gut, aber ich habe sie noch nie im Wasser gesehen.

Aber gut, jetzt war es vergeigt: Zach zog allein los mit seinem Arschlochbruder. Was mich aber nicht davon abhielt, mein Thruster hervorzukramen, und das Ganze hatte auch den Vorteil, dass ich mich während der Ferien um Jordy kümmern konnte. Kurz, ich gestand Zach und Thad zu, dass es ihnen guttun würde, mal zusammen Zeit zu verbringen, und machte gute Miene zum bösen Spiel.

Am Abend vor ihrer Abreise aßen wir alle gemeinsam bei den Chastaings. Mylène und Jérôme schienen lächerlich glücklich darüber, miterleben zu dürfen, wie ihre beiden Jungs ihre Vorbereitungen trafen, die Bretter aufs Dach schnürten, ihre Taschen packten, die Karte studierten … Man muss wissen, dass Thadée ihnen in den knapp zwei Jahren, seit er sein Bein verloren hat, das Leben schwer machte. Zachée zufolge hatten sie sogar Angst, er würde sich umbringen. Hätte er mal machen sollen. Typen wie Thadée sind Schädlinge und gehören ausradiert. Falls sie nicht eh ihre eigene Ausradierung vorantreiben.

Er hat sich nicht umgebracht, ist aber auch nie mehr zu dem geworden, der er vor dem Unfall war, und ich glaube, Mylène und Jérôme werden sich von dieser Enttäuschung nicht mehr erholen. Mylène vor allem, die ihren älteren Sohn immer übermäßig vorzog und verwöhnte und sich von ihm das Blaue vom Himmel erhoffte. Tatsächlich aber setzte die Enttäuschung wohl schon früher ein. Als er lieber in Pau und nicht in Bordeaux Maths Sup studierte, und dann auch, als er an der Centrale und der X scheiterte und entschied, sich ein Sabbatjahr zu gönnen. Während gleichzeitig Zachée spielend leicht sein erstes Jahr Medizin meisterte. Er begann sein zweites Jahr, als Thad nach La Réunion abzog, anstatt der Classe prépa volle Aufmerksamkeit zu widmen. Wobei ich mich immer gefragt habe, ob er wirklich eingeschrieben war für Mathe Sup, oder ob das nicht bloß eine weitere Erfindung war. Letztendlich hat nie wirklich jemand gewusst, was er in Pau so trieb. Er legte seinen Eltern gute Scheine vor, aber Scheine lassen sich schnell mal herstellen, und das wäre nicht zum ersten Mal so gewesen. Schon im Gymnasium fälschte er seine Noten und bekam es irgendwie hin, dass Mylène und Jérôme seine Lehrer nie zu Gesicht bekamen. Es verblüffte mich immer, wenn Mylène mit Thads sensationellen Ergebnissen prahlte, wo ich doch genau wusste, dass seine Höchstleistungen bei zehn, elf Punkten lagen. Nicht wirklich schlecht also. Sehr viel besser als ich, ja – aber weit davon entfernt, jener Klassenbeste zu sein, über den sich Mylène in Klatschereien erging. Ich habe darüber nie mit Zachée gesprochen, und auch nie gewusst, wie genau er im Bilde war. Schade. Hätte ich mal tun sollen. Es hätte Zachée vielleicht ermöglicht einzusehen, wie sehr sein Bruder ihnen allen was vorgemacht hat.

Beweggründe des Bedauerns – ich habe viele. Zu viele. Sie steigen mir in die Kehle, drohen mich zu ersticken. Denn tief in meinem Inneren war ich mir stets darüber im Klaren, dass Thadée für Zachée eine grundsätzliche Bedrohung darstellte. Ich dachte mir immer, dass er fähig war, ein Doppel- wenn nicht sogar ein Tripelleben zu führen, uns einen ganzen Haufen verstörender Aktivitäten zu verheimlichen, uns vor allem anzulügen: in Hinsicht auf sein Studium, auf den Umgang, den er pflegte, auf die Art und Weise, wie er seine Freizeit nutzte – ganz zu schweigen von dem dunklen Aspekt seiner Begierde. Aber all mein Wissen, das ich über Thadée angehäuft habe, seine Lügen, meine Zweifel an seinen Machenschaften und seinen Beweggründen, meine tiefe Überzeugung, dass er auf seinen Bruder krankhaft eifersüchtig war, ach, dieses ganze dickflüssige

Magma, ich habe es nie an die Oberfläche dringen lassen. Ich hatte zu große Angst, Zachée zu verletzen, zu große Angst, die Liebe und das Vertrauen anzugreifen, die er seinem Bruder weiterhin schenkte, trotz allem und bis zum Schluss. Aber auch er hatte seine Zweifel.

Tatsächlich ereignete sich der Unfall in dem ungünstigen Moment, als Zach gerade damit begann, sich zu emanzipieren und Abstand zu nehmen. In der Folge dann war alles wie weggefegt. Zachée fühlte sich zu schlecht, zu schuldig. Es war unmöglich geworden, gegen seinen Bruder Vorbehalte zu äußern. Ich hielt die Klappe. Heute bezahle ich dafür teuer. Unglaublich teuer.

Drei Tage nach ihrer Abreise Richtung Portugal gab es diesen Anruf von Thadée. Ich hatte am Abend zuvor noch mit Zachée gesprochen. Alles lief gut. Es war für die Jahreszeit warm, sie hatten gerade eine richtig gute Session hinter sich, mit einer Welle von vier Metern, die über einen Kilometer Länge ihre Tube ausgebildet hatte – und schließlich eine ganze Serie weiterer Wellen, weniger hohen, aber aufregenden, ja sogar tückischen. Und das Line-up änderte sich ständig, war nicht vorhersehbar. Aber so ist Nazaré nun mal, und Zachée war davon keineswegs überrascht. Thadée hatte nicht gesurft, sondern lediglich den Jet-Ski gelenkt.

»Er fand's großartig. Verstehst du, so kann er sehen, wie das alles funktioniert und sich dabei auch noch wohlfühlen. Noch sind die Wellen für ihn viel zu groß. Er ist noch nicht wieder so weit.«

»Was sagt er über dein Surfen?«

»Na nichts, was soll er schon sagen?«

»Hat er dir nicht gesagt, dass du's drauf hast?«

»Doch, doch, klar. Er hat es nicht für möglich gehalten, dass ich so riesige Wellen schaffe. Vor allem, weil es vom Strand aus gesehen ziemlich normal wirkt, weißt du, aber als wir erst mal auf ihr drauf waren, wurde es ihm klar.«

»Ja, das ist häufig so.«

»Ich hab Roy wiedergesehen. Er scheint inzwischen eine Hälfte des Jahres hier zu leben. Er lässt dich grüßen.«

»Ah. Okay. Grüß ihn mal schön zurück.«

Wir haben über eine Stunde lang miteinander gesprochen, verkrochen unter unsere jeweiligen Bettdecken. Aber da Zachée sein Zimmer mit Thadée teilte, war er nicht so zärtlich wie sonst. Ich spürte Verlegenheit und Anspannung in seiner Stimme. Womit mir Thadée auch das noch kaputtgemacht hat: meine letzte Unterhaltung mit der Liebe meines Lebens. Zum Glück schrieb er mir viel später noch, in der Nacht, eine Textnachricht: *Miss my miss*, und so konnte ich ruhig einschlafen, erfüllt von ihm.

Und dann erschien am nächsten Tag Thads Nummer auf meinem Handy, mir war sofort klar, dass etwas Schlimmes vorgefallen war, etwas, das Zachée daran hinderte, mich selbst anzurufen, aber mir blieb nicht die Zeit, mich in Vermutungen zu verlieren, denn Thadée hatte mich nur kurz begrüßt, bevor er zu mir sagte, dass wir Zach verloren hätten. Ja, genau so, mit diesen Worten:

»Cindy? Ja, hei. Oh ... wir haben Zach verloren.«

Das konnte so vieles bedeuten, dass mir noch Zeit zu hoffen blieb. Gleichzeitig kam mir der Anruf in Erinnerung, mit dem Zachée von La Réunion aus Mylène darüber informiert hatte, dass Thadée von einem Hai angegriffen worden war. Ich hatte mich damals an ihn gedrückt und ihn am Arm gehalten, um ihn zu unterstützen, es ihm leichter zu machen. Aber er weinte, er konnte kaum sprechen. Wohingegen Thadée mir das einfach so hinwarf, ohne jegliche Emotion: Wir haben Zach verloren.

»Wie, verloren?«

Ich erinnerte mich an Mylènes Fassungslosigkeit, zwei Jahre zuvor, ihr Unvermögen, die furchtbare Nachricht zu verstehen und zu akzeptieren, und an Zachées Bemühungen, den Schock bei ihr abzufedern, seine Fürsorglichkeit über neuntausend Kilometer Distanz. Thadée aber strengte sich kein bisschen an. Er ließ mir kaum die Zeit, wieder zu Atem zu kommen, bevor er mir den heftigen Schlag versetzte:

»Er ist ertrunken. Er ist tot.«

Dann gab er mich an wen weiter, ich weiß nicht mehr an wen, anscheinend einen anderen Surfer, ein Franzose, der mich vom Sommer zuvor her kannte, aber ihn wiederzuerkennen war unmöglich, weder im Augenblick selbst noch später dann. Da war nur eine junge, männliche Stimme, die überstürzt mit mir sprach. Und in dieser Stimme, der Stimme eines Fremden, nahm ich wahr, was Thadée sogar zu heucheln unfähig war: Traurigkeit, Schrecken, Mitempfinden. Den Rest, die Umstände von Zachées Tod, vernahm ich, ohne es zu begreifen: Das bewahrte ich mir für später auf, für den Zeitpunkt, wo ich wieder klar denken können sollte.

Die Stunden, die folgten, sind nicht der Mühe wert, erzählt zu werden. Ich glaube, dass es mir gelang, sie durchzustehen, weil ich einen Irrtum erhoffte, wenn nicht sogar einen üblen Scherz von Thadée. Ich war bei meiner Großmutter. Jordy war auch da. Ohne große Schwierigkeiten hatte ich es geschafft, dass meine Eltern ihn mir für einige Tage überließen. Es waren Ferien. Allerheiligen. Ich hatte Kurse, organisierte es aber so, dass ich Zeit mit ihm verbringen konnte. Und das war umso einfacher, als Zachée in Portugal war. Tja, so sah mein Leben vorher aus, von Zwängen getaktet: die Kurse besuchen, dann ein bisschen jobben, Jordy zum Skatepark begleiten, seine Hausaufgaben mit ihm machen, mit ihm reden, ihn daran hindern, der kleine Trottel zu werden, zu dem meine Eltern ihn programmierten. Das alles wurde mit einem Mal von einem Orkan hinweggefegt, aber einige Trümmer davon trieben noch auf der Oberfläche: in einem Winkel meines Kopfes fragte ich mich weiterhin, wie ich wohl drei Stunden fürs Surfen abzwacken konnte, und ob ich die Zeit hätte, bis nach Cenitz zu fahren. Ich hatte mit Jéré telefoniert, kurz vor Thadée, und er hatte mir von einer zwei Meter fünfzig hohen, sehr ebenmäßigen Welle erzählt. Ziemlich viele Leute beim Line-up, klar, aber auch nicht zu viele. Er hatte schon wie ein Irrer gesurft. Wenn ich wollte, käme er mich holen. Also ja, einerseits dachte ich an den Seegang, den Wind, den Swell, Neo und Board, andererseits drehte und drehte sich in meinem Kopf alles um die furchtbare Nachricht, um diesen Tod, der noch keine Wirklichkeit besaß.

Ich sagte nichts, zu niemandem. Weder zu meiner Großmutter noch zu Jordy. Im Übrigen wäre ich auch völlig unfähig gewesen, irgendwas zu sagen oder zu tun. Ich blieb auf meinem Bett sitzen, am selben Platz, an dem ich Thadées schreckliche Worte vernommen hatte. *Er ist ertrunken, er ist tot, er ist ertrunken, er ist tot* ... Ich wiederholte sie mir in allen möglichen Varianten, habe aber nichts dabei empfunden. Mein Körper, der hatte es kapiert: Mein Herz hämmerte, meine Wangen waren hochrot, als ob mein Blut schmelzflüssige Materie geworden wäre. Mein Telefon klingelte mehrmals, und als ich endlich abhob, war Jérôme dran.

Es war die Stimme von Jérôme, die die Lawine meines Kummers lostrat – eine neue Stimme, eine schwache, eine zitternde Stimme, die Stimme eines Greises. Bei diesem Signal, bei dieser Hoffnungslosigkeit, die das Recht besaß, der meinen zu entsprechen, realisierte ich, was es bedeutete, Zach zu verlieren.

Noch am selben Tag fuhren Mylène, Jérôme und ich nach Nazaré. Ich fuhr bis nach Valladolid. Anschließend wechselten Mylène und Jérôme sich am Steuer ab. Die einzige klare Erinnerung, die ich an diese albtraumhafte Reise habe, spielt sich an einer Autobahnraststätte nördlich von Salamanca ab. Wir hatten angehalten, um einen Kaffee zu trinken, und mein geistiger Nebel löste sich für einen Augenblick, als ich die beiden ansah: Sie hielten sich fröstelnd gegenseitig in den Armen, und sie erschienen mir kleiner und älter denn je. Ihre Hände zitterten, ihre Lippen waren grau – unter ihrer perfekten Bräune waren sie um zehn Jahre gealtert. Und wenn ich selbst auch von namenloser Not überschwemmt war, so besaß ich doch genügend Menschlichkeit, um Mitleid zu empfinden und zu wissen, dass sie ebenso tödlich angefasst waren wie ich. Dann wurde ich wieder in meinem eigenen Mahlstrom aus Schmerz und Fassungslosigkeit gezogen.

Die Ankunft war schrecklich. Aus Gründen, die mir nicht bekannt sind, war Zachée in ein zwanzig Minuten von Nazaré entfernt gelegenes Krankenhaus gebracht worden. Thadée hatte uns per Telefon angeleitet, und war gekommen, uns zu empfangen. Mylène flüchtete sich sofort in seine Arme, unter schwerem Stöhnen, das neben Kummer auch Erleichterung erkennen ließ. Aber was für eine Erleichterung eigentlich? Eine, mit der sie sich sagte, dass ihr zumindest ein Sohn geblieben war? Eine, mit der sie sich sagte, dass sie sich auf einen Thadée stützen konnte, dessen Gebrechen ihn stärker und verantwortungsvoller gemacht haben sollte?

Ich für meinen Teil gewährte ihm keine Sekunde lang meine Aufmerksamkeit. Ich nahm es ihm bereits übel, natürlich, aber unterschwellig und verborgen, wie verbannt an einen unbekannten Lappen meines überhitzten Hirns. Er begrub uns sofort unter einem Strom von Details, die den Unfall betrafen, Details, die er uns bereits am Telefon mitgeteilt hatte, und die mich in diesem Augenblick überhaupt nicht interessierten. In diesem Augenblick wollte ich Zachée sehen, und dafür wollte ich allein sein, weshalb ich erstmal die Chastaings ohne mich das Zimmer betreten ließ.

Ich bin raus aus dem Krankenhaus. Ich weiß bis heute nicht einmal den Namen des Ortes, wo es lag. Ich schlich zwischen Häusern umher, deren weiße Farbe schwach in der Dunkelheit schimmerte, auf der Suche nach Linderung in dem Labyrinth, das sie bildeten, in der Nähe all dieser Leben, die nicht die furchtbare Erschütterung erlitten haben, die meines eben erst erfahren hatte. Als ich zurückkam, stand Thadée am Eingang des Krankenhauses und rauchte. Er murmelte irgendwelche unhörbaren Silben, die aber freundlich klingen sollten. Ich sah ihn an. Auch er sah unter seiner Bräune übel aus. Seit einiger Zeit rasierte er sich den Schädel, ließ sich aber einen blonden und geringelten Bart wachsen, was ihn wie einen Wikinger aussehen ließ, worüber Zachée herzlich gespottet hatte. Zachée. Nie wieder. Ein Schreckensschauder durchlief mich und ich wollte Thadée antworten, einen dieser mechanischen und gekünstelten Sätze, wie sie in den letzten Stunden meine Unterhaltungen wesentlich ausgemacht haben. Und da sah ich es. Ich sah es wirklich. Ich sah, was der ungepflegte Bart, die ins Grünliche gehende Sonnenbräune, die Ringe unter den Augen, der erschöpfte Ausdruck mir bislang verborgen hatten: Thadée strahlte. Er konnte noch so sehr an seinem Joint ziehen, mit erloschener Stimme reden und mir ein kleines, trauriges Lächeln schenken, er jubelte vor perverser, nicht kaschierbarer Freude. Unter meinem plötzlich glasklaren Blick wandte er schlagartig sein Gesicht ab, aber zu spät.

Unter der Wucht dieser Entdeckung, die zu analysieren ich nicht fähig war, stürzte ich ins Krankenhaus. Mylène und Jérôme traten gerade aus dem Zimmer, noch immer einer an den anderen geklammert, die Wangen von Tränen gemasert. Man redete mit ihnen, die Ärzte, die Bullen, sie alle. Eine junge Frau war offensichtlich als Dolmetscherin beauftragt worden, im Allgemeinen aber schienen die Leute dort um uns herum ein recht passables Französisch zu sprechen.

Ich betrat das Zimmer, ohne mit jemandem noch ein Wort zu wechseln. Ich wusste nicht, wie viel Zeit mir vergönnt sein sollte, um allein zu sein mit der Liebe meines Lebens, aber ich stellte mir irgendwie vor, dass die Chastaings mein Bedürfnis nach Zeit und Einsamkeit begriffen hatten: Sie würden mich in Frieden lassen.

Zachée trug nichts als seine Shorts und ein Neopren-T-Shirt, das ich an ihm nicht kannte. Sein Neoprenanzug lag über einer Stuhllehne, ein Ganzkörperanzug von 4/3 mm, ohne Reißverschluss, ausgewählt auch wegen seiner strahlend orangen Farbe. Ich besaß den gleichen. Wir hatten sie gemeinsam gekauft, als wir anfingen, Monsterwellen zu surfen, weil wir damals dachten, dass man uns im Falle eines Problems besser ausfindig machen könnte.

Ich trat näher heran. Es war mein erster Toter. Der unpassende Gedanke, dass er auch mein erster Liebhaber war, ging mir durch den Kopf. Ich sah uns wieder mit vierzehn, tief bewegt, tastend, nervös auflachend, und uns hektisch fragend: Alles okay? So? Magst du es? Ist es gut?

Oh meine Liebe, meine schöne, meine mir teure Liebe ... Nein, es war miserabel, dieses erste Mal. Wir waren von der Erhabenheit des Moments zu sehr gelähmt, zu sehr gelähmt auch von der albernen Angst, es schlecht zu machen. Ich hatte Schmerzen, du hast nicht aufgehört, dich zu entschuldigen, als du das Blut fließen sahst, und mich mit Küssen bedeckt. Nein, nein, es stimmt nicht, es war wunderbar, es war auf wunderbare Weise miserabel und verfehlt.

Zachée, mein Erster und mein Einziger, wie kommt es, dass du in diesem furchtbaren Zimmer bist, oder vielmehr, dass du nicht hier bist? Denn bei meinem ersten Toten begriff ich: Da ist niemand mehr. Was da auf dem Bett ruhte, das warst nicht du. Das war eine Anhäufung von Zellen, der Verwesung anheimgegeben, nichts weiter. Du hattest diesen Körper für immer verlassen, aber dieses Verlassene war alles, was mir geblieben ist, weshalb ich trotz allem deine kalte Hand an meinen unerklärlich warmen und lebendigen Bauch drückte.

Ich sprach zu dir. Die Worte drangen aus mir heraus, Worte, die für mich untypisch sind, zärtliche und inbrünstige Sätze, die ich mir niemals erlaubt hätte, wärest du dagewesen, sie zu hören. Es tut mir leid, Zachée, wie es mir auch leidtut, sie nicht viel früher ausgesprochen zu haben – und wie ich darum bete, dass es ein Danach geben möge, einen Ort Irgendwo, an dem du sie vernimmst und an dem du auf mich wartest.

Mein schöner Liebster, mein wunderschöner Geliebter ... Ja, du warst so unfassbar schön, weißt du das? In der ersten Zeit unserer Geschichte fühlte ich mich fast überwältigt von deinem Glanz und dem Bewusstsein meiner Unwürdigkeit. Ich hatte den Eindruck, dass wir ein lächerlich schlecht gelungenes Pärchen waren. Schon in der Schule warst du einer unter den Größten, während ich niemals über meine einszweiundsechzig hinauskam. »Du bist nicht klein, du hast fürs Surfen die perfekte Größe. Ich bin's, der hier zu groß ist!«, sagtest du. Ich fand mich auch zu breitschultrig, zu ausgebildet am Oberkörper, die Hüften schmal, im Vergleich zu meinen Brüsten und meiner Schulterbreite. Aber du mochtest das, du mochtest meinen Körper, du konntest einfach nicht aufhören, es in allen Tonlagen zu wiederholen, weswegen ich es am Ende auch glaubte, ich glaubte, so schön und begehrenswert zu sein, wie du es sagtest. Mich noch einmal so schön fühlen zu lassen, wie du es getan hast, wird niemand mehr. Aus dem einfachen Grund, dass ich niemandem mehr erlauben werde, mich schön fühlen zu lassen. Zachée, mein Erster, mein Letzter.

Mein Ritter ... Aber ja, das genau warst du, und ich habe das leidenschaftlich an dir geliebt. Deine Noblesse, deinen Mut, deine Unschuld. Ja, deine Unschuld, und ich wage sogar zu sagen, deine Reinheit. Niemand wusste, wie sehr du frei warst von allen üblichen Lastern: Egoismus, Eitelkeit, Schäbigkeit, Eifersucht ... Alle liebten dich und fanden dich sympathisch, aber niemand wusste, wie sehr du uns allen überlegen warst. Niemand wusste es, niemand, bis auf mich und wahrscheinlich auch Thadée.

Du warst perfekt. Ja, ich weiß, das klingt lächerlich in diesem kleinen Zimmer, das sich als Totenzimmer erweist, aber ich sage es dir und sage es dir immer wieder: Du warst in deiner Güte ebenso vollkommen wie in deiner Schönheit. Und ich kann mir nicht verkneifen zu denken, dass du diese Vollkommenheit mit deinem Leben bezahlt hast.

Der Augenblick dauert an. Umso besser: Ich will, dass er ewig dauert, du und ich in der portugiesischen Nacht, auch wenn du nicht mehr du bist und ich folglich nie mehr ich selbst sein werde – Cindy kann ohne Zachée nicht sein, erinnerst du dich? Ich lege meine Lippen auf deinen schönen Mund. Ich wage es nicht, seine Schranken zu erbrechen, aus Angst, unter meiner Zunge die unerträgliche Kälte der deinen zu spüren, deiner unermüdlichen Zunge, dich mich so häufig und so unendlich intensiv hat kommen lassen.

Ich werde mich von niemandem mehr zum Kommen bringen lassen. Hier, jetzt, da ich dich zum letzten Mal küsse, halte ich dir und mir eine feierliche Predigt. Und du kennst mich, ich lüge nie, und ich rede nie, um nur daherzureden. Zachée, ich gehöre dir. Ich weiß, diese Vorstellung ist romantisch und idiotisch, und ich hätte es nie gewagt, sie zu deinen Lebzeiten zu formulieren, aber ich habe immer gedacht, dass ich dir gehörte und zwar ein Leben lang.

Meine Finger berühren dein unverändertes Gesicht. Nur, dass alles sich verändert hat, und dass mit Ausnahme der unverschämten Vollkommenheit deiner Züge, ich an ihm nichts mehr wiederfinde, das ich liebe. Deine Nase, deine Wangenknochen, deine Augenlider, deine noch immer an Stirn und Schläfen klebenden Locken, alles ist da, nur du bist es nicht mehr.

Ich lecke an dir. Du bist salzig. Du hast den Geschmack des Ozeans, der dich mir entrissen hat. Falls der Ozean der Schuldige ist. Und ja, der

Ozean ist nie an etwas schuld. Er ist unschuldig, rein und nobel, wie du es warst, wie du es immer sein wirst.

Im Auto, zwischen zwei Dummheiten, wie wir sie alle drei äußerten, da ja doch geredet werden musste, kam Mylène aufs Surfen zu sprechen, auf die Wellen, aufs Meer und seine Grausamkeit. Erst Thads Bein, dann Zachées Leben, als hätte der Ozean sich vorgenommen, sie zu zerstückeln, sie, Mylène, Stück für Stück. Sie redete Schwachsinn, und selbst, wenn ich mit nichts einverstanden war, und vor allem nicht mit der Art und Weise, wie sie den Haiangriff und den Tod ihres jüngeren Sohnes auf eine Ebene stellte, so ließ ich sie doch reden, denn ich wusste, dass auch sie tot war. Wie ich. Wie Jérôme.

Siehst du, mein Liebster, wir werden dich nicht überleben. Du nimmst alles Leben mit dir mit. Diese Vorstellung wäre dir furchtbar gewesen, aber sie legt sich über die Wirklichkeit dessen, was aus uns werden wird. Untote. Mehr tot als du, tatsächlich. Du, du wirst für immer deine spektakuläre und strahlende Jugend bewahren.

Ich schaue dich aufmerksam an, ich erfasse dich detailliert, peinlich genau und schmerzlich genau. Ich versuche alles in meine Erinnerung einzugravieren: deine goldfarbene Haut, deine rehbraunen Locken, deine hohen Wangenknochen unter deinen langen Mädchenwimpern. Ich habe mich gern über dich lustig gemacht, habe zu dir gesagt: »Schau, von uns beiden bin ich der Kerl und du die Tusse!« Ich hatte immer schon etwas von einem burschikosen Mädchen. Das störte dich nicht. Du hast niemals versucht, mich mädchenhafter zu machen, du hast niemals versucht, mich zu bedrängen, ich solle mich schminken oder Kleider und Röcke tragen. Und gleichzeitig nanntest du mich Sissy, ein Vorname für nervöse Prinzessinnen in Reifröcken. Ich werde wohl deine Prinzessin gewesen sein, trotz meiner Klamotten eines Typen, meiner Rastalocken und meiner Abscheu gegenüber allem, was mädchenhaft wirkt.

Das genaue Gegenteil deiner Mutter, eigentlich. Weißt du was? Ich habe deine Mutter nie gemocht. Das kann ich dir ja jetzt sagen, jetzt, wo du tot bist. Aber ich denke, du hast es geahnt. Ich musste es gar nicht erst klar und deutlich aussprechen. Mylène hat mich immer wahnsinnig gemacht mit ihren kleinen perfekten Bermudas, den zu ihren Strickwesten passenden Oberteilen, ihren schlanken Händen mit perfekt gefeilten und lackierten Nägeln, ihrem Brushing, Jogging, Stretching, all diesen ebenso wie sie nervtötenden Worten auf ›ing‹. Sogar ihr Parfüm flößt mir Horror ein. Ich verstehe eh nicht, wie man sich parfümieren, wie man unsere natürlichen Gerüche mit diesen chemischen Dünsten überlagern kann. Und Mylène ist die große Spezialistin im übermäßigen Besprühen. Sie bewegt sich in einem Dunst aus Shalimar oder Opium, kurz, in dem, was am widerlichsten süß und am meisten erstickend wirkt, ohne jegliche Rücksicht auf die anderen und deren persönliche Geruchsempfindung. Im Laufe der Zeit ist es mir gelungen, dir diese Manie für Eaux de Toilettes und Deos auszutreiben. Du hast gut gerochen, Zachée, die Erinnerung an deinen Geruch erschüttert mich. Ich schnüffle an dir. Aber nichts. Deine Haut strömt diesen Duft, wie er nur dir eigen war, nicht mehr aus – du bist tot.

Ich muss mich beeilen, denn so oder so wird man mich dir entreißen. Dem, was verblieben ist von dir, und das ist nichts – aber dieses Nichts ist alles, was ich habe. Noch einmal nehme ich deine Hand, ich führe sie an meinen Mund, ich küsse sie. Du hast das gern gemacht, ganz häufig – mein Zachée, ich werde ohne dich nicht leben können, ohne deine Gesten, ohne deine Aufmerksamkeiten, ohne deinen Blick auf mich.

Deine Hand liegt schwer in der meinen. Ich sehe das Innere deines Handgelenks, so hell, blau gemasert. Viele Surfer sind tätowiert. Du nicht. Wir nicht. Und doch hättest du es gern gesehen, dass wir was für uns gefunden hätten, ein Zeichen, eine Floskel, etwas, das unsere Liebe bedeutet hätte und das wir uns auf ewig in unser Fleisch eingeschrieben hätten. Ich war diejenige, die sich geweigert hatte. Auch das tut mir leid. Wenn wir es gemacht hätten, hätte ich wenigstens das. Und so schreibe ich auf dein zartes, kaltes Handgelenk unsere Initialen, CZ, für alle Tage auf deine Haut. Für alle Tage, die drei Tage andauern werden, dem Zeitpunkt, wo man zu deiner Einäscherung schreiten, wo man deinen wunderbaren Körper den Flammen übergeben wird. Falls man ihn nicht doch begräbt.

Es ist mir egal. Das bist nicht mehr du. Aber dieses Du, das nicht mehr du bist, ich küsse es, ein letztes Mal. Adieu, also, auf ewig, mein schöner Liebster, Liebe meines Lebens, meine einzige Liebe. Fühl mich an deiner Seite, fühl meine Wärme, fühl dieses Leben, das dir wiederzugeben ich nicht imstande bin. Wenn doch nur …

Es folgt die Rückfahrt nach Nazaré, wo wir schlafen sollen. Thadée hat für uns ein Hotel ausfindig gemacht, dessen Name ironisch klingt: Oceano. Aber auch das ist mir egal. Ich verbringe die Nacht bei voller Beleuchtung, beinahe bewusstlos geschlagen vom Leid, aber ach, nicht wirklich, nicht hinlänglich genug.

Und der erste Morgen ist entsetzlich. Ich muss wohl ein wenig geschlafen haben, doch mit dem Aufwachen prallt die Verzweiflung auf mich nieder und mit ihr der Gedanke, dass das auch all jene Tage so sein wird, die mir zu leben bleiben. Nein. Unmöglich. Ich will mich verbergen, wieder einschlafen, woanders sein als in meinem Körper an diesem ersten Tag ohne dich. Nur dass ich weiß, dass ich ihn, diesen Tag, erleben werde – wie auch die, die auf ihn folgen. Also gehe ich hinunter ins Erdgeschoss, wo die Chastaings auf mich warten, vor ihrem Kaffee – bei Mylène ein Tee. Wie ich, sind auch sie unfähig, irgendetwas zu essen, da der Kummer allen Platz belegt, den Magen ausfüllt, die Lungen, das Hirn. Wie ich, geben auch sie mechanische, scheue Gesten und Worte von sich, Gesten und Worte, mit denen man Sekunde um Sekunde überlebt. Aber das dehnt sich.

Wie sich das dehnen wird, diese Zeit ohne dich.

Thadée ist auch da, scheinbar ebenso niedergeschlagen wie die anderen, und vergeblich spähe ich nach der dunklen Flamme seines Jubels. Er rührt in seinem Kaffee, ohne den Blick von seiner Tasse zu heben, trinkt ihn wortlos, geht dann rauchen.

Den ganzen Tag über werde ich den Bewegungen folgen, die andere anstoßen, Jérôme, Mylène, die portugiesischen Behörden. Gut möglich auch, dass niemand etwas entscheidet, und wir inzwischen zu einem einzigen unförmigen Organismus geworden sind, bewegt allein von dumpfen, kollektiven Trieben, wie dem, uns alle vier in Praia do Norte einzufinden, dort, wo Zachée ertrunken ist.

Es sind wenige Leute im Line-up. Vier Surfer. Viel Raum. Und doch sind die Bedingungen gut, und die Höhe der Wellen dürfte zwei Meter nicht überschreiten. Bei dieser Sonne und dieser leichten offshore Brise ist es schwer vorstellbar, dass Zach hier sterben konnte. Nur gab's, Thadée zufolge, gestern Sturm, das Ende der Welt, die Apokalypse.

»Aber warum seid ihr dann hergekommen, wenn's Sturm gab?«

»Weil die erste Stunde clean war! Das schlug mit einem Mal um, einfach so, innerhalb von fünf Minuten!«

Da mein Blick meine Fassungslosigkeit widerspiegeln dürfte, rebelliert er auf der Stelle. Die verletzte Tugend, das ist er.

»Oh Mann, Cindy, meinst du nicht, ich würde mich nicht schon so schlecht genug fühlen, richtig schuldig! Glaubst du, ich wüsste es nicht, wüsste nicht, dass alles meine Schuld ist!«

Mylène und Jérôme reagieren augenblicklich und in schönster Einhelligkeit und ertränken Thadées Beteuerungen unter ihrer eigenen Sintflut an ungestümen und beschämten Ausrufen, dass ich doch wohl nicht auch noch dem Leid Leid hinzufügen wolle, und dass Thadée an nichts schuld sei, und dass Zachée selbst, wäre er jetzt da, nicht wollte, dass man seinen Bruder belaste, und so weiter.

Aber da du nicht da bist, mein schöner Liebster, und du es nie mehr sein wirst, schenke ich den posthumen Gefühlen und Reden, die sie dir zueignen, keinerlei Aufmerksamkeit. Ich entferne mich, ich ziehe meine Schuhe aus, ich gehe durch diesen Sand, durch den du und ich so viele Male gelaufen sind in diesem so nahen und so fernen Sommer, dem Sommer, in dem wir gemeinsam unserer Angst vor den Monsterwellen die Stirn geboten hatten. Im Übrigen waren sie keine wirklichen Monster, Nazaré im Sommer, das kann schon heftig sein, aber meist hat man es nur mit riesigen Wellen zu tun, nicht aber mit Bergen. Und wir haben dennoch ein paar Bomben gelandet, mal du, mal ich. Und wir haben uns denkwürdige Wipeouts einkassiert, natürlich. Aber jedes Mal wussten wir, dass der andere da war, auf seinem Jet-Ski, und uns wieder einfing, selbst unter Lebensgefahr.

Von ferne höre ich Mylènes unerträgliche Stimme, die noch immer jammert. Sie dürfte gerade schlecht über mich reden, meinen Egoismus, meine Kälte, meine mangelnden Gefühle schmähen – denn genau so sieht sie mich. Weißt du, mir ist meine Mutter noch lieber als deine. Und dennoch wünsche ich meine Mutter niemandem, und vor allem diesem armen Jordy nicht, den sie gerade dazu bringt, fettleibig, dumm, verrückt zu werden. Aber zumindest ist die Sache bei Sandra eindeutig: Sie ist schädlich. Für sich selbst, zunächst, bei den vielen Abhängigkeiten, unter denen sie seit ihrer Jugend leidet: Rauchen, Trinken, Spielen, Fressen … Sie hätte niemals Kinder kriegen dürfen, und ich frage mich, wie Jordy und ich es geschafft haben, durch die Maschen des Netzes aus all den Vorbelastungen zu schlüpfen, die sie in sich birgt und die sich mit denen meines Vaters verknüpfen. Ganz zu schweigen von all den Misshandlungen, derer sie sich erst an mir und später auch an Jordy schuldig gemacht hat.

Mylène ist ebenfalls schädlich, aber das sieht man weniger, falls überhaupt. Wohingegen es der armen Sandra schwerfiele, jemanden hinters Licht zu führen. Allein körperlich gesehen, ist es eine Katastrophe. Während Mylène Chastaing ihre sorgsam gebügelten engen Hosen zur Schau trägt, ihre soeben erst aus der Reinigung gekommenen Tops, ihren glänzenden Pferdeschwanz, ihre über jeden Verdacht erhabene Schminke, läuft Sandra Martinez die ganze Zeit über in Jogginghose und Fleece-Jacke herum. Ich weiß nicht, zu welchem Zeitpunkt sie es aufgegeben hat, den Anschein einer Verführung aufrechtzuerhalten, aber ich habe sie selten in Schale geworfen gesehen. Nun gut, sie besitzt einen schwer zu kleidenden Körper: enorme Hüften und Oberschenkel, aber einen bescheidenen, beinahe fleischlosen Rumpf. Sie ist noch keine vierzig, meine Mutter, aber sie wirkt gut zehn Jahre älter. Und Mylène, die fünfzig Jahre alt ist und meint, sie wäre dreißig, hat etwas Verwelktes, Verdorrtes, Verbrauchtes. Und das nicht erst seit deinem Tod, oder seit Thadées Unfall. Wohingegen im Blick meiner Mutter, trotz ihrer Kupferrose und ihrer ramponierten Zähne, manchmal eine unbändige Flamme an Jugendlichkeit aufleuchtet. Und diese unbändige Flamme an Jugendlichkeit, ich kenne sie nur allzu gut, da sie mir unzählige Male in die Fresse schlug. Meine Mutter schlägt zu, öfter als nötig, und öfter als mein Vater, der mehr rumheult, als dass er kämpft. Was nicht heißt, dass er mir nicht auch immer wieder einmal ordentlich eine gepfeffert hätte. Wenn ich mit sechzehn das Haus verließ, dann aus Angst vor Schlägen. Und nicht so sehr vor denen, die ich einstecken musste, als jenen, die ich ihnen hätte verpassen können. Ich sah den Moment heraufziehen, an dem wir kurz davor waren, uns gegenseitig umzubringen.

Uff, na bitte, ich habe gerade zwei Minuten in den Erinnerungen an meine Eltern verbracht, zwei Minuten, ohne daran zu denken, dass du für immer tot bist. Das ist schon mal was, aber mir bleiben noch ein paar Millionen, die ich niederknallen muss, bevor ich dir in deine Ewigkeit folgen werde. Nur dass wir, soweit ich weiß, nicht einmal wiedervereint sein werden. Jeder wird für immer in seiner Nacht verbleiben.

Ich kann es mir nicht verkneifen, auf die Manöver der Surfer zu schielen. In Praia do Norte liegt der Take-off zwei Kilometer vom Shore-Break entfernt, also relativ weit, aber doch nah genug, um erkennen zu können, dass die Typen im Wasser keine Anfänger sind, alles andere sogar als das. Sie dürften wissen, dass du genau hier ertrunken bist, vor vierundzwanzig Stunden. Vielleicht hatten sie kurz innegehalten und an dich gedacht, bevor sie ins Wasser gegangen sind; vielleicht hatten sie die Welle anders angeblickt, vielleicht hatten sie mehr Angst als gewöhnlich, eine Angst, die sie bändigten, so wie wir es gemeinsam gelernt haben. *Ich werde auf deinem Grabe surfen.* In dem Moment, wo mir dieser seltsame Satz in den Sinn kam, höre ich, wie jemand nach mir ruft. Es ist Roy. Er schließt mich in seine Arme, wirkt sehr bewegt, und lallt mir wirre und abgerissene Sätze ins Ohr:

»Cindy, it's terrible, es tut mir leid, so sad, how is it possible? I don't understand, Zachée war gut, er kannte die Ecke hier ... And yesterday, it was not so hard ... Rainy, very mushy, but not so hard.«

»Warst du hier? Hast du ihn surfen sehen?«

»Yes, war ich. On the shore-break. Nicht wirklich viel gesehen. Weg etwas weit.«

Er zögert, sucht nach den richtigen Worten, springt zwischen seinem Kiwi-Englisch und seinem schlechten Französisch hin und her. Er hat tränengerötete Augen und seine Lippen zittern. Dein Tod hat ihn offenbar tief erschüttert. Es stimmt, dass wir drei uns richtig gut angefreundet hatten, damals in Guéthary. Und in Nazaré letzten Sommer hatten wir uns häufig gesehen. Ich frage ihn, ich bedränge ihn:

»Aber wie war es? Warum warst du nicht selbst im Wasser? Thadée meinte, dass sie einen echt guten Start in die Session hatten, dass es dann aber plötzlich umgeschlagen sei.«

»Ja, true. Da war ein Umschlag von absoluter Perfektion zu einem heftigen slab on shore, einfach so, in wenigen Minuten. Aber von hier aus konnte man das nicht richtig sehen. Was about do dive, als wir kapierten, dass was passiert war.«

»Mit wem warst du unterwegs.«

»Joachim. Du hast mit ihm telefoniert, yesterday.«

»Ah, ja, der Jo... Hat er gesehen, dass Zachée in Schwierigkeiten steckte?«

Er sieht mich erstaunt an, als habe er meine Frage nicht wirklich verstanden oder frage sich, wie er mir antworten könnte, ohne mich zu verletzten.

»Aber nein, didn't see anything. Just den Jet-Ski, der mit deinem Schwager zurückkam, der irgendwas schrie. Dann zog er wieder ab ins offene Meer. Es war grau, just like rain, weißt du. Und das Wasser, really gloomy. Aber ...«

»Aber was?«

Er blickt sich um, bemerkt die drei Chastaings, die aneinandergeklammert dastehen, den Blick aufs dunkle Wasser gerichtet, aufs Wasser, das dich mir entrissen hat, und dessen verhängnisvolle Strudel sie aufmerksam betrachten.

»Ich muss mit dir reden, baby-girl. Wann fährst du nach Frankreich zurück?«

»Keine Ahnung. Heute, morgen ... Ich fahre nicht ohne Zachée, das ist sicher.«

»Wann kann ich dich unter vier Augen sehen?«

Ich blicke ihn aufmerksamer an. Vor drei Jahren, als wir ihn kennenlernten, hast du mich ziemlich aufgezogen wegen Roy, nun ja, als wäre er richtig geil auf mich gewesen, und dass ich ihn kirre gemacht hätte, so was. Aber nein, er wirkt nicht so, als würde er mich grade anbaggern. Er wirkt nur unglücklich, unruhig, und äußerst unwohl, so sehr, dass ich beinahe Lust hätte, ihn über meinen eigenen Kummer hinwegzutrösten und ihm zu sagen: ›Roy, ist schon gut, ich schaffe das schon, ich schwöre es dir, ich werde überleben.‹

Ich werde möglicherweise überleben, aber sicher ist das nicht. Manchmal kommen mir da Zweifel, auch wenn die Vorstellung eines Suizids mir sehr fern liegt. Ich lächle Roy an und sage:

»Jetzt, wenn du willst, jetzt sofort. Wir können was trinken gehen.«

Es ist zehn Uhr früh, aber plötzlich scheint mir die Vorstellung, mich mit Roy zusammen vollaufen zu lassen, die einzige Möglichkeit, die Zeit zu überstehen und durchzuhalten. Ich winke den Chastaings zu:

»Ich geh mit Roy was trinken. Sehen wir uns im Hotel?«

Thadées Blick wird misstrauisch, beinahe hart, bevor er wieder einen neutralen Ausdruck annimmt:

»Ich komme mit.«

Ich habe keine Lust, dass er mitkommt, und ganz offensichtlich würde mit Thadée zusammen was zu trinken Roys Plänen kreuzen, der mir kurz zusteckt:

»Call you later. Hast du noch immer dieselbe Nummer?«

»Ja. Okay.«

Er geht, in Richtung des Parkplatzes, wo ich seinen alten, verbeulten Wagen wiedererkenne, während ich mich den Chastaings anschließe, und eine blasse Erklärung für sein unerwartetes Ausbleiben murmele. Anschließend täusche ich Müdigkeit vor, um zurück auf mein Zimmer zu gehen.

Ich weiß nicht, ob ich irgendwann einmal von diesem Hotel und insbesondere von diesem Zimmer träumen werde, aber es wird für immer mit diesen furchtbaren und nicht enden wollenden Stunden verknüpft bleiben – und mir scheint, als hätte sich bereits jedes einzelne Detail in mein Gedächtnis eingraviert. Merkwürdig. Merkwürdig, dass da noch Raum in mir sein soll, neben meinem namenlosen Kummer, Raum für die mit erdfarbenen Blümchentapeten überzogenen Wände, für das marmorne Nachttischchen, die lavendelblaue Steppdecke und das angrenzende kleine Bad, in dem ich mich eine ganze Weile lang betrachte, was ich gewöhnlich nie tue.

Aber du bist tot. Gewohnheiten gibt es keine mehr, und ich starre mich lange an. Im leicht mit Rostflecken besprenkelten Spiegel ähnle ich Zug um Zug der Cindy von früher. Ich habe meine vollen Wangen von früher, meine Dreads, meine Augen von früher, die kaum gerötet sind und kaum faltig. Im schlimmsten Fall wirkte Roy, grade eben, zerbrochener als ich. Das mag daran liegen, dass ich zwanzig bin und er vierzig.

Du bist tot. Ich werde nie wieder zwanzig sein. Ich werde nie wieder jung sein. Das, das ist ein Satz von dir. Letztes Jahr, als es Thadée so schlecht ging, als deine ganze Familie in die Brüche ging, hast du zu mir gesagt: »Cindy, ich werde nie wieder jung sein, damit ist es vorbei. Es ist vorbei mit der Unbekümmertheit, vorbei mit der Leichtigkeit.« Du hattest deine Aussage mit einem Lächeln begonnen, aber weinend beendet, und die wenigen Male, die ich dich in sechs Jahren hab weinen sehen, kann ich an einer Hand abzählen. An jenem Tag versuchte ich, dir eine Frage zu stellen, weil ich verstehen wollte, was dich so unglücklich machte, aber du hast mich lediglich an dich gedrückt, ohne mir zu antworten. Dann haben wir, ganz sanft, miteinander geschlafen. Deine Tränen tropften auf mein Gesicht, netzten mir den Hals, die Brüste, und ich hatte, dümmlich, geglaubt, ich würde dich trösten, indem ich dir Lust schenkte.

Mein Handy klingelt. Es ist Roy, und wir verabreden uns im Estrela do Mar, einem Café, das uns im letzten Sommer zur Gewohnheit geworden war. Mein Herz zieht sich augenblicklich zusammen, als es die Terrasse mit ihrer platt getretenen Erde erkennt, den Bambus und die Lorbeersträucher in ihren glasierten großen Tontöpfen, das mit Schilfrohrmatten bedeckte Dach, das die Sonne auf dein schönes gebräuntes Gesicht dringen ließ. Zum Glück ist die Terrasse schattig und der Wind kühler geworden, so können wir uns in den beinahe leeren hinteren Raum verziehen. Sobald unser Bier serviert ist, greift Roy nach meiner Hand, aber ich nehme in seinem Blick nichts Verfängliches wahr. Nein, was ich in ihm lese, ist pures Mitgefühl, sprich, etwas, was mir bislang niemand hat geben können. Wobei es stimmt, dass dein Tod bislang nur den Deinen bekannt ist, und dass sie viel zu sehr in ihrem eigenen Leid gefangen sind, als dass sie meines mitbedenken könnten. Ich bin mir sogar mehr oder weniger sicher, dass Mylène und Jérôme wähnen, mein Kummer sei im Vergleich zu ihrem nichts, auch wenn ich eingestehen muss, dass sie mich ganz spontan in ihre Familientrauer einbezogen haben.

Roy zieht seine Hand zurück und schluckt gute zehn Zentimeter von diesem Super Bock, das wir bei unserem letzten Aufenthalt hier zu schätzen gelernt haben.

»Cindy, ich möchte dir etwas Komisches sagen. Und vielleicht vertue ich mich. Aber ich bin mir nicht sicher, ob Thadée alles getan hat, like he had to do, weißt du.«

Das eiskalte Bier stürzt in mir hinab, und unterstreicht mein Gefühl, zu Glas zu werden, während Roy schmerzlich berührt seine Erklärung stottert.

»Ich habe Zachée nicht fallen sehen. Die Wellen waren heftig, for sure. Enough to break something. Haben die Ärzte dir gesagt, ob er Brüche hat?«

»Mir hat man nichts gesagt. Ich werde seine Eltern fragen. Sie haben mit einem Arzt gesprochen.«

»Und er ist over the falls, you know. During fucking long while. Und in dieser Zeit kommt Thadée zurück in unsere Richtung. Er hätte bleiben müssen, um Zach zu suchen. Er schreit was. Wir verstehen nichts. Und da sehe ich Zachée. He's floating. Und Thad, er fährt auf ihn zu. But seems to be kind of painful. Und jetzt wird es merkwürdig.«

Er unterbricht sich, um ein zweites Super Bock zu bestellen, und vielleicht auch, um sich Mut zu machen. Ich dringe wieder in ihn:

»Aber dieser Jo, wo war der?«

»He just arrived. He didn't see. Es ging rasend schnell, you know.«

»Und was ist dann so merkwürdig?«

»Thadée versucht, Zachée aufs rescue sled zu hieven. Zach bewegt sich nicht. Ich stehe weit weg von allem, und es beginnt zu regnen.«

»Zu regnen.«

»Zu regnen. Aber ich glaube, dass Thad gar nicht versucht, Zachée einzufangen. He's like keeping his head under water: Er drückt Zachs Kopf unter Wasser, das sehe ich. And then, sammelt er ihn ein.«

Und während dieser arme Roy sich in Entschuldigungen verheddert, mir etwas so disturbing zu sagen, und mich daran erinnert, dass er weit weg stand, dass es regnete, dass er nur schwer sehen konnte und sich nicht sicher ist, steigt mir der Alkohol nur umso schneller und effektiver zu Kopf, als ich noch nichts gegessen habe, seit ich von deinem Tod erfuhr.

Ich, ich bin mir sicher. Und klarerweise Roy sich auch. Wenn er es nicht wäre, hätte er seine Klappe gehalten. Es ist, als habe die Tatsache, geredet zu haben, ihm das Monströse der Sache erst klar vor Augen geführt. Dann greift er wieder nach meiner Hand, und beugt sich über den Tisch. Ich glaube, dass er mich küssen will und möchte mich schon zurückziehen, doch nein: Wenn ich ihn richtig verstehe, und so merkwürdig dies auch erscheinen mag, rät er mir, zu weinen:

»Du solltest weinen, Cindy. Warum weinst du nicht? Dein Liebster ist tot, und du, du sitzt da, dry as a bone, ich, ich weine, und du, du weinst nicht, why don't you?«

Ja, warum eigentlich? Gute Frage. Ich habe noch keine einzige Träne vergossen, aber ich sage zu Roy, dass ich tatsächlich zu viel geweint hätte, dass meine Tränen versiegt seien, dass das wiederkommen werde, ganz bestimmt. Und da bestelle ich mir mein drittes Super Bock vor den gerührt dreinblickenden Augen dieses Typen, von dem mir immer klar war, dass ich ihn aufgeilte. Ja, ich konnte zwar protestieren, dir sagen, dass du spinnst, aber ich wusste genau, dass ich Roy gefiel.

»Was wirst du jetzt machen?«

»Was meinst du?«

»Thadée. Wirst du zur Polizei gehen?«

»Wenn ich das mache, musst du aussagen.«

»No problem.«

»Er wird sagen, dass du dich irrst.«

»Ich irre mich nicht.«

Er blickt mich an, diesmal seiner selbst gewiss. Zu trinken tut gut. Ich war mit Alkohol immer extrem vorsichtig, natürlich, aber ich kann meine Eltern verstehen. Ich schwebe in einer kleinen Blase der Erleichterung. Aber ich muss klar bleiben, muss nachdenken, muss eine Entscheidung fällen, die richtig ist. Ich schaue Roy an und versuche einzuschätzen, wie er auf die Bullen und die Richter wirken dürfte ... Er macht den Eindruck, ein guter Kerl zu sein, ja, aber auch den eines Fantasten mit seinen vorstehenden Augen, seinem graumelierten Zopf und den bunten Tattoos, die zwar sein Gesicht aussparen, aber doch über Hals und Nacken bis hoch zu den Ohren reichen. Nicht gut. Ganz abgesehen davon, dass er schlecht Französisch spricht. Thadée wird mit ihm kurzen Prozess machen. Ein Thadée, der sich seinen Wikingerbart rasieren und das einzige Tattoo, das er hat, verbergen wird: einen Hai. Auf dem Bizeps. Er hat es sich nach dem Unfall stechen lassen, und ich dürfte eine der wenigen sein, die es gesehen haben. Neben dir. Damals, als wir beim VVF surften. Das ist tatsächlich keine drei Wochen her. Du hast diese hyperrealistische und extrem finstere Darstellung eines Bullenhais am Oberarm deines Bruders gesehen, aber nichts gesagt. Dein Blick kreuzte meinen, dein Mund klappte auf, aber du hieltest dich verschlossen. Bei Thad hast du alle Themen vermieden, die Ärger bedeuteten.

Kurz, es besteht kaum eine Chance, dass man Roy glauben wird, wo ich doch das Talent deines Bruders als Süßholzraspler so gut kenne. Klar, man könnte es versuchen. Aber wenn es neben Roys Stimme nicht noch andere geben sollte, wird Thadées Wort ihn wegschwemmen. Er wird nur noch deutlicher den Niedergeschlagenen mimen, er wird das lebende Abbild der Verzweiflung und Hilflosigkeit dessen abgeben, der ein doppeltes Leid ertragen muss: seinen geliebten Bruder verloren zu haben und zu Unrecht seines Mordes angeklagt zu sein. Nichts leichter, als sich die sehr überzeugende Komödie vorzustellen, die er uns liefern würde, ich würde am liebsten kotzen. Nein. Das nicht. Nicht das, aber was dann? Ich sage zu Roy:

»Wie lange bleibst du in Nazaré?«

»Ich lebe hier now. Zusammen mit Antonella, you know.«

Antonella, ein Mädchen aus der Gegend. Letzten Sommer, da hatte sie ein anderes Restaurant geführt, die Taverna del Rey. Mir wird klar, dass wir beide in nur zehn Tagen eine ganze Menge Freunde gefunden hatten. Aber das, das liegt an dir. An deinem Charme. Wenn ich allein bin, dann brauche ich eine Ewigkeit, bevor ich jemanden anspreche. Du aber brauchst nicht mal auf die Leute zuzugehen, sie kommen auf dich zu. Alle wollen mit dir reden, dir gefallen, deiner Welt angehören. Roy erzählt mir, dass er sich mit Antonella zusammengetan und sogar Arbeit gefunden habe. Shaping, tatsächlich. Stellt Surfbretter her. Im alten Stil, ohne Hilfe von Computern.

»I'm growing old, Chindy. I can't spend so much time in the water anymore. But see, wenn ich im Atelier bin, there, mit meinem Stück Schaumstoff, wenn ich es schneide, I choose, die Länge, die Dicke, ich setzte die Finnen, well, it's like I'm surfing. Ich stelle mir vor, ich auf diesem Board, what will it allow me to do. Und der Vorteil, also, ich weiß, was ich brauche, ich weiß, wenn ich ein gutes Niveau halten will, dann brauche ich das Brett, das ich verdiene. It's not good for kids, mit einem schlechten Brett ins Wasser zu gehen. Ich musste endlich anfangen, was Richtiges zu machen.«

Ich höre ihm zu, es tut mir gut. Es hilft uns, für einen Augenblick zu vergessen, dass Thadée dich ermordet hat. Nachdem er aufgehört hat, übers Schmirgeln, über Quads, Thrusters, Abdrift und good vibrations zu sprechen, komme ich auf das eigentliche Thema zurück:

»Hör zu, ich habe deine Nummer, ich werde mir noch deine Mail aufschreiben, und mich aus Frankreich wieder bei dir melden. Ich muss nachdenken. Aber ich werde Thadée nicht so einfach wegkommen lassen.«

»I trust you.«

»Sag nichts, im Moment, okay? Nicht einmal zu Jo oder Antonella.«

»Antonella habe ich ein bisschen was erzählt.«

»Nicht so schlimm. Sag ihr also, was ich gerade auch dir gesagt habe: Dass ich Zeit brauche, dass am Ende aber alle wissen werden, was wirklich abgelaufen ist.«

»Yeah, baby-girl. Aber why, warum hat Thadée das gemacht. Ist er eifersüchtig?«

»Könnte man sagen, ja.«

Ich umarme Roy, ich wiederhole mein Versprechen, ihn bald anzurufen, und überlasse ihn seinem kleinen portugiesischen Leben, seiner Antonella, der Taverna del Rey, und seinem Atelier, in dem er mir, vielleicht, irgendwann einmal, mein Traumboard shapen wird, falls ich jemals wieder ohne dich anfangen sollte zu surfen.

Das Letzte, worauf ich Lust habe, ist, zu deiner Familie zu gehen. Ich muss erst mal nüchtern werden. Auch wenn ich nicht wirklich betrunken bin, kann ich doch nicht klar denken: Ich laufe Gefahr, völlig auszurasten, wenn ich deinen Bruder und seine scheiß Fresse wiedersehe. Besser, ich gehe etwas am Strand entlang, um die Bilder und unerträglichen Gedanken loszuwerden, die mir das Hirn durchbohren: dein lebloser Körper im orangefarbenen Neo, dein Bruder, der zum Strand zurückfährt, anstatt dich zu suchen, dein Bruder, der deinen Kopf unter Wasser drückt, während er so tut, als hätte er Schwierigkeiten, dich auf den sled zu hieven.

Bist du noch einmal zu dir gekommen? Hast du begriffen, dass dein Bruder grade dabei war, seinen dreckigen Job zu Ende zu bringen? Bist du gestorben und musstest dir sagen, dass der, den du auf dieser Welt am meisten liebtest, dich gerade umbrachte?

Denn du hast ihn geliebt, wie du niemanden sonst geliebt hast. Selbst mich nicht. Er war dein Gott, ich weiß es. Als ich euch kennenlernte, bist du ihm überall hin gefolgt, wie ein kleiner Hund. Und er hat mir dir genauso gespielt, wie er mit einem Hund gespielt hätte. Gut möglich, dass er mich deshalb auch mehr oder weniger sofort gehasst hat: Ich nahm ihm seinen Hund weg, seinen Sklaven, sein Spielzeug. Ich habe dich von ihm entfernt, geduldig, indem ich nacheinander jeden einzelnen seiner Finger von dir löste, und so den Einfluss unterband, den er auf dich ausgeübt hatte, und von dem ich sofort begriff, dass er schädlich war, toxisch, ein Gift. Wenn ich es geahnt hätte, ich wäre viel schneller und radikaler vorgegangen. Ich hätte euch für immer voneinander getrennt. Aber obgleich mir klar war, dass Thadée immer schon ein zu allem fähiger Vollidiot war, habe ich mir doch nicht vorstellen können, dass er so weit gehen würde, dich umzubringen. Ich habe seine Eifersucht und seine Perversion unterschätzt. Ich war immer misstrauisch, aber nicht misstrauisch genug.

Wichtig ist im Moment allein, das ich mir nichts anmerken lasse. Dass Thadée nichts von dem ahnt, was ich gerade erfahren habe. Ich habe ihn schon immer gehasst, aber jetzt habe ich einen guten Grund, ihn zu töten, und du kennst mich gut genug, um zu wissen, dass ich es tun werde. Nur, dass du nichts mehr wissen und niemals erfahren wirst, wie ich dich rächen werde.

Ich werde die Arbeit zu Ende führen, die der Hai begonnen hat. Ihm das Bein ausreißen, das ihm verblieben ist, und zusehen, wie sein Blut aus ihm herausfließt. Oder schlimmer noch. Ihm das Bein ausreißen, das ihm verblieben ist, und ihn ins Krankenhaus bringen, bevor die Blutung sein scheiß Leben beenden wird. Sein scheiß Leben, er wird es in der Haut eines Schwerbehinderten weiterführen. Und ich schließe nicht aus, dass ich ihm auch die Arme noch ausreiße, um mit ihm abzurechnen.

Wenn ich je getröstet werden könnte, mir würde Trost aus der Gewissheit zufließen, dass ich von Anfang an recht hatte. Ich hätte auf mein Gefühl hören sollen, und dich von Thadée so weit wie möglich wegbringen sollen. Ich hätte dir klar und deutlich sagen sollen, was ich von Thadée halte: dass er ein Monster ist, und dass es nicht gutgehen konnte. Dass er dir nichts Gutes gönnte. Dass er noch nie irgendwem was Gutes gegönnt hat, vor allem aber nicht dir, seinem eigenen Bruder. Ich hätte dir sagen sollen, dass Thadée jeglicher Sinn für Moral fehlt, ja, sogar das Bewusstsein dafür. Dass er ein niederträchtiges Wesen ist, ein Vieh, das geschlachtet gehört – aber darum, um das Schlachten, werde ich mich kümmern.

Wie so häufig hat man Boote auf den Sand ins Trockene gezogen, und ich verkrieche mich in eines, um vor dem Wind geschützt zu sein. Der Himmel hat sich vollkommen geklärt, die Oktobersonne wärmt das abgeblätterte Holz, an das ich für einen Moment meine Stirn lege. Das Boot heißt *O sopro dos deuses*. Ich wünschte mir, die Götter wehten über mich hinweg, gemeinsam mit dem Wind, diesem starken, aus Westen kommenden Seegang, der mir guttut. Das Boot riecht nach Meersalz und Farbe. Wenn ich die Augen schließe, kann ich mir, bei all dem Wind, der mir in den Ohren dröhnt, und diesem ununterbrochenen Lärm der Brandung, gut vorstellen, ich wäre auf dem Wasser oder hoch oben in der Luft. Ich komme, Zachée, warte auf mich.

Dieses Luder. Ich habe keine Ahnung, was Roy ihr erzählt haben könnte, aber als sie wieder zu uns ins Hotel kam, wusste ich sofort, dass er mit ihr geredet hat. Meine Eltern hatten die Mitarbeiter vom Konsulat gesprochen und die Formalitäten für Zachées Rückführung erledigt, deren Kosten vollständig von ihrer Versicherung übernommen werden. Die beiden wollten zurück ins Krankenhaus, um Zachée noch einmal zu sehen. Cindy lehnte ihren Vorschlag, sie zu begleiten, ab. Es war noch früher Nachmittag, und wir sollten bald nach Biarritz zurückfahren. Kaum waren die Eltern weg, versuchte ich, aus ihr was rauszukriegen:

»Wie geht's?«

»Deiner Meinung nach?«

»Hast du Roy gesehen?«

»Geht's dich was an?«

»Oh Mann, sei nicht so aggressiv: Ich frage ja nur, das ist alles.«

»Jo.

»Hast du ihn gesehen?«

»Jo.«

Sie hob ihre Augen, ihre kleinen trüben grauen Augen, die Zach so schön fand, und starrte mich derart streitsüchtig an, dass meine letzten Zweifel verflogen. Ich fragte dennoch nach, der Form halber:

»Was hat er dir erzählt?«

»Nichts. Dass er traurig ist. Dass er Zachée sehr mochte, dass sie gestern zusammen surfen waren. Vielmehr vorgestern. Aber du warst ja dabei.«

»Stimmt. Wir hatten 'nen schönen Trip.«

»Hat Zachée mir erzählt.«

Ich weiß genau, was er ihr erzählt hat. Da wir in der gleichen Bude pennten, war ich gezwungen, ihr ganzes Telefonat zu ertragen. Er glaubte, ich hätte schon geschlafen, aber ich habe die ganze Gefühlsduselei mitbekommen, die er ihr zuflüsterte, und ihre Antworten mir vorgestellt. Was nur hatte mein Bruder an der gefressen, an dieser scheiß Nutte? Wenn sie wenigsten einigermaßen hübsch wäre, aber selbst das nicht. Sie ist klein, gedrungen, hat die Gesichtszüge eines Schweins. Und auf dem Brett wirkt sie einfach nur lächerlich. Oh Mann, wie hat man mir doch die Ohren vollgeschwafelt über Cindys Stil! Zachée vor allem, ja natürlich, aber auch eine ganze Reihe anderer Volldeppen, die wohl geil darauf waren, sie flachzulegen, tja, so hat halt jeder seine Vorliebe. Cindys Stil? Verweichlicht, wie sie. Und keiner kann mir weismachen, sie wäre eine zehn Meter hohe Mauer runtergeritten, wie Zachée und Roy mich glauben machen wollten: Cindy, die kann, wenn's hochkommt, sich auf dem Longboard aufspielen und an der Nose ein paar Figuren machen, das ist aber auch schon alles!

Ich habe Schmerzen. Es ist Monate her, dass mir das passiert, aber jetzt, jetzt habe ich tatsächlich heftige Schmerzen. Während Cindy hoch in ihr Zimmer geht, um ich weiß nicht was zu treiben, lasse ich mich in den einzigen Sessel der Eingangshalle fallen. Das Mädchen am Empfangsschalter schaut mir zu, wie ich meine Prothese abschnalle und meinen Stumpf mit Akilortho einschmiere. Jérôme hat mindestens zehn Tuben davon in meine Schubladen gestopft, weshalb ich immer eine dabeihabe.

Das Mädchen heißt Clara und stammt aus der Gegend. Ich habe sie gestern ein wenig angebaggert, als ich für meine Eltern ein Zimmer reservierte und ein weiteres für Cindy, diese Schlampe. Ich hatte den Eindruck, dass ich ihr gefiel, aber jetzt, da sie kapiert, dass ich behindert bin, habe ich keine Chancen mehr bei ihr. Ich scheiß drauf und knete meinen Stumpf nur umso intensiver, während ich sie herausfordernd anblicke. Sie wirkt massiv angewidert und blickt sich im Raum um. Vielleicht befürchtet sie, dass ich ihr die Gäste vergraule. Nur dass da niemand ist in ihrem runtergekommenen Hotel.

Das ganze Kaff hier ist runtergekommen. Ich weiß nicht, warum ich unbedingt wollte, dass wir nach Nazaré fuhren. Die Leute hier sind völlig degeneriert. Die müssen seit Jahrhunderten miteinander schlafen. Man braucht die Kleine vom Hotel nur anzuschauen, und schon weiß man, dass ihr Vater zugleich auch ihr Großvater sein dürfte. Sie hat keine Stirn. Und auch kein Kinn.

Bei Cindy das Gleiche: Sie stammt aus einer inzestuösen Alkoholikerfamilie. Zachée hat mir ein wenig davon erzählt, richtig heftig bei denen. Einmal wurde sie von ihrer Mutter so derbe geohrfeigt, dass man sie wegen eines Schädeltraumas ins Krankenhaus bringen musste. Das dürfte meiner Meinung nach nicht ohne Folgen geblieben sein. Cindy ist leicht unterentwickelt. Sie hat nicht einmal ein ganz normales Abi geschafft. Und es würde mich nicht wundern, wenn sie ihre Ausbildung zur Krankenschwester vergeigt. Wenn es ihr gelingen sollte, Krankenpflegerin zu werden, wäre das schon viel.

Und dann gibt es hier auch kein Netz. Weder im Hotel noch anderswo. Selbst WindGuru aufzurufen, ist mühsam. Nicht, dass ich hier die Swells prüfen möchte. Die Windgeschwindigkeit, seine Richtung, die Höhe der Wellen, ihren Rhythmus, die Windböen und was sonst noch alles. Das Surfen war zehn Jahre lang mein Leben, aber ich glaube, ich habe mit dem Surfen abgeschlossen. Und gut möglich, dass ich auch mit meinem Leben abgeschlossen habe. Mit meinem bisherigen Leben, meine ich – denn Selbstmord steht nicht mehr, ja wirklich gar nicht mehr auf meinem Programm.

Wie auch immer, ich habe diese Woche kapiert, dass das Surfen für mich gestorben ist. Jeder einzelne Versuch dazu war Beweis und Erniedrigung genug. Selbst, wenn beim Jet-Ski das Rudern und der Take-off so gut wie wegfallen. Und ich könnte mir nicht einmal einreden, die Wellen wären für mich zu groß gewesen. Am ersten Tag mit Zachée hatten wir einen Seegang mittlerer Stärke, Wellen von einem Meter fünfzig, vollkommen klar, gewölbt, konstant, ein Traum. Ganz abgesehen davon, dass es schön war, und dass Ende Oktober das Wasser meist wärmer ist als zu Sommerbeginn. Natürlich nichts im Vergleich zum lauwarmen Wasser auf La Réunion: Man muss im Ganzkörperneopren surfen, aber egal, das ist in dieser Jahreszeit in Les Landes nicht anders. Man sieht, es gibt keine Entschuldigung für mich. Mit nur einem Bein zu surfen ist eben kein Surfen mehr. Ich weiß, dass es Gegenbeispiele gibt, Typen, die trotz ihrer Prothese richtig geil surfen, oder etwa auch Bethany Hamilton, die wieder Wettkämpfe in Angriff nahm, obwohl sie nur einen Arm hat …

Ich weiß das nur zu gut, da ich Stunden damit verbrachte, mich bei Videos von dieser Drecksau zu wichsen und mir vorzustellen, was ich sie nicht alles erleiden lassen könnte, wenn ich die Gelegenheit dazu hätte. Etwas, das sie richtig bedauern ließe, mit sechzehn nicht von ihrem Tigerhai getötet worden zu sein. Es gibt auch Videos, auf denen man sie mit dreizehn sieht, im Wasser und mit ihren kleinen Möpsen, und auch da, auch da ging meine Fantasie richtig ab.

Um auf den ersten Tag in Nazaré zurückzukommen, so war der, sagen wir mal, eine regelrechte Ohrfeige. Ich weiß nicht, warum ich mir vorgestellt hatte, dass die Dinge in Portugal anders werden würden, leichter als in Cenitz oder Anglet, wo ich ja im Laufe des Sommers bereits ein paar Versuche gemacht hatte. Wohlgemerkt, ich hatte in jenem Sommer einige schöne Wellen mitgenommen, vor allem in Cenitz, und meine Reflexe und Empfindungen waren wieder da. Es hatte nur eben nicht gegriffen. Die Linkslaufende von Cenitz ist lang, weich, perfekt für Anfänger, bei denen ich mich nun wiederfand, aber ich habe nicht zwölf Jahre gesurft, um mir schließlich dabei zuzusehen, wie ich mit Kindern in der Gischt rumplantsche. Ich sah, wie die Serien reinrauschten, ich hatte keine Probleme, die Welle zu lesen, ich wusste, was ich tun musste, nur mein Körper folgte mir nicht, oder er folgte verspätet. Am Ende hatte ich zwei Wellen geritten, wo ich sonst zwanzig geritten hätte. Und ich hatte massenweise Wipe-Outs kassiert. Nach zwei Stunden war ich davon angewidert, und wir sind nachhause.

Ich fuhr, Zach rechts von mir. Keiner von uns sagte was, als ich jedoch vorschlug, dass wir im nächsten Sommer für eine Woche nach Portugal fahren könnten, stimmte er voller Begeisterung zu. Damals, an jenem Tag in Cenitz, hatte er selbst kaum gesurft und sich damit begnügt, mich zu ermutigen und zu beraten. In Nazaré stellte ich dann aber sofort fest, dass ich in Les Landes wegen der Beachbreaks nicht hatte erkennen können, was für enorme Fortschritte er inzwischen gemacht hat. Nicht, dass Cenitz Plage, der VVF von Anglet oder La Gravière Spots für Anfänger wären, weit gefehlt. Aber in letzter Zeit sind Seegang wie Wellen dort recht bescheiden ausgefallen, während hier, vom ersten Tag an, richtig was hochging. Nicht super hoch, aber schon so, dass man Schiss kriegen konnte.

Und ja, Schiss hatte ich, schon seit dem Vorabend, als mir klar wurde, dass es mir nicht gelingen würde, abzuheben. Die meisten meiner Take-Offs waren okay, aber mir wollte einfach keine Wendung gelingen. Was mir am Surfen Spaß macht, sind aber vor allem die Front-Flips, die Rollers, die Floaters. Und von daher machen mich Monsterwellen auch nicht wirklich an. Zugleich aber sehe ich nicht ein, warum ich Cindy und Zach Monsterwellen in Angriff nehmen lassen sollte, ohne ihnen ihren Platz streitig zu machen. Gut, Zach wird gar nichts mehr in Angriff nehmen, ganz offensichtlich nicht, dafür habe ich gesorgt.

Es ist der Tag deiner Beerdigung, mein Liebster. Denn am Ende begräbt man dich nun doch und äschert dich nicht ein. Es sind Mylènes Eltern, die darauf bestanden haben, Mamie Régine und Papy Jean. Sie besitzen eine Familiengruft in Sare. Du wirst deinem Urgroßvater dorthin folgen. Tja. Ich hoffe, du bist damit einverstanden. Und wenn die Ordnung der Dinge eingehalten wird, werden Mamie Régine und Papy Jean nicht allzu lange damit warten, dir dort Gesellschaft zu leisten. Im Augenblick schluchzt Mamie Régine, während Papy Jean sich die Nase schneuzt, immer wieder einmal und in gewisser Weise recht stilvoll.

Während sich die Leute langsam, aber sicher vor der Kirche von Sare versammeln, gebe ich mich ein paar soziologischen Beobachtungen hin, um die Zeit totzuschlagen – denn darum geht es, Zachée: jede einzelne der nicht enden wollenden Sekunden töten, die mich von meinem eigenen Tod trennen.

Gut, ich war bei deinen Großeltern mütterlicherseits, diesem Pärchen unerträglicher Poser – die du aber doch ertragen hast, weil du alle und jeden liebtest und nirgendwo das Böse gesehen hast. Neben Mamie Régine, makellos in ihrem anthrazitgrauen Hosenanzug, gibt meine eigene Großmutter in einem ordnungsgemäß schwarzen, aber aus der Mode gekommenen Kleid eine klägliche Figur ab, ganz zu schweigen von ihren abgelaufenen Stiefeletten, ihrem grauen, drei Zentimeter langen Haaransatz und ihrer verwirrten Ausstrahlung. Sie weint, auch sie, aber ohne diese unendliche Anmut von Mamie Régine oder die Distinguiertheit von Papy Jean. Ich bin gemein, ich weiß. Diese Leute leiden, alle, und Mamie Régine sehr viel mehr als meine Großmutter. Mamie Régine hat dich zur Welt kommen sehen, sich um dich gekümmert, und du hast wahnsinnig viel Zeit in ihrem Haus in Sare verbracht, das du mochtest und in das du mich einige Male mitgenommen hast. Du warst ihr Enkelsohn. Sie und die anderen sind deine Familie, dein Blut: Sie haben mehr Anrecht auf dich als ich; sie haben mehr als ich das Recht, hier zu sein und traurig zu sein. Es ist mir egal. Ich mache ihnen nichts streitig. Und vor allem nicht ihre Trauer.

Jordy ist auch da, an meinen Arm geklammert und wie benommen von seinem eigenen Kummer. Gestern, als ich kam, um ihn bei meinen Eltern in Castagnède abzuholen, trat meine Mutter vors Haus. Üblicherweise wartet Jordy auf mich mit seinem Rucksack am Eingang: Ich bin meinen Eltern seit gut zwei Jahren nicht mehr begegnet. Sie begleitete Jordy bis zum Auto, der einen dem Anlass entsprechenden schwarzen kleinen Anzug trug. Sie sagte nichts zu mir, sie versuchte nicht, irgendeine Traurigkeit vorzutäuschen, die sie gar nicht empfand, aber sie sah mich eindringlich an. Ich begriff, dass sie gern irgendeine Form der Totenklage und des Mitgefühls von sich gegeben hätte, was ihr aber nicht gelang. Sie spürte, dass die Situation danach verlangte, aber es lag außerhalb ihrer Kräfte, aus Gründen, die ganz unterschiedlich und zusammenhangslos sind, etwa ihre Gleichgültigkeit mir gegenüber oder ihre geringe Lust zu großen Reden. Sie zuckte mit den Schultern und machte kehrt, ließ mich allein zurück mit diesem armen Jordy, der, seinerseits, schmerzerfüllt weinte und getröstet werden musste.

Du wirst bei den Alten enden, mein schöner Liebster, aber unendlich viele junge Menschen sind nach Sare gekommen, um dir ein letztes Adieu zu sagen. Deine Freunde sind alle da: Maxime, Yvan, Kenza, Louis, Gabriel, Thelma, Arthur, Alexandre, Bastien, Oriane, Saul, Hugues, Vincent, Faustine, Swan, Ferdinand, Samuel, Pauline ... Deine Freunde, die auch meine sind, die mich aber ansehen, als machte ich ihnen Angst, und mich kaum anzusprechen wagen. Das ist umso merkwürdiger, als ich eine der wenigen bin, die nicht weinen. Es sei denn, dass genau das sie erschreckt, genau das; und dass sie, wie Roy, überzeugt sind, dass ich doch besser in hemmungslose Tränen ausbrechen sollte, wie diese arme Oriane, die dich nur von der medizinischen Fakultät her kennt, sich aber benimmt, als wäre sie deine Witwe. Wären wir in Indien, würde sie sich wahrscheinlich auf den Scheiterhaufen deiner Totenverbrennung werfen, aber sie und wir alle haben Glück, uns hier im Herzen des Baskenlands zu befinden, wo es so barbarische Bräuche nicht gibt.

Anouk und Jéré sind ebenfalls gekommen und haben sich linkisch den Weg bis zu mir gebahnt. Anouk hat mich herzlich an sich gedrückt, und für einen kurzen, schwindelerregenden Augenblick spürte ich, was es heißt, sich dem Kummer hinzugeben und verzweifelt an diesem vollen, parfümierten und mit Schönheitsflecken übersäten Busen zu weinen. Nur, dass ich mich sofort wieder fing. Der Kummer und die Tränen müssen warten, bis ich deinen Bruder getötet habe.

Wo auch immer du sein magst, irgendwo im Nirgendwo, du wirst wahrscheinlich hoffen, dass ich von meinem Racheplan absehe. Es würde zu dir passen, dass du wünschtest, ich würde vergessen oder verzeihen – zu dir, Zachée, aber nicht zu mir.

Ah, da ist Léo. Seine Eltern sind ebenfalls da. Seine Mutter hält ihn fest an der Hand, sicher und zugleich misstrauisch, als liefe er Gefahr, dir in dein Grab zu folgen. Die Gefahr ist gering, aber ich kann sie verstehen. Der Tod ist genauso plötzlich wie unvorhersehbar: Man hat einen zwanzigjährigen quicklebendigen Sohn, und eine Sekunde später, hops, hat man es mit einer Leiche zu tun, die auf trüben Wassern treibt.

Die Chastaings ihrerseits kommen an, im Audi Q3 von Jérôme. Ysé steigt als Erste aus: Sie springt aus dem Wagen wie ein endlich befreites kleines Tier und geht verhalten auf ihre vier Großeltern zu, die in diesem Meer junger Leute eine Insel knöchriger Greisenhaftigkeit bilden.

Das Meer. Jedes Mal, wenn ich Gesprächsfetzen auffange, ist von ihm die Rede, von seiner Gefährlichkeit, seiner Grausamkeit, vom Fluch, der bewirkte, dass zuerst Thadée von einem Bullenhai das Bein ausgerissen wurde und Zachée anschließend ertrank.

Wenn ich wollte, könnte ich diese Versammlung wie versteinert dastehen lassen, ich müsste nur laut und deutlich erklären, dass es nicht das Meer war, das uns Zachée genommen hat, und noch weniger ein Fluch. Nein, der Schuldige ist unter uns, er steigt jetzt seinerseits aus dem Audi, aufgrund seines Gebrechens weitaus mühsamer als seine kleine Schwester.

Der Wagen bleibt, für eine gute Weile, geschlossen, bis schließlich Jérôme seine Tür ins Schloss fallen lässt, um die von Mylène gemessen öffnen zu gehen. Sie sind nicht wiederzuerkennen. Noch verwüsteter als nach der Rückkehr aus Nazaré. Und Mylène ist eindeutig zu Grunde gerichtet, sie schwankt beinahe, aber Thadée nimmt die Dinge in die Hand und führt seine Eltern bis zur Kirche, in die wir, ihnen folgend, eintreten.

Der Rest interessiert mich nicht. Ich habe Jérômes Vorschlag, etwas ins Mikro zu sagen, abgelehnt, und höre geistesabwesend, wie deine Eltern und Freunde nacheinander an es herantreten. Worte, Worte. Keine Ansprache wird dir gerecht. Keine Rede, auch nicht die treffendste und aufwühlendste könnte zum Ausdruck bringen, wie sehr du ein Wunder warst.

Da, wo ich sitze, kann ich nur die Rücken deiner Eltern sehen, gebeugt auf ihren Stühlen und aneinander Halt suchend. Ysé, neben ihnen, ist unruhig und dreht sich immer wieder zur Trauergemeinde um, zu all diesen Leuten, die inzwischen hemmungslos schluchzen. Jordy hält seinen Kopf an meinen Arm gedrückt, und ich spüre immer wieder einmal seinen verweinten und beunruhigten Blick auf mir ruhen, auf mir, die ich ihm nur ein starres Profil biete.

Kenza hat zu singen begonnen. *The Wanderer* von Jil Is Lucky. Ich denke nicht, dass du dieses Lied besonders mochtest, aber gut. Die zarte Klezmer-Melancholie dürfte ihm angemessen erschienen sein. Wie auch immer, deine Freunde stimmen alle in den Refrain ein, *Well, I'm dragging myself all along the pavement, Up in the sky, there's someone behind, And he's guiding my steps, Up and down the life stairs, Helps me thereby leaving again …*

Swan begleitet Kenza auf der Gitarre, und schließlich stellt sich für einen kurzen Augenblick etwas wie Gnade in dieser Kirche ein. Wäre ich nicht jenseits aller Emotion, ich glaube, ich wäre berührt.

Ich mag Swan. Ich dachte immer, und habe es auch immer gesagt, dass ich mit ihm, hätte ich mich nicht in dich verliebt, eine Geschichte angefangen hätte. Denn er ist wie du fröhlich, strahlend, offen, rein.

Ohne dich hätte ich Geschichten gehabt. Ich hätte wahrscheinlich geglaubt, verliebt zu sein, ich hätte wahrscheinlich Jungs verlassen, wäre von ihnen verlassen worden; ich hätte wahrscheinlich gelitten und andere leiden lassen. Aber ich weiß ganz sicher, und ich werde versuchen, es dir zu sagen, ohne in Melancholie zu versinken, dass ich ohne dich nicht gewusst hätte, was Liebe ist. Bitte glaub es mir, und bitte nimm mein kleines romantisches Geheimnis mit in dein Grab.

Die Messe ist beendet. Jordy lässt ein unfreiwilliges Schluchzen der Erleichterung laut werden. Deine Familie nimmt mechanisch von diesem und jenem Beileidsbezeugungen entgegen. Mylène trägt eine schwarze Brille, aber der gestärkte Kragen ihrer naturfarbenen Bluse ist von den Tränen feucht, die sie seit Stunden ununterbrochen vergießt.

Dann zerstreut sich der Zug bis zum Friedhof. Vor der gähnenden Gruft schließt Anouk mich in ihre Arme und flüstert mir ins Ohr:

»Alles okay? Hältst du durch?«

»Ja.«

Ich halte durch. Sehr gut sogar. Und derjenige, der das ebenso gut, wenn nicht sogar besser kann als ich, ist Thadée, natürlich. Wie ich vorhergesehen habe, spielt er überzeugend seine Nummer des traurigen Bruders. Aber es fällt ihm nicht immer leicht, und so erkenne ich ab und an bei ihm das Aufleuchten von Gleichgültigkeit, ja sogar Verärgerung gegenüber diesem Leid, das er nicht begreift. Und dann, ich kann's nicht fassen, glotzt er auch noch Anouk mit diesem Ausdruck an, den ich bereits auf La Réunion an ihm bemerkt habe, diesen zugleich lüsternen und ironischen Ausdruck, der den armen Jérémie aus der Fassung bringen konnte.

Nun denn, sie ist noch umwerfender als sonst in ihrem enganliegenden Kleid aus dunkelvioletter Baumwolle, das nichts von ihren unfassbaren Brüsten und ihren überwältigenden Beinen im Verborgenen lässt. Ihr einziges Zugeständnis an den Anstand besteht darin, ihre wilde Mähne gebändigt zu haben: ein hochgesteckter Knoten, der ihren zarten Nacken mit seinem rätselhaften kreolischen Tattoo enthüllt.

Ja, ich weiß: Du hättest dir Anouk gern genommen. Und es wäre beinahe auch so weit gekommen, am letzten Abend im Margouillats. Ja und? Ich habe nie gedacht, dass ich schön genug, intelligent genug, interessant genug war, um dir zu genügen und dich an mich zu binden. Ich habe auch nie gedacht, dass wir, blind und unempfänglich für etwas anderes als unsere Liebe, gemeinsam durchs Leben gehen würden. Wie dem auch sei, die Frage hat sich, was dich betrifft, geklärt, und so bin ich also deine Erste, deine Letzte, und, so viel ich weiß, auch deine Einzige. Das ist ungerecht. Nur allein deshalb wünschte ich mir, du hättest mit Anouk geschlafen. Und könntest nun, in die Gruft der Fayes die Erinnerung an ihre Haut mitnehmen, an ihr Ringelhaar, an ihre unglaublichen Locken, ihre sahnigen Brüste, ihre atemberaubenden Schenkel. Die Ewigkeit wird lang werden für dich, wenn es nur mich gibt, die dir in deinen erotischen Träumen erscheinen soll. Und doch ... Es war schon gut, was? Wir beide, wir waren richtig gut. Und es ist, nach einem ersten Zögern, einem ersten Tasten, sehr schnell richtig gut geworden. Ich hätte es nicht für möglich gehalten.

Sex, das war für mich, bevor ich dich kannte, was Schmutziges. Etwas, worüber man bei uns nicht sprach, und was man wahrscheinlich noch weniger lebte. Nur meine Großmutter sprach mir gegenüber einige Vertraulichkeiten aus, als sie begriff, dass ich »das Alter« erreicht hatte. Und das Sexualleben meiner Großmutter scheint mir doch eher trist und systematisch von Alkohol und Schlägen geprägt zu sein. Nichts hatte mich darauf vorbereitet, solche Orgasmen zu erleben, Zachée. Und auch dir habe ich Orgasmen schenken können, und, ach, so viele und so intensive ...

Als Echo meiner lüsternen Gedanken verstärkt Anouk ihre herzliche Umarmung meiner Schultern. Léo, der zu uns tritt, macht dasselbe von der anderen Seite, und ich bin ihnen für ihre Unterstützung dankbar, auch wenn sie vollkommen unnütz ist. Ich würde sagen, Léo zu sehen, tut mir sogar eher weh. Er ähnelt dir zu sehr mit seinen kastanienbraunen Locken, seinem ewigen Lächeln und seinen langen Wimpern eines Mädchens. Er besitzt auch deine Freundlichkeit, deine Achtsamkeit anderen gegenüber. Léo, der ist wie du, aber in einer leicht verpatzten Version: Er ist zu groß, zu ungeschickt, und sein Kiefer hat etwas von einem Pferd ... Und außerdem weiß er nichts anzufangen mit seinen beiden Händen und träumt von nichts anderem, als sein Leben vergnügt und stinkfaul mit seinen Kumpels zu verbringen. Thadée nennt ihn den »Müll«. Aber

Thadée hat für jeden Spitznamen dieser Art. Ich, ich dürfte die »Nutte« sein, die »fette Sau«, die »Hirnamputierte«, irgendwas Nettes eben.

Das dauert, diese Beerdigung findet kein Ende. Ysé geht auf deinen Sarg zu und legt flüchtig eine Art primitives Schmuckstück auf ihm ab, eine Kette aus Federn und nicht bestimmbaren Fetzen, gut möglich, dass es getrocknete Eidechsen sind. Oriane flennt schamlos. Dass jemand sich doch erbarme und ihr eine runterhaut, sonst werde am Ende ich es noch tun.

Mein Blick kreuzt zum ersten Mal seit Beginn der Zeremonie den von Thadée. Ich lächle ihn an. Ein Lächeln, in das ich allen Hass lege, alle Verachtung, allen Ekel, den er in mir hervorruft. Ein Lächeln, das eher dem Fletschen von Lefzen ähnelt, animalisch und furchteinflößend. Ich hoffe, dass er der Einzige ist, der es gesehen hat, denn natürlich sollte ich auf der Beerdigung der Liebe meines Lebens nicht lächeln. Und, nicht, dass du dich täuschst: Ich bin verzweifelt, sogar zerstört. Sobald ich deinen Bruder getötet habe, werde ich wahrscheinlich zusammenbrechen. Oder auch nicht. Auch das ist mir egal. Das Leben mag weitergehen, die Prüfung zur Krankenschwester, Jordy, das Surfen, was weiß ich. Ich werde schon Beschäftigungen finden, Zeitvertreibe, sei unbesorgt.

Und das war's, es ist zu Ende. Es gab noch einen recht schwierigen Augenblick, der zugleich etwas Schwebendes und Angespanntes hatte, als man die Tore der Gruft über deinem Sarg verschloss. Eine Art einstimmiges Ächzen erscholl von der Trauergemeinde her, und dann, klack, vorbei, geht nachhause. Wir zerstreuten uns mit ermutigenden Worten und den Versprechungen, einander bald wieder zu sehen. Ich habe das Spiel mitgespielt, aber der Einzige, den ich wirklich Lust habe, wiederzusehen, ist dein Bruder, und im Geiste habe ich mich mit ihm verabredet für das, was sein letzter Tag auf der Erdoberfläche sein wird – mit ihm, der dich unter sie schickte, zur Verwesung.

Heute Nacht habe ich von La Réunion geträumt. Ich surfte eine grandiose Welle, eine kristallklare und türkisfarbene Rechtslaufende, die nicht aufhörte, sich zu wölben. Ich surfte sie back-side, die rechte Hand an der äußeren Kante, die linke in Kontakt mit der Wellenwand, und sie schloss sich über mir ohne auch nur einen Spritzer. Ich fühlte mich zugleich wundersamerweise beschützt und völlig euphorisch. Ich sagte zu mir, oh Mann, oh Mann, ist das gut, es gelingt mir wieder, es gelingt mir wieder, es gelingt mir wieder wie *früher*! Es war sogar besser als früher, wo ich doch noch nie in einem Barrel war, ohne mich ängstlich zu fragen, ob ich je wieder heil rauskommen würde. Um es deutlich zu sagen, ich habe mehr Abreibungen, Abstürze oder Untergänge over the falls erlebt als ein Emporkommen unter Fanfarengesang. Aber jetzt, jetzt war es magisch, und ich sah schon das Ende der Tube, ein perfektes Oval, so klar beinahe wie das grüne Wasser und triumphal gekrönt vom Wasserstaub.

Als ich das Barrel verlassen wollte, bemerkte ich, dass mein rechtes Bein schwarz war, als wäre es von einer Art dunklem Schaum überzogen oder verwest. In Wirklichkeit aber handelte es sich um ein gigantisches Tattoo, eine Art Flechtwerk aus Dornenranken und Rosen, ein Ding für Mädchen, bei dem mir nie in den Sinn gekommen wäre, es mir stechen zu lassen.

Der Traum hörte an dieser Stelle auf und ließ mich mit hämmerndem Herzen und einem vor Angst und Ekel flauen Magen zurück. Als ich später am Nachmittag noch einmal daran zurückdachte, fiel mir Anouk ein, die diese Art Tattoo auf ihrem Arm trägt. Ganz ähnlich wie das aus meinem Traum, nur weniger großflächig und viel farbiger. Sie hat noch eines am Nacken, ein anscheinend auf Kreolisch verfasster Spruch, den zu lesen sie mir nie Zeit gewährte. Das ist Teil ihres dreckigen Spiels einer kleinen Verführerin. Und trotzdem, für ein Mädel, das davon träumt, Tätowiererin zu werden, sind zwei Tattoos wenig. Jéré hat richtig viele, und zwei davon wurden von ihr gestochen: ein ziemlich simpler Nilschlüssel, und ein abgedrehter Vogel. Der sogenannte Weißschwanz-Tropikvogel, aber nur weil sie von der Insel stammt, heißt das noch lange nicht, dass es auch gut gemacht wäre. Er hätte sich besser einen richtigen Pro gesucht, so wie ich für meinen Bullenhai. Dabei könnte es schon richtig geil sein, mich von Anouk tätowieren zu lassen, sie dafür zu bezahlen, dass sie sich über mich beugt und sich an meinem Fleisch mit ihrer kleinen Nadel zu schaffen macht.

Ich habe Anouk gestern wiedergesehen, auf Zachées Beerdigung. Tatsächlich habe ich sie sogar alle wiedergesehen: die Großeltern, die Cousins, die Onkels, die Tanten, die Schul- und Surfkumpels ... War schon komisch, dieser Moment. Ich hätte gedacht, dass es mir richtig schlecht gehen würde, dass ich mich schuldig fühlen würde, aber nein, war gar nicht so heftig, und vor allem nicht die ganze Zeit über. Tatsächlich gab es längere Momente, in denen ich ernsthaft traurig war, und dann wiederum andere, noch längere, in denen ich vergessen hatte, dass Zach tot war und ich dafür verantwortlich. Sein Tod ist grade mal eine Woche her, aber mir kommt es vor, als hätte sich das alles vor einer Ewigkeit abgespielt, und in einer anderen Welt, einer Welt, die mit der, in der ich lebe, nichts zu tun hat, und auch nichts mit mir.

Ich stelle mir vor, dass die meisten Mörder genau das zu ihrer Verteidigung sagen. Nur bin ich eben kein Mörder. Der Tod meines Bruders ist mehr oder weniger ein Unfall. Ein Surfunfall, wie sie jedes Jahr dutzendweise vorkommen. Vor allem bei Surfern von Monsterwellen. Wenn Zach ertrunken ist, dann ist das im Wesentlichen seine Schuld. Gut, ich muss zugeben, dass ich ihn vielleicht zu tief im Inneren der Welle abgesetzt habe. Plötzlich zog er beinahe auf dem Kamm der Welle ab und alles brach über ihn ein. Er muss tonnenweise Weißwasser abgekriegt haben und auf den Meeresboden gedrückt worden sein. Und mit der zweiten Welle, die überraschend reinkam und sofort danach brach, blieb ihm kaum eine Chance. Als ich ihn schließlich auf der Oberfläche treiben sah, war er bereits tot. Oder so gut wie. Er öffnete die Augen, als ich versuchte, ihn auf den Rettungsschlitten zu ziehen, aber sein Blick war glasig. Soweit ich weiß, war das vielleicht eine Art Reflex post mortem.

Etwas, was der Körper von allein macht, obgleich das Leben bereits im Begriff ist, aus ihm zu entweichen. In diesem Augenblick ist bei mir die Sicherung durchgebrannt, aber man muss sich die Situation mal vor Augen führen: Himmel und Wasser waren schwarz geworden, es regnete, der Wind heulte in meinen Ohren, die Wellen waren riesig, brachen sich in alle Richtungen, und die Zone des Geschehens verlagerte sich permanent. Auf meinem Jet-Ski kam ich da nicht weit. Als ich Zachée dann endlich einsammelte, befand ich mich in einem Zustand so furchtbarer Panik, dass ich vielleicht nicht die richtigen Handgriffe parat hatte. Es kann sogar sein, dass ich ihm den Kopf für eine oder zwei Minuten unter Wasser gedrückt habe. Aber da reden wir von einer Möglichkeit, nicht von einer Gewissheit. Wenn Roy meint, etwas vom Strand aus gesehen zu haben, ist er ein beschissener Lügner. Und wenn Cindy ihm glaubt, dann weil sie genauso dumm ist, wie ich immer gedacht habe.

Und bei all dem kann ich nicht leugnen, Mordgelüste verspürt zu haben. Und ja klar, wenn man eins und eins zusammenzählt, dann macht das aus mir den Mörder meines Bruders. Aber die Wirklichkeit ist nie so einfach wie eine Addition.

Dennoch, will ich ehrlich sein, hat es in Nazaré sehr wohl Momente gegeben, wo ich mir sagte, dass ich nicht leben könnte, solange Zachée existiert. Das war am Tag nach unserer Ankunft. Jener Tag, an dem es so schön und warm war für diese Jahreszeit; jener Tag, an dem uns vom offenen Meer her schöne Wellen geschickt wurden, linkslaufende, gespannte, und vollkommen glassy Wellen. Von Nahem gesehen waren die Wellen etwa zwei Meter hoch, aber alle hier hatten ihre Guns dabei. Roy kam und grüßte Zachée. Ich meinte verstanden zu haben, dass die beiden vor zwei oder drei Jahren in Guéthary gemeinsam gesurft sind. Roy warf einen Blick auf meine Prothese, tat aber so, wie die Leute in diesem Fall eben reagieren, sprich, als wäre nichts. Und ja, klar: Für sie ist das tatsächlich nichts.

Wir sind alle drei gleichzeitig ins Wasser gegangen und bis zum Peak gepaddelt. Roy und Zachée haben mich die erste Welle nehmen lassen. Ich habe sie ohne größere Schwierigkeiten gemeistert, was mich ermutigte, zurück zum Peak zu gehen und noch eine zu nehmen, und dann noch eine und noch eine. Ich war recht zufrieden, aber wenn ich Schwung nehmen wollte, um über die Woge zu springen, verlor ich mein Board, oder blieb, ganz im Gegenteil, an der Welle haften, als wäre das Wasser schwer oder unter meiner Abdrift klebrig geworden. Und wenig später war ich plötzlich ziemlich genervt. Weil mir auch noch kalt wurde und mich meine Arme schmerzten, da ich mich ständig neu positionieren musste, bin ich zurück zum Strand, um meinen Neo auszuziehen, mich abzutrocknen und wieder anzukleiden. Zach und Roy sind im Line-up geblieben. Zach meinte nur, dass es für den ersten Tag normal sei, wenn ich müde wäre und dass ich meine Muskeln hätte trainieren sollen.

»Na ja, Praia do Norte wird dir deine Arme schon auf Vordermann bringen. Du wirst sehen, in drei Tagen hast du schon viel mehr Kraft.«

Ich zündete mir den ersten Joint des Tages an und rauchte ihn, während ich mir die Manöver meines Bruders auf dem Ozean ansah. Ich glaube, dass er irgendwann komplett vergessen hatte, dass ich da war. Tatsächlich tobten sich Roy und er richtig aus. Roy übrigens ist gut, aber mein Bruder, verdammte Scheiße, mein Bruder … Ihn so zu sehen, machte mir deutlich, was er vor mir in den vergangenen Jahren alles verborgen gehalten hatte: So ein Niveau erzielt niemand, der nur an einem Wochenende pro Monat und drei Wochen im Sommer surft. Er war einfach richtig gut geworden, und dafür musste er tagelang mit Cindy trainiert haben. Er hatte sich schon auf La Réunion ein wenig aufgespielt, aber auf La Réunion war ich noch weitaus besser als er.

Hier jetzt, im Sand von Praia do Norte, spürte ich einen verheerenden Zorn in mir aufsteigen. Nicht, weil mein Bruder mich überholt hatte, nein, weil er mich angelogen hatte. Ein scheiß verdammter Lügner, das war er. Ich konnte damals sogar genau den Moment datieren, an dem er entschieden hatte, die nächste Stufe zu nehmen und ein echter Knaller zu werden: Das war in Belharra, damals, als wir uns mit den Typen vom Surfclub die Welle angesehen hatten. An jenem Tag hatte ich deutlich gespürt, wie erregt Zach und Cindy waren. Cindy vor allem. Tatsächlich hatte sie ihm die Idee ins Hirn gepflanzt, das Surfen von Monsterwellen in Angriff zu nehmen. Und weil Zach ein echtes Schaf ist, gehorchte er. Doch die beiden hüteten sich, es mir zu sagen. Sie dürfte Angst gehabt haben, dass auch ich damit beginnen und sie bloßstellen würde. Und ohne den Unfall wäre genau das auch passiert.

An jenem Tag in Nazaré hatten wir keinen besonders starken Swell, und von daher konnte ich nicht beurteilen, was Zach bei XL-Wellen wirklich draufhatte, aber das war eigentlich noch schlimmer. Es war eigentlich noch schlimmer, weil er auf diesem so glassy Meer exakt so surfte, wie ich es liebe und mir immer erträumt habe: Ihm gelangen all seine Flips, seine 360°, er legte seine kleinen front-side Airs hin, er spielte auf der Welle mit seinen Rollers, mit seinen Floaters, er hob ab, setzte auf, alles ganz flüssig, ohne Anstrengung, easy.

Als ich merkte, dass ich weinte, rieb ich mir sofort die Augen und Wangen trocken. Es kam nicht in Frage, dass irgendwer meinen Zorn und meine Frustration bemerkte, auch wenn sie vollkommen nachvollziehbar und gerechtfertigt waren. Ich hab' mein Bein verloren, verdammte Scheiße! Ich werde mein ganzes Leben lang mit dem Arsch auf dem Trockenen am Strand sitzen, während sich mein Bruder auf seinem fliegenden Teppich amüsiert!

Das war so dermaßen unerträglich, dass ich aufhörte, aufs offene Meer zu schauen. Ich zündete mir einen weiteren Joint an und streckte mich auf dem Sand aus, den Himmel im Blick, an dem die wenigen Wolken an ihren Rändern ausfransten. Die Oktobersonne wärmte mich schnell wieder auf, und in meinem Kopf nahm eine Idee Gestalt an. Nun, Gestalt annehmen, das wäre zu viel gesagt, aber als Zachée zurückkam und sich in seinem durchnässten Anzug vollkommen glücklich neben mich setzte, wusste ich, dass er sterben muss, da er kein Recht hatte, so glücklich zu sein, sich so gut zu fühlen, so entspannt, so zufrieden mit seiner fabelhaften Session auf der portugiesischen Welle.

Thadée ist verschwunden. Erzählt hat es mir Léo. Ohne ihn hätte ich übrigens von den Chastaings keinerlei Nachricht mehr. Seit der Beerdigung vor zehn Tagen haben sie mir nicht ein Lebenszeichen geschickt. Gut möglich, dass sie mich auch gleich mitbeerdigt haben, hopp, Schluss mit Cindy, die vergessen wir mal. Glücklicherweise ist Léo anders. Ganz anders als sie, umgibt er mich mit seiner Zuneigung und Einsamkeit. Wären Anouk und er nicht da, ich hätte kein Sozialleben mehr. Ich habe dafür gesorgt, dass sie sich kennenlernen, und seitdem gehen wir mehrmals die Woche ein Glas im Unik trinken, oder im Arain Hegalari.

Jéré schließt sich uns manchmal an. Anouk und er richten sich gerade ihr kleines Biarritzer Leben ein. Er ist Nachtportier in einem Hotel und surft, sobald er kann. Sie hat ihre Ausbildung als medizinische Assistentin begonnen und arbeitet als Halbzeitkraft in einem Tattooladen in Bayonne. Auch da handelt es sich genau genommen eher um eine Ausbildung als um echte Arbeit: Ich glaube, dass sie nur einfache Dinge oder Retuschen machen darf. In der Zwischenzeit zeichnet sie wie verrückt, und füllt ihre Hefte mit komplexen, exotischen Motiven: Blumen, Vögel, Drachen. Ich müsste sie mal Ysé vorstellen, die beiden würden sich gut verstehen. Nur habe ich von Ysé eben auch nichts mehr gehört.

Léo zufolge geht es ihr gut, Mylène hingegen ist völlig durch, seit Thadée verduftet ist.

»Wie, er ist verduftet?«

»Ich sag's dir, er hat sein Sparbuch leergeräumt, seine Sachen genommen, seinen Koffer, basta. Ich glaube, er hat nur ein paar Zeilen hinterlassen, dass keiner sich Sorgen machen sollte. Jérôme hat es meiner Mutter erzählt. Sie stehen sich sehr nah, weißt du.«

Er blickt mich an, als er das sagt, und macht dabei diese gewisse Geste, diese Geste, die auch dir eigen war: sich mit der flachen Hand durchs Haar wühlen. Manchmal ist es richtig schwer für mich, Zeit mit Léo zu verbringen: Er ähnelt dir wirklich zu sehr.

Einstweilen durchkreuzt das Verschwinden deines Bruders mein Vorhaben. Ich wüsste nicht, wie ich ihn töten sollte, wo er jetzt verduftet ist. Hinzu kommt, dass ich in den letzten beiden Wochen, in denen ich darüber nachdachte, einsehen musste, dass es gar nicht so einfach ist, jemanden zu töten – das Internet liefert dazu auch keine Tutorials. Selbst wenn ich deinen Bruder hasse, selbst wenn ich der festen Überzeugung bin, dass man die Erdoberfläche von diesem Schädling befreien muss, so gibt es doch gewisse Handlungen, die zu vollbringen ich zurückschrecke, Dinge, die einfach zu brutal sind, erdrosseln etwa oder Messerstiche. Idealerweise würde ich ihn gern vergiften oder mit einem Kopfkissen ersticken, aber dazu müsste ich ihn erst einmal ausfindig machen, und ich weiß auch immer noch nicht, welches Gift die Sache erledigen würde und noch weniger, wie ich an es rankäme.

Es ist komisch, ich werde die ganze Zeit über von meinen Racheplänen verfolgt, aber das hält mich nicht davon ab, zu leben, eigentlich völlig normal zu funktionieren. Ich schlafe, ich esse, ich gehe einkaufen, ich arbeite, ich studiere meine Karteikarten ... Die Prüfung ist in wenigen Monaten. Je schneller ich Krankenschwester bin, umso besser: Ich könnte Jordy aus den Klauen meiner Eltern befreien.

Ich schaue Léo an, der mir gegenüber gekünstelt heiter plappert. Und doch ist das, was er sagt, alles andere als heiter. Mylène ist im Krankenhaus. Wegen einer Depression oder einer Überdosis Schlaftabletten, das ist nicht ganz klar. Wahrscheinlich beides. Jérôme ähnelt einem Zombie, aber er scheint einigermaßen zu funktionieren, sowohl in der Apotheke als auch mit Ysé.

Ich frage mich, ob Léo weiß, dass seine Mutter eine Affäre mit deinem Vater hat. Ich habe die beiden erwischt, vor drei oder vier Jahren, in einem Café in Bayonne, in das ich ging, um mir Tabak zu kaufen – damals rauchte ich noch. Sie saßen einander gegenüber, und eine auf den Kopf gestellte Flasche Weißwein ruhte im Eiskübel. Unter dem Tisch streichelte Maud mit ihrem langen Bein die Wade von Jérôme und löschte damit jeglichen Zweifel an der Natur ihrer Beziehung aus. Ich habe dir das nie erzählt. Letztendlich ließ ich dich deinen Vater ebenso abgöttisch lieben, wie ich dich deinen Bruder abgöttisch lieben ließ. Du starbst in dem Glauben, Jérôme sei untadelig. Umso besser.

Und umso besser auch für deinen armen Vater, wenn er bei Maud ein wenig Trost findet. Wäre ich selbst nicht so untröstlich, ich sähe gern, wenn mir jemand Trost spenden würde, wenn jemand mit mir zusammen diese furchtbare Hürde nehmen würde: all diese Traurigkeit, all diese Verzweiflung, aber auch all diesen Hass und Horror.

Mir ist klar, dass Léo gern diese Rolle übernehmen möchte. Und sogar ein wenig mehr als das. Er sagt es nicht, aber ich weiß, dass ich ihm gefalle. Doch niemand wird dich ersetzen, mein Geliebter. Nicht einmal der freundliche Léo, der dir so sehr ähnelt, aber eben nicht du ist.

Tatsächlich ist die Einzige, die imstande wäre, mich zu trösten oder zumindest zu verstehen, Anouk. Gestern schaute sie bei meiner Großmutter vorbei. Ich ging gerade meinen Kurs über Infektiologie noch einmal durch, als ich sie jedoch erblickte, ließ ich meine Karteikarten liegen und wir beide sind raus und an der Côte de Basque spazieren gegangen. Es hatte geregnet, das Wetter war aber eben erst besser geworden und die Temperatur für einen Novembertag recht mild. Wie immer war Anouk wunderschön in ihrem weißen, golddurchwirkten Pullover, der zugleich ihren weichen Hals, ihre cremigen Schultern und den Ansatz ihrer Brüste freigab.

»Du bist einfach zu schön!«

»Jo, mag sein.«

Es ist seltsam, ich sage solche Sachen nur zu ihr. Für gewöhnlich vermeide ich Bemerkungen über Körper. Das nervt mich. Aber jetzt, in diesem Moment, ist Anouks Schönheit genau das, was mich mit der Natur des Menschen wieder versöhnt. Wir gehen Seite an Seite, und sie erregt Aufsehen. Ich lache, aber sie blickt mich derart erstaunt an, dass ich gar nicht erst erwähne, wie ein Typ wegen ihr gerade beinahe gegen einen Laternenpfahl geknallt wäre. Stattdessen informiere ich sie über Thadées jämmerliches Abzischen.

»Umso besser. Soll er ruhig so weit wie möglich verduften, dieser Vollidiot!«

Wir, sie und ich, wir hatten bislang nie wirklich über Thad gesprochen. Sie weiß nicht, dass ich ihn hasse, und ich wusste bis eben grade nicht, dass sie meine Gefühle teilt. Aber so wie die Dinge in La Réunion abgelaufen sind, bezweifelte ich doch, dass sie ihn mochte.

»Schlimm ist nur, dass für Mylène Thadées Fortgang der Gnadenstoß war. Sie ist völlig am Ende.«

»Im Gegenteil, wirklich, sie sollte erleichtert sein. Sie weiß halt nicht, was für ein mieser Scheißkerl ihr ältester Sohn ist.«

»Und du weißt das?«

Ich zwinge sie, stehenzubleiben, und blicke sie gradheraus an und wiederhole meine Frage:

»Und du weißt das?«

Sie befreit ihren Arm aus meinem leicht fiebrigen Griff und antwortet, dass ja, dass sie es weiß, dass sie sogar allen Grund dafür habe, wo Thadée sie doch beinahe umgebracht hätte.

»Wie bitte?«

»Aber ja. Er hätte mich beinahe vergewaltigt und umgebracht.«

»Wann?«

»Kurz bevor du und Zach nach La Réunion gekommen seid.«

»Hast du's Jéré erzählt?«

»Nein. Ich hab's niemandem erzählt. Du bist die Erste.«

Ich zittere. Vor Wut, aber auch vor Erleichterung, und beinahe vor Freude. Roy sah, was er gesehen hat, und ich bin nicht verrückt, wenn ich ihm glaube und dich rächen will. Aber erstmal erwähne ich Anouk gegenüber diese Erleichterung und diesen inneren Jubel nicht. Ich lasse sie reden:

»Er war mir gefolgt, eines Nachts. Wir hatten eine Party, weißt du. Ich hatte nicht gerade wenig getrunken. Ich bin in den Wald pissen gegangen. Du weißt schon, der Wald hinterm Lager ... Er stürzte sich auf mich und begann mich mit seinen schmutzigen Händen überall zu berühren. Ich war auch noch halb nackt. Ich bin mir sicher, dass es ihn aufgegeilt hat, mich pissen zu sehen. Der ist so widerlich.«

Ich möchte sie auf keinen Fall unterbrechen, also sage ich nichts, kann aber bestätigen: Dein Bruder hat immer schon so widerliche Sachen gemocht wie Pisse, Kotze, Scheiße. Er hat einen Heidenspaß daran, die geringsten Unwägbarkeiten seiner Verdauung detailliert zu schildern, vulgäre Worte zu verwenden, um bei anderen Unwohlsein oder sogar Ekel hervorzurufen. Die arme Jasmine protestierte dann immer lauthals, aber Thadée hielt das nie davon ab, bei jeder Gelegenheit von seiner Scheiße zu reden. Er hat intensiv versucht, dich auf seine Seite zu ziehen, dich für Natursekt- oder Scat-Praktiken zu interessieren, aber dich ließ das kalt. Und gut möglich, dass Thadée selbst davon auch nicht wirklich erregt war. Es ging ihm nur darum, uns zu provozieren und zu destabilisieren. Ich habe nie begriffen, was deinen Bruder hart werden lässt, und ich hatte auch nie Lust, mich diesem Thema hinzugeben, aber ich denke mal, seine Erregungsschwelle liegt außergewöhnlich hoch.

Eines Tages stieß ich auf den Test einer Frauenzeitschrift, den Jasmine peinlich genau beantwortet hatte. Wir waren alle vier übers Wochenende bei deinen Großeltern. Das muss anlässlich ihrer goldenen Hochzeit gewesen sein. Ich erinnere mich an meine Untätigkeit an jenem Tag. Ich irrte ziellos in dem schönen Haus in Sare herum und wartete auf das Mittagessen, eines dieser nicht enden wollenden Mittagsessen, für das deine Familie ein so feines Händchen hat. Bei den meinen gibt's sowas nicht. Leider oder glücklicherweise haben sie es nie hingekriegt, sich zur gleichen Zeit an den Tisch zu setzen. Ich habe immer allein gegessen, in meinem Zimmer oder auf dem Sofa im Salon. Ich denke mal, dass es bei Jordy genauso läuft, dass sie ihn sich zu egal welcher Uhrzeit mit egal was vollstopfen lassen, wie mich in seinem Alter auch. Also, ich tat mein Bestes, um die Zeit totzuschlagen, während du mit Papy Jean und Mamie Régine diskutiertest. Das schafft bei uns auch niemand: gelassene und höfliche Unterhaltungen führen. Meine Eltern reden nicht, weder miteinander noch mit uns.

Während du dich also voller Hingabe deinen familiären Verpflichtungen gewidmet hast, griff ich nach einer Zeitschrift, die mir versprach, ich würde herausfinden, was für eine Art von Liebhaber du wärest. Ja, ja: wenn ich ehrlich den Test beantwortete, pries sich die Zeitschrift an, meinem Sexualpartner dieses oder jenes Profil zuordnen zu können. Den Test hatte schon wer gemacht und zu diesem Zweck die Kreuze markiert. Es war Jasmine: Ich erinnerte mich, sie am Vorabend mit einem Stift in der Hand aufmerksam über die Nummer gebeugt gesehen zu haben, die ich jetzt in meinen Händen hielt. Der Test wies Thadée ein Maximum an schwarzen Dreiecken zu und ich blätterte mechanisch zu den Ergebnissen: Was wollen Sie mit diesem Widerling? So lautete im Wesentlichen die Frage, die Jasmine sich am Ende des Tests hatte stellen müssen, und ich schämte mich ein wenig, ihre Antworten angeschaut und so Einblick in ihr trauriges Intimleben genommen zu haben, ihre ebenso seltenen wie kurzen sexuellen Momente, ihren Mangel an Fantasie, und vor allem Thadées völlige Gleichgültigkeit gegenüber dem Lustempfinden seiner Partnerin. Du, Zachée, hast mir so viel Lust bereitet ...

»Und er hat mir richtig wehgetan, dieser Vollidiot! Ich hatte noch wochenlang blaue Flecken! Aber du kennst mich ja, ich hab das nicht mit mir machen lassen, ich habe mich gewehrt. Und dann, nach einer Weile, als er checkte, dass er nicht an sein Ziel gelangen sollte, begann er mich zu würgen! Ich konnte mich befreien und abhauen, aber ich schwöre dir, ich hab in seinen Augen gesehen, dass er bereit war, bis ans Ende zu gehen, wäre es mir nicht gelungen, ihm zu entkommen.«

Sie sitzt auf dem Mäuerchen, das entlang der Promenade verläuft, und senkt ihren schönen goldgelben, nun von Tränen erfüllten Blick in meinen.

»Verdammte Scheiße, Cindy, dieser Typ ist ein echter Psychopath!«

»Aber warum hast du nichts gesagt? Warum hast du nicht früher darüber gesprochen? Jérémie hätte ihn fertiggemacht!«

Ich erwähne es ihr gegenüber nicht, bin aber fest davon überzeugt, dass die Dinge, hätte sie geredet, höchstwahrscheinlich anders verlaufen wären. Vielleicht wäre Thadée im Knast gelandet, vielleicht hätte man ihn verpflichtet, sich einer Therapie zu unterziehen. Du, mein Geliebter, würdest noch leben.

Ich würde gern mein Bedauern äußern, aber nicht diese Art unproduktiver Gedanken, weshalb ich, anstatt die arme Anouk mit Vorwürfen zu überschütten, alles auspacke. Hinter Anouks Rücken frisst die ansteigende Flut Stück um Stück den feinen Sand des Strandes. Wie viele Male haben du und ich uns nicht an diesem Ort aufgehalten und dem Ballett der Surfer im Line-up zugeschaut, oder den Wellen, wie sie die Treppenstufen des Eingangs zum Strand schluckten! Ganz zu schweigen von den vielen Malen, wo Surfer vor unseren Augen in eine Falle geraten waren und, gefangen zwischen Ozean und Felsen, sich gezwungen sahen, über die Felswandstufen aus dem Wasser zu kommen, ob nun mit oder ohne ihr Board.

Heute geriet niemand in eine Falle. Es sei denn, ich wäre gerade im Begriff, Anouk mit meiner kompromittierenden Mitteilung eine zu stellen. Sie hört mir zu, wie sie immer zuhört, und widmet mir ihre ganze Aufmerksamkeit. Sie hört sich Roys Bericht an und meine Schlussfolgerungen:

»Weißt du, ich glaube, Thad war immer schon auf Zachée eifersüchtig, mit der Amputation aber wurde es für ihn unerträglich. Zu sehen, dass Zachée seine beiden Beine hatte, weiterhin lebte und vor allem surfte, hat bei ihm eine Sicherung durchbrennen lassen. Du musst wissen, Thad war immer derjenige, den man wahrgenommen hat. Wenn die beiden zusammen unterwegs waren, dann zog Thad immer alle Aufmerksamkeit auf sich.«

»Dafür hat er stets gesorgt, ja.«

»Genau, und Zachée war der Meinung, dass ihm der erste Platz auch zustand. Ihm, Thad. Jedes Mal, wenn wir darüber sprachen, sagte er das Gleiche zu mir: dass sein Bruder ein krankhaftes Bedürfnis habe, im Zentrum zu stehen, im Licht der Aufmerksamkeit, und dass das so völlig in Ordnung sei. Zachée, den störte es nicht, er fand es sogar eher angenehm. Ich glaube, dass das Ganze über viele Jahre gut funktionierte, bis schließlich das System wasserdurchlässig wurde und sie in die Oberstufe kamen. Denn von da an gewann Zachée an Selbstvertrauen. Und schulisch gesehen war er weitaus brillanter.«

»Ach, wirklich? Thad sagte zu uns, dass er für Mathe eingeschrieben sei, dass er auf die Polytechnische gehen würde und so.«

»Jo, jo. Mal abwarten. Auf jeden Fall schummelte er in den letzten beiden Schuljahren ziemlich viel. Dafür war er bekannt. Und ich glaube, dass Mylène und Jérôme seit Jahren von ihm kein echtes Zeugnis mehr gesehen haben.«

Hopp, da haben wir's, der Strand ist unter dem unbarmherzigen Ansturm der Flut verschwunden. Anouk schluckt meine Enthüllung und fröstelt in ihrem dünnen weißen Pullover.

»Willst du meine Jacke?«

»Danke, geht schon. Was wirst du jetzt machen? Ihn denunzieren?«

»Bei wem? Seinen Eltern? Der Polizei?«

»Bei beiden.«

»Ich weiß es noch nicht. Ich gehe das seit Tagen in Gedanken durch. Ich hab keinen Bock, mit den Bullen zu tun zu haben.«

»Aber Thadée muss eingelocht werden, für das, was er gemacht hat! Er hat seinen Bruder getötet!«

Da sie das ausspricht, begreift sie erst den ganzen Horror der Lage und verinnerlicht ihn. Sie weint wieder und legt ihre kleine, zartgliedrige Hand auf mich. Neben ihren sind meine echte Pranken. Du liebtest meine Hände, Geliebter. Aber du hast einfach alles an mir geliebt, auch das, was ich an mir hasse. Du hast jeden einzelnen meiner Finger geküsst. Machen andere Jungs das? Sind andere Jungs wie du? Ebenso aufmerksam? Ebenso zärtlich?

Und wie gut du mich kanntest! Verdammt, du kanntest mich in- und auswendig! Ich konnte dich mit nichts mehr überraschen, und das nervte mich. Was gäbe ich heute nicht alles dafür, dass du meine Wünsche im Restaurant vorwegnimmst, oder dass du das richtige Top kaufst, in der richtigen Größe und in den richtigen Farben – Thadée muss eingelocht werden. Aber wird er sich einlochen lassen?

»Niemand wird mir glauben. Das ist einfach zu schrecklich. Und zu unwahrscheinlich. Thad hat niemals so gewirkt, als hätte er seinem

Bruder irgendwas übelgenommen. Jeder meint, die beiden hätten sich gut verstanden.«

»Ihre Eltern … Die müssen doch was bemerkt haben.«

»Keine Ahnung. Mylène jedenfalls nicht. Sie hat Thadée immer vorgezogen. Und er weiß, wie er sie anfassen muss. Er ist ein echt beschissen guter Manipulator.«

»Aber Roy doch! Roy hat doch gesehen, wie er Zachée unter Wasser gedrückt hat!«

»Er stand weit weg, das Wetter war mies. Seine Zeugenaussage würde jeder x-beliebige Anwalt zerschmettern. Ich sage nicht, dass es unmöglich sei, ihn den Bullen ans Messer zu liefern, aber die Chancen stehen gut, dass er ungeschoren davonkommt. Und ich will nicht, dass er davonkommt. Ich will lebenslänglich für ihn.«

»Na ja, lebenslänglich, das kriegt niemand mehr so wirklich: Ich hab im Fernsehen mal 'ne Doku gesehen, es gibt immer …«

Ich falle ihr ins Wort:

»Ich meine damit, dass ich ihn für immer bestraft sehen will.«

Sie ist perplex. Ihre schönen goldgelben Augen treten aus ihren Höhlen hervor und betonen so ihre Ähnlichkeit mit gewissen Amphibien. Diese Frau ist einfach schön, aber es fehlte nicht viel, und sie hätte ausgesehen wie ein Frosch. Du hast das mal zu mir gesagt, dass Anouk Ähnlichkeiten hat mit einem rotäugigen Laubfrosch. Habe ich erwähnt, dass du, neben deiner Schönheit, Freundlichkeit und Zärtlichkeit, von allen Menschen, die ich kannte, auch derjenige mit dem meisten Humor warst? Du hast die Dinge wahrnehmen können, hast Ähnlichkeiten erkannt, Verhalten imitiert … Mir mangelt es hingegen an jeglichem Humor.

Während wir beide den Weg zurück einschlagen, lege ich ihr meine Rachepläne dar. Mein Vorhaben, das im Übrigen noch keines ist, weil ich bis zum heutigen Tag nicht herausgefunden habe, wie ich deinen Bruder loswerden könnte. Und außerdem ist er verschwunden. Anouk fegt diese letzte Bemerkung mit einem Schulterzucken davon:

»Mach dir keine Sorgen, der kommt zurück. Sobald er seine Zwanzigtausend vom Sparbuch verschleudert hat.«

»Er kann Arbeit finden, sein Leben woanders neu beginnen.«

»Wir werden ihn finden, heutzutage, mit all den Smartphones und dem Internet, kann keiner mehr so einfach verschwinden: Du hinterlässt ganz sicher Spuren!«

»Er hat sein Handy dagelassen.«

»Wir werden ihn finden, glaube mir. Du und ich, wir werden ihn jagen.«

Ich lache, bin aber froh, in ihr jemanden zu haben, der deinen Tod mit mir gemeinsam rächen will. Ich fühle mich weniger allein – auch wenn ich weiß, dass ich es auf immer sein werde, jetzt, wo du tot bist. Anouks Gesichtsausdruck nimmt meditative Züge an und wir laufen schweigend weiter. Als wir kurz davor sind, uns zu trennen, verkündet sie mir feierlich ihr Urteil:

»Das ist eigentlich wie Kain und Abel. Du weißt schon, aus der Bibel, die beiden Brüder ... Kain ist auf Abel eifersüchtig und tötet ihn. Aber ich glaube, dass Gott ihn bestraft. Oder, er hat so schlimme Gewissensbisse, dass er sich selbst bestraft, ich weiß es nicht mehr.«

»Er bringt sich um, meinst du das?«

»Nein ... Also, ich weiß es nicht mehr so genau ... Ich hab's vergessen ... Ich glaube, dass er auf seiner Stirn ein Mal trägt, weißt du, ein Zeichen, damit jeder weiß, dass er seinen Bruder ermordet hat. Ich muss das mal nachlesen. Erinnerst du dich nicht?«

»Ich laufe nicht einmal Gefahr, mich zu erinnern: Ich habe die Bibel nie gelesen.«

»Tja, ich hatte tatsächlich keine Wahl: Ich habe sie gelesen, sie wurde mir vorgelesen ... Ich sollte sie auswendig können.«

Ich spüre, dass sie kurz davor ist, sich mir anzuvertrauen, aber sie fasst sich wieder, küsst mich zum Abschied, und zieht davon, um Jérémie im Stadtzentrum im Hotel zu treffen, wo er Nachtdienst hat. Als ich wieder zuhause bin, gebe ich als erstes ›Kain und Abel‹ bei Google ein. Ich habe natürlich meine Großmutter gefragt, ob sie eine Bibel hat, aber sie starrte mich nur an, als ob ich verrückt wäre. Anscheinend zählt die Bibel genauso wenig zu unseren Familienbräuchen wie Unterhaltungen und gemeinsame Mahlzeiten.

Anouk hat recht: Thadée ist Kain, und du bist Abel. Das Mal aber, von dem sie geredet hat, ist kein Schandmal, sondern eher ein Zeichen, das verhindern soll, dass andere Kain töten. Man kapiert nicht so recht, ob Gott ihn zeichnet, um ihn zu schützen, oder damit er seine Tage in Schande verlebt.

Merkwürdigerweise gibt es haufenweise durchgeknallte Leute, die sich das Kainsmal tätowieren lassen: eine Art Sieben ohne Querstrich und linkerhand flankiert von zwei roten Kommata. Aber gut, stellen Sie sich irgendeinen Schwachsinn vor, den idiotischsten Spruch, die bescheuertste Zeichnung, und Sie werden sehen, es gibt jemanden, der sich das fürs Leben in sein Fleisch eingravieren ließ: Bankkarten, Cupcakes, falsch geschriebene Parolen, Anouk kann davon ein Liedchen singen. Und dann gibt's noch die, die sich einen falschen Schnauzer stechen lassen, oder falsche Augenbrauen in Form einer Katze oder einer Sicherheitsnadel.

Als ich den Computer runterfahre, beginnt in meinem Geist eine Idee zu keimen, und zum ersten Mal seit deinem Tod konnte ich mehr als zwei Stunden am Stück schlafen.

Schon am nächsten Tag kreuze ich bei dir zuhause auf. Es ist siebzehn Uhr, und wie erwartet, ist nur Ysé da. Sie empfängt mich mit ihren altmodischen und feierlichen kleinen Gesten, über die du dich immer ohne alle Bitterkeit lustig machtest. Ich habe gesagt, dass du Thadée liebtest, aber du liebtest auch Ysé. Du liebtest sie sehr. Du sagtest, sie sei die Hochbegabte der Familie Chastaing, und ich will es gern glauben. Nach ein paar Floskeln von peinlich genauer Höflichkeit, fragt mich deine Schwester gradeheraus, ob ich von dir träume. Ja, du bist in all meinen Träumen, und es ist jedes Mal furchtbar, weil ich dich entweder leiden und sterben sehe oder weil du köstlich lebendig bist und ich dich ansehe und mir deines baldigen und gewaltsamen Todes bewusst bin. Ich bejahe also Ysés Frage – aber auf Details wird sie warten müssen.

»Und Thadée? Gibt's Neuigkeiten?«

»Nein.«

»Ist deine Mutter noch immer in der Klinik?«

»Ja.«

So frappierend die Ähnlichkeit zwischen dir und Thadée war, und glaube mir, das anzuerkennen bringt mich um, so wenig ähnelt Ysé irgendwem. Sie ist brünett und glanzlos mit ihrem asiatisch glatten Haar. Thadée und du, ihr wart eher blond und gelockt. Wir schweigen und Ysé starrt mich an, ohne verlegen zu sein. Nach einer Weile hält sie mir eine Schachtel Kekse hin, aus der sie bei meiner Ankunft genascht hat:

»Ohne Gluten.«

»Wie bitte?«

»Das Gebäck: Es ist ohne Gluten.«

»Ah.«

Es ist mir vollkommen egal, wirklich. Ich will in Thadées Zimmer und tue so, als müsste ich mir Klamotten aus deinem holen, um hoch in die erste Etage zu gehen.

Das Zimmer deines Bruders ist dreckig und stinkt. Das Bett ist nicht gemacht. Ich durchwühle oberflächlich seine Schubladen, in der Hoffnung, auf sein Handy zu stoßen. Vergeblich. Dafür finde ich, schlecht verborgen unter einem Haufen Kursblätter zur Physik, auf A4-Blättern ausgedruckte Fotos: Man sieht auf ihnen Mädchen in verschiedenen Stellungen, aber alle sind nackt und mit Scheiße beschmiert. Na großartig.

Sein Laptop ist da. Komisch, dass er ihn zurückgelassen hat. Er meinte wahrscheinlich, dass auch ein Computer Spuren hinterlässt, dass man ihn mit einer IP-Adresse finden könnte. Ich schalte ihn problemlos ein, aber Thadée hat natürlich ein Passwort. Mist. Deines lautete »Babybemine82«. Und meines wird immer lauten: »Zachée-Cindy.« Auf dem Schreibtisch liegen einige Nummern vom *Surfer's Journal*, ein Zukunftsroman mit silbernem Buchcover, zerstreute Zettel, aber nichts von Interesse. Ich bemerke jedoch, dass Thadée einen von ihnen mit geheimnisvollen Worten vollgeschrieben hat, in der Art von Notierungen, wie man sie völlig mechanisch kritzelt, wenn man telefoniert oder im Netz surft. Da der Satz »Swimming with the sharks« in unterschiedlichen Schreibweisen und hier und da versehen mit kleineren Haizeichnungen mehrmals vorkommt, unternehme ich den Versuch, zusammengeschrieben, bingo!

Na bitte, da haben wir's, ich bin im Hirn deines Bruders oder doch zumindest in seiner technischen Verlängerung. Auf den ersten Blick befindet sich nichts oder fast nichts in seinem Mail-Account. Dein Bruder hat also wirklich ein sehr armes Sozialleben geführt. Sein Surfverlauf ist weitaus interessanter. Dein Bruder hat sich vor Kurzem noch zahllose Pornos angesehen und nicht wenige entsprechende Seiten besucht. Abgesehen davon, scheint er sich sehr ausführlich für alternative Sphären interessiert und massenweise Recherchen zu libertären Gemeinschaften und selbstverwalteten Dörfern gemacht zu haben. Eines von ihnen muss seine Aufmerksamkeit so sehr geweckt haben, dass er in Betracht gezogen hat, sich dorthin zu begeben, wenn ich dem Routenplan glauben soll, den er auf Mappy errechnet hat. Merkwürdigerweise befindet es sich in Les Landes, also relativ nah bei Biarritz. Mir wird bewusst, dass Ysé auf Katzenpfoten reingeschlichen kam und hinter mir den Atem anhält, während sie die Bilder des Weilers betrachtet, wo Thadée möglicherweise Zuflucht gefunden hat: einige Bruchbuden, aber auch Wohnwagen, Zelte und Hütten. Es ist bei Weitem nicht das ansprechendste der anarchistischen und der selbstverwalteten Dörfer, für die sich Thadée interessiert hat. Es ist sogar das finsterste.

»Ist Thadée dort?«

»Ich weiß es nicht.«

Wenn ich mich zu lange hier aufhalte, laufe ich Gefahr, Jérôme über den Weg zu laufen, und das ist das Letzte, worauf ich Lust habe.

»Weißt du was, Ysé, ich werde Thads Computer mitnehmen. Meinst du, dein Vater würde es merken?«

»Den nutzt niemand. Er ist gesperrt. Also, er war gesperrt: Wie hast du das geschafft? Aber wenn du magst, dann lege ich stattdessen den von Zachée hin: Es ist der gleiche. Und ich werde sagen, dass du gekommen bist und den von Zachée geholt hast. Weil von euch beiden Fotos drin waren. Ist doch eine gute Idee, oder?«

»Eine teuflisch gute Idee. Danke, Ysé.«

Ich habe keine Ahnung, warum dieses kleine Mädchen meine Pläne so gutwillig und mit so viel Erfindungsgabe unterstützt, aber ich packe ungeniert den Laptop deines Bruders ein. Was deinen betrifft, so enthält er tatsächlich all unsere Fotos, aber ich fühle mich noch nicht bereit für eine Diashow unserer sechsjährigen Liebesgeschichte: Priorität und Dringlichkeit hat die Unschädlichmachung dessen, der uns daran gehindert hat, sie weiterzuschreiben.

Dein Bruder hat uns so vieler Dinge beraubt, mein schöner Geliebter. Wir werden nie gemeinsam Pipeline surfen. Wir werden nie nach Teahupoo gehen, nach Jaws, nach Mavericks, an all diese mystischen Spots – ganz zu schweigen von all den geheimen, die wir gemeinsam entdeckt und für uns behalten hätten.

Und wir werden nie Kinder haben.

Apropos Kinder, Ysé geleitet mich bis zur Türschwelle, aber als sie die Tür schließen will, raunt sie mir mit Nachdruck zu:

»Bring Thadée nicht zurück.«

»Ach ja? Warum?«

»Weil ich ihn nicht mag. Ich will nicht, dass er wiederkommt.«

Ysé ist das einzige Kind, das ich kenne, das niemals Verneinungen auslässt. Und sie besitzt ein viel größeres Vokabular als ich, was du dir nicht hattest nehmen lassen, mir gegenüber zu betonen.

»Was hat er dir getan?«

»Viel Böses!«

Sie sprach diese beiden Worte derart affektiert und theatralisch aus, dass es mich unter anderen Umständen genervt hätte, aber jetzt möchte ich doch Genaueres wissen und muss sie gar nicht erst lange bitten.

»Er zwickte mich, er zog mich an den Haaren, er kniff mir in die Nase.«

»Pah, das machen doch alle Brüder.«

»Stimmt, aber Thadée hat das jeden Tag gemacht. Und er sagte, dass ich hässlich sei.«

»Du bist sehr hübsch.«

Sie zuckt betont lässig mit den Schultern und fährt mit ihrem Ereignisprotokoll fort:

»Es sagte auch, ich sei ein Adoptivkind. Und dass darin der Grund liege, warum ich ihnen nicht ähnle.«

»Du ähnelst deiner Mutter. Deine Mutter ist doch auch brünett.«

»Ja, aber Mi hat lockiges Haar, und Papa auch. Thadée meint, dass zwei gelockte Haare kein Kind mit glattem Haar haben könnten.«

»Das ist alles Schwachsinn.«

»Ja, ich weiß. Aber Thadée sagte, dass meine wahre Mutter eine Hure sei und mein Vater drogensüchtig. Dass er sie kennen würde, aber nicht das Recht hätte, mir zu sagen, wer sie sind. Und wenn ich groß sein würde, würde auch ich eine Hure werden. Und drogensüchtig. Weil das in meinen Genen liege.«

»Thadée ist vollkommen verlogen.«

»Und deswegen soll man ihn auch nicht wieder herbringen. Lass ihn, wo er ist, ja, einverstanden?«

Ysé kann beruhigt sein, ich habe nicht vor, Thadée zurückzuholen. Ich habe andere Pläne für ihn. Ich bin schon auf meinem Weg, als sie mir von der Außentreppe aus nachruft:

»Cindy?«

»Ja?«

»Glaubst du an Gespenster?«

Ich betrachte sie genauer und frage mich, was ihr wohl durch den Kopf gehen mag, seit ihre Familie, ihre Routine, ihre Bezugspunkte, alles, was ihr Leben zuvor ausgemacht hat, zerborsten ist. Sie wirkt so ernst und beunruhigt, wie ich es an ihr noch nie gesehen habe, selbst wenn Ysé nicht unbedingt eine Stimmungskanone ist – du warst ganz klar der Fröhlichste der Familie Chastaing.

»Was ist los, Ysé? Denkst du an Zachée, ja? Hast du das Gefühl, er sei noch da? Träumst du von ihm? Fühlst du seine Gegenwart? Ich kann dir sagen, mir geht es auch …«

Sie schüttelt den Kopf, die Augen leicht geöffnet, und ich gehe zu ihr zurück.

»Nein, nein, das ist nicht Zachée. Das ist etwas anderes. Etwas Totes, aber nicht Zachée.«

»Jetzt machst du mir aber Angst: Was genau hast du gesehen?«

»Nichts. Das ist nur ein Eindruck. Und merkwürdige Gerüche.«

»Hast du noch immer deine Tierchen? Sind die das vielleicht?«

»Meine Spinnen? Ja, ja. Aber die Spinnen, die riechen nicht. Und die Gespenstschrecken auch nicht. Und weißt du was?«

Nein, weiß ich nicht, und ihr Gesicht blüht bei der Vorstellung der Neuigkeit, die sie mir mitteilen wird, plötzlich auf. Sie hat ihre Geschichten über Gespenster und merkwürdige Gerüche vergessen. Jordy ist auch so: fähig, übergangslos von einem Gefühl ins andere zu wechseln. Ich bin schon lange keine zwölf mehr, weshalb ich seit deinem Tod in ein und demselben öden Kummer dahinvegetiere.

»Ich werde eine Bar-ta-ga-me haben.«

Sie trennt deutlich jede Silbe voneinander, überzeugt davon, ihre kleine Wirkung zu erzielen. Vergebliche Mühe, da ich vollkommen ahnungslos bin, was eine Bartagame sein soll. Aber ich kann auf Ysé zählen, wenn es darum geht, mir einen kleinen Schnellkurs in Zoologie zu geben:

»Das ist eine Echse, aber sie kann einen Meter groß werden! Und sie hat eine Art Bart, der sich aufstellt, wenn sie ihren Feind einschüchtern will! Und sie kann rot sein, ja sogar golden! Aber dann ist sie sehr teuer, also werde ich mich mit einer beigen oder einer grauen zufriedengeben. Das Problem ist nur, dass ich ein neues Terrarium benötige, eine Wärmelampe und eine Lichtquelle: Eine Bartagame braucht sehr viel Licht, um Calcium und Vitamin D zu speichern.«

Wenn Ysé wüsste, wie egal mir Tiere sind, und zwar ganz gleich welche, sie würde sich ihren Redefluss sparen. Aber jetzt sprudelt sie nur so, ist unversiegbar, und ich lasse sie große Reden schwingen: Das bringt sie auf andere Gedanken und mich auch. Und außerdem ist sie deine Schwester, mein Liebster. Ich habe sie immer geliebt, wegen dir, wegen dem, was du über sie gesagt hast, wegen der kleinen komischen Persönlichkeit, die du aus ihr für mich gemacht hast: Ysé, ihre Manien, ihre Marotten, ihre Insekten, ihre merkwürdigen Zeichnungen, ihr unerschütterlicher

Ernst, ihr enzyklopädisches Wissen und ihre Fantasie, so ganz anders als mein armer, so gewöhnlicher und konformistischer Bruder.

»Gut, Ysé, ich werde kommen, und mir diese Bartagame ansehen. Zusammen mit Jordy. Und Gespenster, die gibt es nicht. Ich hätte es gern, aber nein.«

»Warum hättest du es gern?«

»Weil ich mir wünsche, dass Zachée zurückkommt, in der einen oder anderen Gestalt. Dass wir miteinander reden können. Er fehlt mir.«

»Vielleicht macht er es, aber du siehst es nicht.«

Ich drücke sie herzlicher als sonst, aber sie entwindet sich mir wie ein Aal und stellt sich auf die Türschwelle, um ihre protokollarischen Abschiedsgrüße zu wiederholen:

»Auf Wiedersehen, Cindy, ich werde Jérôme sagen, dass du vorbeigeschaut hast.«

Und damit ist's gut, ich verlasse »Leku Ona« – der baskische Name des Ortes – mit dem Laptop deines Bruders unterm Arm. Wir werden ja sehen, ob er mir nicht noch weitere widerliche Details preisgibt.

Ich musste weg. Das Haus verwandelte sich in *Walking Dead*, mit meinen Eltern als hirnlosen Zombies, die im Haus umherschweiften, schemenhaft herbeigelockt vom Lärm, den nur noch Ysé und ich erzeugten. Ich ertrug es nicht mehr, ihre scheuen Gesichter und ihre von Angst und Schrecken zeugenden Blicke zu sehen. Ich glaube ja gern, dass der Schock schwer zu verdauen ist, aber dass man sich deswegen gleich so verhalten muss, als wäre die gesamte Existenz allen Sinns beraubt, das erscheint mir dann doch übertrieben, für Ysé und mich doch irgendwie kränkend, die wir ja da sind, quicklebendig, und nur darum bitten, dass die von Zachée zurückgelassene Leere gefüllt wird.

Denn es stimmt, ich muss es anerkennen, Zachs Tod hat ein Loch in unser Leben gerissen. Selbst in meines. Es ist an der Zeit, dass Mylène und Jérôme aufhören so zu tun, als wären sie hier die Einzigen, die leiden. Alle Welt leidet. Und ich als allererster, denn ich hätte ihn retten können. Na ja, ich weiß es auch nicht mehr wirklich, dieser eine Moment, da ich ihn inmitten der schwarzen Wellen von Nazaré habe treiben sehen, verschwimmt von Tag zu Tag mehr.

Ich bin weg. Und Rivebelle ist, für den Augenblick, genau der richtige Ort für mich, auch wenn mir Notre-Dames-des-Landes oder Tamera, in Portugal, lieber gewesen wären. Tamera vor allem: die freie Liebe, da kann man schon anfangen zu träumen: Ich habe da so Ideen, die ich nur noch mit begeisterten Freiwilligen umsetzen muss. Nicht, dass das Einverständnis von Partnern eine notwendige Bedingung wäre, aber um mich zu vervollkommnen, um gewisse Praktiken auszuprobieren oder neue zu erfahren, ist nichts besser als eine Gruppendynamik.

Rivebelle also, aus Mangel eines Besseren. Ein Zwischenspot, um sich abzusetzen, um in der Zwischenzeit mehr Informationen über andere selbstverwaltete Gemeinden zu erlangen, oder auch besetzte Häuser. Als Gegenleistung zu meiner Bude gebe ich den Kindern der Gemeinde Mathe- und Physikunterricht. Das ist provisorischer Natur, aber ich fühle, dass mein Leben von nun an provisorisch sein wird. Einen Tag hier, einen anderen dort. An Schutzzonen mangelt es nicht. Und in gewisser Weiser habe auch ich eine Schutzzone. Nein, *bin* ich eine Schutzzone. Und niemand würde diese Zone an meiner statt schützen, weder meine freundlichen Eltern noch andere. Im Gegenteil, seit der Kindheit musste ich meine Integrität gegen alle erzieherischen Versuche beschirmen, die nicht mehr, aber auch nicht weniger waren als reine Dressurstunden. Anders als dieser Dauerspurer Zachée habe ich nie akzeptiert, nach ihrer Pfeife zu tanzen.

Zach hat nie gesehen oder sehen wollen, wo das Problem lag. Er stimmte immer allem zu, folgte immer der Mehrheit, zuhause wie in der Schule. Er besaß nicht mehr kritischen Geist als ein Wurm. Er hat weder begriffen, mit welcher Perversität das System uns angreift, noch, in welchem Maße die Familie mitwirkender Teil einer globalen Unternehmung ist, der es um nichts anderes geht, als uns zu enthaupten. Freudvoll und in bester Stimmung, wenn möglich. Mit unserem Einverständnis.

Quer über die Welt verstreut gibt es Menschen, die das kapiert haben. Sie sind möglicherweise meine mir Ebenbürtigen, aber nichts ist weniger sicher. Ich weiß nicht einmal, ob meine mir Ebenbürtigen existieren. Es kann sein, dass ich wie ein Bullenhai bin: ein Einzelgänger, der mit seinen Artgenossen nur Allianzen eingeht, die zweck- und gelegenheitsgebunden sind. Wir werden es sehen. Die Einsamkeit macht mir keine Angst.

Ich weiß, dass Jéré es gut meint, dass er versucht, mich seelisch aufzubauen, wenn er mich immer wieder einlädt, mit ihm zu surfen, mich ihnen anzuschließen, für einen Drink irgendwo, oder auch, um einen Happen essen zu gehen, aber das letzte Mal bin ich mit dir gesurft, in Guéthary, kurz vor deiner Abreise nach Nazaré, und ich fühle mich noch nicht wieder so weit, ohne dich ins Wasser zu gehen.

Damals war Parlementia nicht gerade top, es gab nur eine kleine Welle auf Schulterhöhe, die sich schnell surfen und ebenso schnell auch wieder vergessen ließ. Vergessen aber werde ich es niemals, da du am nächsten Tag fort bist und ich dich nicht mehr lebend wiedersah. Und so war meine letzte Session mit dir genau das: zwei Stunden surfen, ein gutes Dutzend sehr mittelmäßiger Wellen, und anschließend ein paar Biere mit Xabi und Jérémie. In den Restaurants am Strand roch es bereits nach Saisonende. Es war gerade noch warm genug, dass man auf der Terrasse sitzen konnte, und du hast unterm Tisch nach meiner Hand gegriffen. Du warst nicht so mitteilsam wie sonst, du hast damit gewartet, bis wir allein wären, aber in diesem Augenblick hast du gespürt, dass ich traurig war über deine nahende Abreise und nicht gerade glücklich darüber, dass du mich zurücklassen würdest, um Thadée ein Geschenk zu machen.

Das waren deine letzten Gesten, deine letzten Aufmerksamkeiten mir gegenüber. Die Nacht, die folgte, haben wir nicht einmal zusammen verbracht, da ich Jordy bei meinen Eltern abholen musste und du zu deinen nachhause bist. Zum Glück bin am nächsten Tag zu dir, um Auf Wiedersehen zu sagen ... Ansonsten hätte ich nicht einmal diese letzte Umarmung, mit deinen Lippen in meinem Nacken, deinen Worten in meinem Ohr, als Wegzehrung, um eine Woche durchhalten zu können.

Heute sterbe ich vor Lust, mit Anouk allein zu sein, um ihr meine Idee mitzuteilen, diese fantastische Idee, diese schmerzlindernde Idee, die mir erlaubte, letzte Nacht und die Nacht zuvor besser zu schlafen. Leider erweist sich Jérémie als verdrossen, und anstatt uns Mädels allein unter Mädels zu lassen, was er üblicherweise recht schnell tut, vertrödelt er sich an seinem Gimbergen und monologisiert, den Blick ins Leere gerichtet, ohne zu sehen, dass Anouk, die ich per SMS informiert habe, dass ich große Pläne für sie habe, meine Ungeduld teilt – denn man wird sehen, dass sie in erster Linie betroffen ist.

Jérémie hat Heimweh. Der Bambus, die Kirschpflaume, der Geruch des Styrax, der Weißschwanz-Topikvogel, die perfekten Linkslaufenden von Saint-Leu, die unter der tropischen Sonne metallisch glänzende Gischt, die Ströme schwarzen Basalts, es fehlt ihm alles.

»Ich sage ja nicht, dass es hier nicht gut wäre. Les Cavaliers, Parlementia, ich finde es großartig. Ihr habt hier wahnsinnig gute Spots. Und Les Landes ist nicht zu toppen, das gebe ich gern zu. Aber eben, verglichen mit Boucan, mit Saint-Pierre, keine Frage: Bei uns ist es einfach besser!«

Ich lasse ihn so reden, weil er unglücklich ist. Er hat das Gefühl, aus dem Paradies vertrieben worden zu sein, und so wird er niemals den Charme und die betörende Kraft von Uhabia, Hossegor, Seignosse anerkennen. Ich lasse ihn auch so reden, weil ich das, was ich auf La Réunion zu sehen bekam, nirgendwo sonst gesehen habe: imposante Beachbreaks, schöne, türkisfarbene Wellen, die ihre Tubes über Korallenriffe hinweg gelassen ausbilden, weißen Sand, schwarzen Sand, Frangipanibäume, die selbst am Strand noch wachsen, ein unvergleichbares Licht, ja, ich verstehe, dass es Jérémie richtig nervt, dies alles aufgegeben zu haben. Ändert aber nichts daran, dass er mit seiner Insel nervt:

»Was für eine Verschwendung, verdammte Scheiße! Auf La Réunion, da hast du einfach alles! Für jeden Geschmack und jedes Niveau! Du hast Riffe, du hast Strände. Du kannst surfen, wo du willst. Wenn nicht in Aigrettes, dann in Trois Bassins oder Pointe du Diable! Du hast Meeresgräben, die die Wellen wie Magnete hochziehen! Das Klein-Hawaii des Indischen Ozeans! Da muss man nicht erst nach Punta Cana oder Teahupoo!«

Irgendwann dann nach dem zigsten Bier zieht er mürrisch ab. Anscheinend fühlte er sich weder von Anouk noch von mir ausreichend unterstützt. Seit gut einer Stunde haben wir ihn ein Selbstgespräch führen lassen, ohne zu reagieren, aus Angst, die Maschine weiter anzufeuern.

»Findest du nicht, dass er viel trinkt, seit wir hier sind?«

»Er hat auch vorher schon recht viel getrunken, oder?«

»Nein, nur an den Wochenenden, wenn abends gefeiert wurde. Jetzt aber trinkt er jeden Tag.«

»Na ja, hör zu, wenn er sich hier im Mutterland nicht zurechtfindet, dann geht ihr einfach zurück. Die werden dort unten wegen der Haie schon eine Lösung finden: irgendwelche Netze, Sonargeräte, keine Ahnung … Man wird da schon wieder surfen können.«

»Ich gehe nicht zurück, Cindy, Ich liebe es hier. Ich treffe hier haufenweise Leute, alles ist immer in Bewegung. Auf La Réunion haben wir immer dieselben gesehen, man blieb unter sich, ich hatte es satt.«

»Aber bei euch im Margouillats, da war es doch sehr lebendig, oder nicht?«

»Schon, aber die Leute sind nie geblieben. Um Freundschaften zu schließen, war gar keine Zeit. Und Surfen ist jetzt ja auch nicht unbedingt mein mega Ding. Also, na ja, ich mag's, klar, aber, nun ja.«

Sie hält inne, ihre Augen glänzen, ihr Gesicht leuchtet auf:

»Also, worum geht's?«

»Ich hab' eine Idee. Um Thadée zu bestrafen.«

»Ja, dachte ich mir!«

Es fehlt nur noch, dass sie sich vor lauter Vorfreude die Hände reibt.

»Und ich sage es dir gleich: Ich brauche dich dazu!«

»Sehr gut!«

»Du wirst mich nicht verpfeifen, wenn du's zu doof findest, okay?«

»Niemals!«

»Wir werden Thadée was auf seine Fresse tätowieren!«

Ich halte kurz inne, um die richtige Wirkung zu erzielen, und dann spreche ich es feierlich aus:

»Ein Kainsmal!«

»Wie sieht das aus?«

Ich krame auf der Stelle mein iPhone hervor und zeige ihr das scharlachrote Tattoo, das ich bei meinen Recherchen über den biblischen Brudermord gefunden habe.

»Noch nie gesehen! Aber warum willst du ihm das tätowieren?«

»Na, weil das eindeutig zeigt, dass er seinen Bruder ermordet hat!«

»Aber niemand wird kapieren, was das bedeutet. Von den Kennern mal abgesehen. Also die, die es auch tragen. Und die, die werden es cool finden.«

»Ein solches Ding auf der Stirn, da fragst du dich doch, warum! Thadée wird sich permanent gezwungen sehen, eine Erklärung abzuliefern. Und dann sind da noch all jene, die wissen, dass Zachée tot ist: Das wird doch Verdacht auslösen, meinst du nicht?«

Ich sehe ihr an, dass sie über meine Aussage ernsthaft nachdenkt. Schließlich zieht sie ihr Skizzenheft hervor, von dem sie sich nur selten trennt, und kopiert das dreiteilige Zeichen.

»Wird es immer in Rot gemacht?«

»Weiß nicht, glaube schon.«

»Auf jeden Fall wäre das extrem einfach zu stechen.«

Unsere Biere werden warm, während wir weiterhin über die Zweckmäßigkeit dieses Tattoos sprechen. Anouk zeichnet nun eine realistisch wirkende Ratte, borstiges Fell, geschlängelter Schwanz, schurkenhaftes Auge:

»Und so etwas? Was hältst du davon? Das auf der Stirn besagt klipp und klar, dass Thad eine Ratte ist, ein Schädling, der in den Abwasserkanälen lebt, im Müll.«

»Mhmm ... ja, ist auch nicht schlecht ... Aber er könnte es in was Lustiges verdrehen. Außerdem hat er schon einen Hai auf seinem Bizeps.«

»Ja, und?«

»Na ja, er könnte so tun, als würde er Tiere mögen, die sonst niemand mag. Und das Ganze in so was wie eine halbherzige Öko-Forderung ummünzen.«

»Und wenn ich es ihm auf die Nase steche, und nicht auf die Stirn?«

Da nun spüre ich, dass wir der Sache näherkommen: Ein Tattoo auf der Nase, das ist auf jeden Fall richtig schlimm.

»Dann aber stich ihm das Kainsmal auf die Nase. Das Hauptzeichen auf die Nasenspitze und die beiden kleineren auf die Wange. Was meinst du?«

»Genial! Und weißt du, warum das genial ist? Weil so ein Rot, das wirkt wie eine Hautkrankheit, wie ein rotes Muttermal.«

»Ein Blutschwämmchen!«

»Ja, wenn du so willst! Auf jeden Fall aber wird er entstellt sein!«

»Und er wird kaum sagen können, dass er sich das freiwillig hätte stechen lassen.«

»Tja, fürs Leben gezeichnet!«

»Bist du sicher, dass es fürs Leben ist? Ein Tattoo lässt sich doch wegmachen, oder?«

»Ja, weglasern. Aber tatsächlich geht es nie ganz weg. Statt des Tattoos hast du dann einen weißen Fleck oder eine Narbe. Und Rot lässt sich anscheinend viel schwieriger wegmachen als Schwarz.«

»Trotzdem, richtig gut ist das noch nicht. Ich will, dass er es für immer hat! Dass er nirgends mehr hinkann, ohne dass die Leute sofort wissen, dass er seinen Bruder umgebracht hat!«

Sie lacht und ihre strahlenden Zähne leuchten auf, sie lacht und schüttelt dabei ihre schwarzen Locken, und zum ersten Mal seit Langem löst sich der Schraubstock um meine Brust:

»Cin, ich werde das Tattoo stechen, nichts hindert mich daran, ziemlich tief zu gehen, durch die Lederhaut durch! Ich kann ihn ja ritzen, wenn du willst!«

»Erst ritzen, und darauf noch ein Tattoo, geht sowas?«

»Aber ja, klar. Bei uns im Laden werden Cuttings und Brandings jetzt immer häufiger verlangt. Sogar Rihanna hat sich das machen lassen. Statt zu stechen, schneidest du. Und du bringst die Tinte in die Narbe. Ganz einfach.«

»Hast du das schon mal gemacht?«

»Ich? Nein! Manu lässt mich nur ganz einfache Sachen tätowieren. Aber ich hab es ihn schon zigmal machen sehen. Und außerdem kann uns ja egal sein, wenn's scheiße wird. Es kann uns egal sein, ob es gelingt oder nicht! Das Zeichen muss zu erkennen sein, das ist wichtig, und es soll für immer bleiben, nicht wahr? Und wenn es Komplikationen geben sollte, eine Infektion, eine Nekrose, ein Keloid, so denke ich mal, dass Thadée uns nicht anzeigen würde. Er hätte viel zu viel Angst, die Justiz könnte auf Zachs Tod aufmerksam werden. Und außerdem ist ein Keloid ja genau das, was man will, wenn man sich ritzen lässt: Die Leute wollen, dass es hässlich ist, dass es anschwillt und so ...«

Ich unterbreche sie, bevor sie sich in einer Abhandlung über Body-Art verliert.

»Okay, gut, gut: Cutting scheint mir für diesen Idioten perfekt zu sein. Wir werden ihn fürs Leben brandmarken wie eine Kuh. Und Branding wäre sogar noch besser.«

»Beim Branding verbrennst du dem Typen die Haut, da arbeitet man mit weißglühendem Metall.«

»Ja, ich weiß: und genau darum finde ich es für Thadée absolut passend.«

»Also, Cindy, ich weiß nicht so recht. Wir haben bei uns im Laden noch nie ein Branding gemacht. Jedenfalls nicht, wenn ich da war.«

»Also, dann bleibt's beim Ritzen.«

»Um ihn ritzen zu können, müssen wir ihn erst mal finden.«

»Hör zu, ich bin mir nicht sicher, aber ich glaube, ich weiß, wo er steckt. In Les Landes, irgendwo im Hinterland. Der Ort heißt Rivebelle. Anscheinend eine sich selbst verwaltende Kommune. In seinem Papierkorb habe ich Mails gefunden, die er an irgendeinen Typen dort verschickt hat. Und er hat's im Routenplaner eingegeben. Also ist er meiner Meinung nach dort. Und es liegt nicht besonders weit von hier.«

»Also lass uns hin!«

»Tatsächlich wäre es am besten, wir führen gemeinsam dorthin, aber im Dorf darfst nur du dich zeigen. Wenn er mich sehen sollte, ist die Sache gestorben.«

»Aber was soll ich ihm sagen?«

Ich schaue sie an. Und ich bin nicht die Einzige. Der Kellner des Unik glotzt sie bereits an, seit wir reingekommen sind, und den Typen am Nebentisch klappen die Kiefer runter. Schon unfassbar, was diese junge Frau für eine Wirkung erzielt ...

»Anouk, meines Erachtens musst du nicht erst besonders viel sagen ...«

Rivebelle, ich bin erst zehn Tage hier, und doch habe ich das Gefühl, es wären zehn Jahre. Allein schon meine Bude ist ein Rattenloch: Bevor man was Besseres kriegt, muss man anscheinend warten, sich beweisen, der Gemeinschaft richtig beitreten. Und dann ist es auch wirklich nicht mein Ding, den Kids hier Unterricht zu liefern. Die sind alle irgendwie halb zurückgeblieben mit ihren abgedrehten Namen, Zeruya, Augbierge, Gengis, Dagobert ... Sie bleiben nicht ruhig sitzen, hören einfach nicht zu, träumen nur davon, meine Prothese zu befingern oder meinen Stumpf sehen zu dürfen. Ihnen ist der Dreisatz so gleichgültig wie es sie fasziniert, wenn ich über Haie und Amputationen rede.

Ich habe versucht, ein wenig bei der Gartenarbeit zu helfen, aber ich bin eben doch schwerbehindert. Und Gartenarbeit wird in Rivebelle sehr ernst genommen. Man redet hier von Permakultur, Wurmkompostierung, Mulch, spontaner Keimung: Da kannst du dir keinen Scheiß erlauben. Was schade ist, da ich viel lieber Tomaten gießen würde als irgendwelche Gleichungen zu lösen für irgendeine Himberine, Subutex oder Méthadone. Ja, ich habe sie schließlich alle umgetauft, ihrem Protestgeschrei zum Trotz.

Lange bleiben werde ich hier auf jeden Fall nicht. Ich habe Kontakt aufgenommen zu einer Tusse aus Tamera, einer Schweizerin, die dort seit fünf Jahren lebt und die ich mit meiner Lust auf Extrempraktiken angelockt habe. Und Einbeinige, tja, die sorgen bei den komplett Durchgeknallten eben für Erregung, und besagte Tusse scheint zumindest angefixt zu sein – aber eindeutig rumzukriegen.

Bis dahin schlage ich die Zeit tot. Ich habe mir ein neues Tablet und ein iPhone gekauft, und verbringe Stunden damit, die Schutzzonen und selbstverwalteten Kommunen in Frankreich und Navarré virtuell aufzusuchen. Gestern habe ich zuhause angerufen, um die Eltern zu beruhigen und zu verhindern, dass sie eine Großfahndung starten. Obgleich ich zweiundzwanzig bin, würde das perfekt zu ihnen passen.

Kaum, dass ich die tonlose Stimme von Jérôme hörte, wollte ich auch schon wieder auflegen. Oh Mann, ich habe mit diesen Leuten wirklich nichts mehr zu schaffen. Falls ich je und überhaupt mal was mit ihnen zu schaffen hatte. War ich nicht immer schon ein Alien inmitten meiner eigenen Familie?

»Thadée? Bist du's? Aber wo steckst du denn?«

»Das kann ich dir nicht sagen. Ich will nicht, dass ihr mich sucht. Aber es geht mir gut. Ich melde mich wieder.«

»Warte, leg' nicht auf!«

Diese flehende Intonation ... Zum Kotzen. Ich stöhnte demonstrativ und wartete, dass er ausspuckte, was auch immer er auszuspucken hatte.

»Thadée, warum bist du weg? Meinst du nicht, wir wären nicht auch so schon unglücklich genug? Meinst du nicht, dass uns, um den Tod deines Bruders zu verkraften, nur eines bleibt: zusammenhalten, zusammenbleiben, alle vier vereint?«

Armer Jérôme, er hat noch immer nichts kapiert. Umso besser für mich. Ich könnte ihn und Mylène noch brauchen. Ich stottere irgendetwas, unzusammenhängende Sätze, die er als Kummer oder Gewissensbisse interpretieren mag. Als Gewissensbisse, Zachée nicht gerettet haben zu können, als Gewissenbisse, abgehauen zu sein: Soll er das doch entwirren, soll er doch den Müll trennen, glauben, was er glauben will, sich eine Wahrheit zurechtschustern, die ihm passt, sprich, eine weitere Lüge.

Wie auch immer, alles ist nur Lüge, von Anfang an, überall. Ich bin in dieser Hinsicht nicht der Schlimmste. Und im Übrigen blieb mir gar keine Wahl, weil niemand meine innere Wahrheit wollte. Da hieß es lügen oder sterben. Ich habe meine Entscheidung getroffen, aber das ging nicht ohne Kollateralschäden.

Ich erinnere mich, wie ich, als Kind, eine Krise durchlief: Ich wachte beinahe jede Nacht mit dem Gefühl auf, etwas oder jemand drücke mir auf die Brust und hindere mich daran, mich zu bewegen und zu atmen. Als ich es Mylène erzählte, kam sie und schlief in meinem Zimmer, auf einem Beistellbett, um, wenn ich aufwachte, da zu sein und mir zu helfen, wieder einzuschlafen. Das war, klar, noch schlimmer. Ich wachte auf, nur um ihr vergötterndes Gesicht zu sehen, wie es über meinem Bett hing, und hörte sie diese nervenden Dummheiten aussprechen: »Alles ist gut, mein Liebling, Maman ist bei dir.« Und als es mir schließlich gelungen war, meine Krise zu bezwingen, ohne sie aufzuwecken, machte es mich trotzdem rasend, das süßliche Parfüm ihrer Nachtcreme zu riechen, ihre Atmung zu hören und mit ihr all diese enervierenden Geräusche, die Leute so von sich geben, wenn sie schlafen.

Jérôme war da anders, aber letztendlich genauso unerträglich mit seiner Voreingenommenheit, mit der er unser Leben schulmeisterte. Man wird mir erwidern: Darum genau geht es, um Erwachsene, die schulmeistern, kontrollieren, Rahmen schaffen. Aber Jérôme übertrieb das einfach. Er ließ uns nicht eine Sekunde verschnaufen: Es mussten permanent Bücher gelesen, Übungen absolviert, weite Wegstrecken gelaufen oder mit dem Rad gefahren, Familienrekorde gebrochen werden. So sehr Mylène über unsere Wochentage herrschte und sie ritualisierte, so sehr nahm Jérôme unsere Wochenenden und Ferien in Beschlag. Fast schon, als würde er Tiere zum Wettkampf abrichten. Ich glaube, dass mir deshalb in den Bergen schnell schwindlig wurde. Die Berge waren seine Lieblingsdomäne, die er für Zachée und mich zum Trainingsfeld gemacht hat, wo es ununterbrochen neue Pässe zu queren, neue Gipfel zu erklimmen, neue Berghütten zu erreichen galt, auf dem Rücken den Rucksack, an den Füßen tonnenschwere Schuhe.

Das Surfen war da plötzlich eine Erleichterung. Wir waren ihnen entkommen, waren aus Jérômes Zuständigkeitsbereich ebenso raus wie aus Mylènes sanft umgrenzter Sicherheitszone. Ich konnte wieder atmen, wieder schlafen, ich liebte das Surfen. Klar, auch da gab es Erwachsene, die Tutoren, die Lehrer, und auch die gingen mir auf den Sack, aber sie besaßen nicht dieselbe schädliche Macht wie meine Eltern.

Ich habe mit Zachée über all das nie gesprochen. Auch vor ihm hielt ich meine intime und verstörende Wahrheit verborgen, meinen Horror vor diesem alles aufweichenden täglichen Einerlei, mit dem wir zu leben hatten: die Mahlzeiten mit der Familie, die Schule, die Wochenenden bei den Großeltern, die Ferien im Haute-Savoie. Alles machte mich wahnsinnig, aber ein minimales Verbundenheitsgefühl musste ich stets vortäuschen.

Mir machte damals am meisten Angst, dass das Gefühl von Verbundenheit für alle anderen wie von allein zu funktionieren schien. Ich hätte so gern eine Welt der ungezügelten Kindheit gehabt, eine Welt, in der eine natürliche Wildheit regiert hätte anstelle dieses zivilisierten, engstirnigen, bedrückenden und letztendlich lebensfeindlichen Universums.

Gedanklich halte ich mich gerade zwischen Rückblicken in die Vergangenheit und Entwürfen für eine selbstverwaltete Zukunft auf, als sie im Türrahmen erscheint und zögerlich das winzige und verlebte Zimmer betritt, das mir die Einwohner von Rivebelle vermieten. Sie. Anouk. Ich hatte mich eben erst auf meinem Bett ausgestreckt und ließ mein Tablett zu Boden fallen. Vor lauter Verblüffung. Vor lauter Entzücken. Denn so sehr mein bisheriges Leben das Gefühl von Horror in mir hervorrief und zugleich den Wunsch, vom Boot zu springen, so gern hätte ich Anouk vor diesem ganzen Schiffbruch bewahrt.

Sie hat was, irgendwas an ihrem eigenartigen Blick und ihren unbändigen Allüren hat mich immer denken lassen, sie wäre wie ich, und dass sie, vielleicht, jemand war, mit dem ich hätte reden können. Es war dumm von mir, sie hart anzufahren. Sie und ich, wir sind unter schlechten Bedingungen gestartet. Gut, so schlecht anscheinend auch wieder nicht, sonst wäre sie nicht hier.

»Wie hast du mich gefunden?«

Sie lacht. Sie wirkt bekifft. Aber das tut sie öfters, es hat bei ihr nichts zu bedeuten. Kann gut sein, dass sie clean ist.

»Purer Zufall. Nur, ich glaube nicht an Zufälle.«

»Hast du was genommen?«

»Nein. Ja. Ich hab' was geraucht. Und ein wenig was getrunken.«

»Ach echt?«

»Willste auch?«

»Nicht unbedingt. Was haste denn?«

»Gras: weißt ja, ich rauch' nichts anderes.«

»Ach ja, okay.«

Sie setzt sich neben mich und beginnt uns in aller Eile einen Joint zu drehen, den sie mir dann auch hinhält.

»Aber jetzt mal ohne Witz, Anouk, was treibst du hier?«

»Ich kenne hier eine: Maï.«

»Ne' Blonde? Mit Kind?«

»Jo. Sie hängt mir schon seit einer ganzen Weile in den Ohren, dass ich mal für ein paar Tage vorbeikommen soll. Tja und nun, nun habe ich mich entschieden, und als ich hier ankam, sah ich deinen Koffer, deine Tür stand offen ...«

»Die lassen hier immer alle Türen offen. Aber sei beruhigt, es gibt einen Riegel: wenn du willst, dass wir ungestört sind ...«

»Ne, lass ruhig offen ... Wir rauchen einen, und dann erzählst du mir mal, was du hier so treibst. Denn, jetzt mal ohne Witz, Thadée, du hast mit deinem Abgang für ziemlich viel Chaos gesorgt. Cindy hat es mir erzählt ...«

»Siehst du Cindy noch?«

»Ja, schon. Wir mögen uns. Und dann, die Arme, zurzeit ... Na ja, mir ist klar, dass das für niemanden einfach ist, und vor allem nicht für dich ... Aber tja, es geht ihr richtig schlecht. Jéré und ich stehen ihr so gut wie möglich zur Seite ...«

Offensichtlich hat Cindy ihre idiotischen Unterstellungen Anouk gegenüber nicht erwähnt. Oder aber Anouk ist eine echt gute Schauspielerin. Sie lacht, sie spricht, sie hat noch nie so viel mit mir geredet. Und sie ist von überwältigender Schönheit in ihrem die dunkel gesprenkelten Brüste kaum verbergenden Blaumann. Kann aber auch sein, dass mir der Joint gerade den Kopf verdreht.

»Oh wow, den haste aber gut gebuttert!«

»Eigentlich nicht. Aber das Zeugs ist echt top! Hast du nichts zu trinken hier? Ohne raucht's sich nicht so angenehm.«

»Was ist denn mit dir los? Ich habe dich anders in Erinnerung, weniger ... eher bedachtsam, enthaltsam.«

»Ich bin in einer Phase.«

»Ach ja? Welcher Art?«

»Destroy.«

»Ich habe Wodka.«

»Cool. Sehr gut.«

Meine Prothese lehnt an der baufälligen Wand, aber ich brauche sie nicht, um bis zum Einbauschrank unter der Spüle zu humpeln, wo ich Bier lagere, Wodka, und was zum Knabbern.

»Hast du Hunger?«

»Nein, ich bin durstig.«

Sie dehnt das Wort in ihrem süßen Mund, sie ist durstig, richtig durstig, und rollt schon einen weiteren Joint mit ihrem Höllengras, während ich ihr ein Glas Wodka hinhalte. Ich hätte gern ein wenig was gefuttert, bevor ich mit ihr mitziehe, aber sie lässt mir keine Zeit, füllt ein Glas nach dem anderen, dreht den nächsten Joint, und kurze Zeit später sind wir völlig platt, so bekifft, dass wir uns nicht mehr erheben können und uns auf meinem elenden Bett nur noch kranklachen.

Das trifft sich gut, denn ich habe keine Lust, aufzustehen, ich will einfach mein Gesicht in Anouks prächtigen Brüsten vergraben, will den Reißverschluss ihres Zweiteilers runterziehen, will meine Hand in ihre heiße Möse gleiten lassen, will sie rannehmen, oh Mann!

Seit dem Unfall habe ich nicht mehr gebumst. Ich weiß, das ist kaum zu glauben, aber in den letzten beiden Jahren habe ich keine einzige Muschi zu Gesicht bekommen. Anfangs, mit dem ganzen Amputationskrams, war Bumsen die geringste meiner Sorgen, und dann, als ich wieder daran dachte, hatte ich keine Braut mehr. Jasmine, diese dumme Kuh, hatte sich verzogen. Ich hätte mich wieder aufmachen und mir Mädels angeln können, ob nun mit oder ohne Bein, aber dafür hätte ich Motivation gebraucht, und an der fehlte es mir. Und es stimmt, je seltener man bumst, desto weniger hat man Lust dazu. Als hätte die Natur das gut eingerichtet. Ich holte mir lediglich einen runter, während ich mir Videos ansah. Was ich sowieso immer schon gemacht habe. Und auch das geschah mit der Zeit immer seltener. Auch ich, scheint's, bin gerade in einer Phase. Nur habe ich jetzt das Gefühl, Anouk werde mich aus meiner erlösen.

Hopp, ich ziehe den Verschluss entlang ihres glatten, dichten Fleisches herunter, und gönne mir volle Fresse den Anblick ihrer helldunklen Brüste, die noch prächtiger sind als in meiner Erinnerung, und vor allem vollkommen nackt:

»Ziehst du nie BHs an?«

»Doch, manchmal ...«

Ihre Stimme klingt genauso teigig wie meine, ihre Aussprache genauso undeutlich, was mich beruhigt, da ich mich immer stärker bekifft fühle: Sollte unser erstes Mal ihr keine unvergessliche Erinnerung schenken, wäre es mir lieber, es hinterließe gar keine Erinnerung bei ihr und dass wir im selben schwarzen Loch versinken. In der Zwischenzeit raffe ich zusammen, was ich an Kräften und Bewusstsein noch aufzubieten habe, um das Schauspiel zu genießen, das Anouk mir liefert: mit freiem Oberkörper, feucht vor Schweiß, zu haben. Unter der rechten Brust hat sie ein Tattoo, das ich mit größter Mühe entziffere: beyond the blue. Schau an, das hatte ich gar nicht gesehen. Obwohl sie ja auf La Réunion ständig im Bikini rumlief.

»Tut das nicht weh, sich da tätowieren zu lassen?«

Sie lacht, ohne zu antworten. Sie ist wirklich drauf. Was ich nutzte, um den Verschluss bis zum Anschlag zu öffnen, bis zu ihrer kleinen Muschi, so dicht unter ihrer glänzenden Haarpracht.

»Verdammt, trägst du auch keine Höschen?«

»Klar trage ich welche. Erinnerst du dich nicht?«

»Äh, nö ...«

»Du hast mein Höschen doch schon mal gesehen. Auf La Réunion.«

Eine gefährliche Flamme funkelt in ihren Augen auf. Dieses Mädchen, es liebt tatsächlich zu spielen. Ich hätte das früher begreifen sollen. Die Erinnerung an das duftende Unterholz, wo ich sie beim Pissen überrascht habe, kommt mir schlagartig wieder in den Sinn. Ich hätte sie in jener Nacht umbringen können. War ihr das damals klar? Ist es das, was sie nach Rivebelle geführt hat: stärkere Empfindungen als die, die dieser Vollidiot Jérémie ihr zu geben imstande ist? Wer weiß, vielleicht hat Cindy mit ihr ja doch gesprochen. Vielleicht erregt es sie, dass ich Zachée umgebracht haben soll.

»Warum rasierst du dir nicht die Möse?«

»Stören dich Haare?«

»Jo, schon. Ein wenig. Ich mag's ohne lieber.«

Tatsächlich hasse ich unrasierte Tussen. Jasmine brauchte ich diesbezüglich erst gar nichts zu sagen: Sie ließ sich alles wegmachen, akzeptierte nicht das geringste Nachsprießen, war immer perfekt glatt, vollkommen rasiert und deodoriert, ganz egal, zu welcher Tageszeit man sie rannahm. Aber gut, bei Anouk ist es auch kein bloßer Wildwuchs: Man spürt, dass sie das Büschel trimmt, regelmäßig nachschneidet, also schon okay. Und außerdem geilt sie mich derart auf, dass ich meinen Ekel vor Haaren und Gerüchen ziemlich leicht unterdrücken kann. Falls das Gras nicht stärker ist als ich. Frustriert aufstöhnend, grabe ich mich in ihren schweißfeuchten Bauch:

»Oh Mann, Anouk, was hast du mir da zu rauchen gegeben?«

Sie schreckt überrascht auf und befreit sich aus meiner Umklammerung, während ich in mich hineinbrumme:

»Was ist los? Gefalle ich dir nicht?«

Sie ist hier, liegt ausgestreckt da, auf meinem Bett, halb nackt, die Wangen vor Erregung gerötet, das Haar an ihrer schweißfeuchten Stirn klebend, die Augen glänzend, also soll sie mir jetzt bloß nicht kommen und erzählen, dass sie keine Lust auf mich habe. Sie gluckst nervös rum:

»Du hast Ähnlichkeiten mit Ragnar, aus Vikings.«

»Ja und, ist das jetzt schlecht?«

»Nicht wirklich berauschend.«

Ich packe nach der Brust, die mir am nächsten ist. Wenn sie hier einen auf dumme Zicke machen will, dann ist sie bei mir an den Richtigen geraten. Sie spannt sich erneut an, sagt aber nichts und fordert mich mit ihrem Blick heraus. Wie schade, wirklich, dass wir uns all diese Joints und den ganzen Wodka reingezogen haben: Ich bin mir immer weniger sicher, ob ich noch imstande bin, es ihr zu besorgen. Vor allem, wenn sie hart rangenommen werden will. In Wirklichkeit bin ich kaum fähig, ihr die Brust zu kneten und die Augen halbwegs offen zu halten.

Bang! Die Tür knallt mit unerhörter Wucht gegen die lepröse Wand. Mir bleibt kaum Zeit, mich irgendwie auf einen Ellbogen zu stützen, als sich eine weitere Erscheinung zwischen den senkrechten Balken der Tür in Position bringt. Aber diese Mal, anstelle eines Traumwesens, dunkelhaarig, leicht zögerlich, verführerisch, ist es Cindy, starr wie die Gerechtigkeit selbst, in einem passenden Drillich, Cindy, im Lichtschein ihrer Dreads einer Xantippe, Cindy, strahlend vor lauter unheilvoller Freude, Cindy, die gekommen ist, um mich zu töten.

Als erstes kommt mir in den Sinn, dass ich soeben ein schädliches und ekelerregendes Tier in seinem Schlupfloch aufgestöbert habe. Eine auf dem Boden abgestellte Lampe erleuchtet schwach die abgeblätterten und schwitzenden Mauern. Der ganze Raum ist erfüllt von einem modrig stinkenden Gemenge aus Rauchschwaden, Alkohol, Schweiß und Haushaltsgeruch. Mein Blick kreuzt den von Anouk, der als Antwort auf meinen donnernden Auftritt feurig entflammt, und schließlich den schläfrigen, beinahe gläsernen von Thadée. Das mit Opium vermengte Gras hat seine Wirkung eindeutig erzielt.

Anouk springt augenblicklich auf ihre Füße, Thadée scheint dazu völlig unfähig zu sein. Er brummt lediglich unzusammenhängende Worte, während er krampfhaft die speckigen Laken seines Behelfsbetts glattstreicht. Wir brauchen nur wenige Minuten, um ihn mit dem Zeugs zu fesseln und zu knebeln, das ich mitgebracht habe. Anschließend verriegle ich die Tür und ziehe die Vorhänge zu, die auf einen mit Unkraut überwucherten Vorplatz gehen.

Anouk ihrerseits zieht in aller Ruhe aus einem Köfferchen die Instrumente hervor, die sie braucht, und reiht sie auf dem abgewetzten Laken auf. Thadée mag noch so sehr ins Tuch knurren, das ihm die Mundwinkel auseinanderzieht und in seiner Gurgel versinkt, wir erledigen, leicht und schnell wie zwei Kolibris, unsere kleinen Handgriffe. Während Anouk ihr Skalpell in die Höhe hebt und sich über Thadée beugt, erzählt sie mir, wie leicht es ihr gefallen ist, unseren Plan umzusetzen, und lässt es sich dabei nicht nehmen, mir einige demütigende Details zu schildern:

»Er hat sich nicht einmal die Frage gestellt! Wirklich saudumm! Wie konnte er nur glauben, dass ich ihm um den Hals falle, einfach so, ohne alle Umschweife! Wie konnte er sich nur vorstellen, dass ich ihn geil finden würde? Oh Mann, und dann hat er mich irgendwann auch noch berührt, hat seine dreckigen Hände auf mich gelegt, ich fand das so ekelerregend, dass ich ihn beinahe vertrimmt und damit alles kaputt gemacht hätte. Wäre schade gewesen, wie? Und er hat tatsächlich nicht geschnallt, dass ich keinen einzigen Zug genommen habe!«

Thadées Augen treten aus ihren Höhlen hervor, über sein Kinn rinnt Speichel, sein Stöhnen wird intensiver, bleibt aber doch kaum hörbar. Anouk in ihrem indigoblauen Zweiteiler sieht phänomenal aus. Ich habe den gleichen in khakifarben. Wir hatten uns gesagt, dass wir Klamotten mit Schockwirkung bräuchten, und dass wir uns gewiss auch schmutzig machen würden bei all der Tinte und dem Blut. Tatsächlich ist Anouk schon reichlich mit Blut bespritzt, da Thadée ununterbrochen in alle Richtungen ausschlägt. Auf ihre Bitte hin überwinde ich meinen Ekel und blockiere mit beiden Händen seinen Kopf, damit sie gelassen ihre Body Art ausführen kann.

Thadée blutet wie ein Schwein und verdreht panisch seine Augen. Er dürfte sich fragen, was wir da gerade tun. Vor allem, da wir nach einigen Überlegungen entschieden haben, das Hauptzeichen über das fleischige Ende seine Nase hinauslaufen zu lassen, anstatt es auf dem knorpeligen Nasenrücken zu platzieren. Der erzielte Effekt ist eindeutig hässlicher: Thadée wird für den Rest seines Lebens ein Clownsgesicht tragen, die Fresse eines alten, an billigem Rotwein kaputt gegangenen Säufers. Und schon erkennt man, trotz des fließenden Blutes und der in die frischen Schnitte eindringenden Tinte, wie sich das Kainsmal auf seinem Gesicht abzeichnet, das Zeichen des Brudermords. Anouk ist eindeutig eine, die ihr Handwerk versteht.

Siehst du, mein Geliebter, es war eine Sache, in einem Café zu entscheiden, über deinen Mörder eine biblische Strafe zu verhängen, und eine andere, an ein gefesseltes und panisches Opfer das Skalpell anzulegen. Ich hätte es getan, gewiss, ich wäre sogar noch weiter gegangen, wenn es nötig gewesen wäre, das weißt du. Ich hatte vor, diesen Hurensohn umzubringen. Aber jetzt, jetzt sehe ich Anouk zu, wie sie die blutenden Schnitte rot färbt, und bewundere die Präzision ihrer Gesten und die absolute Ruhe in ihrem Blick.

Wir hatten entschieden, dass sie schnell vorgehen und nichts perfektionieren sollte, aber es braucht doch, was es braucht, und lange Stunden sind inzwischen vergangen, seit ich hier aufgetaucht bin, im Zimmer deines Bruders. Deines Bruders, der alles Anrecht auf diese Bezeichnung verloren hat, deines Bruders, der kein Mensch mehr ist, sondern ein Vieh, das man mit Brenneisen brandmarken kann.

Du musst wissen, meine große, meine einzige Liebe, dass ich nicht die geringsten Skrupel empfinde, nicht den Hauch schlechten Gewissens. Im Gegenteil, ich habe das Gefühl, endlich wieder so etwas wie Gerechtigkeit herzustellen, ja, sogar die Gerechtigkeit zu verkörpern. Oder eher noch das Gefühl, zu sehen, wie sich die Gerechtigkeit in diesem erhabenen Mädchen verkörpert, das mich lächelnd anschaut und sich über die Stirn wischt wie ein guter Arbeiter, der seine Aufgabe erledigt hat.

»Uff, na bitte, wie findest du's?«

»Ich finde es genial: Das ist richtig gut!«

»Dachte ich mir auch gerade: Anouk, dachte ich, das hast du richtig gut gemacht!«

Wir gehen, ohne uns die Mühe zu machen, Thadée loszubinden und von seinem Knebel zu befreien. Uns kann es egal sein, soll er doch Stunden so daliegen und in seinem Blut baden. Seine Schnitte sind oberflächlich, er wird an ihnen nicht sterben. Wer hier tot ist, bist du, mein schöner Geliebter. Ich hoffe, du hast deinen letzten Augenblick nicht kommen sehen, hast das niederträchtige Schicksal nicht begriffen, nicht erahnt, das Kain für Abel bestimmt hat.

Anouk löst ihren Haarknoten, schüttelt ihre massige Haarpracht, und raunt mir in diebischer Gemächlichkeit zu:

»Gut möglich, dass er sich vollscheißt.«

»Tja, das würde passen: Scheiße mochte der schon immer.«

Man mag es kaum glauben, mein Geliebter, aber hier, jetzt, in den menschenleeren Straßen dieses Dorfes, das keines ist, lachen wir beide auf, während ein weiterer grauer Tag, ein Novembertag, den zu erleben ich keine Lust habe, am Horizont spürbar wird. Und dieses Lachen, ich hoffe, du wirst es hören, wo auch immer du bist.

Jetzt, da ich die einzige Tochter bin, ist das Haus viel zu groß. Ich bin allein auf der ersten Etage, was mir eigentlich gefallen könnte, wenn ich es nur wirklich wäre. Aber nichts ist weniger eindeutig: Es vergeht kein Tag, an dem ich nicht das Gefühl hätte, man würde mich von Zimmer zu Zimmer verfolgen und spioniere mir nach.

Ich habe die erste Etage in Besitz genommen, wo ich über die Zimmer meiner Brüder verfüge, über ein großes Bad und zudem über eine Art Ankleide, in der sich Schuhe stapeln, Strandklamotten, Bücher und nutzlos gewordene Dinge. Seit Thadée weg ist, haben sich meine Eltern ängstlich ins Erdgeschoss zurückgezogen. Die Putzhilfe ist einmal gekommen und hat die beiden Höhlen von Thad und Zach gereinigt und aufgeräumt, und seitdem betrat sie außer mir niemand mehr. Schrittweise hinterlasse ich in den Räumen meine kleine persönliche Note: Kerzen und Origami überall, an den Wänden gerahmte Zeichnungen und Kollagen, und natürlich meine Phasmiden- und Hausspinnenzucht. In Thads Zimmer habe ich zwei Terrarien aufgestellt, weshalb ich dort inzwischen auch viel Zeit verbringe, was ich, als er hier noch lebte, grundsätzlich nicht tat. Es ist nicht nur das größte und bestgelegene aller Zimmer, sondern auch das einzige, das über einen Balkon verfügt, was für meine Anpflanzungen von Wolfsmilch und Kakteen perfekt ist. Sollte Thadée zurückkehren, muss er damit zurechtkommen. Aber eigentlich dürfte es für ihn unproblematisch sein, mit Spinnen zusammenzuleben. Eher macht mir das Gegenteil Sorgen: Es ist nicht gesagt, dass meine Hausspinnen, so reinlich und geschickt wie sie sind, mit Thadées Lebensführung zurechtkommen. Ganz abgesehen davon, dass Passivrauchen für niemanden gut ist.

Aber meiner Meinung nach ist er noch nicht wieder an dem Punkt, dass er zurückkehren würde. Er dürfte sich an seinen fünf Fingern abzählen, was Jérôme seit seinem Verschwinden alles über ihn herausgefunden hat: die seit der siebten Klasse gefälschten Zeugnisse, die Schule in Pau, die er niemals betreten, die Prüfungen an der Ingenieursschule, die er nie abgelegt hat, und zwar aus gutem Grund; die Käufe, die er im Internet mit den Nummern der Kreditkarten meiner Eltern tätigte, die Pornoseiten, die er ständig aufsuchte – und ich bin mir nicht mal sicher, ob mein Vater hier nicht nur einen Bruchteil der Dinge in Erfahrung gebracht hat, da Cindy zum gegebenen Zeitpunkt Thadées Computer an sich nahm.

Ich verbringe auch in Zachées Zimmer Zeit, habe dort aber bislang noch keine Zucht untergebracht. Und falls es mir gelingen sollte, dass man mir tatsächlich eine Bartagame schenkt, ja, warum dann eigentlich nicht? Sie hätte es in diesem ruhigen Raum gut, dem kleinsten der drei Zimmer, das mir aber das liebste ist, da ich dort noch immer die Anwesenheit meines Bruders verspüre. Meines einzigen Bruders. Thadée war niemandes Bruder, und ich bete jeden Tag, dass er nie mehr nachhause kommt.

Ich habe mir einen Altar gebastelt und zünde auf ihm die Kerzen an, die ich selbst herstelle. Ich habe meine Wachssorten, meine Formen, meine Dochte und geheime Zutaten, die dafür sorgen, dass ihr Duft manchmal erstaunlich, ja beinahe schon ekelerregend ist. Egal. Der Gott, zu dem ich bete, ist nicht der Gott aller anderen, der, von dem es heißt, er liebe Weihrauch und Feldlilien. Etwas sagt mir, dass der meine es schätzt, wenn ich ihm ein paar Insekten zum Opfer bringe und furchterregende Düfte zu ihm emporsteigen lasse. Oder ich liege komplett falsch und habe von Religion keine Ahnung. Allerdings hat sie mich schon seit jeher interessiert und ich maße mir an, mich auszukennen. Stellen Sie mir irgendeine Frage über chthonische Götter oder den Anubiskult, und Sie werden sehen, ich bin unschlagbar.

Ich bete wegen aller möglichen Dinge. Dass Thadée sterben möge oder wir nie mehr was von ihm hören, dass mein Vater weniger traurig sein möge und er mir eine Bartagame oder einen Königspython schenkt. Ich zünde auch nicht gerade wenige Kerzen an, damit meine Mutter wieder zu meiner Mutter wird. Ich bin weder zu dumm noch optimistisch genug, mir eine unrealistische Rückkehr in die Normalität zu wünschen, aber dennoch, falls Gott existiert – der meine oder der der anderen – dann muss er sich darüber im Klaren sein, dass mein Kinderleben entsetzlich ist.

Die meiste Zeit über bin ich im Haus allein mit meiner Mutter, die nicht mehr meine Mutter ist. Sie verbringt den wesentlichen Teil der Tage in ihrem Zimmer, aber es kommt vor, dass wir uns in der Küche oder im Wohnzimmer über den Weg laufen, und sie schreckt dann jedes Mal hoch. Vor Überraschung oder Enttäuschung, das auseinanderzuhalten will mir einfach nicht gelingen. Ja, ja, Mimi, ich bin's, nur ich. Zachée ist tot und dein Lieblingssohn verduftet. Wie übrigens deine geistige Gesundheit auch. Manchmal habe ich den Eindruck, ich sei die einzige vernünftige Kreatur in diesem Haus. Nicht weiter verwunderlich: Wir sind nur noch drei. Und Mimi ist nicht mehr ganz dicht, und dem armen Jérôme geht's auch nicht viel besser.

Dass wir uns recht verstehen, Zachées Tod hat ein Loch in mein Leben gerissen, und ich denke nicht, dass ich mich davon eines Tages erholen werde. Doch will ich ehrlich sein, muss ich zugeben, dass die dramatische Wende, die unser Leben genommen hat, in Bezug auf mich eine wohltuende Wirkung hat: die beneidenswerte und beinahe vollständige Freiheit, die ich heute genieße. Ich kann allein entscheiden, wie ich meine Zeit nutze, ohne dass mich Mi bei einem Tanzkurs oder in einem Töpferatelier einschreibt. Ich tat trotzdem so, als würde ich es wollen und habe diesbezüglich Bargeld von meinem Vater eingefordert und behauptet, das sei so Usus. Da er von diesen Dingen überhaupt keine Ahnung hat und vollständig der Zeit hinterherhinkt, ging das ganze Ding vollkommen reibungslos über die Bühne. Urplötzlich sind meine einzigen Verpflichtungen die der Schule, aber ich besuche lediglich den Unterricht und habe den Austausch mit meinen Klassenkameraden auf ein striktes Minimum reduziert. Im Übrigen halten die mich seit Zachées Tod beinahe schon für eine Aussätzige. Andere hätte man im gleichen Fall umhegt, bedauert, verwöhnt: mich nicht. Mit nur zwei, drei makabren Antworten habe ich für Abstand gesorgt, und dieser Abstand ist sehr angenehm. Meine Anspielungen auf die Verwesung der Leiche meines Bruders haben mir zwar eine Ladung zur Schulaufsicht eingebracht, aber ich weiß, wie ich mit Erwachsenen im Allgemeinen und mit der Verwaltungsebene meiner Schule im Besonderen umzugehen habe.

»Monsieur Garnier, wirklich, keine Ahnung, warum ich das gesagt hab. Ich glaube, ich wollte einfach, dass man aufhört, mir mit dem Tod meines Bruders auf die Nerven zu gehen. Die Schule sollte doch ein Ort sein, wo ich an etwas anderes denken, mich auf den Unterricht und so konzentrieren kann, oder etwa nicht?«

Monsieur Garnier pflichtete mir bei, wollte aber dennoch unbedingt meine Eltern anrufen. Kommt ja nicht alle Tage vor, dass ihm was Dramatisches zwischen die Klauen gerät. Ich richtete meine tränenvollen Augen auf ihn:

»Warten Sie ein wenig, bevor Sie die beiden anrufen. Es geht ihnen schon so schlecht genug: Es ist doch nicht der Mühe wert, sie mit etwas so Dummem zu beunruhigen, wie dem, was ich da gesagt habe, einfach so, ohne nachzudenken.«

Er beugte sich über den Tisch, der uns trennte, in einer Aufwallung von Mitleid, die mir sehr deplatziert vorkam, und sülzte mich mit seinem billigen Psychogequassel voll:

»Ysé, du hast deinen eigenen Kummer. Nicht nur deine Eltern sind traurig. Du musst auch an dich denken. Und nicht mit aller Kraft versuchen, die Erwachsenen um dich herum zu schonen.«

»Ja, verstehe. Sie haben recht. Wenn Sie mögen, sehen wir uns bald wieder, um das zu erörtern, und wenn Sie sich um mich dann immer noch Sorgen machen, können Sie ja meine Eltern anrufen.«

M. Garnier schien völlig zufrieden, mich so in seiner Sprache reden zu hören, anders formuliert, in der Sprache der Weisheit. *Sich wiedersehen, um es zu erörtern*, soll er mal schön von träumen, der Herr! Das Einzige, worum ich die *Erwachsenen um mich herum* bitte, ist, dass sie mich in Ruhe tun lassen, was ich für richtig halte. Und genau das passiert auch. Ich kann mich in Biarritz und Umgebung bewegen, ohne irgendwem Rechenschaft ablegen zu müssen. Ich kann ebenso gut den Bus bis nach Hendaye nehmen wie mich selbst zum Eis bei Dodin einladen oder zum Baskischen Kirschkuchen bei Miremont.

Im Miremont setze ich mich so, dass ich den bestmöglichen Blick zum Strand habe. Ich liebe diesen Ort, den Eindruck, den er mir vermittelt, als säße ich in einer über dem Ozean schwebenden Gondel. Ich fühle mich hier der Zeit enthoben und von Wahnsinn und Tod umso weniger bedroht, als der Rahmen antiquiert ist: alles vergoldet, alles voller Zierleisten, voller gestärkter Spitze. Die Leute, die hierherkommen, führen ausschließlich harmlose Gespräche, denen ich lausche, während ich versuche, hinter meiner Tasse Tee zu verschwinden. Letztens haben sich zwei Frauen neben mir niedergelassen, zwei Stammkundinnen, und sofort begonnen, über Arbeit und Kinder zu reden. Sie waren äußerst gewöhnlich. Angegrautes Haar und Wangen voller Kupferrose die eine, die andere gefärbtes Blond, leicht verwelkte Anmut. Was sie sich erzählten, war ohne Belang, aber ich trank begierig ihre Worte und hatte beinahe das Bedürfnis, sie anzuflehen, mich doch mitzunehmen. Möge mich doch eine von beiden adoptieren und aus meiner albtraumhaften Freiheit reißen, weg von meinen toten oder verstümmelten Brüdern, weg von den Geistererscheinungen meiner Mutter und ihren Halluzinationen. Meiner Not gegenüber völlig gleichgültig, verließen die beiden Damen schließlich die Teestube und ich machte mich auf den Weg zurück in mein Geisterhaus.

Ich habe dieses Haus aber immer gemocht, eine Villa im neobaskischen Stil vom Anfang des 20. Jahrhunderts, mit einem Garten vorn und einem hinten – und der nach hinten raus ist mir der liebere. Ich mag ihn noch lieber, seit ich sein einziger Besitzer bin. Mein Vater arbeitet von morgens bis abends, um sich zu betäuben, meine Mutter verlässt ihr Zimmer nur noch, um sich eine Zeitlang in einer Klinik aufzuhalten, aus der sie dann noch abgestumpfter, orientierungsloser und abwesender wieder nachhause kommt.

Einen Monat nach Zachées Tod folgend, versetzte ihr Thads Fortgang den entscheidenden Schlag. Anfangs hat sie, glaube ich, noch auf ihn gewartet, auf ihn, diesen Erstgeborenen, der sie weder enttäuschen noch beirren konnte, diesen Halbgott, der sie vor dem Kummer und dem Wahnsinn bewahren würde. Und als er nicht wiederkam, brachen Kummer und Wahnsinn über sie herein, hopp, wie die Welle über Zachée. Sie hörte auf,

Nahrung zu sich zu nehmen, sich anzukleiden, ja sogar, sich zu waschen, sie, die in puncto Körperhygiene immer so zimperlich war. Auch wenn man mir gegenüber nichts dazu verlauten ließ, so habe ich sie doch unter Verdacht, eine Überdosis Schlaftabletten genommen, sprich einen Suizidversuch unternommen zu haben, während ich für ein Wochenende bei Mamie Régine und Papy Jean war – was einen ersten Krankenhausaufenthalt zur Folge hatte, auf den dann zwei weitere folgten.

Während ich auf eine hypothetische Verbesserung der Situation warte, herrsche ich allein über mein Königreich der Wildgewächse und dunklen Räume, ein Königreich, das ganz und gar zu meinem wird, wenn ich des Nachts in ihm umherwandle, den tiefen, medikamentös herbeigeführten Schlaf meiner armen Eltern nutzend. Ich war schon immer ein wenig schlafgestört. In jener Zeit, als sie mir noch liebevolle Kosenamen gaben, nannte mein Vater mich Eule oder Fledermaus. Man muss wissen, dass ich eine Leidenschaft für Eulen hege und sehr gern eine wäre, da es nichts Schöneres und Weiseres gibt. Im Glauben, mich damit beleidigen zu können, nannte Thadée mich einen Skunk, ein weiteres nachtaktives Tier, aber ich liebe Skunks beinahe ebenso sehr wie Eulen, Bartagamen oder Schlangen, weswegen ich auch nicht einen Moment lang beleidigt war und er sich Zeit und Aufwand hätte sparen können.

So, das ist der Augenblick, den ich liebe. Es ist drei Uhr früh, man hört nur, wie das Astwerk der Zeder bei jedem Windstoß gegen die Hausfassade reibt. Für gewöhnlich schneidet mein Vater sie so, dass der Effekt sich gar nicht erst einstellt, aber unsere Gewohnheiten haben sich seit dem Tod von Zachée und dem Fortgang meines Bruders, der mein Bruder nicht ist, in Luft aufgelöst.

Tja, so ist es nun mal, ich habe weder Brüder noch Mutter mehr. Wenn's hochkommt, einen Vater, zwischenzeitig mal und flüchtig. Er ist wie die Puppen der Zikaden, die ich einst sammelte, als sammeln, zeichnen, tanzen noch Sinn ergab: Die Struktur ist vorhanden und imitiert das Leben detailgetreu, aber man könnte sie zwischen zwei Fingern zerbröseln, da ihr Inneres nichts birgt.

Ich gehe ins Erdgeschoss hinunter, um eine Kleinigkeit zu knabbern. Jérôme ist eine vergeistigte Insektenpuppe, erledigt aber immerhin noch die Einkäufe. Er vergreift sich in den Mengen, was verständlich ist, waren wir doch lange eine mehrköpfige Familie, sind aber jetzt nur noch zu dritt – darunter meine Mutter, die nichts mehr isst. Zum Glück bin ich wachsam und zur Stelle, um die überzähligen Steaks einzufrieren und den Speck zu braten, bevor er verdirbt. Heute Nacht trifft es sich gut, es gibt noch Eier und Schinken, das ist perfekt für ein Omelette. Ich verschlage die Eier, schneide mir meine Schinkenwürfel, hopp, hopp, das läuft, das zischt, das riecht gut. Ein erneuter Windstoß lässt mich aufblicken und ich sehe am Fenster ganz kurz ein fahles Gesicht erscheinen, eine weiß gepuderte Säuferfresse mit rot leuchtender Clownsnase. Das Ganze dauert nur wenige Sekunden, die Zeit, die auch mein Omelette braucht, um sich vom Pfannenboden zu lösen und auf meinen Teller zu gleiten, wobei das klebrige Ablösegeräusch mein Entsetzen nur noch steigert.

Ohne dass ich auch nur eine Sekunde lang nachdenke oder prüfe, ob sich die beunruhigende Erscheinung verflüchtigt hätte, stürze ich auf die Waschküche zu, die sich über ein paar Stufen nach unten an die Küche anschließt. Es ist der Raum im Haus, den ich wegen seines verständnisinnigen Halbschattens, der Wärme und dem Klappern der Heizanlage, des Geruchs nach Waschmittel in der frisch gewaschenen Wäsche am liebsten mag. Ich drücke mich gegen einen Korb voller Hemden, die darauf warten, gebügelt zu werden, und presse meine Fäuste gegen die Augen, um mich vor dem furchtbaren Traumbild zu schützen.

Als ob dieses Haus mit meinen Eltern und ihrem seelenlosen Umhergestreife von einem Zimmer ins andere nicht schon ausreichend heimgesucht wäre! Bei meinem Vater, der ausreichend klare Momente hat, um nach seiner Rückkehr von der Arbeit mit mir ein Scheingespräch zu führen, hält sich das noch im Rahmen, meine Mutter jedoch ist sehr viel erschreckender als der Großteil aller ins Verzeichnis aufgenommenen Gespenster, und ich will doch meinen, dass das Maß diesbezüglich voll ist, Erbarmen, bitte, stopp!

Letzte Nacht, ich wähnte mich im Wohnzimmer allein und ruhig, war sie völlig geräuschlos erschienen. Merkwürdigerweise war es ihr Geruch, der mich alarmierte und nach hinten blicken ließ. Seit dem Fortgang meines Bruders, der mein Bruder nicht ist, riecht Mylène nach Schlick, Schlamm, modrigen Landausläufern. Ich weiß, dass es meinem Vater gelingt, ihr ein Minimum an Hygiene abzuverlangen, aber das ändert nichts daran, dass sie die ganze Zeit über diesen schalen, süßlichen Geruch absondert. Aber nun ja, ich mochte auch ihr Parfüm von früher nicht, das Shalimar oder Opium, mit dem sie sommers wie winters glaubte, sich einsprühen zu müssen. Kurz, ich drehte mich langsam um, aber anstelle der moorigen Kreatur, mit der ich gerechnet hatte, stand Mimi da, und tja, mir wäre am Ende das Monster von Loch Ness doch lieber gewesen.

»Mi?«

Meine ängstliche Frage hatte nur zur Folge, dass sie, in ihrem Nachthemd gespenstischer denn je, mitten im Wohnzimmer erstarrte – und seit wann eigentlich trägt meine Mutter Nachthemden, sie, die ich immer nur in vornehmen Kurzhemdchen oder allenfalls in Sommerpyjamas mit schicken Aufdrucken gesehen habe? Weiteres beunruhigendes Merkmal: ihr Haar. Nicht nur, dass sie es nicht mehr färbt, nein, sie lässt es weit über die einst strikt eingehaltene Länge hinaus wachsen, so dass es ihr inzwischen als zweifarbige, raue, zottelige Masse über den Rücken fällt.

»Mi?«

Ich weiß nicht, warum ich darauf beharre, das Wort an sie zu richten, wo sie doch zu keiner Unterhaltung mehr fähig ist. Im Übrigen darf man nicht glauben, sie wäre vollkommen schweigsam. Nein, sie spricht sogar viel, ich habe mir aber angewöhnt, sobald ich in ihre Nähe komme, mir die Ohren zuzuhalten, um ihre mal fordernden, mal zärtlichen, mal jammernden Reden nicht mitanhören zu müssen, die sie heimlich in ihrem Zimmer führt, und die ausschließlich ihrem Lieblingssohn gelten. Man könnte den Eindruck gewinnen, aus dem verwüsteten Hirn meiner Mutter wäre alles verschwunden, ihr Universum hätte sich schlagartig geleert und verengt. Thadée allein existiert noch darin, wobei ich nicht weiß, in welcher Form. Sieht sie den schönen, sonnigen Jungen, der sich vor zwei

Jahren nach La Réunion aufmachte, oder die schlaffe, fahle Kreatur, die, zurückgezogen, über Monate hinweg, in ihrem Zimmer hauste, auf dem ihr verbliebenen Bein rumhumpelte, uns angrinste, sobald sie uns sah, und ihre klebrigen und giftigen Fäden spann, die weitaus giftiger waren als die meiner harmlosen Hausspinnen? Ich habe keine Ahnung und will es auf keinen Fall wissen.

Noch immer stand sie so da, mitten im Wohnzimmer, das Haar vor den Augen, der Unterkiefer herabhängend, die Hände über der Brust gefaltet.

»Mimi? Maman? Schläfst du denn nicht? Möchtest du, dass ich dich in dein Zimmer bringe?«

Ohne ihre Zustimmung abzuwarten, packte ich sie am Ellbogen und führte sie zurück in ihr Zimmer. Es war weit nach ein Uhr früh, und ich stellte fest, dass mein Vater noch nicht wieder zuhause war. Meine Mutter legte sich folgsam hin und ich schloss hinter einem dementen Auflachen und einem ebenso leidenschaftlichen wie rätselhaften Aufschrei die Tür: »Ja!«

Das war letzte Nacht, und ich glaube, ich habe meine Mutter seither nicht mehr gesehen. Auf jeden Fall hat soeben ganz gewiss nicht sie gegen das Fenster geklopft. Da aus der Küche kein irritierendes Geräusch mehr zu mir dringt, entscheide ich irgendwann, in sie zurückzukehren. Das Omelette ist kalt geworden. Es ruht blass und mondgleich, aber vom Poltergeist unberührt auf seinem Teller. Egal, ich zische eiligst hoch in mein Zimmer und schließe flink die Tür und die Vorhänge. Unter meiner Bettdecke zusammengekauert, richte ich ein Gebet an meinen persönlichen Gott, damit er mir in Zukunft jegliche Manifestation von Ektoplasma oder Klopfgeistern erspare, Erbarmen, Erbarmen, Erbarmen! Mir reichen schon die schaurigen Schreie, die meine Mutter von Zeit zu Zeit von sich gibt. Ausnahmsweise wünsche ich mir, ich, die ich die Nacht so sehr liebe, dass die Sonne aufgehen möge. Ja, hoffentlich folgt bald schon der nächste Morgen, der, wie man weiß, ein neuer Tag ist.

*

Seit Zachées Tod schaut Cindy von Zeit zu Zeit bei uns vorbei. Ich weiß nicht, ob sie es aus Treue Zachée gegenüber tut oder aus Zuneigung zu uns. Gut möglich auch, dass sie dieses Haus und diesen Garten, wo sie so viel Zeit verbracht hat, ebenso sehr mag wie ich. Sie kommt, hört sich Neuigkeiten von uns an, erzählt was von sich, trinkt ein Glas mit meinem Vater und geht wieder. Sie hat ihre Prüfung zur Krankenschwester bestanden und Arbeit gefunden in einem Institut, das junge Menschen mit motorischen Störungen beherbergt. Gleich darauf hat sie eine kleine Wohnung gemietet, in der sie mit ihrem Bruder lebt.

Heute, gut eine Woche nach der clownesken Erscheinung, die mich so erschreckte, klingeln Cindy und Jordy an der Tür. Es ist nach achtzehn Uhr und mein Vater ist zuhause. Ich glaube, dass er meiner Mutter gerade etwas zu essen kocht, bevor er anschließend das Haus verlassen wird, um sich seinen eigenen rätselhaften nächtlichen Aktivitäten hinzugeben. Na ja, so rätselhaft nun auch wieder nicht, weiß ich doch, dass er mit Léos Mutter schläft und das nicht erst seit gestern.

Ich habe noch eine sehr klare und beinahe nostalgische Erinnerung an jene lange Winternacht, in der ich Maud gesehen hatte, wie sie, außer Atem, nachlässig angezogen und glücklich aus der Waschküche trat. Ich hatte mich hinter die Küchentür gehockt und sah plötzlich, wie mein Vater ihr folgte, sie zärtlich bis zur Eingangstür begleitete und sie küsste, und dann noch einmal küsste, und das mit einem doch erstaunlichen Ungestüm bei all der Behutsamkeit, die ich an ihm kenne.

Zu jenem Zeitpunkt unseres Lebens war der Rest der Familie auf La Réunion, das namenlose Unglück war bereits im Anmarsch, hatte sich bislang jedoch damit begnügt, Thadée ein Bein auszureißen, ein Verlust, der mich im Übrigen recht kalt ließ. Ich glaube, dass dies der Tag war, an dem meine Begeisterung für die Waschküche begann, dieser Ort, an dem man sich geheimen, lustvollen Praktiken hingeben konnte; dieser Ort, aus dem man als ein ganz anderer wieder hervortreten konnte, gleichsam so, als wäre man wie verwandelt durch einen kurzen Aufenthalt in diesem kleinen magischen Raum.

Seitdem habe ich aus ihm mein zartes Nest gemacht, meinen geheimen Ort, ein kleines Haus im großen Haus, einen Beobachtungsposten, der nur umso wichtiger wurde, als er an die Küche grenzt, wo ich den Clown zum ersten Mal sah – ein erstes Mal, das eine ganze Serie an übernatürlichen Manifestationen einzuleiten droht, wenn ich den Recherchen trauen darf, die ich, nach dem, was letzte Nacht passierte, im Eiltempo gemacht habe. Es kommt anscheinend sehr selten vor, dass sich ein böswilliger Geist damit begnügt, ans Fenster einer Küche zu klopfen, um anschließend für immer zu verschwinden. Für gewöhnlich belagert er Orte und Plätze auf längere Zeit mit seinem dämonischen Einfluss.

Im Übrigen habe ich, jetzt, da meine Wachsamkeit gestiegen ist, eine ganze Menge anderer merkwürdiger Dinge bemerkt: unerklärliches leises Geflüster, ein Erzittern der Vorhänge, Kerzen, die während meiner Abwesenheit brannten, Gegenstände, die in meinem Zimmer oder in denen meiner Brüder ihren Platz geändert haben, und vor allem dieses schon erwähnte Gefühl, mir werde nachspioniert. Selbst meine Phasmiden und Hausspinnen sind verstört: Ich habe vier von ihnen verloren, zwei von beiden Sorten, innerhalb einer Woche, unerklärlicherweise tot aufgefunden in ihrem Terrarium, wo ich doch peinlich genau auf ihre Lebensqualität achte. Sie mussten gespürt haben, dass etwas vor sich geht, oder aber verhängnisvollen Wellen ausgesetzt gewesen sein.

Am heutigen Abend allerdings herrscht in meinem heimgesuchten Haus die Atmosphäre von Normalität. Cindy, Jérôme und Jordy haben die außergewöhnlich milde Temperatur dieses Frühlings genutzt und sich draußen an den Tisch gesetzt. Die Unterhaltung läuft ein wenig schleppend, was unvermeidlich ist, wo Cindy nicht gerne redet und mein Vater vor lauter Kummer schweigsam geworden ist. Jordy wirkt, als wäre ihm todlangweilig. Er hat sich in den letzten Monaten sehr verändert. Er ist gewachsen und deutlich schlanker geworden, auch wenn er schwer und klobig bleibt. Cindy trinkt gierig einen Schluck ihrer Cola und räuspert sich, um zu fragen, ob es irgendwelche Neuigkeiten von Thadée gäbe, verschluckt sich aber ein wenig bei diesem geschmähten Namen.

»Nein«, antwortet mein Vater traurig, nein, keine Neuigkeiten. Mylène ist darüber schon ganz krank geworden.

Krank, ha, ha, ha! Mein Vater ist wirklich der König der schicklichen Euphemismen: Meine Mutter ist total übergeschnappt, reif für die Anstalt – auf jeden Fall für diese Welt verloren, definitiv verloren. Selbst wenn Thadée wiederkäme – und ich klopfe auf Holz, dass nicht, nicht, nicht –, Mimi würde nicht mehr klarkommen. Sie ist zu tief zwischen zwei Welten gestürzt, und unsere häusliche Materialisation hat ihr das Hirn ausgesaugt: slurp! Man muss nur sehen, wie sie in ihrem Nachthemd aus dem 19. Jahrhundert im Erdgeschoss der Villa auf und ab wandert, um zu begreifen, dass eine Rückkehr zur geistigen Gesundheit ausgeschlossen ist. Und wissen Sie was? Es ist mir vollkommen egal. Ich habe meine Mutter nie geliebt. Das zumindest teile ich mit Thadée, der immer zu mir sagte, dass sie vollkommen bekloppt sei und meine Adoption eine Folge ihrer Dummheit und Inkonsequenz. Ich hätte es gern geglaubt und mir vorgestellt, dass ich nicht das Kind von M. und Mme Chastaing wäre, aber ich wusste schon immer, dass mein älterer Bruder krankhaft verlogen ist und man seinen ermüdenden Geschichten keinen Glauben schenken darf.

Aus purer Neugier schlage ich Jordy einen Gang durch den Garten vor. Und da sind wir also alle beide und pausieren zwischen den von Bienen umschwirrten Lavendelsträuchern, dem hohen Gras, das niemand mehr schneidet, den Lebensbaumhecken, die niemand mehr stutzt, den Dolden des Flieders und der Glyzinie, den überschwänglichen Zistrosen – ein ganzes, an die Natur zurückgegebenes Reich, das zu meinem wurde. Dummerweise zeige ich ihm, dass in der Astgabel des Mandelbaums Meisen ein Nest gebaut haben, und zack, schon steckt er seine fetten Finger rein und zerbricht dabei ein Ei.

»Jordy! Kannst du nicht etwas vorsichtiger sein?«

Er wirft mir einen scheelen Blick zu und riskiert den Anschein eines Lächelns, um rauszufinden, ob ich wirklich sauer bin. Und ja, ich bin es. Ein Strom schlangenhafter Äußerungen drängt sich mir unaufhaltsam über die Lippen. Aber auch das ist seine Schuld: Leute wie Jordy können mich sehr aggressiv machen:

»Ich hätte dir das Nest niemals zeigen dürfen! Du bist aber auch echt zu blöde! Thadée hatte mich vorgewarnt, aber ich wollte es nicht wahrhaben!«

»Thadée hat dich vorgewarnt, vor was?«

»Er hat gesagt, dass ich nicht mit dir spielen soll, weil du nicht normal bist! Deine Eltern waren zu alt, als sie dich bekamen, und damit ist dein Hirn verätzt. Und außerdem sind deine Eltern Alkoholiker, was die Sache noch schlimmer macht! Alkohol geht durch die Plazentaschranke, stell dir nur vor. Und es reichen drei Gläser Wein am Tag.«

Thadée hat mit mir nie über Jordy geredet, ich erfinde das alles, ich bin in Fahrt, gehe von dem aus, was ich weiß, was Zachée über Cindy und ihre Familie erzählt hat, und schmücke es aus – und über Embryogenese hatte ich mich auch schon schlaugemacht. Der arme Jordy steht offenen Mundes da und gibt fassungslos irgendwelche Silben von sich, was mich nur noch mehr anheizt. Ich muss mich wirklich beruhigen, denn in genau diesen Momenten merke ich, wie sehr ich Thadée ähnle, und ich kann nicht behaupten, dass mir diese Feststellung schmeichelt. Jordy wirkt merkwürdigerweise nicht so, als würde er mir die Widerlichkeiten, die ich ihm entgegenschleudere, übelnehmen. Als wäre er daran gewöhnt, voll was abzukriegen. Außerdem gehört er jenem Typ Menschen an, der seine Henker und Folterknechte liebt. Soll er. Ich nehme eine übertriebene und gönnerhafte Haltung ein und befreie das Meisennest von den Trümmern des Vogeleis, dessen Dotter mir unangenehm die Finger verklebt.

Da Jordy mir wie ein Hund folgt, entscheide ich mich, einen Coup gegen ihn zu landen.

»Willst du, dass ich dir ein Geheimnis verrate?«

Du willst es, na klar willst du es, und so verkünde ich ihm feierlich, dass mein Haus heimgesucht wird. Und ich erzähle ihm, erzähle ihm vom Geräusch am Fenster, vom fahlen Gesicht, von der furchtbaren Clownsnase. Er macht sein Karpfenmaul nur noch weiter auf und glotzt mit seinen Zackenbarschaugen nur noch blöder. So sehr ich Insekten, Reptilien und Spinnentiere liebe, so sehr hasse ich Fische. Um kein Geld der Welt würde man mich dazu bringen, zuhause ein Aquarium haben zu wollen – es sei denn, ich dürfte in ihm einen Großen Barrakuda aufziehen.

»Glaubst du mir nicht?«

»Puh, weiß nicht. Bist du dir sicher?«

»Ja, klar bin ich mir sicher.«

»Hast du keine Angst?«

»Doch, schon, ein wenig, hättest du keine?«

»Ich weiß nicht.«

Versuchen Sie mal mit Leuten wie Jordy zu reden, mit Leuten, die von nichts eine Ahnung haben, keine Meinung vertreten, nie was Intelligentes oder einfach nur Überraschendes von sich geben. Ich stoße einen Seufzer aus und schlage ihm schließlich vor:

»Würdest du den Clown gern sehen?«

»Ich weiß nicht.«

Gut, die Geschichte ist geklärt, Jordy weiß nicht. Was nichts daran ändert, dass ich bei dieser mysteriösen Gespenstergeschichte doch recht gern eine Nebenfigur an meiner Seite hätte. Damit wir zu zweit wären, um diesem Ding die Stirn zu bieten, wie in *Es*, immerhin einem der besten Romane aller Zeiten. Gut, ja, in *Es* sind sie sieben, aber was soll's, wir beginnen zu zweit, und wer weiß, wie viele wir noch werden. Ich habe keinen einzigen Freund, aber Gespenster sind doch immerhin ein guter Grund, sich zu verbrüdern, und ich gebe die Hoffnung nicht auf, Akolythen zu finden, um meine neobaskische Villa von allen bösen Geistern, die aus ihr einen schwer bewohnbaren Ort machen, zu säubern. Man muss nur an den sich beschleunigenden Rhythmus denken, mit dem meine Phasmiden und Hausspinnen eingehen.

Wir laufen zurück zu Cindy und Jérôme, um von ihnen die Erlaubnis zu erhalten, dass Jordy die Nacht hier verbringt. Sie finden es gut, und Cindy schlägt sogar vor, uns noch etwas zu kochen, bevor sie geht, als wäre ich nicht imstande, uns eine richtige Mahlzeit zuzubereiten, ich, die ich seit Monaten für mich selbst sorge. Aber ich glaube, dass sie sehr genau darauf achtet, was Jordy zu sich nimmt.

»Omelette mit Salat, wär das okay?«

Nein, bitte, kein Omelett! Omeletts sind von nun an für immer mit Kiri dem Clown verknüpft, der im Garten rumschleicht und sich still und leise bis an unsere Fenster wagt. Keine Omeletts, gern Croque-Monsieurs, wenn's unbedingt sein muss, oder Bratwürste, wenn noch welche übrig sind! Aber tja, eben nicht: Es gibt weder Schinken noch Würstchen. Jérôme muss sie gegessen oder Mylène angeboten haben. Cindy nimmt mit Sardinenpaste vorlieb, die sie auf getoastetes Brot schmiert und uns mit Tomaten an Salatsauce serviert. Jordy murrt ein wenig, futtert nichtsdestotrotz alles in sich rein, was ihm hingestellt wird, und will obendrein noch ein Dessert. Cindy schält ihm unnachgiebig einen Apfel, und sie darf sicher sein, dass ich ihren Bruder daran hindern werde, sich außerhalb der Mahlzeiten vollzufressen. Um das zu gewährleisten, verberge ich mein Müsli vor seinen Blicken und lege die Butterkekse in den Schrank mit den Putzmitteln.

Schneller als gedacht, sind Jordy und ich allein: Mi ist von einem ganzen Arsenal allopathischer Mittelchen unschädlich gemacht, und Jérôme ist los, um seine Geliebte zu treffen, nachdem er ein paar Erklärungen gestammelt hat, denen ich keinerlei Aufmerksamkeit schenkte. Ich habe vor ein paar Wochen tatsächlich mal versucht, etwas mehr über Mauds und Jérômes kleine außerehelichen Verabredungen rauszufinden. Es war ein Sonntagmorgen, und er rührte melancholisch in seinem Becher Kaffee.

»Und Grégory?«, fragte ich unvermittelt, um ihn zu überraschen und die Wahrheit rauszufinden.

»Wie, Grégory?«

»Grégory, der Mann von Maud. Was sagt er dazu?«

»Was sagt er wozu?«

»Dass seine Frau ihre Freizeit komplett mit dir verbringt.«

»Aber was erzählst du denn da?«

Der Anschein von Regsamkeit zuckte kurz über sein tristes, seit Monaten vollkommen ausdrucksloses Gesicht. Ich machte weiter, ruhig, gelassen, vernünftig:

»Papa, ich weiß, dass du mit Maud schläfst, Grégory sollte es auch wissen!«

»Ich schlafe nicht mit Maud, rede keinen Unsinn.«

Woraufhin er sich erhob und ins Elternschlafzimmer abrauschte, zu seiner sabbernden und faselnden Ehefrau, der er etwas zu essen und zu trinken geben würde, wie er es auch mit uns gemacht hatte, als wir noch klein waren. Mein Vater hat wirklich ein Scheißleben, und es käme niemandem in den Sinn, ihm die Freude und den Trost vorzuwerfen, die er mit Maud erlebt, warum also beharrt er darauf, diese Offensichtlichkeit zu verneinen? Warum beharrt er darauf, den Anschein von Monogamie zu bewahren? Aus Rücksicht auf Mylène und mich? Aus Rücksicht auf Grégory? Oder aber Thadée hatte doch recht: Alle Menschen ziehen die Lüge der Wahrheit vor. Vor allem Erwachsene. Was allerdings weder Lust darauf macht, erwachsen zu werden, noch, kurz gesagt, zu leben. Denn wenn erwachsen werden und leben bedeuten soll, sich in die Kohorte professioneller Lügner einzureihen: nein, danke.

Nun, so ist es eben, und Kinder sind selten interessanter als Erwachsene. Man muss nur einen Blick auf diesen armen Jordy werfen, wie er schlaff vor dem Fernseher hängt, den ich schließlich doch für ihn angeschaltet habe, da er ansonsten nichts mit sich anzufangen weiß. Ich habe wirklich alles versucht, damit er beunruhigt und wachsam wäre, aber er scheint meine Klopfgeistgeschichte nicht ernst zu nehmen.

Als es an der Zeit ist, schlafen zu gehen, entscheidet er sich begeistert für Thadées Zimmer, da es für ihn erfreulicherweise mal was anderes bietet als die fünf Quadratmeter, die ihm bei seiner Schwester zur Verfügung stehen. Und als Sahnehäubchen zu seinem Glück besaß mein ältester Bruder einen eigenen Fernseher, der ihm während der Zeit seiner Genesung ein wenig Ablenkung schenken sollte und direkt am Fußende des Bettes steht. Für meine noch lebenden Tiere allerdings scheint sich Jordy so gut wie gar nicht zu interessieren und wirft nur einen kurzen Blick auf die Terrarien.

Es herrscht eine stürmische, doch sternlose Nacht voller dunkler Wolken, die der Mond kaum durchbricht, eine Nacht, recht günstig für Erscheinungen, meiner Ansicht nach, aber Jordy will nichts davon wissen und genießt es, von seinem Kissenhaufen aus mit der Fernbedienung zu spielen.

Ich lege mich schlafen und sage mir, dass ich wohl noch ein wenig wachen und auf die Geräusche achten werde, die vom Erdgeschoss hochdringen, aber ich schlafe dann doch ein.

»Ysé!«

Es ist weit nach drei, als ich von einem schrillen Schrei erwache, auf den dann auch sofort dumpfe Schläge gegen meine Zimmertür folgen. Mir bleibt kaum Zeit, Angst zu kriegen, da kommt Jordy auch schon rein. Der Schrei, das Klopfen, das war er. Er heult, er zittert, er klappert mit den Zähnen:

»Ich habe ihn gesehen! Ich habe ihn gesehen! Den Clown! Er war auf dem Balkon! Er klopfte gegen das Fenster! Ich will weg hier. Lass uns meine Schwester anrufen!«

»Aber Jordy, wir können nicht mitten in der Nacht deine Schwester anrufen!«

»Doch! Können wir! Ich haue ab. Ich bleib hier nicht.«

»Bist du sicher, dass er es war? Wie sah er aus?«

»Furchtbar, ganz weiß, mit dieser Nase, da, dieser schrecklichen Nase! Komm, wir hauen ab!«

Es scheint, als verfüge Jordy über ein nur recht geringes Vokabular, da er lediglich in allen möglichen Tonlagen wiederholt, dass der Clown und seine Nase furchtbar waren, und er unbedingt weg möchte.

»Leg dich in mein Bett: ich gehe nachschauen.«

»Nein, lass mich nicht allein!«

»Nur eine Minute.«

Er verkriecht sich unter meine Bettdecke, aus der erstickte Schluchzer und Protestgemurmel zu mir dringen. Ich gehe auf Katzenpfoten zum Zimmer meines Bruders, der mein Bruder nicht ist. Die Tür, die auf den Balkon führt, steht halb offen, der Balkon selbst aber ist menschenleer. Ich bleibe einen Moment lang dort, beuge mich hinunter zu dem von Windböen geschüttelten, ansonsten aber ebenfalls vollkommen menschenleeren Garten. Ich beginne mit einer kurzen Inspektion des Zimmers, ein Blick unters Bett, in die Wandschränke. Nichts. Nichts mehr auch in meinen Terrarien: Phasmiden wie Hausspinnen sind rätselhafterweise verschwunden.

Ich gehe zurück zu Jordy, der angsterfüllt meine Wiederkehr erwartet.

»Er ist weg.«

»Sicher? Woher willst du das wissen?«

»Ich weiß es einfach.«

»Ich will nicht bleiben. Außerdem sind ja nicht mal deine Eltern da, ich habe Angst. Ich rufe Cindy an.«

»Es wird wirklich nichts passieren: Schlaf jetzt wieder.«

Und tatsächlich, während er murrt und mir versichert, dass er nicht eine Minute länger in meinem heimgesuchten Haus bleiben wird, schläft er schließlich ein und ich bleibe bis zum Morgen wach. Am Morgen dann geht es Jordy besser, er hat ausreichend Sicherheit wiedergewonnen, um sich in Vermutungen zu verlieren und mit mir zusammen einen Schlachtplan auszuhecken:

»Glaubst du, es ist ein Toter? Glaubst du, es ist Zachée? Oder dein anderer Bruder? Ist der auch tot?«

»Nein, nur Zachée. Und Zachée würde so etwas niemals tun: wiederkommen und uns heimsuchen, uns Angst machen. Das passt ganz und gar nicht zu ihm.«

»Schon, aber die Leute ändern sich nach ihrem Tod. Schau mal *Walking Dead*: Die erkennen selbst ihre Familien nicht mehr, die sind böse.«

»Wie sah er aus?«

»Hab ich dir doch gesagt: ganz weiß, sehr weiß, wie Farbe, mit einer Clownsnase.«

»Und seine Haare?«

»Die fielen zur Seite herab, genau wie bei einem Clown.«

»War er groß?«

»Ja, riesig!«

»Hast du gesehen, was er anhatte?«

»Ich hab nicht wirklich hingeguckt. Eine Art furchtbarer Mantel. Und er hat ans Fenster geklopft und gesagt: ›Jordy, Jordy …‹.«

»Was? Er hat dich beim Namen gerufen?«

»Aber ja, hab ich das nicht gesagt? Es war furchtbar!«

Okay, schon gut, ich hab's begriffen, der Clown war furchtbar, seine Stimme war furchtbar, seine Haut, seine Klamotten, alles furchtbar. Aber was noch? Jordy versucht sich mit einer Nachahmung der furchtbaren Stimme unseres Feindes, mit der er sich an Jordy gewandt hat, und zwar, wie es scheint, mit lieblichen und einschmeichlerischen Modulationen, zwischen den Zischgeräuschen einer Schlange und dem Gegluckse einer Henne: »Jordy, Jordy, Jordy ...« Jordy erzählt schlecht, imitiert aber gut, und mir läuft es eiskalt den Rücken runter. Was tun? Jordy, wieder eindeutig ganz bei Kräften und gar nicht mehr erschrocken, schlägt vor, ihn zu töten. Ja, nur wie? Und warum töten, wo er sich schon als tot erweist? Was mich betrifft, so würde ich einen Exorzismus bevorzugen, aber mein Akolyth weiß nicht einmal, worum es sich dabei handelt. Mir steht eindeutig niemand zur Seite, aber das, das wusste ich bereits.

Als Cindy auftaucht, um Jordy abzuholen, schwört er mir Hand aufs Herz, dass er niemandem von seinem furchtbaren nächtlichen Missgeschick erzählen wird. Außerdem habe ich den Eindruck, dass er inzwischen glaubt, schlecht geträumt zu haben. Die Aprilsonne hat dafür gesorgt, dass er seine übliche gute Laune wiederfand, und so hüpft er vergnügt bis zum Yaris seiner Schwester. Ich bin allein. Aber auch das wusste ich bereits.

*

Heute bin ich Jasmine über den Weg gelaufen. Sie sah mich nicht und ich bin ihr hinterher, während sie sich von Boutique zu Boutique schlängelte und dabei aufgeregt in ihr Handy sprach. Schließlich stieß ein großer blonder Junge zu ihr, eine Art angemessene Kopie meines Bruders, der mein Bruder nicht ist. Anscheinend fährt Jasmine auf einen bestimmten Typ Mann ab. Ich frage mich, ob ich wohl auch eines Tages diese Art Fixierung aufweisen werden – falls es diesen Tag, den Tag des Glücks und der Liebe, für mich überhaupt geben sollte, was alles andere als gewiss ist.

Jasmine hat sich nicht wirklich verändert. Sie ist noch immer unglaublich schön, unglaublich glatt, unglaublich formgewandt. Ihr glänzendes Haar reicht ihr bis über den halben Rücken, eine Frisur, die sie wahrscheinlich bis zu ihrem Tod beibehalten wird. Aber auch für Haare gilt, dass man besser auf nichts schwört. Ich dachte ja, meine Mutter sei strikt ihrem kastanienbraunen Bob ergeben, aber inzwischen umrahmen lange zweifarbige Strähnen ihr abgemagertes Gesicht.

Jasmine und der neue Thadée ließen sich auf einer Terrasse nieder und bestellten zwei Cola Zero. Der Kellner konnte seine bewundernden Blicke gar nicht von ihr lassen. Auch ich war einst von dieser Prinzessin aus Tausend und einer Nacht fasziniert. Ich habe sogar noch ein Porträt, das ich mal von ihr gemacht habe, und das sie in goldene Wendeschleier gehüllt zeigt. Eine meiner Meinung nach sehr gelungene Zeichnung, auch wenn Thadée sie als banal und vulgär abtat – um seine eigenen Worte hier wiederzugeben.

Merkwürdigerweise war er von allen Mitgliedern meiner Familie derjenige, der sich am meisten für meine künstlerischen Produktionen interessierte, wenn auch nur, um sie herabzuwürdigen. Aber gut, würde ich das Kapitel der von Thadée zugefügten Beleidigungen eröffnen, dann kämen wir in Teufels Küche. Zumal er sich keineswegs an kleinere Erniedrigungen hielt und in puncto seelischer Gewalt sehr weit gehen konnte. Nun denn. Dank seiner wurde ich da rasch recht unempfindlich und entwickelte mich zu einer Spezialistin für mentale Folter. Die Quälende bin inzwischen ich. Gut, ich wäre eine, hätte ich ein Versuchskaninchen, an dem ich meine Qualen ausüben könnte. Abgesehen von Jordy sehe ich da niemanden.

Jasmine lachte und umschloss ihren Strohhalm mit ihren schönen Lippen vor den Augen eines zusehends gebannten Verehrers – und wie letztes Mal, im Miremont, hatte ich auch jetzt das Bedürfnis, sie anzuflehen, mich doch zu adoptieren, mich mitzunehmen in ihr fröhliches, höfliches, glänzendes kleines Leben, damit endlich Schluss sei mit den Dramen und dem hündischen Wahnwitz.

Ich habe über Jasmine gesagt, sie hätte sich nicht verändert, aber, nein, das stimmt nicht, sie hat sich verändert: Sie hat diesen verängstigten Ausdruck verloren, der sie manchmal umflorte, und diese Art, ihre schlanken Finger zu kneten, ja selbst ihre Fingerkuppen wundzureiben. Ihre Hände sind inzwischen genauso perfekt wie der Rest ihrer Person und flattern wie anmutsvolle Vögel in sämtliche Richtungen, wenn sie etwa einen Vorschlag untermalen will oder sich eine Strähne hinters Ohr streicht.

Jasmine ist dem dunklen Einfluss meines Bruders, der mein Bruder nicht ist, entkommen, und wurde wieder zu dem, was sie nie hätte aufhören dürfen zu sein: eine niedliche unbeschwerte Kreatur, geschaffen, um über alle Maßen geliebt zu werden. Umso besser. Mir alle Dunkelheit und das Gegenteil von Unbeschwertheit.

Ich habe vor nichts Angst, aber ich wache dennoch jede Nacht mit dem Gefühl auf, mir drücke jemand schwer auf die Brust. Einst wäre ich hingegangen und hätte an der Tür meiner Eltern gekratzt, und sie hätten mich zu sich in ihr Bett genommen. Heute ist das Letzte, was ich wollte, mit Mylène und ihrem künstlichen Schlaf das Bett zu teilen. Und ich rede hier nicht, oder bringen wir es eben doch zur Sprache, von den krampfartigen Trancen, in die sie ohne irgendwelche Signale als Vorboten seit Kurzem verfällt. Eben noch war sie katatonisch, und hopp, schon wird sie zu einer, die schäumt, sich aufbäumt und in rätselhaften Zungen spricht.

Das erste Mal, als sich das zutrug, war Jérôme anwesend und wachte über sie, aber es hat mir doch einen Schlag versetzt. Ich mag meine Mutter nun wirklich nicht lieben und ans Schlimmste gewöhnt sein, aber da dachte ich dann doch, dass in unserem Herrensitz des Horrors eine weitere Schwelle überschritten worden sei. Ich suchte umgehend Zuflucht im vertraulichen Halbschatten der Waschküche. Aber es schien, als hätten das Raunen der Heizungsanlage und der Duft des Weichspülers ihre beruhigende Wirkung verloren. Oder aber ich war älter geworden.

Will heißen, ich habe inzwischen, um mich zu trösten, was Besseres gefunden als die Heizungsanlage: das Ritzen. Wenn Mylène sich ihren schamanenhaften Aktivitäten hingibt oder der Klopfgeist wieder mit den seinen beginnt, steige ich die drei Treppen runter, die in meinen magischen Raum führen, und ritze mir das Handgelenk oder die zarten Innenseiten meiner Schenkel. Ich kann jedenfalls völlig ruhig sein, weil es niemanden gibt, der sich so sehr um mich sorgen würde, dass er feststellen könnte, wie vernarbt ich inzwischen überall bin. Hopp, das Blut fließt, ich wische es schleunigst ab, und gut. Ich kann wieder hoch und dem nervösen Aufstoßen meiner Mutter, die nicht mehr meine Mutter ist, gelassen die Stirn bieten. Was habe ich mit dieser traurigen Verrückten zu tun, die sich wie ein Kreisel um sich selbst dreht und ihrem schaurigen Widerschein im Wohnzimmerspiegel verständnisinnig zulächelt? Nichts.

In Wirklichkeit habe ich mit niemandem mehr was zu tun, und mir wäre es lieb, wenn sich unser Hausgeist diese Wahrheit zu eigen machen würde, denn er scheint insbesondere mir zu grollen und mich zum Ziel seiner Qual gemacht zu haben. Letztens habe ich die Seiten meines Scarpbooks von einer weißlichen und widerlichen Substanz völlig verklebt vorgefunden. Der Großteil meiner Notizen und Zeichnungen war hin, aufgeweicht und befleckt von diesem infamen Zeugs. Was sollte man darin anderes erkennen als die Posse eines Ronald McDonald? Vor allem, da das noch längst nicht alles ist: Meine Kakteen und meine Wolfsmilch sind eingegangen, der Teppich in Thadées Zimmer ist stellenweise vollgesogen mit einer rötlichen sirupartigen Flüssigkeit, und auf dem Spiegel im Badezimmer in der ersten Etage sind rätselhafte Inschriften in Erscheinung getreten, gezogen mit meinen Posca Life Customs, und zwar mit denselben, mit denen ich die Kletterpflanzen und tropischen Blüten auf Zachées Gun gemalt habe. Ich weiß übrigens nicht, was aus diesem Brett geworden ist. Man hätte es mit ihm zusammen beerdigen sollen. Hätte man es gut machen wollen. Aber es zählt nun mal nicht zur primären Sorge der Leute, die Dinge gut zu machen.

Die Botschaften des Poltergeistes sind nicht entzifferbar, er scheint mehrere Alphabete zu vermischen: das aramäische, das tibetanische, die Runenschrift, etc. Da ich mir ziemlich sicher bin, dass er sich über mich lustig macht, habe ich mir nicht die Mühe gemacht, das Ganze einer Prüfung zu unterziehen. Ich reinigte lediglich den Spiegel mit Hilfe von Weißweinessig. Was mein Scarpbook und den Teppich betrifft, so ist dies schwieriger. Die Putzfrau konnte sich noch so sehr an den scharlachroten Flecken in Thadées Zimmer abmühen, es ist ihr nur gelungen, sie zu helleren Aureolen werden zu lassen. Dazu befragt, zuckte Jérôme mit den Schultern und verordnete, den Teppich wegzuschmeißen. Recht einfach für ihn, den nichts mehr betrifft. Der Teppich ist unwiderruflich beschmutzt? Werfen wir ihn weg. Deine Phasmiden sind tot? Kaufen wir neue. Deine Mutter dreht völlig durch? Ich werde sie in die Klinik schleppen und Maud an ihrer statt kommen lassen.

Nein, ich bin ungerecht. Er kümmert sich sehr gut um seine Frau. Weitaus besser als um seine einzige Tochter, obgleich es doch andersherum hundert Mal besser wäre, wo Mylène ja verloren ist und ich mein Leben noch vor mir habe. Na ja, Leben, das, was davon übrig ist und nicht mehr besonders viel Wert besitzt. Schlicht, ein schauerlicher Tunnel an noch zu verlebenden Tagen, bis dann unerwartet ... ja, was eigentlich genau? Ich habe keine Ahnung. Ich nehme mal an, dass ich mir irgendeine Form von Erleichterung erhoffe, aber selbst das ist nicht wirklich klar.

*

Letztendlich ist Jordy diejenige Person, mit der ich, abgesehen von meinem Vater, am meisten Umgang habe. Er hat sich angewöhnt, mich ab und an zu besuchen, allein, ohne Cindy. Er kommt nach der Schule auf seinem Skateboard, und wir verbringen ein wenig Zeit miteinander, was anfangs noch etwas steif verlief, sich aber umso schöner entwickelte, je besser ich ihn kannte.

Nicht, dass ich in Bezug auf ihn meine Meinung geändert hätte: Er ist dumm, und seine Dummheit kann mich ausgesprochen widerlich werden lassen. Und doch reagiere ich sanft auf seinen guten Willen eines folgsamen Hundes, auf die Anstrengungen, die er an den Tag legt, um mir angenehm zu sein, und mich in meinem Kampf gegen die widerlichen Umstände zu unterstützen. Und außerdem kennt er sich mit unwürdigen Eltern aus, was uns immerhin eine Gemeinsamkeit schenkt. Hinzu kommt, dass ich, auch wenn er von unergründlicher Dummheit bleibt, seiner Verwandlung auf einer anderen Ebene als der des Intellekts beiwohne: einer rein körperlichen. Er ist kontinuierlich feiner geworden, hat seine Haare wachsen lassen, hat Fett verloren, seine Stimme ist reifer, und ohne, dass er schön wäre, ist er doch weitaus ansehnlicher als bei unserer ersten Begegnung – ein kleines Milchferkel, das dauernd irgendein haarsträubendes Gequieke von sich gab. Und da er permanent irgendwelche Abfuhren kassiert, ist er auch schweigsamer geworden. Er erinnert mich beinahe schon an seine Schwester, von deren vielen Eigenschaften diejenige am deutlichsten ausgeprägt ist, dass sie weiß, wann sie am besten die Klappe hält.

Wie auch immer, vom furchtbaren Clown einmal abgesehen, wissen Jordy und ich nicht wirklich, worüber wir reden sollen. Also verbringen wir sehr viel Zeit damit, Pläne zu schmieden, um das Haus von seinem nervigen Gast zu befreien. Jordy ist in puncto Geheimlehren ein wahrer Spezialist geworden und macht mir einen Vorschlag nach dem anderen: Storaxharz, Schälchen mit grobem Salz, getrockneter Salbei, Drudenfuß, Zauberbücher, Knoblauchkränze, Silberpfähle, er lässt nichts aus, und ich bin für seine Euphorie genauso empfänglich wie für die Sachdienlichkeit seines Arsenals.

»Zunächst muss man wissen, wer es ist.«

»Und wie soll das gehen?«

»Ja, ich hab gelesen, dass Geister nur Leute sind, die, wie wir, mal lebendig waren, und die versuchen, mit uns in Kommunikation zu treten. Sie sind nicht unbedingt böse.«

Womit Jordy nicht Unrecht hat, denn Ronald McDonald hat nie versucht, uns weh zu tun. Er begnügt sich damit, ans Fenster zu klopfen, Dinge zu verstellen und Hausspinnen zu töten. Wir bleiben vor unseren Gläsern mit Eistee eine Weile lang still sitzen.

»Warte, ich werde dir was zeigen.«

Und hopp, Jordy einfach sitzen lassend, eile ich hoch in mein Zimmer, hole mein Scarpbook und halte es ihm unter die Nase:

»Schau, meine Zeichnungen sind hin! Er möchte vielleicht mit mir kommunizieren, aber du musst zugeben, dass er es auf eine doch recht merkwürdige Weise versucht.«

»Bist du sicher, dass er das war?«

»Absolut sicher.«

Er untersucht das Heft aufmerksam, versucht vergeblich die einzelnen Seiten voneinander zu lösen.

»Weißt du was? Ich habe das Gefühl, das ist Sperma.«

Er gibt mir das Heft verschämt glucksend zurück, bekräftigt aber zugleich seine Aussage:

»Das ist Sperma, glaub mir. Dein Geist ist schräg.«

Von dieser männlichen Expertise überzeugt, stecke ich das Scrapbook eiligst unter ein Kissen. Kommt nicht in Frage, dass ich es noch einmal berühre. Aber es ist gewiss, dass Jordy seinen anfänglichen Schreck überwunden hat und bereit ist, mit mir eine weitere Nacht der Wache und Jagd auf Gespenster zu verbringen.

»Ja, aber heute Nacht wird auf keinen Fall geschlafen! Wir legen uns beide in Thadées Bett und warten.«

»Aber was machen wir, wenn wir ihn sehen?«

»Wir reden mit ihm. Wir sagen ihm deutlich, dass er nicht willkommen ist.«

»Und wenn er nicht gehen will?«

»Dann schütten wir Weihwasser über ihn!«

»Weihwasser? Und wo kriegen wir das her?«

»Aus jeder x-beliebigen Kirche.«

»Und wenn es nicht klappt?«

»Dann töten wir ihn.«

*

Letztendlich bin ich inzwischen genauso ohne Vater wie ich ohne Mutter und ohne Brüder bin. Welcher Vater ließe in einem heimgesuchten Haus seine Tochter vollkommen allein mit einer armen Dementen als einziger Gesellschaft? Der meine. Der meine macht das. Beweis genug, dass er keinen guten Vater abgibt. Und also erwarte man von mir auch keine töchterliche Zuneigung mehr. Schluss mit jeglicher Zuneigung, ob nun töchterlicher oder anderer. Und mit der Familie ist auch Schluss. Ich bin vollkommen verwaist.

Gestern brach Mylène aus ihrem Schweigen aus. Das kommt manchmal vor. Sie hat lichte Momente, die immer seltener und von Mal zu Mal kürzer werden, Momente, in denen sie mich anblickt, sich bei mir entschuldigt, dass sie mir »das« antut, und sich nach meinen schulischen Erfolgen erkundigt. Es kommt auch vor, dass sie ein paar Worte mit ihren eigenen Eltern wechselt, aber auch das ist nur von kurzer Dauer. Es ist noch immer Jérôme, mit dem sie ihre längsten schlüssigen Unterhaltungen führt. Ich höre die beiden manchmal, wenn ich in die Nähe ihres Zimmers komme, und jedes Mal versetzt es mir einen Stich ins Herz, da ich dann wieder Hoffnung hege. Eine nur wenige Stunden später systematisch im Keim erstickte Hoffnung, wenn Mylène wieder mondsüchtig durchs Wohnzimmer zieht mit ihrer Frisur eines japanischen Gespenstes, ihrem hängenden Unterkiefer, ihrem nach innen gekippten Blick, nach innen hin auf dieses flackernde Feuer ihrer Gedanken – falls es da überhaupt noch Gedanken gibt.

Kurz und gut, wir waren in der Küche und sie versuchte, ihren Zwieback zu buttern, was normalerweise Jérôme für sie erledigt. Nur heute muss er bei Maud eingeschlafen sein, denn von Jérôme – keine Spur. Ich habe kürzlich erfahren, dass die Desmoulins sich getrennt haben und Grégory in Bayonne sein neues und glückliches Leben eines Singles in den Fünfzigern lebt. Und schon macht sich mein Vater, der nicht mehr mein Vater ist, mehr und mehr bei ihr breit. Mylènes Finger zitterten so heftig, dass der Zwieback zerbröckelte und das Messer an der Butterschale entlangschliff. Schließlich butterte ich ihr den Zwieback und sie sah mich zum ersten Mal seit Wochen an:

»Ysé?«

»Ja?«

Ihre Stimme klang heiser, womöglich weil sie sich ihrer nicht bediente. Sie zog ihre Strickjacke fester um ihre knochigen Schultern. Es war in der überheizten Küche über fünfundzwanzig Grad warm, aber meiner Mutter ist seit Thadées Fortgang permanent kalt. Eine graue Haarsträhne hing gefährlich nah über der Tasse Tee, die ich ihr zubereitet hatte. Ihr Blick war traurig, aber beinahe klar. Es war gut möglich, dass wir eine Unterhaltung zwischen Mutter und Tochter führen würden. Immerhin steuere ich auf mein dreizehntes Lebensjahr zu, da gibt es haufenweise Dinge, über die eine vom Wahnsinn bedrohte Mutter eiligst mit ihrer präpubertären Tochter reden sollte: die Regel, die Verwandlungen des Körpers, die ersten sexuellen Beziehungen, die Pille, all das.

Wobei, was mich betrifft, da keine Eile geboten ist. Die Pubertät lässt auf sich warten, was auch besser ist: Ich sehe kaum, wie ich zugleich Ronald McDonald, die Demenz von Mylène, eine Akne und das Knospen von Brüsten in den Griff bekommen sollte, ganz zu schweigen vom Menstruationsblut, bäh, nicht wirklich mein Ding.

»Ysé?«

»Ja?«

Wenn sie mit mir über Empfängnisverhütung sprechen wollte, dann war das der richtige Moment, aber dann sollte sie sich auch bitte beeilen. Es war ein Samstagmorgen, und ich hatte vor, mit Jordy eine Tierhandlung aufzusuchen, um mich entweder für eine junge Bartagame zu entscheiden oder für eine Kalifornische Königsnatter, diese hübsche zweifarbige Schlange, die unter anderem vielleicht fähig wäre, ungelegene Besucher zu vertreiben – solange es Jordy nicht gelungen ist, Weihwasser zu besorgen.

Mylène steckte sich ein Stückchen Zwieback in den Mund und kaute es bewusst. An ihrem Kinn hing glänzende Butter und mich durchlief ein Ekelschauder. Sie erhob sich, um ihre Tasse in die Spüle zu leeren, und ich sah auf der Rückseite ihres Nachthemds bräunliche Flecken. Wenn ich nur bedenke, wie sie noch vor drei Jahren der geringsten Verschmutzung auf ihrer und unserer Kleidung nachjagte; wenn ich nur bedenke, wie sie zehnmal täglich überprüfte, ob ihr nicht irgendwelche Nahrungsreste zwischen den Zähnen hingen, Schlaf in den Augenwinkeln oder Lippenstift in ihren wenigen Falten.

»Ysé?«

Gut, das fängt ja schön an. Wenn sie mir was zu sagen hat, dann jetzt, ansonsten soll sie für immer schweigen. Ich mache meine Ungeduld mit einem leichten Geklimper auf dem gewachsten Holz unseres Tisches deutlich. Hopp, ein winziges Trommelklopfen, um zu signalisieren, dass ich anderes zu tun habe, ja, ich, anderes als darauf zu warten, dass meine Rabenmutter mehr als nur zwei Silben hervorbringt. Sie blickt mich völlig perplex an, ihre Ideen haben sich wohl verflüchtigt. Ach, nein, es fällt ihr wieder ein:

»Ysé, wo ist Thadée?«

Na toll, wirklich. Zachée ist ertrunken, mein Vater mit einer anderen Frau durchgebrannt, das Haus wird heimgesucht, aber für meine Mutter zählt nur ihr Erstgeborener, dieser grausame kleine Perversling und Manipulator, dessen Fortgang eine Erleichterung für alle war. Ich haue heftig mit der Faust auf den Tisch, und schreie:

»Und wo ist Zachée? Wo Jérôme? Wo bin ich, he? Wo bist du, ja du? Wo sind alle, verdammt noch mal, kannst du mir das mal sagen? Es gibt hier niemanden mehr!«

Ich schreie laut, schleudere die Teekanne vom Tisch, den Orangensaft, das Müsli und die Packung Zwieback, alles mit einem Schlag, mit einem Mal sind sie wieder da, meine normalen Gefühle, ein regelrechter Zorn, das Gefühl für diese Ungerechtigkeit, die mir zugefügt wird, mir, in diesem Schiffbruch, der unser aller Leben ist. Wenn sie nur ein wenig noch meine Mutter wäre, müsste Mylène reagieren, mich in ihre Arme schließen, mir sagen, dass sie da wäre und sich alles fügen würde, dass Zachée zwar tot sei und Thadée fortgegangen, dass wir aber eine Familie blieben. Aber da an ihr nichts Mütterliches mehr ist, oder vielmehr, da Thadée der Einzige ist, der noch in ihrem zerstörten Geist obenauf schwimmt, macht sie auf dem Absatz kehrt und geht zurück in ihr Zimmer, von meinem kleinen Ausbruch nicht sonderlich bewegt.

Ich selbst sehe nur ein einziges mögliches Ventil für meinen Zorn und meinen Kummer und eile in meinen geheimen Raum, um mir eine Reihe kleiner Ritze zuzufügen, hier, überdeutlich auf meinem linken Schenkel. Aber verdammt, scheiße, das funktioniert nicht, es widert mich an, mehr als alles andere, mein mit Blut beschmierter Schenkel, die Rasierklinge, die langsam stumpf wird, und Jérômes Hemd, das ich nutze, um mich abzuwischen.

Ich drücke mein Gesicht in den Wäschekorb und breche in Tränen aus. Ich weine, weil mein Leben entsetzlich ist, und es keinen Ausweg gibt, abgesehen vom Selbstmord, aber nein, danke nein. Ich weine, weil der Einzige, der mich hätte trösten und vor Geistern beschützen können, Zachée war. Aber da er tot ist, bleibt mir nichts, als Schlangen zu kaufen und Leguane – und so weit sind wir noch nicht. In diesem Augenblick, da hege ich keinen Zweifel, gehen andere kleine, zwölfeinhalb Jahre alte Mädchen zum Tanzen, organisieren ihre Geburtstagspartys oder tauschen Textnachrichten mit ihren Freundinnen aus – wenn sie nicht grade *Les Ch'tis à Ibiza* glotzen, aber das ist ihr Problem, und ich habe wirklich schon genug mit meinen eigenen zu tun.

Ja, stimmt, wer kümmert sich eigentlich um meine Probleme? Ist es normal, dass ich mich verzweifelt heulend in einem Wäschekorb wiederfinde, während meine Mutter über ihren erstgeborenen Sohn gaga wird und mein Vater sich mit seiner einstigen Geliebten in Luft auflöst?

Während ich mich selbst zum ersten Mal seit Wochen, wenn nicht sogar Monaten meines Schicksals wegen bemitleide, dringt eine säuselnde Stimme an mein Ohr: »Ysééé ...« Ich würde gern glauben, dass es die Stimme meiner Mutter sei, dass sie sich wieder gefangen und ihre Meinung geändert habe, dass sie sich darauf vorbereite, mit mir über etwas anderes zu reden als ihren Schmerz, Thadée verloren zu haben, aber es ist niemandes Stimme, es ist eine unmenschliche Stimme, wirklichkeitsfremd und vibrierend vor lauter Arglist und Feindseligkeit; es ist die Stimme einer Kreatur, die sich an meinem Kummer ergötzt. »Ysééé ...« Und wieder diese beiden Silben, dahingehaucht, fast schon gezischt.

Meine Panik ist so heftig, dass mein Mund schlagartig trocken wird und meine Ohren zu rauschen beginnen.

Ich habe die Wahl, mich noch tiefer in der Bügelwäsche zu vergraben, wie ein Hase ins Erdloch zu huschen, oder die dunkle Waschküche zu verlassen, die inzwischen selbst zur Quelle des Schreckens wurde, nachdem sie doch lange ein Ruhespender war. Dem Dämon ist es gelungen, bis in den hintersten Winkel des Hauses vorzudringen, meine letzte Zuflucht inbegriffen, und allein dafür verdiente er, dass ich all meine Kalifornischen Königsnattern auf ihn loslasse, bereit, mich auch mit Königsphytons, Kletternattern oder Zwergboas zu versorgen, die mich sowieso schon länger reizen. Ja, das ist eine gute Idee: Da er ja gern wie eine Schlange zischt, werde ich eine ganze Armee an Reptilien und Skorpionen gegen ihn hetzen.

Ich entscheide mich, natürlich, die Kammer zu verlassen. Es ist nicht gesagt, dass ich mich terrorisieren lasse. In ihrem Zimmer singt Mylène mit zarter Kopfstimme. Das macht sie inzwischen von Zeit und Zeit auch, und es klingt schaurig. Umso schauriger, als sie meist Lieder wählt, die sie mir vorgesungen hatte, als ich noch klein war: *Perrine était servante*, *Compagnons de la Marjolaine*, *Sur l'pont du Nord*, *Mon père m'a donné un mari*, etc.

Man muss sich vorstellen, was für eine Wirkung meine Mutter erzielen kann, wenn sie mit ihrer dünnen Stimme intoniert: *Nach sieben Wochen hatten die Ratten sie ganz verdrückt! Den Schädel zuerst, und dann, die Zehen, Stück für Stück* ... Wobei sie auch noch die makabersten Strophen wiederholt, was mich zwischen Angst und Nostalgie schwanken lässt. Was hat mir meine Mutter nicht für Lieder vorgesungen! Und bei meinen Brüdern hat sie es ebenso gemacht: Wir drei besaßen für unsere Generation ein absolut außergewöhnliches Repertoire an französischen Liedern und Abzählreimen.

Aber jetzt, nach dem fiesen Zischen des Dämons, muss ich wirklich sagen, dass dieses traurige Stimmlein, das sich im leeren Haus erhebt, der Tropfen ist, der das Fass zum Überlaufen bringt. Ich renne in den hinteren Garten und hocke mich hinter eine rotblühende Zistrose, deren Wuchs unkontrollierbar geworden ist. Ich mag Pflanzen, und ich habe diesen Garten wegen seiner an Natürlichkeit grenzenden Wildnis immer geliebt, heute aber muss ich feststellen, dass diese Wildnis kultiviert war. Jérôme und Mylène gingen hier immer mit ihrer Heckenschere durch, versprühten ihr Unkrautvernichtungsmittel und mähten den Rasen. Heute ist in diesem winzigen Erdwinkel jegliche Spur von Menschlichkeit verschwunden, und es scheint, als hätten die unangenehm klebrigen und wuscheligen Blätter der Zistrose sich mit dem einschmeichelnden Ding verschworen, das sich bei uns zuhause eingenistet hat.

Da ich in diesem Krieg der Kulturen unbedingt Verbündete brauche, schleiche ich auf Katzenpfoten zurück ins Haus, um mein Telefon zu holen, das dummerweise noch auf meinem Schreibtisch liegt. Auf der Treppe nach oben halte ich schlagenden Herzens mit gespitzten Ohren kurz inne. Bis hierher lief alles gut, bis hierher lief alles gut, lief alles gut, alles …

»Yséééée!«

Nein, nichts läuft gut, es läuft einfach alles, ganz im Gegenteil, miserabel, das Ding ist da, hat Besitz ergriffen von diesem Ort und verbirgt sich irgendwo in einer der dunklen Ecken meiner neobaskischen Villa. Und um allem noch die Krone aufzusetzen, gibt sich meine Mutter einer herzzerreißenden Version von *Weine nicht, Jeannette* hin. Ich stürze in mein Zimmer, packe mein Handy und eile die Treppe wieder runter, mit einem Satz, wuuumm, zehn Stufen auf einmal, ich flitze, ich fliege, hinaus in den Tag, unter die Sonne, auf den kiesbelegten Weg des Vorgartens, der weniger unter Verdacht steht, bösartige Kreaturen zu verbergen, als der Dschungel, der das Hinterland erobert hat: mit jeder Ranke, jeder Wurzel, jeder wulstigen Wucherung.

»Jordy? Ich bin's! Er ist zurück! Der Clown! Er hat mich gerufen: Er kennt meinen Vornamen!«

»Siehst du, sag ich doch! Mich hatte er auch gerufen: ›Jordy, Jordy!‹«

Und hopp, schon gibt er sich wieder seiner abstoßenden Imitation hin, die ich skrupellos unterbreche:

»Jordy, wir müssen ihn loswerden! Jetzt!«

»Gut, okay. Ich bringe Salbei mit. Und grobes Salz.«

»Jordy, das wird nicht reichen!«

»Woher willst du das wissen?«

»Weil ich es weiß.«

Wie meine Intuition rationalisieren, die mir sagt, dass mein Poltergeist einer vom unerbittlichen Kaliber ist? Also mitnichten einer, der sich von getrockneten Blättern und Würzmitteln verscheuchen ließe?

»Bist du immer noch bereit, mit mir in die Tierhandlung zu gehen?«

Er reagiert mit seiner üblichen Begeisterung:

»Ja klar, unbedingt! Und, was willst du kaufen?«

»Einen Python, drei Königsnattern und drei Zwergboas.«

»Keine Bartagame?«

»Nein, keine Bartagame. Eine Bartagame würde ihm keine Angst machen.«

»Hast du Geld?«

»Ich habe das nötige Geld, ja.«

Jordy muss nicht wissen, dass ich vom Konto meiner Eltern häufig Überweisungen auf meine Prepaid-Karte der Postbank tätige.

»Schön, aber Ysé, es gibt da ein Problem: Man wird dich die Schlangen niemals kaufen lassen, du bist nicht mal volljährig!«

»Meinst du, Cindy würde sie liebenswürdigerweise für mich kaufen?«

»Weiß ich nicht.«

Ach ja, stimmt ja, Jordy weiß nie etwas und hat auf nichts eine Antwort. Wir verharren alle beide in dieser schmerzhaften Schwebe, bis ich schließlich einen Seufzer ausstoße:

»Wir müssen eine Waffe auftreiben!«

Jordys Stimme nimmt triumphale Züge an:

»Na, ne Waffe hab ich! Das wollte ich dir längst schon sagen!«

»Du hast was?«

»Eine Pistole! Hab ich im Kleiderschrank meiner Oma gefunden, aber ich glaube, die weiß gar nicht, dass die da ist: die musste ihrem Mann gehören. Nicht meinem Großvater, dem anderen: dem letzten.«

Ich habe nicht das geringste Bedürfnis, mehr über Jordys Abstammung zu erfahren, und auch nicht über das Eheleben dieser armen Mme

Sauvaire, aber was die Pistole betrifft, für die bin ich zu haben, und wir entscheiden, uns wie vereinbart in der Tierhandlung zu treffen. Kommt gar nicht in Frage, dass ich hierbleibe und Trübsal blase zwischen einer Mutter, die sich die Lunge aus dem Leib singt, und einem Clown mit Säuferfresse und gespaltener Zunge, der imstande ist, mich jeden Moment anzufallen – und ich denke lieber gar nicht erst an die Haftwurzeln des Kletterefeus, der unsere hübsche Fassade aus rotem Fachwerk überwuchert. Wenn ich nur bedenke, dass wir unserem Haus zuliebe an seinem ursprünglichen Namen festgehalten haben, ›Leku Ona‹, mit anderen Worten: ›Der gute Ort‹!

Unglücklicherweise muss ich noch einmal wagen, in meinen Herrensitz des Horrors einzudringen, da ich Geld benötige, und wohl auch meinen Ausweis, man weiß ja nie. Und natürlich liegt meine Brieftasche auch auf meinem Schreibtisch. Ich glaube, dass ich von jetzt an ein Notfallpaket für mich vorbereiten werde, einen kleinen Rucksack mit allem drin, was es zum Überleben braucht, falls ich zum ›Leku Ona‹ keinen Zugang mehr habe.

Und Pierre, wir werden ihn hängen, tra, lallallallalla la lallalla la la! Nein, bitte, sie soll endlich schweigen! Oder was anderes finden, das sie singen will, keine Ahnung. *À la claire fontaine*! Gut, es gibt fröhlichere Lieder, aber zumindest baumelt da niemand an einem Strickende.

Wieder in meinem Zimmer, scheint mir, als hätte ich meine Vorhänge aus besticktem Perkal erzittern sehen, die ich ganz weiß haben wollte, wie meine Wände, mein Bettzeug, meine Tagesdecke. Ich nehme mir nicht die Zeit, nachzusehen, was es damit auf sich hat, nicht zuletzt, weil ich da so meine Idee habe: Nein, ich schnappe mir lediglich Rucksack und Brieftasche und verlasse diesen heimgesuchten, so falsch benannten Ort.

Die Tierhandlung ihrerseits ist ebenfalls falsch benannt, sie nennt sich *Hier lacht das Tier* – und ich will unbedingt klarstellen, dass das kein einziges tut, weder der Affe noch die Hyäne. Es dreht sich nur darum, die Kunden positiv einzustimmen. In diesem Geschäft habe ich meine Phasmiden gekauft, meine Hausspinnen und meine Terrarien, aber das war mit Jérôme, und ich hätte mir damals auch eine Abgottboa kaufen können, ohne dass irgendwer Einwände erhoben hätte. Jetzt aber pralle ich auf ein sofortiges und kategorisches »Niet« seitens des Verkäufers, ganz zu schweigen von seiner ellenlangen Ansprache, die ebenso unangenehm wie unnütz ist:

»Der Kauf eines Reptils nimmt dich für sehr lange Zeit in Beschlag! Hast du eine Vorstellung von der Lebenserwartung einer Schlange? Die können bis zu dreißig Jahre alt werden, ist dir das klar? Es reicht mir langsam mit all diesen Leichtsinnigen, die sich eine Boa kaufen wie einen Hamster und sich dann zuhause mit einem zwei Meter langen Tier wiederfinden, das sie überall behindert und dessen sie sich im nächstbesten Wald wieder entledigen!«

Da ich glaube, mich mit Schlangen auszukennen, würde ich mir seine Predigt gern ersparen. Falls ich mir eine Bartagamen kaufen sollte, dann nicht im *Hier lacht das Tier* – und am liebsten in einem Geschäft, wo man die Leute nicht für dumm verkauft.

Jordy und ich finden uns auf den Straßen von Biarritz wieder, auf denen wir umherziehen, ein wenig ziellos, jetzt, da mein Kaufvorhaben ins Wasser gefallen ist. Die natürliche Hanglage der Stadt hat zur Folge, dass wir an der Grande Plage landen. Da dieser April alle Hitzerekorde schlägt, ist der Strand überfüllt. Selbst Surfer in Badeklamotten sind unterwegs, und ich muss an meine beiden Brüder denken, Thadée und Zachée, an die Zeit ihrer Strahlkraft, als sich ihr ganzes Leben noch um Wind und Gezeiten drehte.

Ich würde gern Eis kaufen, aber vor jeder Eisbude steht eine kilometerlange Schlange, und so setzen wir uns einfach für einen Moment auf die Promenade. Während wir miteinander diskutieren, lässt Jordy sein Skateboard über die Rampe aus grauem Stein hin und her rollen, und ich habe den möglicherweise falschen Eindruck, dass er es bewusst langsam und suggestiv tut. Auf jeden Fall dürften wir wie ein junges Pärchen wirken, so wie wir hier sitzen. Und warum eigentlich auch nicht? Immerhin werden wir in knapp anderthalb Jahren das Alter erreichen, das mein

Bruder und Jordys Schwester hatten, als sie sich ineinander verliebten: vierzehn Jahre, soviel ich weiß.

Selbst wenn er Zachées strahlende Schönheit bei Weitem nicht erreicht, so ist Jordy inzwischen doch beinahe hübsch. Schirmmütze auf dem Kopf, kastanienbraune Strähne quer über der Stirn, blaugraue Augen, gerade Nase, er sieht wirklich nicht schlecht aus, jetzt, da er seine toxischen Fettpolster verloren hat. Nicht dass er schlank wäre, weit gefehlt! Und er müsste auch mal einen Kieferorthopäden aufsuchen. Für sowas war Mylène perfekt – wir alle drei hatten zu gegebener Zeit Anspruch auf eine feste oder elastische Zahnspange. Wobei ich gewiss mal zur Kontrolle müsste, aber es gibt niemanden mehr, der sich darum kümmern würde. Und was Jordy betrifft, so wäre ein Besuch beim Hautarzt auch nicht überflüssig. Seine Haut hat ihre kindliche Weichheit verloren: an einigen Stellen kernig und schuppig, schmückt sie sich zwischen den Augenbrauen und auf den Nasenflügeln zugleich mit einem Frühbeet roter Pickel. Und auch da war Mylène rigoros: Sie hätte bei ihren hübschen Jungs niemals auch nur das geringste Aufblühen von Akne akzeptiert und griff, nicht umsonst eine Apothekerfrau, ruckzuck nach ihrem Keracnyl oder Exfoliac.

Gut, nun ja, wenn ich von seinem Intellekt einmal absehe, dann wäre Jordy ein annehmbarer fester Freund. Ärgerlich ist nur, dass er mich kalt lässt wie eine Gurke und unbewegt wie ein großes Fass Öl. Aber vielleicht ist das ja normal, dass man keine Lust empfindet, wenn man seine Regel noch nicht hat? Ich nehme mal an, dass dies zu den Dingen gehört, die ein Mädchen seine Mutter fragen kann, wenn es denn eine hat, ich, ich habe keine mehr. Stattdessen habe ich die Biarritzer Version aus *The Ring*, oder *The Grudge*.

Ich beuge mich über Jordys Knie, um seine Hand zu fixieren und das Hin und Her seines Boards zu beenden. Er riecht nach Junge. Nicht nach kleinem Jungen, nein, kleine Jungs riechen ja nach gar nichts. Jordy riecht wie Zachée roch, der Geruch frischgewaschener Haut, die von der Sonne gewärmt wurde und in alle Winde freudig ihre chemischen Signale sendet. Thadée roch nach Meerfenchel-Deo, ein meiner Meinung nach sehr unangenehmer Duft, aber mich hatte er nicht gefragt. Ich hasste diesen Geruch so sehr, dass ich manchmal noch immer dessen Ausdünstungen rieche, als ob die Mauern von ›Leku Ona‹ mit ihm imprägniert worden wären.

Als die Nacht hereinbricht, entscheiden wir, nachhause zu gehen. Mehrmals musste ich den ungestümen Jordy daran hindern, seine Knarre auf offener Straße rauszuholen. Er wollte sie mir unbedingt zeigen und einfach nicht warten, bis wir im sicheren Versteck meines Zimmers waren. Wenn man schon meint, wir wären zu jung, um Schlangen zu kaufen, so wage ich mir kaum vorzustellen, was passieren würde, wenn man uns wegen Besitzes einer Beretta Tomcat festsetzt.

Mein Vater ist da, und richtet drei ganz nette Sätze an uns, bevor er sich mit seinem japanischen Gespenst im Nachthemd und mit wahnsinnigem Haar verbarrikadiert. Ich nutze seine beruhigende Anwesenheit im Haus, um einen schnellen Blick in die Waschküche zu werfen: Sie ist menschenleer. Einziges alarmierendes Zeichen: ein blutbeflecktes Hemd, das ich eilig in die Trommel der Maschine stecke. Aber gut, ich bin hier sowieso diejenige, die die Wäsche wäscht.

Auf dem Tisch eine Thunfisch-Pizza mit Ziegenkäse und Spargel, die mein Vater selbst gebacken hat, als hätte er sein Gedächtnis nicht komplett verloren: In den Zeiten, in denen meine Mutter noch kochte, bekamen wir alle unsere hausgemachte Lieblingspizza, für Zachée Steinpilz und Entenbrust, für Thadée Gorgonzola und Birne, eine vollkommen widerliche Zusammenstellung, aber jeder hat eben so seinen Vorlieben. Mylène konnte ganze Tage am Ofen stehen, um jedem sein persönliches Menü zu servieren. Gleichzeitig aber hatte sie, die ihr Pharmaziestudium zwar abgeschlossen, ihren Beruf jedoch nie ausgeübt hat, auch nichts anderes zu tun.

Mein Vater steckt seinen Kopf durch die Küchentür, offensichtlich unter Druck, endlich gehen zu können, wo er nun erfüllt hat, was er wahrscheinlich als seine einzige häusliche Pflicht betrachtet:

»Und, schmeckt sie gut?«

Nein, tut sie nicht. Der Teig ist zu stark gebacken, der Spargel nicht weich genug, und vor allem üben die einzelnen Zutaten sich in

Zurückhaltung, anstatt ihre Aromen miteinander zu verbinden, damit das Ganze einem im Mund verschmilzt. Mylène konnte das, Jérôme weitaus weniger, aber da ich seine guten Absichten begrüßen will, lüge ich schamlos:

»Mmmh, köstlich! Schau, wir haben beinahe nichts übriggelassen!«

Tatsächlich hat Jordy, dieser Gierschlund, vier Fünftel gefuttert und mir die Spargelköpfe rübergeschoben:

»Sowas esse ich nicht!«

»Hast du Angst vor einer Überdosis Chlorophyll?«

»Ich weiß nicht.«

Na bitte, es geht wieder los. Sobald er eine Frage nicht versteht, greift er auf seine unabwendbare Lieblingsantwort zurück. Selbst wenn ich eines Tages meine Regel habe und damit mein sexuelles Begehren ausgelöst werden sollte, würde ich niemals mit Jordy schlafen. Er ist wirklich zu dumm. Schade, dass er in meinem gegenwärtigen Leben derjenige ist, der einem Freund am nächsten kommt.

Ich schleppe ihn widerwillig hoch in mein Zimmer, wo er eilig beginnt, seine Pistole auszupacken, die er anschließend unter meine Bettdecke stecken will. Wir verharren für einen kurzen Moment in der Betrachtung dessen, was für uns wie ein kleines festes Spielzeug wirkt:

»Ist die echt?«

»Nimm sie mal!«

Das Gewicht der Beretta und die Kühle des Metalls lösen meine Zweifel auf. Was nichts daran ändert, dass sie mir winzig vorkommt und wenig furchteinflößend.

»Die ist ja ganz klein!«

»Ja, aber wir sind auch klein, also umso besser. Meinst du, du könntest sie halten, wenn sie größer wäre?«

»Das stimmt. Ist sie geladen?«

Dieses Rindvieh von Jordy nickt zustimmend und wirft sich in die Brust. Und da explodiere ich dann ein weiteres Mal, wie eben erst bei meiner Mutter, aber aus ganz anderen Gründen. Nein wirklich, es ist wahr, ich habe die Schnauze voll davon, von Schwachsinnigen umgeben zu sein!

»Was? Willst du mir etwa sagen, dass wir mühselig durch ganz Biarritz gekraxelt sind, während in deinem Rucksack eine geladene Pistole war?«

»Ja, und?«

»Aber der Schuss hätte sich lösen können! Außerdem bist du geskatet, du hättest hinfliegen können! Das alles mit einem geladenen Revolver in deinem Rucksack? Du bist echt vollkommen krank! Du hättest dich umbringen können, dir eine Kugel in die Wirbelsäule jagen und für immer querschnittgelähmt sein können! Du hättest mich verletzen können, mich, oder jemand anderen! Du bist echt nicht normal!«

An diesem Punkt legt mein gerechter Zorn einen Gang zu, klack, meine interne Gangschaltung überspringt ein Ritzel, und ich sehe mich, wie ich Widerlichkeiten aus mir rausbrülle, die nicht unbedingt den Boden meiner Gedanken bilden, aber an die Oberfläche drängen, um aus meinem Mund zu dringen und vor allem ihr Ziel zu treffen:

»Du musst dich echt behandeln lassen, Jordy, und zwar eiligst! Du hast da wirklich was im Kopf, das nicht ganz richtig tickt! Thadée hatte recht! Lass dich scannen, dann weißt du's! Vielleicht hast du eine Art Tumor, irgend so was! Aber meiner Meinung nach dreht es sich dabei um genau das, was ich dir letztens gesagt habe: Du bist re-tar-diert! Du leidest unter mentaler Retardierung, echt! Bist du sicher, dass man dich in die Achte kommen lässt? Mich würde das wirklich wundern! Aber wie auch immer, selbst, wenn du in die Achte kommst, glaube bloß nicht, dass du es bis in die Oberstufe schaffst! Ja, genau, wie war das nochmal? Dein Vokabular, wie viele Worte umfasst es? Fünfhundert?«

Ich sehe seinen Augen an, dass ihm fünfhundert viel erscheint, und gebe mir erst gar nicht die Mühe, ihn eines Besseren zu belehren. Da er sich damit begnügt, jämmerlich den Kopf zu seiner Beretta hinabzusenken, greife ich ihn von einer anderen Seite an:

»Und wo ich schon mal dabei bin, lass dir gleich sagen, dass du aufhören solltest, allen möglichen Scheiß in dich reinzufressen! Gut, ja, du hast etwas abgenommen, aber du bist noch immer ein Dickwanst. Bist du dir eigentlich darüber im Klaren, dass du Brüste hast?«

Ich spreche diesen letzten Satz angeekelt und peinlich berührt aus, obwohl mir Jordys Titten vollkommen egal sind, und mache dann im gleichen Stil weiter: die Brüste, die Fettpolster am Bauch, das Doppelkinn, alles muss herhalten – und ich muss zugeben, dass ich es überspitzt darstelle, denn der arme Jordy ist weitaus weniger fettleibig als zu Zachées Lebzeiten. Aber gut, jedermann weiß, dass ein ehemaliger Dicker in seinem Kopf dick bleibt und dass man nicht viel tun muss, um die alten Komplexe wieder hochkommen zu lassen.

Jordys einzig mögliche Entgegnung besteht darin, mich verstört und unsicher anzublicken. Schließlich beginnt er sogar noch zu grummeln, dass es ihm leidtäte. Aber schon dreißig Sekunden später hält er siegesstrahlend eine Schachtel Patronen in die Luft, vergessen ist mein Predigtanfall. Ich bringe alles in der Schublade meines Nachttischchens unter. Zum Plan gehört ja nicht, dass wir sie wirklich benutzen.

»Ach echt? Du willst sie nicht benutzen? Aber warum hast du mich dann gebeten, sie herzubringen?«

»Ich weiß nicht.«

Und tja, na bitte, es ist ansteckend, diese Unsicherheit, diese Unentschiedenheit, dieser Quatsch. Jetzt bin ich diejenige, die nicht weiß. Ich hätte gern Kohorten von Schlangen gegen meinen Intimfeind von der Kette gelassen, aber der Verkäufer vom *Hier lacht das Tier* hat mir diese taktische Möglichkeit verweigert.

Die Nacht rückt vor. Da wir uns entschieden haben, Thadées Zimmer zu belagern, besorge ich für Jordy eine Matratze, auf der er es sich am Fußende des Bettes gemütlich macht und den Fernseher anknipst, um seine erste Wache zu schieben, während ich meinen Wecker auf zwei Uhr früh stelle. Zu besagter Zeit reißt mich ein Zwitschern aus dem Schlaf. Ich habe mehr als hundert Aufnahmen von Vogelgesängen und -rufen. Für heute Nacht habe ich etwas Melodiöses gewählt, die Gartengrasmücke, es hätte aber auch genauso gut der Wiedehopf oder der Schwarzmilan sein können. Ich liebe Vögel beinahe so sehr wie Schlangen und weiß inzwischen ganz gut über sie Bescheid.

Die Licht- und Schattenbilder des Fernsehers flackern durchs ganze Zimmer, der Ton ist auf maximal leise gestellt, und, tja, Jordy schläft wie ein Seliger. Man kann einfach nicht auf ihn zählen. Im Halbschatten liege ich auf der Lauer, aber abgesehen vom Knistern des Fernsehers dringt nichts zu mir vor, allerhöchstens einmal der Schrei eines Greifvogels, wahrscheinlich ein Uhu.

Gut möglich, dass Ronald McDonald Gefallen daran findet, unsere Pläne zu durchkreuzen. Er sah, dass wir auf Kriegsfuß stehen, und wartet lieber auf den Moment, wo ich allein und verwundbar bin. Etwa, wenn ich mich gerade dusche, wie in *Psycho*, ein Film, den ich mit Thadée sah, als ich sieben war. Ich weiß schon gar nicht mehr, wie viele Horrorfilme er mir zeigte. Er dachte, mir damit Angst zu machen, und hat nie kapiert, dass ich sowas genauso gern mochte wie er und im Laufe der Zeit immer unempfindlicher wurde.

Fünf Uhr früh: Das Ding wird nicht mehr kommen und ich schlafe ein, eingelullt von Jordys friedlicher Atmung und dem Ruf des Uhus.

*

Was soll man sagen? Das Schuljahr zieht sich, ist aber noch lange nicht vorbei, auch wenn die sommerliche Hitze uns das Gegenteil glauben lassen könnte. Es ist die Mittelschule, wo sich der Sadismus der nationalen Erziehung mit größter Wirksamkeit entfesselt: Die Schüler der unteren Klassen genießen es, dass sich ihre überproportional langen Erholungsstunden unter den Platanen des Schulhofs dehnen und kehren nur noch zwecks inkonsistenter Wiederholung des Passé simple in ihre Klassenräume zurück; die Unterstufenschüler haben die Notenkonferenz bereits hinter sich und fühlen sich von aller schulischen Strebsamkeit befreit, die Mittelschüler aber sind immer noch gehalten, Mathe und Französisch zu pauken. Was bei diesen beiden Fächern, die mich im Grunde nicht stören, ja noch angeht, aber ich muss noch meine Wochenstunden in Bildender Kunst und Technologie absitzen, zwei notorisch überflüssige Disziplinen. Lebens- und Erdkunde spielt da auch mit rein. Vorsicht, ich liebe

LUE, es ist nur so, dass ich dieser armen Mme Llorens einiges beibringen könnte, würde sie sich nur bequemen, für einen Moment mal die Nase von ihrer vergilbten Papiermappe zu heben. Nun gut, dann nutze ich ihren dürftigen Unterricht eben, um in meinem neuen Scrapbook, das ich inzwischen sorgfältig vor den böswilligen Ejakulationen meines persönlichen Clowns verwahre, zu zeichnen und zu schreiben.

Jordy hat es so eingerichtet, dass er jedes Wochenende bei mir ist, ein Arrangement, dass allen zupasskommt: meinem Vater, der sich seiner elterlichen Pflichten entledigt fühlt, und Cindy, die ihre Zeit zum Surfen braucht. Sie hat damit wieder angefangen, nachdem sie zuvor noch Hand aufs Herz geschworen hatte, nie wieder damit beginnen zu wollen, da für sie zu surfen entweder mit Zach surfen hieß oder gar nicht. Ich weiß es: Ich war dabei.

Das war kurz nach Zachs Tod, ein schauriger Dezembertag. Sie war etwas verfrüht zu uns gekommen, um frohe Festtage zum Jahresende zu wünschen. Thadée hatte schon Reißaus genommen, Mylène begann bereits, sich ins Kleinhirn zurückzuziehen, und Jérôme war vollkommen durch. Wir alle waren furchtbar traurig, und die Unterhaltung schleppte sich mühsam dahin. Ich habe Muffins aus Vollkornmehl und braunem Zucker gemacht, die Cindy energisch zurückwies. Jordy war auch da, und wie üblich stürzte er sich auf die Muffins. Bei Jordy wird alles zum Bauch, wie Mamizette sagt, die Mutter meines Vaters, die nett und lustig ist, im Gegensatz zu Mamie Régine, die ein dürres Herz besitzt und null Humor. Das dürre Herz, nun ja, wie's scheint, ist es in unseren Genen angelegt: ein atrophisches Organ, das man sich von Generation zu Generation weitergibt. Thadée und ich haben es geerbt, und wenn ich eines Tages mal gut sein will, dann muss ich ernsthaft gegen meine erblichen Neigungen ankämpfen. Was Zachée betrifft, so kam er eher nach den Chastaings als den Fayes, und es war folglich nicht sein Verdienst, dass er freundlich war.

Nun gut, die sich schleppende Unterhaltung lief schließlich aufs Surfen hinaus, ein Thema, das wir eigentlich unter allen Umständen mieden. Während Jordy seinen dritten Muffin verschlang, verkündete Cindy auf ziemlich schroffe Weise, dass sie nie mehr surfen werde. Ich nahm ihr Gelöbnis nur umso ernster, als Cindy nie nur so daherredet. Mein Vater seinerseits stimmte seine kleine im Konditional zwei gehaltene Leier über all das an, was Zachée gemocht oder gewollt hätte: Im vorliegenden Fall, dass Cindy wieder surfen sollte. Schon irre, wie hoch die Anzahl der Wünsche ist, die man diesem armen Zachée zuschreibt, der keine mehr hat. Will man all den Lebenden glauben, die mich umgeben, so hätte er sich ganz unterschiedliche Sachen für uns gewünscht: dass wir bei seiner Beerdigung eine gute Figur machten, dass wir sein trauriges Schicksal nicht beweinten, dass wir eine vereinte Familie blieben, dass Cindy sich wieder verliebe, wieder surfe, eine Familie gründe – und ich erfinde nichts, ich zitiere nur lose den seit sechs Monaten vernehmbaren Schwachsinn. Zusammengefasst ließe sich sagen, dass Zachées posthumer Wunsch darin bestünde, dass das Leben so weitergehen sollte, als wäre für niemanden, aber auch wirklich niemanden, irgendwas geschehen.

Ich habe langsam das Gefühl, dass ich, sollte ich in der Tiefe meines Sargs verwesen müssen und dürfte dabei auch nur ein Atom Bewusstsein bewahren, ich dieses dafür aufwenden würde, mir sehnlichst zu wünschen, die Meinen möchten vor lauter Langeweile vergehen und ihr Leben wäre ebenso verdorben wie mein Tod.

Aber gut, man sieht ja, dass nichts von all dem Sinn ergibt: Die unnützen Schlussfolgerungen zu Zachées guten Wünschen aus dem Jenseits heraus ebenso wenig wie die falschen Versprechungen von Cindy samt ihrem Gelöbnis, im Leben künftig weder Freude noch Sinn mehr sehen zu wollen. Der Beweis, sie hat wieder angefangen zu surfen und ist ziemlich froh, dass ich ihr die Wochenenden freischaufle, indem ich meine mit ihrem kleinen Bruder verbringe.

Jordys Anwesenheit an meiner Seite ist jedoch im Nervenkrieg, den mir das Ding erklärt hat, von keinem großen Nutzen. Jordys einzige Funktion besteht letzten Endes darin, aufmerksam meinen Wochenberichten bezüglich der übernatürlichen Aktivitäten zu lauschen. Aber allein schon dafür verzeihe ich ihm, dass er ein tollpatschiger und lästiger Welpe ist. Ich würde wahnsinnig werden, und möglicherweise bin ich's auch schon, könnte ich niemandem erzählen, was ich, ohne dass irgendwer davon Notiz nehmen würde, durchmache. Zumal die Angriffe des Dings sich kürzlich noch in ihrer Hinterhältigkeit gesteigert haben. Aus die Clownsgesichter, die unerwartet an unseren Fenstern erscheinen, aus das perfide Zischen an meinem Ohr, das Ding zeigt sich inzwischen durch Opfergaben. So konnte ich auf meinem Bett einen Strauß Zistrosen mit Efeu entdecken, was mich in meiner Intuition bestärkte: ja, der Garten nach hinten raus ist an den Feind verloren. Allein beim Anblick der klebrigen Blätter der Zistrose und der Haftwurzeln des Efeus schüttle ich mich vor Ekel, ich, die ich mich normalerweise vor nichts in der Welt der Tiere und Pflanzen ekle. Der Beweis: Ich habe meiner LUE-Lehrerin vorgeschlagen, eine Arbeit über den Schleim von Nacktschnecken und seine antiseptischen Eigenschaften zu schreiben. Da sie aber keine Ahnung hat, meinte sie nur, dieses Thema sei von keinerlei Belang, weswegen wir das Jahr damit verbrachten, die Funktionen von Atmung und Verdauung zu besprechen, was, so scheint's, dem Lehrplan entsprach.

Ich warf den Strauß zum Fenster raus, aber schon am nächsten Morgen fand ich eine tote Eidechse auf meinem Kopfkissen. Früher einmal wäre ich darüber glücklich gewesen, und ich hätte sie einem vollständigen Vorgang zur Mumifizierung unterzogen – noch so was, das mich fasziniert und worin ich mich schlaugemacht habe: das Ausweiden, das Balsamieren in Öl, das Setzen von Stützen, ich beherrsche das bis ins kleinste Detail, aber ich habe keine Übung darin. Um zu üben, bräuchte ich tote Tiere, und ich bin nicht ausreichend psychopathisch, um zu töten, im Gegensatz zu Thadée, der sich mir gegenüber einmal damit brüstete, eine Katze aus der Nachbarschaft erwürgt zu haben, was ich damals für pure Prahlerei und eine weitere Lüge hielt, heute jedoch weiß ich, dass Thadée zum Schlimmsten fähig ist. Man muss sich nur vor Augen führen, wie er über Jahre hinweg meine Eltern hinters Licht geführt und den armen Zachée in den sicheren Tod gelotst hat. Denn so lautet die Schlussfolgerung, zu der ich gelangt bin: Zachée wäre nicht tot, hätte Thadée ihm wirklich Gutes gewünscht. Er sündigte durch Leichtsinn und Fahrlässigkeit. Unter ähnlichen Umständen hätte Cindy Zachée ganz sicher gerettet, sie hätte ihn unter Lebensgefahr aus dem Ozean gezogen und ihn heil und sicher ans Ufer gebracht.

Die tote Eidechse nahm denselben Weg wie der Blumenstrauß, aber natürlich fand das Ding schon am nächsten Morgen eine andere Methode, um sich zu zeigen. Auf dem Spiegel des seit dem Verschwinden meiner Brüder zu meinem persönlichen Bad gewordenen Badezimmers eine mit Filzstift verfasste Inschrift: »Mit Dir.« Das Ding hat einen meiner Poscas benutzt, einen Marker mit konisch zulaufender, metallisch grüner Spitze. Ich wusste nicht, wie ich diese rätselhafte Widmung interpretieren sollte, aber da erwies sich Jordy ausnahmsweise mal als geistreich:

»Meinst du nicht, dass er dich liebt, sag mal?«

»Wie, mich liebt?«

»Na ja, er macht dir Geschenke. Blumen, sowas schenken sich Verliebte. Und er sagt, dass er ›mit dir‹ ist.«

»Und die tote Eidechse?«

Er sitzt auf meinem Bett, unter seiner Schirmmütze mehr Akne denn je. Ich muss dringend mit ihm über Exfoliac sprechen. Er schaut mich in seiner typisch arglosen Weise an und ich bemerke, dass seine Augen mit ihrer undefinierbaren Farbe und ihrem dichten, dunklen Wimpernrand das Beste an ihm sind:

»Na, ja, Ysé, du magst Eidechsen ja. Du hast Zachée sogar mal eine geschenkt, weißt du noch? Cindy hat es mir erzählt. Auch wenn Zachée das nicht wirklich mochte, aber er meinte, dass du halt so bist, dass du schräge Geschenke machst.«

Diesen Moment gab es. Wirklich. Und er gehört auf ewig der Vergangenheit an. Nichts mehr kann uns, Zachée und mich, an diesen einen Junitag zurückbringen, an dem ich ihm tatsächlich eine getrocknete Eidechse schenkte, die an einer Kordel hing. Es war kurz vor seinem Geburtstag. Thadée hatte sein rechtes Bein bereits verloren und sich wie eine blasse, aufgedunsene Larve in sein Zimmer verkrochen. Aber anstatt es zu ignorieren, anstatt, leichten Herzens, zusammen mit Cindy nach Uhabia zu fahren, litt Zachée unter all dem.

Das Leben ist ungerecht, und die Bibel irrt, denn den Sanftmütigen, den Barmherzigen, denen, die ein reines Herz und unschuldige Hände haben, gehört die Erde nicht und sie sind untröstlich. Im Gegenteil: Ihr Herz mag rein sein, es ist ihnen doch schwer. Zachée litt an seiner Unfähigkeit, seinen Bruder wieder ans Leben heranzuführen. Jede einzelne Freude, die er sich gönnen mochte, warf er sich vor, während Thad in der ersten Etage des ›Leku Ona‹ seine Strafe absaß. Dass Thadée sich in seiner Flaute gefiel und nicht die geringste Anstrengung unternahm, damit es ihm besser ging, änderte nichts am Kummer meines einzig wahren Bruders. Man geht uns mit Mitgefühl auf die Nerven, man wähnt es eine gute Eigenschaft, aber es ist ja bewiesen, dass Zach sich damit die letzten ihm verbliebenen Tage buchstäblich versaut hat.

Ich erinnere mich an alles bis ins kleinste Detail, die bedrückte Stimmung von Zachée, sein rotgelbes T-Shirt, die beiden Farbtöne vereist und ineinander verschmolzen wie bei einem Sorbet. Ich bat ihn, es mir zu leihen, er zuckte gleichgültig mit den Schultern, zog es noch im selben Augenblick aus und hielt es mir hin:

»Es ist viel zu groß für dich: an dir wird's wie ein Kleid wirken.«

Damals war ich noch viel leichter glücklich zu machen und fröhlich zu stimmen als heute, weshalb ich vor lauter Freude einen Luftsprung machte und dieses T-Shirt an mich drückte, das noch seine Wärme barg und seinen Geruch, diesen so berauschenden Geruch nach Junge. Er machte sich über mich lustig:

»Jetzt hör auf, so daran zu schnüffeln, du bist echt pervers: Das stinkt! Wie deine olle Eidechse hier! Ich kapier' einfach nicht, warum du mir immer deinen ganzen Scheiß aufhalst!«

Der Anhänger schwebte auf seinen Fingerspitzen und Zachée mimte Ekel, seine Augen aber hatten einen hellen Glanz angenommen, woraus ich schloss, dass mir mein Coup gelungen war: ihn zu amüsieren, ihn der Traurigkeit zu entreißen, mit der Thadée ihn kontaminiert hatte. Ich machte weiter, ich übertrieb, ich drehte mich immer schneller um mich selbst und hielt mein Gesicht in sein T-Shirt vergraben, bis alles zu einem einzigen angenehmen Schwindelgefühl verschmolz, sein Geruch, die Farben, die Sonne, die Freude ...

Diesen Moment gab es. Aber so sehr ich ihn auch ununterbrochen aus meiner Erinnerung hervorgrabe, auf ihn zurückgreife, versuche, alle Kraft aus ihm zu ziehen und mich an der strahlenden Schönheit meines Bruders zu wärmen, an der Freude, die ich ihn für einen Augenblick hatte wiederfinden lassen, der Zauber greift nicht länger und ich kann aus diesen Bildern keinen Trost mehr schöpfen, trotz ihrer beständigen Strahlkraft. Mit Erinnerungen ist einfach nichts anzufangen. Es sei denn, ich wäre dazu nicht fähig. Ich muss mal Cindy fragen, welchen Gebrauch sie von den ihren macht, und ob es ihr nicht letztendlich lieber wäre, ihre Liebesgeschichte hätte gar nicht stattgefunden. Was es ihr eigentlich bringt, Zachée geliebt zu haben und von ihm geliebt worden zu sein.

Und doch haben sich die beiden geliebt. Ich ging noch zur Grundschule, als sie sich kennenlernten, und kannte sie folglich nur zusammen und dachte immer, dass sie als Pärchen nichts gemein hatten mit diesen unglücklichen Duos, die andere um mich herum bilden oder aufrechterhalten wollten, angefangen bei Thad und seinen sich die Klinke in die Hand gebenden Freundinnen. Sicher, Jasmine war wundervoll, aber mir kann niemand weismachen, sie und mein älterer Bruder wären glücklich ineinander verliebt gewesen. Zachée und Cindy waren da anders, man musste sie nur ansehen, und schon war man durchdrungen von dieser Wahrheit: Die Liebe gibt es.

Die Liebe gibt es, und die Vorstellung, die ich mir von ihr mache, ist unvereinbar mit den widerlichen Praktiken von diesem Ding. Aber ausnahmsweise lässt Jordy nicht locker und zeigt sich überzeugt:

»Aber klar, er liebt dich! Schau mal, dein Dings da, hier, dein, dieses Tagebuchding!«

»Was für ein Tagebuchding?«

Ich weiß genau, wovon er spricht, aber ich spiele absichtlich die Dumme. Da er schon mal was zu sagen hat, möchte ich auch, dass er seine Sätze zu Ende bringt, anstatt sich an sein embryoartiges Gestammel zu halten.

»Na, dein Book, da, wo du deine Zeichnungen drin machst. Und auch drin schreibst ...«

»Ja?«

»Hast du mir doch gezeigt, du weißt genau ...«

Er errötet. Seine Akne flammt auf, und es macht ihn nicht schöner. Aber merkwürdigerweise verunsichert mich seine Verunsicherung und wir beide sitzen da und trommeln blöde auf meiner Tagesdecke herum, darauf wartend, dass er den Mut findet, das Wort ›Sperma‹ auszusprechen.

»Ysé, gut möglich, dass er sich einen ... während er an dich dachte.«

Das ging daneben. Er wird weder ›Sperma‹ noch ›runterholen‹ sagen. Vielleicht ›ejakulieren‹? Ich wage einen Versuch:

»Was meinst du, hat er auf mein Scrapbook gemacht?«

»Aber das weißt du doch genau, ich hab's dir letztens erst gesagt!«

Er ist sauer, dass ich ihn in die Enge treibe, lässt es aber am Ende dann doch mit seiner plötzlich heiser klingenden Stimme verlauten – der Stimmbruch hat zusätzlich zur Folge, dass der Arme seinen Tonfall gar nicht mehr beherrscht:

»Er hat ejakuliert!«

Bingo, ich bin echt gut, ich bringe ihn dazu, das Wort auszusprechen, von dem ich will, dass er es ausspricht. In Wirklichkeit ist er mein Ding. Diese schwierige Hürde einmal gemeistert, macht er mutig weiter:

»Ich glaub, dass er Lust auf dich hat. Deswegen auch das mit dem Scrapbook.«

Er hat die Syntax noch nicht so richtig drauf, aber ich gebe die Hoffnung nicht auf, und was folgt, gibt mir recht, denn, na bitte, schon ist er in Fahrt, beinahe sogar überschwänglich:

»Weißt du, die Toten, die können sich vielleicht auch verlieben. Vielleicht hat er dich gesehen, und du hast ihm gefallen, und vielleicht sucht er deshalb auch das Haus heim. Also ist er gar nicht böse, wir dachten ja, er sei es, aber nein, er stellt sich nur dumm an. Vielleicht ist er es nicht gewohnt, Mädchen anzusprechen. Vielleicht kann er auch gar nicht sprechen und schreibt dir deswegen, legt dir Blumensträuße hin, weißt du, das ist ja auch irgendwie eine Art Sprache.«

»Ich darf dich daran erinnern, dass er mit uns gesprochen hat, er ist nicht stumm: Er sagte ›Jordy‹ und er sagte ›Ysé‹.«

»Ach ja, stimmt ja.«

Es ist Sonntagnachmittag, und Jordy macht sich fertig, um nachhause zu gehen, ohne dass sich das Ding gezeigt hätte. Ich habe den Eindruck, es wartet inzwischen darauf, dass ich allein bin. Ich bin bereit für ein weiteres Blumengebinde aus klebrigen Blättern, dornigen Stielen und Blumen, die zu schön sind, um wahr zu sein, die Passionsblume etwa, vor der ich mich hüte, trotz ihres verführerischen Aussehens: zu viele Staubfäden, zu viele Staubblätter, ein zu anstößiger Stempel …

Anders als befürchtet, verstreicht der Wochenanfang, ohne dass ich über irgendwelche obszönen Graffitis oder deplatzierte Opfergaben zu klagen hätte, aber meine Ruhe währt nicht lang, denn schon am Mittwoch, als ich von einem Ausflug nach Bayonne zurückkomme, finde ich meinen Schreibtisch mit Nacktschnecken übersät vor, richtig fette orangefarbene Nacktschnecken, die bereits auf meiner Schreibunterlage aus fein gearbeitetem Leder, einem Geschenk von Papy Jean zu meinem zehnten Geburtstag, ihre silbrigen und auseinanderlaufenden Kriechspuren hinterlassen haben. Während ich sie eine nach der anderen aufsammle, um sie zurück in den Garten zu bringen, schwanke ich zwischen Unruhe, Freude und Abstoßung. Aber es überwiegt die Unruhe, denn nun weiß ich bestimmt, dass das Ding meine Gedanken liest, meine Marotten kennt, mit meinen Vorlieben und meinen Aversionen spielt, und kein Risiko scheut. Und wer weiß, ob es nicht schon längst begonnen hat, mit seiner Schmierigkeit einer Nacktschnecke in mich einzudringen.

Darüber denke ich gerade nach, als mich durch die Tür ihres Zimmers hindurch die Stimme von Mylène erreicht. Da Jérôme bei Maud ist, halte ich kurz inne, um herauszufinden, ob sie ein weiteres Mal in einem ihrer Wahnsinnsmonologe verfangen ist oder sich nicht doch außergewöhnlicher Weise meiner Existenz entsinnt. Sie spricht in ihrem schnellen Redefluss von einst, als die Medikamente sie noch nicht verlangsamt hatten, und in einem ganz normalen Ton, der mich sogar einen Hauch Freude erkennen lässt. Just als ich bei ihr eintreten will, höre ich, wie ihr in einem tieferen Brummen geantwortet wird. Mylène reagiert mit einer weiteren Salve glücklicher und voreiliger Worte, auf die eine nächste unbestimmte Antwort folgt. So sehr ich auch die Ohren spitze, die Unterhaltung bleibt für mich unverständlich, klingt aber merkwürdig melodiös, beinahe wie gesungen. Ich hoffe, dass sie nicht gleich *Maudit sois-tu carillonneur* im Falsett anstimmt, denn das durfte ich bereits gestern mitanhören und ich glaube nicht, eine zweite Darbietung ertragen zu können. Aber nein, der befremdliche Dialog geht weiter, ohne sich in einen Abzählreim oder Kinderreigen zu verwandeln.

Ich klopfe an die Tür, erhalte keine Antwort, aber die Stimmen verstummen urplötzlich. Ich trete ein. Meine Mutter sitzt auf ihrem Bett, normal frisiert und angezogen. Sie schaut mich erstaunt an:

»Ysé?«

»Ja klar, ich habe dich sprechen hören, alles okay.?«

»Aber ja doch, sehr gut, mach dir keine Sorgen.«

»Mit wem hast du geredet?«

Über ihr Gesicht huschen diverse Gefühle, Verwirrung, Ratlosigkeit, Unruhe. Sie zuckt ausweichend mit den Schultern:

»Aber ... ich hab nicht geredet.«

Was für eine Lügnerin! Natürlich hat sie geredet: Sie war in innigster Unterhaltung mit sich selbst. Oder aber sie hat sich mal wieder an ihren Lieblingssohn gewandt, der vielleicht ebenso tot ist wie der andere, wer weiß das schon.

»Willst du ausgehen?«

»Ja, vielleicht ein wenig. Ich werde in den Garten gehen.«

»Dann geht's dir besser?«

»Hör zu, anscheinend ja. Seit ein paar Tagen fühle ich mich ...«

Und wieder eine ausweichende Geste. Sie ist genau wie Jordy, wie fast alle anderen Leute: Sie beendet ihre Sätze nicht. Aber gut, sie hat im Gegensatz zu den anderen, all jenen, die unfähig sind, einen gelungenen und schlüssigen Satz zu formulieren, ihre Geisteskrankheit und die medikamentöse Zwangsjacke als Entschuldigung.

Ich bemerke, dass sie die Vorhänge aufgezogen hat, und dass der schwere Geruch, der ansonsten in ihrem Zimmer herrscht, von einem an maritime Frische erinnernden Duft verdrängt wurde.

»Hast du dich parfümiert?«

»Nein.«

Sie blickt mich nicht mehr an, scheint wieder abwesend zu sein und sich sehnlichst zu wünschen, ich möge wieder verschwinden. Letztendlich bleibt sie an diesem Abend doch in ihrem Zimmer, und lässt mich, wie schon die ganze letzte Zeit, meine Nudeln alla Puttanesca allein essen. Ein Rezept, das ich in einem Kochbuch mit italienischen Rezepten gefunden habe, das nur noch ich benutze.

Als Jérôme schließlich erscheint, sage ich ihm, dass mir Mylène etwas weniger vor sich hin zu dümpeln scheint als sonst, und dass wir, wenn auch nur kurz, ein paar Worte miteinander gewechselt haben.

»Ja, es geht ihr besser. Seit ein paar Tagen. Hat sie gegessen?«

»Ich glaube nicht.«

»Gut, ich geh' mal nachsehen, ob sie was braucht.«

Tatsächlich kommt er wenig später pfeifend zurück und bereitet für seine kleine Ehefrau ein Tablett vor: Tee und gebutterten Zwieback, seit Monaten Mimis Alltagskost. Er wirkt munter. Zugleich dürfte ihm allerdings klar sein, dass er seine alte Geliebte aufgeben muss, sollte seine legitime Ehefrau wieder zur Vernunft kommen. Oder aber sie haben alle drei ihre geheimen Arrangements, und wenn dem so wäre, möchte ich nichts darüber wissen.

Merkwürdigerweise stört mich dieses Zurück-zur-Normalität mehr als mein andauerndes und ganz persönliches Halloween. Sobald Jérôme und Mylène sich in ihre elterliche Suite zurückgezogen haben, gehe ich zum ersten Mal seit Langem wieder hinunter in die Waschküche und führe auf meinem linken Handgelenk mein Ritual durch. Dieses Mal hat es seinen erwünschten Effekt, und ich verlasse würdevoll meinen magischen Raum. Ein hautfreundlicher Verband, und die Sache ist erledigt.

Aber das hieß, die Rechnung ohne Ronald McDonald zu machen. Tief schlafend, werde ich von wiederkehrenden Klapperlauten aus dem Schlaf gerissen: krrk, krrrk, krrk … Es ist drei Uhr früh, und mein Handy geht los, ohne dass ich es eingestellt hätte. Zudem würde es mir niemals in den Sinn kommen, mich von so anstößigen Tönen wecken zu lassen. Für meine Wecker nutze ich die Grasmücke oder den Star: Die Amerikanische Elster spare ich mir für andere Zwecke auf, für einen Tagesalarm, allenfalls. Im Übrigen ist es nicht die Amerikanische Elster, die da so schnattert, das ist was anderes: Man würde tatsächlich meinen, ein Vogel, aber ich kann schwören, dass es sich um keine meiner Aufnahmen handelt. Ich habe sie mir alle einzeln angehört, bevor ich sie auf mein Handy lud. Nach ein paar Sekunden ändert sich die Natur des Schreis, das ›krrk‹ wechselt in ein kratzendes ›rek‹, gefolgt von einem verzweifelten Gurren. Während ich in meinem Bett erstarre, fassungslos vor lauter Erstaunen und Entsetzen, aktiviert sich mein auditiver Kortex schließlich doch, um den Singsang zu identifizieren, der mich derart aus dem Schlaf reißt. Ich würde denken, eine Papageienart, vielleicht ein Ara oder ein seinen Artgenossen zärtlich tadelnder Sittich. Ja, in den Tönen, die ich höre, klingt Klage, Bitterkeit, Rache mit, und zugleich auch etwas Scheinheiliges.

Der Gesang bricht plötzlich ab, mitten in einem letzten bewundernden Gegurre, und während ich, in der völligen Dunkelheit meines Zimmers, schlagenden Herzens warte, spüre ich deutlich, wie von unten etwas gegen meine Matratze klopft. Als würde das Ding leicht mit der Faust gegen mein Bett schlagen.

»Zisch ab!«

»Neiiiiiin.«

Träume ich, oder hat er mir geantwortet? Und diese Stimme, diese schwächliche, geschlechts- und alterslose Stimme, mein Gott, sie lässt mich vor Entsetzen zittern. Und mein Gott, ja, wo steckt der eigentlich? Das war ja dann wohl nicht der Mühe wert, dass ich ihm Altare errichtet und Kerzen angezündet habe, wenn er mich so ruchlos im Stich lässt, wir müssen uns gegen die Kräfte des Bösen erwehren! Denn ich bezweifle nicht eine Sekunde, dass sich der Teufel höchstpersönlich in meiner neobaskischen Villa niedergelassen hat.

»Ich warne dich, ich habe eine Knarre! Hau ab!«

Stimmt ja, ich habe die Beretta Tomcat. Sie liegt in der Schublade meines Nachttischchens. Nun gut, ich bin mir nicht sicher, ob sie geladen ist, aber es gibt auch eine Schachtel Patronen, und eine Pistole mit Munition zu füllen dürfte so schwer nun auch wieder nicht sein.

»Ysééé!«

Als ich gerade die Schublade aufziehen will, springt das Ding unter meinem Bett hervor. Ich kann in der Kürze des Geschehens kaum seinen Schädel erkennen, dem jetzt alle Haare fehlen. Schluss mit den zwei rötlichen Haarbüscheln, die an den Seiten herabfielen à la Kiri der Clown. Ich meinte auch gesehen zu haben, wobei alles so schnell ablief, dass ich es nicht beschwören mag, wie der Schädel gewabert hat, rosa und weich gewabert, wie eine Fontanelle. Das Ding, was auch immer es sein mag, ist nicht menschlich. Und um aus meinem Zimmer zu stürzen, bewegte es sich auch noch auf seine Hände gestützt mit den typischen Watschelbewegungen eines Primaten fort. Ich höre noch, wie es die Treppe hinuntersaust, bum, bum, bum. Dann nichts mehr, als wäre es noch irgendwo im Haus. Nun gut, ich lausche und lausche, höre aber das charakteristische Klacken der Haustür nicht, und schaudere vor Ekel bis zum nächsten Morgen, ohne irgendeine Bewegung zu wagen.

Und doch muss es sein. Und wie sonst gewöhnlich auch, kehren mit Tagesbeginn meine Sicherheit und Entschlossenheit zurück. Ich gehe in die Schule, ich mache meinen kleinen täglichen Spaziergang und ich kaufe mir ein Eis, um es bei einem Gang entlang der Côte des Basques zu essen: Noch ist der Schimpanse nicht geboren, der mich schikanieren könnte. Zumal ich mir immer sicherer bin, dass Jordy recht hat: Ob nun Affe oder gigantischer Kakadu, das Ding liebt mich. Ich habe mir noch mehrmals die Töne in Erinnerung gerufen, die mich heute Nacht geweckt haben, und es besteht kein Zweifel: Ohne genau genommen ein Brautgesang zu sein, ist er doch werbend gemeint, der Gesang eines verstörten Tieres, das seine verdrossene Leidenschaft schnattert und gurrt.

Aber Vorsicht, von allen Gefühlen ist das der Liebe nicht das am wenigsten gefährliche, und ich muss wachsam bleiben, will ich es im ›Leku Ona‹ ausmerzen. Denn es hat eindeutig vom Ort Besitz ergriffen, ich fühle und höre es inzwischen überall, als ob es selbst entschieden hätte, seine Ketten zu lösen. Es pfeift mir in die Ohren, wenn ich mich in der Küche aufhalte, es rauscht hinter den Vorhängen, wenn ich mich ins Wohnzimmer begebe, und es dünstet überall seinen widerlichen Geruch aus, ein zum Erbrechen süßlich salziges Gemisch. Das gesamte Haus atmet und schwitzt mit ihm, und wo ich schon ein ganzes Semester das System der Atmung bei dieser armen Mme Llorens lernen durfte, möge mir jetzt doch auch bitte wer erklären, was mir das helfen soll, he, wo es sich doch nicht um ein Lebewesen handelt, sondern um eine baskische, unter ihrem Efeu und Fachwerkgebälk kauernde Villa. Nichts. Wie alles, was man in der Schule lernt. Zum Glück habe ich meine eigenen Informationsquellen und Dokumentationen.

Ich finde auch überall kleine Pelzbüschel, als ob ihm sein Haar ausfallen würde. Erst heute Morgen lag eines zusammengerollt wie eine Raupe unter meinem Schreibtisch. Ich warf es zum Fenster raus, sollte es den Zistrosen und der toten Eidechse doch folgen. Vergebliche Mühe. Schon am nächsten Morgen hatte das Pelzbüschel die Größe einer kleinen Natter angenommen, deren Form es auch aufwies, ein weiteres Zeichen, dass das Ding meinen Geschmack kennt und versucht, mir mit allen Mitteln Freude zu bereiten. Gut möglich sogar, dass es sich seinen Pelz Stück für Stück ausreißt, um mir ein Geschenk zu machen.

Die Inschriften vervielfachen sich ebenfalls, mal unverständlich, im selben Alphabet wie beim ersten Mal, mal ohne Zweideutigkeiten, aber stets sehr kurz: »Ysé«, »Du«, »Ich« … Und ja klar, ein Rattenschwanz kleiner Herzen, hingeschmiert oder eingraviert auf alle Oberflächen, aufs Holz meines Schreibtischs, aufs Leder meiner Schreibunterlage, auf den Spiegel im Badezimmer, an die Wände der Toiletten.

Der Geruch wird stärker, wird zweitweise unerträglich und wie mit anderen Gerüchen vermengt: Abfall, Pisse, Scheiße. Selbst die Putzfrau rümpft die Nase, wenn sie ankommt. Wobei es sich bei ihr um eine

Schwachsinnige handelt, die meine Eltern aus Nächstenliebe eingestellt haben. Ihr Grad an Unaufmerksamkeit ist so hoch, dass es ihr immer schon scheißegal war, sich meinen Namen zu merken, obgleich sie seit mindestens fünf Jahren zu uns kommt.

»Kleines, hast du das Ajax gesehen? Es gab eine volle Sprühflasche, letzte Woche.«

Ich habe das Ajax Eukalyptus benutzt, um die mit Filzstift gezeichneten kleinen Herzen auf einem der Regale in meinem Zimmer wegzukriegen, und ich bringe es ihr, dieser Idiotin, ohne ein Wort zu sagen.

»Danke, äh …«

»Ysé.«

»Danke, Lisé.«

Lisé ist schon besser als nichts, aber ich kann beruhigt sein, nächste Woche wird sie mich wieder ›Äh‹ oder ›Kleines‹ nennen.

»Äh, das stinkt hier aber. Werft ihr denn wenigstens den Müll weg?«

Was glaubt die eigentlich? Dass wir uns vom Unrat überschwemmen lassen mit dem Vorwand, dass Zachée tot, Thadée ausgebüxt und meine Mutter reif für die Anstalt sei? Aber nein, nein, ganz und gar nicht: Jérôme und ich trennen den Müll und halten uns gewissenhaft an die Tage und Uhrzeiten der Müllabfuhr. Die schlechten Gerüche lassen sich nicht durch eine etwaige Vernachlässigung auf unsrer Seite erklären.

Nach drei Stunden Saubermachen geht sie, und hinterlässt den Duft von Menthol und Zitrone ihrer gesamten Mannschaft an Reinigungsmitteln, aber es reichen wenige Stunden, und die mächtigen Pheromone des Dings gewinnen wieder Oberhand und das Haus ist wieder mit Gestank erfüllt. Ich für mich, ich zünde eigens dafür hergestellte Kerzen an, doch das Öl mit der Essenz des Ylang-Ylang-Baumes vermag gegen so derbe Ausdünstungen nicht anzukommen.

*

Es ist das letzte Wochenende im Mai. Jordy kreuzt auf, mit seinem Board und seinem Rucksack. Ich berichte ihm kurz, was während seiner Abwesenheit passiert ist, ohne zu vergessen, seine Klarsicht zu würdigen:

»Und, du hattest recht: Er liebt mich.«

»Aha, siehst du!«

»Aber meinst du, dass er derselbe ist? Der Clown, den wir beide gesehen haben, und diese Art Affe von letzter Nacht?«

»Denkst du, es gibt zwei Gespenster?«

»Ja, ich frage mich das tatsächlich.«

»Ich glaube, dass es ein und dasselbe ist. Dass es unterschiedliche Gestalt annehmen kann.«

»Das denke ich auch.«

»Auf jeden Fall stinkt es. Widerlich.«

»Ja, habe ich dir ja gesagt. Und das, obwohl die Putzfrau hier war und ich die ganze Zeit über saubermachte.«

Wieder richten wir uns für die Nacht in Thadées Zimmer ein, das über ein Bett mit anderthalb Plätzen verfügt. Wir geben uns nicht einmal die Mühe, zu entscheiden, wer Wache schieben soll, da Jordy dazu bekanntlich unfähig ist. Der Plan heute lautet nicht, der Erscheinung des Poltergeists entgegenzuwirken, sondern, ganz im Gegenteil, diese zu provozieren. Ideal wäre sogar, wir könnten ihn unbemerkt beobachten, während er uns schlafend wähnt. Wir haben uns also entschlossen, sobald uns ein verdächtiges Geräusch weckt, so zu tun, als würden wir schlafen, um uns anschließend besser auf ihn werfen und ihn fassen zu können.

Von unserem Vorhaben in angeregte Stimmung versetzt, gleiten wir voller Wohlbehagen unter die Bettdecken. Unsere Plaudereien werden schließlich vertraulich, was angesichts unserer Nähe wahrscheinlich nicht zu vermeiden ist. Ich muss sagen, dass mir Jordys Geist jedes Mal weniger benebelt vorkommt. Es handelt sich dabei vielleicht um einen unerwarteten Effekt der Pubertät. Oder aber er profitiert von seinem Umgang mit mir. Wie dem auch sei, ich genieße seine Gesellschaft, die Aufmerksamkeit, die er meinen Worten schenkt, seine Bemühungen, lustig zu sein, ohne dabei schwerfällig zu wirken, und auch die Anwesenheit seines warmen und beruhigenden Körpers, die Art und Weise, wie sich die Matratze auf seiner Seite absenkt, und diesen Geruch nach Jungen, über den ich mal besser nicht zu viel rede, der aber nun, in dieser Maiennacht, den idealen Kontrapunkt zu den vom Ding verströmten toxischen Ausdünstungen bildet.

Er schläft. Ich hätte schon Lust, dass er sich unternehmungslustig zeigt, keine Ahnung, dass er seinen Arm unter meinen Nacken steckt oder sich an meinen Rücken schmiegt. Aber er hat nichts dergleichen gewagt, was auch gut ist, denn ich wüsste nicht, wie ich reagiert hätte.

Ich werde von einem heißen Hauch an meinem Ohr aus dem Schlaf gerissen, und, in der Sekunde, wo ich mir dessen bewusst werde, von einem unangenehm feuchten Kuss, begleitet von einem Sauggeräusch, schlurp, wie wenn ein Saugnapf unter großer Mühe von seiner Oberfläche abgezogen wird. Gegen alle Erwartung war es nicht Jordy, der mir gerade diesen feuchten Kuss gegeben hatte, sondern ein weiterer Avatar vom Ding. Ich kann es nicht sehen, aber ich erkenne eine dunkle Masse zwischen Zimmerwand und Bett, ich nehme seinen warmen Atem wahr, und vor allem seinen üblen Geruch.

Trotz des Entsetzens, das mich durchfährt, besitze ich die Geistesgegenwart, Jordy einen leichten Schubs zu geben, der nur einen tiefen Seufzer und eine Veränderung seines Atemrhythmus' zur Folge hat. Ich kneife ihn, fest, und dieses Mal fährt er aus seinem Schlaf hoch:

»Was? Wer ist da?«

Ein Klarmachen zum Gefecht auf Seiten des Dings, aber es kommt nicht in Frage, dass ich es verduften lasse. Ich brülle:

»Jordy, halt ihn zurück, er will abhauen!«

Mit einer für einen, der eben erst aus dem Schlaf gerissen wurde, erstaunlichen Geschwindigkeit kapiert Jordy sofort, was Sache ist, stürzt sich auf unseren nächtlichen Besucher, bevor dieser die Tür erreicht und wirft ihn zu Boden. Es folgt ein konfuses Handgemenge. Jordy mag zwar groß und schwer sein, der andere schlägt wie ein Vieh aus, kämpft und verteidigt sich, indem er mit seinen Klauen zuhaut, die ich im Halbschatten aufblitzen sehe. *Les griffes de la nuit!* Die Klauen der Nacht! Die

Erinnerung an Freddy wird in mir wach und schenkt mir den Schub an Mut, den ich brauche, um über die beiden Körper hinwegzuspringen und brüllend aus dem Zimmer zu laufen, in der Hoffnung, Jérôme zu alarmieren. Mein Ziel aber besteht darin, die Schublade meines Nachttischchens zu erreichen. Uff, sie ist da, die Beretta Tomcat von Papy Sauvaire!

Ich komme genau in dem Moment in Thadées Zimmer zurück, als eine weiße, gespenstische Gestalt ebenfalls hineinstürzt. Es ist Mylène. Anscheinend schläft ihr Ehemann mal wieder nicht zuhause und sie wurde von meinem Geschrei aus ihrem künstlichen Schlaf gerissen. Freddy hat meine kurze Abwesenheit genutzt, um die Oberhand zu gewinnen und sich mit all seinem Gewicht auf den armen Jordy zu setzen, dessen Luftröhre er mit seiner krallenbewehrten Pfote abpresst.

Die Beretta mit beiden Händen haltend, schreie ich irgendeinen Unsinn, zusammenhanglose, in zahllosen Filmen gehörte Fetzen, Hände hoch, keine Bewegung oder ich schieße, bleiben Sie wo Sie sind, stellen Sie sich, Sie sind umzingelt, etc. Und glauben Sie mir, dass ich in keiner Sekunde vergaß, dass die Pistole höchstwahrscheinlich geladen war. Ich zähle auf ihre abschreckende Wirkung, aber ich würde nicht zögern, den Abzug zu drücken, wenn das Ding Jordys Leben in Gefahr bringen sollte.

Mimi ihrerseits tanzt um das Handgemenge herum, stößt schrille Schreie aus, zusätzlich zum herrschenden Durcheinander und Chaos. Mit ihrer zarten Hand greift sie unruhig nach meinem Arm und versucht, meine Waffe Richtung Boden zu drücken:

»Schieß nicht, Ysé, schieß nicht!«

Zu allem Unglück der pazifistischen Anwandlungen meiner Mutter scheint Jordy sich in misslicher Lage zu befinden: Er strampelt leise, seine in Todesangst geweiteten Augen wenden sich an mich, sein Mund öffnet und schließt sich, ohne dass ihm auch nur irgendein Ton entweicht. Zwischen meinem einzigen Freund und dem Ding, das mich seit Monaten foltert, ist die Wahl schnell getroffen, auch wenn Mylène in ihrem Wahn inzwischen versucht, mich zu umklammern, während sie mir weiterhin ihren Schwachsinn ins Ohr kreischt.

Da Jordy sich wie ein Teufel wehrt, rutscht die dunkle Kappe, die bis eben noch den Kopf seines Gegenspielers verdeckte, herab und enthüllt den rosigen Schädel wie auch die weiß gepuderten Wangen und die schreckliche rote Nase von Face the Clown. Mylènes Schreie und Tränen nehmen hysterische Form an, sie geht auf dem Teppich in die Knie und umfasst in derselben Bewegung auch die furchtbare Kreatur, die mir nun ein affenartig verzerrtes Grinsen liefert, das ihr Zahnfleisch hinter weit zurückgezogenen Lefzen hell aufleuchten lässt.

Nur dass er, natürlich, nichts von einem Affen hat, nichts von einem Clown, nichts von einem Gespenst. Und es ist Mylène, die ihn völlig zurecht weinend umarmt, wo es doch ihr Erstgeborener ist, der hier gerade den armen Jordy erwürgt:

»Thadée?«

Ich halte noch immer meine Waffe auf ihn gerichtet, er erstarrt, während er mich mit diesem spöttischen Blick herausfordert, den er meine ganze Kindheit lang auf mich gerichtet hat. Ich hasse ihn. Dass er von den Toten zurückgekehrt sein mag, ändert nichts daran. Und im Übrigen ist ja nicht er tot, sondern Zachée. Er, er war die ganze Zeit über lebendig, und gut möglich sogar, dass er nie weg war, uns nur hinters Licht geführt und uns ein weiteres Mal gequält hat. Er muss sich irgendwo in der Nähe versteckt gehalten haben, vielleicht sogar im Haus selbst. Oder auch im hinteren Garten. Es ist Monate her, dass ich zuletzt im Gartenhaus war, unserem Gartenhaus, das mein Vater und meine Brüder so voller Stolz vor einer Ewigkeit errichtet hatten: Vielleicht hat er sich dort verkrochen, diese Ratte.

Aber was ist mit seinem Gesicht passiert? Wo einst seine Nase war, die schöne gerade Nase, die er von Jérôme hat, sehe ich nur noch eine Art scharlachroten, rissigen Tumor, einer verfaulten Frucht nicht unähnlich. Und dann hat er auch noch zwei entzündete und aufgeschwollene Narben auf seiner rechten Wange. Sein Schädel ist rasiert, aber das war schon so, bevor er sich verdrückt hatte. Und wahrscheinlich hat er sich mit massenhaft bleichem Puder auf den Wangen, der Stirn, dem Kinn geschminkt, um seine Ähnlichkeit mit einem Clown zu unterstreichen.

Er ist abscheulich. Er war es immer schon. Nur, dass seine niederträchtige Seele sich jetzt offen in seinem Gesicht spiegelt, wo sonst perfekte Gesichtszüge und ein strahlendes Kolorit die Menschen so lange täuschen konnten.

Dass Thadées Aufmerksamkeit und Griff nachgelassen haben, nutzt Jordy als Gelegenheit, um sich mit einem Beckenschlag zu befreien und sich an meine Seite zu stellen, zwischen Tür und diese Gruppe Flehender, die meine armselige Mutter und mein Pseudobruder inzwischen bilden.

Nichts hält mich davon ab, den Abzug zu drücken.

Dass wir uns recht verstehen: Ich hege die Absicht, meine Mutter auszusparen, deren einziges Verbrechen darin besteht, ihren Sohn zu sehr geliebt zu haben. Aber was Thadée betrifft, und angesichts all dessen, was er uns zugefügt hat, kommt mir ein klares Szenario in den Sinn. Wenn ich nicht allzu lang zögere, kann ich ihn töten und vorgeben, ich hätte ihn für einen Dieb oder Sexualverbrecher gehalten. Niemand würde sich darüber wundern, dass ein zwölfeinhalb Jahre altes Mädchen, das seit Monaten von einem Hausbesetzer, der sich als Gespenst ausgab, belästigt und terrorisiert wurde, vollkommen den Verstand verlor. Man wird für mich alle mildernden Umstände dieser Welt geltend machen. Zumal Thadée nicht mehr wiedererkennbar ist. Gewiss, Mylène hat ihren Lieblingssohn wiedererkannt, aber ich unterstelle ihr, dass sie schon lange Wind von seiner Anwesenheit unter unserem Dach bekommen hat. Ihr geheimnisvoller Gesprächspartner, der, mit dem sie stundenlang im geheimen Winkel ihres Zimmers gesprochen hatte, war wahrscheinlich er.

Ich werde ihm eine Kugel ins Herz jagen, ich werde die Gelegenheit nutzen, dass er hier ist, direkt in meinem Visier, blinzelnd mit seinen schwarzgeschminkten Augen und bemüht, Haltung zu wahren.

Er trägt seine Prothese nicht. Sein linkes Bein ist unter ihm zusammengefaltet und sein vernarbter, offener Stummel ruht auf dem Teppich. Was uns da widerfährt, ist Oscar Pistorius' Geschichte. Nur umgekehrt. Pistorius, der Mann, der keine Waden hatte, brachte seine Freundin unter dem Vorwand um, sie für eine Einbrecherin gehalten zu haben; und ich, ich werde meinen einbeinigen Bruder töten und den Bullen den gleichen

Salat servieren: Mein Gott, wenn ich nur gewusst hätte, aber er ist einfach so aufgetaucht, es war stockdunkel, er griff meinen Freund an, ich bekam Angst, ich schoss, ich glaubte, es sei ein Einbrecher oder Serienkiller oder Freddy-die-Klauen-der-Nacht oder was weiß ich was, ich konnte doch nicht riechen, dass es mein Bruder war, haben Sie dessen Kopf mal gesehen? Er ist vollkommen ver-un-stalt-et!

Niemand redet mehr, schreit oder wimmert noch. Totenstille breitet sich im Zimmer meines Feindes aus. Denn das war er schon immer, mein Feind, und letztlich der der ganzen Familie, ja der ganzen Menschheit. Indem ich ihn töte, werde ich ein Werk öffentlichen Wohls vollbringen.

Es sei denn, ich wäre gerade im Begriff, mir etwas vorzumachen und mir selbst die entsetzliche Freude zu verhehlen, die ich empfinde, da ich auf seinen rosigen Schädel die Beretta gerichtet halte und das Zersplittern voraussehe, das Verspritzen seines aus dem Leim gehenden Hirns an den Zimmerwänden. Ja, seien wir doch ehrlich, ich geile mich an dem Entsetzen auf, das ich in seinen Augen lese, ich geile mich daran auf, sein Leben in meiner Macht zu haben – denn diese Macht ist berauschend.

Ich habe die Wahl, zu sein wie er, ein sadistisches Exkrement, dessen Leben sich darin wiederholen wird, andere zu foltern und zu zerstören, oder aber die Waffe Richtung Boden zu senken und ihn laufen zu lassen, allen Dingen zum Trotz, die er uns angetan hat und noch anzutun fähig ist. Nur ein kranker und unwiderruflich perverser Geist konnte diese ganze Serie übernatürlicher Aktivitäten erdenken und ausführen, mit der er das Haus heimgesucht und mir über Monate hinweg das Leben kaputt gemacht hat.

»Hau ab.«

Na bitte, ich habe meine Entscheidung gefällt und lege die Beretta gewissenhaft auf dem Bett hinter mir ab. Sie wirkt immer noch wie ein harmloses Spielzeug, aber während einer nicht enden wollenden Minute hätte ich meinen Bruder damit ermorden können.

Thadée lässt sich es nicht zweimal sagen, er richtet sich mühsam auf und humpelt aus dem Zimmer. Wir hören ihn die Treppe hinuntergehen, und dieses Mal nun, bum, fällt die Tür hinter ihm ins Schloss.

Er wird vielleicht wiederkommen. Aber ich werde niemals mehr Angst vor ihm haben. Und im Übrigen braucht er erst gar nicht wiederkommen: Er ist in mir, ich bin er. Auch wenn das zuzugeben mich tödlich trifft, die Triebfedern seiner Lust sind dieselben wie meine eigenen: Erniedrigung, Herrschsucht, Verachtung der Schwachen, Bewusstsein meiner Überlegenheit. Was sagen? Dürfte ich wählen, ich besäße lieber Zachées lichte Güte als Thadées sadistische Neigungen. Und zugleich zählte es nicht zu Zachées Verdiensten, dass er freundlich und großzügig war. Die Guten haben keinerlei Verdienst, gut zu sein, entströmt ihnen das Gute doch wie aus einer Quelle.

Es ist zu spät, als dass ich noch freundlich und gut sein könnte, aber ich kann noch immer so handeln, als sei ich es, ich könnte die grausamen Worte und Gesten verweigern, die Thadée nicht säumen wird, mir zuzuflüstern, ich könnte mich weigern zu herrschen, zu verletzen und zu schaden. Die Leute werden nie erkennen, was mich das kostet, sie werden nie einen Begriff davon haben, welcher Macht sie da entronnen sind, und selbst die Natur meines Heldenmuts wird allen entgehen – denn um sich Triumph und Lustgenuss für immer zu versagen, braucht man Heldenmut. Aber genau darin bestehen mein Ehrgeiz und persönlicher Entwicklungsplan: eine Heldin sein.

*

Mylène hat sich vom zweiten Fortgang ihres Lieblingssohnes nie mehr erholt. Was Jérôme betrifft, so hat er nie was davon erfahren. Als er am Morgen nachhause kam, hatte seine Frau definitiv den Verstand verloren. Niedergeschlagen auf dem Teppich in Thadées Zimmer, hatte sie zum tausendsten Mal *Perrine était servante* angestimmt. Trotz aller Anstrengung war es Jordy und mir nicht gelungen, sie zum Aufstehen zu bewegen und erst recht nicht zum Schweigen. Zwei Tage später entschied Jérôme, sie im selben Krankenhaus wie schon letztes Mal psychiatrisch behandeln zu lassen. Sie ist noch immer dort. Unerreichbar, wie mir scheint. Fern jeglicher Möglichkeit von

Heilung, Wiederherstellung oder Erleichterung ihrer furchtbaren Pein.

Maud ließ kaum Zeit verstreichen, bis sie ihren Platz einnahm. Umso besser. Auch wenn ich sie nicht mag, auch wenn ich ihre aufdringliche Fürsorge und ihr kontinuierliches Wiehern nur schwer ertragen kann, so bin ich ihr doch dankbar, dass sie den Kummer meines armen Vaters und die nutzlosen Gewissensbisse, die ihn permanent quälen, lindert. Und er weiß nicht einmal alles. Aber wenn es nur an mir liegen soll, so wird er bis zu seinem Tod in dieser seligen Unwissenheit verharren.

Jordy hat, eine Hand auf dem Herzen, die andere auf der Beretta Tomcat, geschworen, niemals über die Ereignisse dieser furchtbaren Nacht zu reden. Er kommt weiterhin treu her, um die Wochenenden mit mir zu verbringen, und ich kann ihm dabei zusehen, wie er ein schöner Junge wird, von Mal zu Mal weniger dumm und ein bisschen aufgeweckter. Er bleibt trotzdem ein echter Trottel, aber ich bin fest entschlossen, ihn dennoch zu lieben und halte mich daran, wie ich mich auch daran halte, sämtliche Wunschvorstellungen von Tyrannei, Versklavung, Folter und gewaltsamem Tod aus meinen Gedanken zu verbannen.

Aber dennoch, unser Leben, Jérômes und meins, bleibt von namenloser Traurigkeit. Die Abwesenden fehlen und die Erinnerungen zerreißen uns. Die erlittenen Verluste waren zu schwer, als dass wir uns wirklich von ihnen erholen könnten, daran werden auch alle Mauds und Jordys dieser Welt nichts ändern. Zwar werden sie versuchen, uns mit ihrer Fröhlichkeit und ihrer demonstrativen Herzlichkeit zu erwärmen, doch wir sind wahrscheinlich zu geschädigt, als dass eine Genesung denkbar wäre.

Letztens allerdings verspürte ich etwas wie eine Regung. Es war der erste Sommertag, und die Clique der Freunde von Zachée hatte sich bei uns auf ein Barbecue getroffen, den schwachen Protesten meines Vaters zum Trotz. Louis, Maxime, Kenza, Arthur, Swan, Ferdinand, Oriane, und ich nenne nicht alle: Sie machen das manchmal, steigen bei uns ab, um hier die Erinnerung an ihren Kumpel und den Geist ihrer Jugend aufsteigen zu lassen.

Die Party war bereits im vollen Gange. Swan hatte seine Gitarre dabei, und Arthur zog aus seinem Rucksack alle möglichen Schlaginstrumente. Mein Vater ging von einem zum anderen und versuchte, so gut wie möglich die Rolle des Hausherrn zu spielen. Maud war klarerweise dafür da, ihn dabei zu unterstützen, unerträglich autoritär und ungeniert – und schlimmer wiehernd denn je.

Léo war auch da, er mühte sich am Grill ab, eine Rolle, die üblicherweise Zachée innehatte. Er winkte freudestrahlend meinem Vater, um ihn zu bitten, die Koteletts zu bringen, und ich bemerkte plötzlich, was ins Auge stach: seine unfassbare Ähnlichkeit mit meinen Brüdern, mit Zachée vor allem. Bis hin zu seiner Art, sich komisch durch seine kastanienbraunen Locken zu wuscheln. Ich fragte mich, ob mein Vater wohl wusste, dass ihm ein Sohn geblieben ist. Ein Sohn, zwar weniger schön, weniger brillant, weniger spektakulär als die, die er verloren hatte, aber doch ein Sohn: der freundliche Léo, Léo, der Trampel, der Faxenmacher, der ewige Verlierer, derjenige, den Thadée den »Müll« nannte. Wie auch immer, für die Dauer eines Augenblicks fühlte ich mich weniger traurig und weniger allein.

Der Chor der Schreihälse stimmte ein Lied an, und ohne es identifizieren zu können, habe ich mich erinnert, dass Zachée es mochte. Ich trat näher an die Sänger heran und setzte mich zu ihnen. Ich ließ meine nackten Beine die Sanftheit des Grases spüren, das die Junisonne erwärmt hatte. Kenza hielt mir einen randvollen Krug schäumenden Biers hin, und ich hörte Cindys Stimme:

»Hey, mal langsam, sie ist erst dreizehn!«

Gelächter und Buhrufe erschollen um mich herum, und mein Blick kreuzte den von Cindy. Auch sie hatte sich direkt auf den Boden gesetzt. Anouk, neben ihr, redete über La Réunion, von Netzen gegen die Haie, welche man gerade erst eingerichtet hatte, von der Aufhebung des Surfverbots. Irgendwer fragte sie:

»Werdet ihr also zurückgehen?«

Sie zog herablassend eine Braue über ihre merkwürdig gelben Augen hoch:

»Jérémie geht zurück, aber ich bleibe! Ich liebe Biarritz zu sehr!«

Sie lachte, den Kopf nach hinten geworfen, bebend, und Cindys Finger begannen den moirierten Flaum ihres Unterarms zu streicheln. Meinen Vater hatte die zarte Vertrautheit dieser Geste ebenfalls erstaunt und er stand offenen Mundes da. Ohne darin mehr erkennen zu wollen, legte ich mich auf den Boden und vergrub mein Gesicht in dem ungleichmäßig geschnittenen Rasen. Ein Conga-Trommelwirbel begrüßte das zweifache Aha-Erlebnis, das ich soeben hatte, aber es waren die frischen, grünen Stängel der Gänseblümchen, der Vergissmeinnicht und der Goldknöpfe, denen ich zuflüsterte: »Alles ist gut.« Gewiss, gut war nichts, aber man braucht einen Beginn bei allem, vor allem, wenn dieser Beginn ein Ende ist.

ENDNOTEN

1 An den fünf *Ecoles Centrales* und den sogenannten *Instituts polytechniques* wird man – mit teilweise zweijähriger Vorbereitungsklasse (die sogenannten »classes préparatoires aux Grandes écoles«, umgangssprachlich »classe prépa«) und anschließender dreijähriger Universitätsausbildung – zum Ingenieur ausgebildet, dieser Typ Hochschule rangiert unter den internationalen Eliteuniversitäten und gilt als besonders anspruchsvoll. Im Verlauf des Romans wird immer wieder darauf angespielt, auch der gegen Ende erwähnte Begriff »concours« fällt in das komplexe System der französischen Elitenausbildung. A.d.Ü.

2 Bezeichnung für die zweitgrößte Bevölkerungsgruppe auf La Réunion. Ihr sozialer Status war lange Zeit sehr niedrig und lag direkt über dem der versklavten Ureinwohner der Insel, ihre Hautfarbe ist hell. Heute ist diese Bevölkerungsgruppe heterogener und ihr sozialer Status weniger niedrig, dennoch wird sie von der weißen Bevölkerung aristokratischen Ursprungs weiterhin ausgegrenzt. A.d.Ü.

3 Der Begriff *Cafre* oder auch *Caffre* bezeichnet die Ureinwohner aus der Gegend der *Cafrerie* im südlichen Afrika: Der aus dem Afrikaans stammende Begriff *Kaffer* bezeichnet auf rassistische Weise Menschen mit dunkler Hautfarbe. A.d.Ü.

4 Einstige Gaunersprache, im heutigen Französisch insbesondere von Jugendlichen und im Straßenjargon verwendet; durch Silbenvertauschung, hier *Pute* (dt. Hure) = *Tepu*, werden Worte umgebildet. A. d. Ü.

5 Der Begriff *Pied noir*, »Schwarzfuß«, bezeichnet seit etwa 1950 die Algerienfranzosen und löste damit den Begriff *colons*, »Siedler«, ab. Die europäischen Einwanderer kontrollierten 1936 rund 40 Prozent der landwirtschaftlich nutzbaren Fläche Algeriens und besaßen bis 1944 als einzige Bevölkerungsgruppe das französische Bürgerrecht. Während des Algerienkriegs wurden sie von der algerischen Unabhängigkeitsbewegung FNL mit dem Slogan *La valise ou le cercueil* – Koffer oder Sarg – bedroht und zur Rückkehr nach Frankreich gezwungen. Mit Ende des Krieges 1962 kehrten etwa 1,4 Millionen *Pieds noirs* zurück ins ehemalige Mutterland, wo sie nicht unbedingt willkommen waren. A.d.Ü.

6 Abkürzung für *mathématiques supérieures* (dt. Höhere Mathematik), der Begriff gehört zum Studentenjargon, er bezeichnet das erste Jahr der sogenannten *classes préparatoires*, siehe Anmerkung 1. A.d.Ü.

secession

secession